FANTASY

Ravenloft-Bücher im Goldmann Verlag:

Christie Golden
Schloß der Vampire (24584)
James Lowder
Ritter der schwarzen Rose (24585)
Christie Golden
Reigen der Toten (24586)
J. Robert King
Die Stunde der Wölfe (24599)

Weitere Bände in Vorbereitung.

FANTASY

4

J. ROBERT
KING

Die Stunde der Wölfe

Aus dem Amerikanischen
von Andreas Decker

GOLDMANN VERLAG

Das Buch erschien im Original unter dem Titel
»Ravenloft™/Heart of Midnight«
bei TSR, Inc., Lake Geneva, WI, USA

Deutsche Erstveröffentlichung

Umwelthinweis:
Alle bedruckten Materialien dieses Taschenbuches
sind chlorfrei und umweltschonend.
Das Papier enthält Recycling-Anteile.

Der Goldmann Verlag
ist ein Unternehmen der Verlagsgruppe Bertelsmann

Published in the Federal Republic of Germany
by Wilhelm Goldmann Verlag, München
Umschlaggestaltung: Design Team München
Umschlagillustration: Clyde Caldwell
Satz: IBV Satz- und Datentechnik GmbH, Berlin
Druck: Elsnerdruck, Berlin
Verlagsnummer: 24599
Lektorat: Andreas Helweg/SN
Herstellung: Peter Papenbrok
Made in Germany
ISBN 3-442-24599-0

1 3 5 7 9 10 8 6 4 2

Für Jenny,
die es fast geschafft hat,
mich von meiner Lykanthropie
zu heilen.

Prolog

»Die Stadt scheint ruhelos zu sein«, murmelte der junge Soldat der Wache leise. Er seufzte tief, lehnte sich an die Stadtmauer und betrachtete die aus Eichen und Mörtel errichteten Häuser unter ihm. Das Mondlicht lag wie ein eisiges Tuch auf dem Kopfsteinpflaster der Straßen, und über den Strohdächern der Stadt trieben Wolken in immer neuen Formen dahin.

»Ich darf nicht zulassen, daß es mir angst macht«, sagte er. Plötzlich erbleichte er.

Jemand flüsterte ihm etwas zu.

Er fuhr zusammen und warf einen Blick die Mauer entlang, die die Stadt umgab. Ein Steinwurf entfernt kauerte ein seltsamer Schatten halb verborgen in einer Kalksteinnische. Der Soldat trat vor und kniff die Augen zusammen, um den Schatten besser erkennen zu können.

»Vor einem Augenblick war er noch nicht da«, dachte er laut und biß sich dann auf die Lippe. »Vielleicht hat mir nur das Licht einen Streich gespielt.«

Dann sah er die Augen.

Die Gestalt glitt aus der Nische, und ihr schwarzer Umhang blähte sich im Wind auf. Sie kam auf ihn zu. Er erstarrte. Das hölzerne Ende seiner Hellebarde scharrte unstet über das Kopfsteinpflaster. Die Gestalt in dem Umhang schritt schneller, lief nun auf die Wache zu. Der Mantel glitt von ihren Schultern und enthüllte einen hageren jungen Mann, dessen Augen wie Silbermünzen funkelten. Er trug keine Rüstung, hatte keine Waffe und war nackt. Der Soldat hob seine Hellebarde und spreizte die Beine, um auf dem Kopfsteinpflaster besseren Stand zu haben.

»Halt!«

Eine Wolke verdeckte den Mond, und der junge Mann verschwand in der plötzlichen Dunkelheit. Die Wache fuchtelte mit ihrer Hellebarde herum und versuchte, die Gestalt des jungen Mannes auszumachen, doch es gelang ihr nicht. Unaufhörlich näherten sich die Schritte, und ihr fieberhafter Rhythmus paßte zum donnernden Herzschlag des Soldaten. Er sah zum bewölkten Himmel hinauf und betete, daß das Mondlicht zurückkehren möge.

Wie zur Antwort zogen sich die Wolken vom Mond zurück. Licht überspülte den jungen Mann.

Aber er war kein junger Mann mehr.

Im Aufblitzen des Mondscheins erhaschte der Soldat einen Blick auf einen gewaltigen hundeähnlichen Kopf, eine Silbermähne, ein aufklaffendes Maul, Zähne und Schaum und sichelförmige Klauen. Das sollte seine letzte Erinnerung sein...

Sie prallten aufeinander.

Der Soldat wurde zurückgeschleudert, und Metall und Knochen schlugen gegen die Stadtmauer. Er versuchte, sich auf den Füßen zu halten, doch die Beine gaben unter ihm nach, und er brach wie eine Stoffpuppe zusammen. Ein roter Schwall floß über das Kopfsteinpflaster. Er stemmte die Hände gegen die glatten Steine, doch er konnte sich nicht erheben.

Der nächste Schlag warf ihn auf den Rücken. Sein Kopf fiel auf das kalte Pflaster. Sein Körper erzitterte erneut, doch er verspürte keinen Schmerz. Er sah an den aufgerichteten Rükkenhaaren seines Mörders vorbei zu den Sternen, die über ihm am Himmel funkelten.

Dann verschlang ihn die Dunkelheit.

Der Werwolf tat sich an dem fleischigen Bein der Leiche gütlich und hob seine blutverschmierte Schnauze nur, um schnaubend Luft zu holen. Ein vergnügtes Knurren kam aus den Tiefen seines Rachens und wurde von einem zufriedenen Rülpsen unterbrochen. Erneut versenkte er seine Schnauze in den Wunden des Toten.

Niemand vertrieb ihn.

Nach einer Weile beruhigte sich der Atem der Bestie. Das blutverschmierte, gesträubte Fell hatte sich gelegt, und die rot flammenden Augen kühlten sich wieder zu silbernem Glanz ab. Der Werwolf ließ sich ein Stück von der Leiche entfernt auf seine Hinterbeine nieder. Unter den länger werdenden Schatten des Mondes verzogen sich die Gliedmaßen des Untiers langsam. Seine Wangenknochen drückten sich durch Haut, auf der das Fell zurückwich; die Zähne wurden stumpf und kleiner; die Schnauze verformte sich zu einem Gesicht; Ballen weiteten sich zu Fingern aus. Und am ganzen Körper wurde das Fell dünner und dünner und hinterließ schließlich jugendliche Haut.

Die Umwandlung war komplett.

Nun saß ein junger Mann von achtzehn Jahren neben der Leiche. Er war nackt bis auf das Blut, das ihn von der Nase bis zu den Knien bedeckte. Zitternd richtete er den Blick auf die Leiche neben sich. Der Soldat der Stadtwache lag bewegungslos da; sein Rücken bog sich in einem unnatürlichen Winkel durch. Von seinem rechten Bein war nur ein zerfetzter Klumpen übriggeblieben. Die Muskeln der Wade und des Oberschenkels waren verschwunden, und Bänder und Sehnen ragten aus den zerrissenen Gelenken hervor.

Der Junge wandte sich von der Leiche ab. »Verdammt«, fluchte er. Er hatte gewußt, daß er heute nacht töten würde, hatte es in dem Augenblick gewußt, in dem er den schwarzen Umhang angelegt und durch das Fenster geschlüpft war. Der

Hunger war unerbittlich gewesen. Nun war er vergangen, und dem jungen Mann war übel. Als er noch einen Blick auf die Leiche warf, zuckte er zusammen.

An dem Toten bewegte sich etwas.

Zitternd beugte der Junge sich vor. Er sah erneut eine Bewegung, eine Bewegung auf dem blutverschmierten Gesicht des Mannes. Langsam öffnete sich ein Lid, und das Auge darunter drehte sich. Sein Blick blieb an dem Jungen kleben. Er schien ihn zu durchdringen. Und auf der glänzenden Oberfläche des Auges machte der junge Mann sein eigenes, entsetztes Spiegelbild aus.

Der Soldat erschauderte. Sein Auge schloß sich langsam, und er lag still da. Der Junge betrachtete die Leiche voller Angst und mit leerem Ausdruck. Er griff nach der kalten Hand des Mannes und berührte sie.

»Es tut mir leid«, murmelte er.

Dann hob er seinen Umhang auf und verschwand in der Nacht.

1

Thoris lag hellwach auf seiner zerwühlten Pritsche. Mit seinen Stummelfingern umklammerte er das hölzerne Gestell unter ihm, während er zum Fenster des Schlafsaals schaute. Dort stand Casimir, dessen schlanke Gestalt sich von dem spätwinterlichen Sonnenuntergang abhob. Während der junge Mann auf die Stadt Harmonia blickte, zupfte er mit seinen Fingern Holzsplitter aus dem Fensterbrett. Nach einen Augenblick hatte er eine Handvoll Splitter zusammen und warf sie aus dem Fenster auf das Strohdach unter sich.

»Hier bin ich, in einem verwahrlosten Armenhaus...« murmelte Casimir.

Thoris verlagerte das Gewicht seines fetten Körpers auf dem Feldbett und schnaubte. Während er sprach, überschlug sich seine Stimme. »Und – laß mich raten – dein Todfeind Zhone Clieous beobachtet denselben Sonnenuntergang aus der Behaglichkeit des Meistersingers Herrenhaus.«

Casimir drehte sich zu dem Jungen um und strich mit den Fingern durch sein mitternachtschwarzes Haar. »Lasse ich es mir so deutlich anmerken, alter Freund?«

»Mehr als das«, sagte Thoris, rollte sich herum und setzte sich auf seiner Pritsche auf. Er atmete die abgestandene Luft des Schlafsaals ein und warf einen Blick auf die endlosen Reihen der Pritschen neben sich. »Es ist allen aufgefallen. In letzter Zeit sprichst du nur noch darüber, wie sehr du Clieous haßt. Was ist aus deinen Liedern geworden? Was ist aus deinen Geschichten geworden? Seit du achtzehn bist, kann man nichts mehr mit dir anfangen.«

Casimir zog sich vom Fenster zurück, faltete die Hände und setzte sich auf seine Pritsche. Er räkelte sich, und seine Muskeln spannten das abgetragene Hemd, das er trug. »Ich habe keine Lieder und Geschichten mehr. Ich bin erschöpft.« Er nahm den Kopf in die Hände. »Jede Nacht bete ich im Schlaf darum, sterben zu können.«

Thoris riß die Augen auf. »Was soll dieses dumme Geschwätz? Hör zu, dieser Rachefeldzug gegen Clieous vergiftet dich, Casimir. Warum hörst du nicht auf, ewig nur herumzujammern, und unternimmst etwas? Wenn du auf Rache aus bist, verschaff sie dir!«

Casimir schüttelte den Kopf und legte sich auf seine Pritsche. Er zog das zerschlissene Laken über seinen Körper. »Du verstehst nicht. Die Rache würde mich töten.«

Thoris drückte die Lippen aufeinander und knurrte. »Sing mir wenigstens eine der *Mora* vor, Casimir... um der alten Zeiten willen.«

Der dunkelhäutige Junge sah seinen Freund müde an. »Ich habe es dir doch gesagt, Thoris, ich habe keine fröhlichen Lieder mehr. Ich kenne nur noch Klagelieder.«

»Du meine Güte, dann sing ein Klagelied«, sagte Thoris.

Casimir knirschte seufzend mit den Zähnen. Dann begann er mit hoher, leiser Stimme zu singen.

Mit jeder Wunde kommt der Tod
auf leisen Sohlen,
raubt dir Leben und bringt dir Not.
Jeder Schmerz, noch so klein,
ob im Herzen oder sterblich Fleisch,
altert dir die Seele.

Was ist das Leben schon, verfliegende Jahre,
gezeichnet von Narben und Tränen?

Ich erblicke mein Ebenbild
im Spiegel,
gezeichnet und wie ein Buch,
ich lese und kann jede Wunde beim Namen nennen.

Falls du ein langes Leben wünschst,
dann flieh vor dem Schmerz,
um deine Seele zu retten.
Oder mach es den Vampiren gleich,
krieche bäuchlings vor dem Tod,
um ewig zu leben
– scheinbar.

Mit dem letzten Atemzug
am Tage deines Todes
wirst du dich fragen,
wo deine Jugend ist geblieben.
Doch sie war niemals fort,
nur verborgen hinter der Maske aus Narben.

Die Worte verhallten leise im Schweigen. Thoris öffnete den Mund, um etwas zu sagen, doch über seine Lippen kam kein Laut. Er fuhr mit der Hand über das grobe Leinen auf seiner Pritsche und sah zu Casimir hinüber. Sein Freund hatte sich wie eine Motte in ihren Kokon in sein Laken gehüllt. Nur sein Kopf ragte daraus hervor. Das schwarze Haar rahmte sein Gesicht ein.

Genug ist genug, sagte sich Thoris. Heute abend werde ich herausfinden, was ihm so zu schaffen macht. Im letzten Monat ist er immer um Mitternacht aus diesem Fenster geschlüpft. Diesmal werde ich ihm folgen und ihm nachspionieren.

Die Stunden bis Mitternacht vergingen für Thoris quälend langsam. Er wälzte sich auf seiner Pritsche herum und versuchte, gegen den Schlaf anzukämpfen. Manchmal kniff er sich oder bog die Finger schmerzhaft zurück, um wach zu bleiben. Nichtsdestotrotz fielen ihm schließlich die Augen zu. Er spürte, wie sein Geist in das Reich der Träume trieb, hatte aber nicht mehr die Willenskraft, daran etwas zu ändern.

In der Ferne ertönte die große Eisenglocke der Sängerhalle. Thoris fuhr hoch. Plötzlich war er hellwach, und sein Herz hämmerte. Die Glocke erklang erneut.

Noch zehn Schläge bis zur Mitternacht.

Will ich das wirklich? fragte er sich. Wenn Frau von Matren uns erwischt, wie wir aus einem Fenster des Schlafsaals hinabklettern, wirft sie uns aus dem Waisenhaus. Ein weiterer Schlag ertönte. Thoris sah verstohlen zu Casimir hinüber. Er rechnete damit, daß sein Freund jeden Augenblick wach wurde, das Laken zurückwarf und zum Fenster hinaus stieg. Vielleicht bleibt er diese Nacht hier, grübelte Thoris mit einiger Erleichterung. Vielleicht muß ich ihm nicht folgen...

Erneut schlug die Glocke. Thoris schloß blitzschnell die Augen, blieb ruhig liegen und tat so, als würde er schlafen. Dann sah er verstohlen zu Casimir hinüber, der sich auf seiner Pritsche aufgesetzt hatte. Sein Haar stand in wirren Büscheln vom Kopf ab, und auf seinen hohen Wangenknochen waren noch die Abdrücke des groben Stoffes zu sehen. Doch seine blauen Augen funkelten düster.

Casimir erhob sich von der knarrenden Pritsche, streckte sich und sah durch das klapprige Fenster hinaus. Die Nacht war pechschwarz. Nachdenklich hob er eine seiner muskulösen Hände zum Mund. Dann kniete er nieder und zog eine Holzkiste unter seiner Pritsche hervor. Daraus holte er einen dicken, schwarzen Umhang, hob ihn langsam hoch und drückte ihn an sein Gesicht. Er atmete tief ein und seufzte.

Nachdem er den Umhang lange betrachtet hatte, schüttelte er den Kopf und legte ihn in die Kiste zurück. Dann erhob er sich, kletterte mit einer fließenden Bewegung auf die Fensterbank, atmete die Nachtluft ein und glitt hinaus.

Thoris zwang sich, liegen zu bleiben und bis fünf zu zählen, bevor er aufstand und vorsichtig über das Fensterbrett spähte. Unter ihm kletterte Casimir die aus Eichenbalken und Mörtel bestehende Mauer des Armenhauses hinab. Seine Zehen fanden überall dort Halt, wo die uralten Balken sich verzogen hatten. Thoris wußte, daß er ihm folgen würde. Als Casimir den Mauersockel erreicht hatte, setzte er den Fuß auf das Strohdach, das unmittelbar unter dem Fenster lag. Ein Fehltritt, und er würde durch das Dach brechen. Thoris knirschte mit den Zähnen, und sein Herz hämmerte in seinen Ohren. Casimir setzte einen Fuß seitlich neben den anderen, bis er den Rand des Daches erreicht hatte, und sprang leichtfüßig zu der schmutzigen Gasse unter ihm hinunter. Mißtrauisch musterte er das dunkle Armenviertel. Hütten aus Lehm und Brettern breiteten sich in einem grauen Labyrinth aus, so weit das Auge sehen konnte. Vorsichtig entfernte er sich von dem Armenhaus, in dem auch die Waisen der Stadt lebten, und ging die Straße entlang.

»Jetzt oder nie«, sagte sich Thoris. Er kniete neben seiner Pritsche nieder und zog ein handgefertigtes Holzschwert aus dem Stapel seiner Besitztümer. Er fuhr mit der Hand über den Rand der geschnitzten Klinge. Auch nach zehn Jahren war sie noch scharf. Unwillkürlich mußte er an jenen heißen Sommertag denken, an dem er das Schwert zum ersten Mal in der Hand gehalten hatte.

Das lästige Summen der Fliegen erfüllte die Sommerluft. Obwohl die Schlagläden der Hütten offenstanden, war die Hitze darin lähmend.

Die Hitze und der Gestank.

Doch der fünfjährige Junge bemerkte es nicht. Er saß in einer Ecke und zitterte trotz der Wärme des Sonnenlichts, das durch ein Fenster und auf seinen Rücken fiel. Die Haut unter seinem verfilzten braunen Haar war weiß wie Porzellan, und dunkle Ringe umgaben seine eingefallenen Augen. Eine Fliege, die kreuz und quer durch den Raum flog, landete auf seinen aufgesprungenen Lippen. Er machte sich nicht die Mühe, sie zu verjagen. Er saß einfach da und sah zu der offenen Tür, die zum zweiten Zimmer der Hütte führte.

Der Geruch kam von dort.

Der Junge bewegte sich, und seine knochigen Knie schlugen dumpf auf den schmutzigen Boden. Er neigte den Körper in den sonnenerhellten Fleck und bettete den Kopf in die Krümmung seines Ellbogens. Obwohl er die Augen nicht schloß, schlief er langsam ein. Er hatte in der letzten Woche nur wenige Stunden geschlafen, und ob er nun wach war oder schlief, ihm war immer kalt.

Als er aufwachte, war der warme Sonnenstrahl weitergegangen. Das Kind hob den Kopf vom schmutzigen Boden und kniff die Augen zusammen. Jemand sang – draußen. Die Stimme war schrill und spöttisch. Und es war zweifellos ein Junge, der lachte und schrie und sang.

Ich bring dich um, du dummes Schwein! Ha ha! Ha Ha!
Und koch dich dann in rotem Wein! Ha ha! Ha ha!
Ich schneid dich auf und murks dich ab
Bis ich 'nen leck'ren Braten hab! Ha ha! Ha ha! Ha ha!

Der fünfjährige Junge erhob sich zitternd vom schmutzigen Boden. Es legte seine schmale Hand auf den verwitterten Fensterrahmen und spähte vorsichtig hinaus. In dem dichten Wald, der das Haus umgab, blitzte etwas im Sonnenlicht auf.

Es war der Sänger. Er spielte dort, lief zwischen den Bäumen umher und sprang von einem Stein auf den anderen durch einen Bach. Seine Kleidung war schäbig und zerrissen. Er wiederholte atemlos sein Lied und verwechselte mitunter den Text, während er mit einem Holzschwert auf einen Brombeerstrauch einstach.

»Nieder mit dir, du dummer Hund!« rief er.

Der Junge am Fenster drehte sich um und humpelte schnell zur Tür der Hütte. Er spähte hinaus und sah, wie der Sänger mit seinem Schwert auf Unterholz einschlug.

»Nimm das, verdammt!«

Als der Fünfjährige in der Hütte den Fluch hörte, drückte er die Hände auf die Ohren. Der andere Junge mochte etwa acht Jahre alt sein, hätte aber trotzdem nicht fluchen sollen. Das Kind nahm die Hände wieder von den Ohren und trat vorsichtig über die Schwelle der Hütte. Es schlurfte langsam weiter und beobachtete den Älteren mit ängstlichem Interesse. Der stieß einen weiteren wilden Schrei aus. Der Fünfjährige ließ sich zu Boden fallen und kroch hinter einige Farnsträucher. Er hielt den Atem an und kroch langsam näher an den Fremden heran.

Plötzlich wirbelte der Sänger mit dem Schwert herum und trieb seine hölzerne Klinge in die Farne.

»Ha ha! Stirb, dreckiger Hund!«

Sauber an den Stengeln abgetrennte Farnwedel flogen durch die Luft. Das Schwert bohrte sich tiefer in die Pflanze und verfehlte den Kopf des Jungen, der sich dort versteckte, nur um ein paar Zentimeter. Er schrie vor Schreck auf. Das Schwert hielt inne, und der Kämpfer sprang durch den Farn und richtete seine Waffe auf den kleinen Jungen.

»Wer bist du?« fragte er.

Mit großen Augen wimmerte der Fünfjährige unverständlich vor sich hin.

Ein nachdenklicher Ausdruck legte sich auf die dunklen Gesichtszüge des Jungen. Er fuhr sich mit der Hand durch das schwarze Haar. »Na ja, ist auch egal«, sagte er. »Willst du ›Jäger‹ mit mir spielen?«

Der Kleine sagte nichts. Seine Augen waren noch immer weit aufgerissen, und seine Lippen zitterten.

»Komm mit, ich erstech dich schon nicht«, sagte der schwarzhaarige Sänger mit einem anmaßenden Lächeln und streckte die Hand aus. »Ich brauche eine Wache.«

Mit einem nervösen Blinzeln ergriff der ausgemergelte Junge die ausgestreckte Hand und stand auf.

»Ich bin Casimir«, platzte der Sänger heraus. »Wie heißt du?«

»Thoris«, murmelte der Jüngere.

Casimir schob sein Holzschwert in den Gürtel und verschränkte die Arme vor der Brust. »Also, willst du mitspielen?«

»Wobei?«

»Wir könnten ›Jäger‹ spielen, oder ›Kampf gegen das Ungeheuer‹«, erwiderte Casimir und schlug auf das Schwert an seiner Seite.

»Gegen was für ein Ungeheuer?«

»Welches du willst«, sagte Casimir. »Gegen das große, riesige, gewaltige oder gegen das kleine, winzige, unbedeutende.«

Thoris lächelte zaghaft. »Das würde mir Spaß machen.«

»Natürlich macht es Spaß. Wir können gegen alle möglichen Dinge kämpfen.«

Thoris runzelte die schmutzige Stirn. Er warf einen flüchtigen Blick zur Hütte. »Äh... ich muß erst meine Mama fragen.«

Er trat vorsichtig von Casimir zurück, drehte sich um und humpelte zur Hütte. Casimir beobachtete ihn, und sein Blick wurde ernst, als er Thoris' magere Arme und Beine bemerkte. »Mit ihm stimmt irgendwas nicht«, murmelte er wachsam vor sich hin. Dann legte er die Hand auf den geschnitzten Griff seines Holzschwerts und folgte dem Jungen.

Schon einen Steinwurf von der Hütte entfernt konnte Casimir den Fäulnisgeruch wahrnehmen. Als sie näher herankamen, wurde der Gestank fast unerträglich. Thoris schien ihn jedoch nicht zu bemerken und ging ohne Zögern zu der eingeschlagenen Tür. Casimir rümpfte die Nase und musterte nervös den verblichenen Putz auf den Bretterwänden und das bemooste Stroh des Daches. Thoris drehte sich mit einem sanften Lächeln um und trat dann ein. Er verschwand in der Hütte, und die beschädigte Tür schwang hinter ihm zu.

Casimirs Augen wurden groß.

Auf die Tür war ein scharlachrotes *X* gemalt.

Es war das Zeichen der Pest, der kartakanischen Seuche.

Casimir hielt den Atem an und trat mehrere Schritte zurück. Er zog das Schwert aus dem Gürtel, begann zu laufen, zögerte dann jedoch.

Dieser arme Junge mit den eingefallenen Augen, der blassen Haut, den aufgerissenen Lippen, dem schüchternen Lächeln...

»Thoris?« rief Casimir und drehte sich wieder um. »Komm da raus.« Er hörte nicht, ob sich in der Hütte etwas bewegte. »Thoris?« schrie er mit zitternder Stimme. Vorsichtig ging er zur Seite der Hütte hinüber und hielt das Schwert dabei die ganze Zeit über in der ausgestreckten Hand. Als er um die Ecke bog, sah er ein zersplittertes Fenster, dessen Laden lokker hinabhingen. Er atmete tief ein und warf einen Blick durch das Fenster.

Thoris stand in dem Zimmer, rang die Hände und sah erwartungsvoll eine Frau auf einer Pritsche an. Casimir kniff die Augen zusammen.

Die Frau war tot.

»Thoris?« rief er, und der Name wäre ihm fast in der Kehle steckengeblieben. »Komm sofort da raus!«

Thoris sah zum Fenster, wandte sich von dem Bett ab und ging zur Tür. Er kam mit sorgenvoll gerunzelter Stirn und fest zusammengedrückten Lippen zum Vorschein. »Tut mir leid. Mama sagt, es ist zu gefährlich.«

Casimir war nicht bereit, näher an die Hütte zu treten, und winkte den verhungernden Jungen zu sich. »Komm her.« Zögernd trat Thoris vor, warf aber einen Blick über die Schulter zurück und sah blinzelnd durch die Türöffnung, als erwartete er, einen Tadel zu hören.

»Gehen wir«, sagte Casimir, als der Junge schließlich vor ihm stand.

Thoris schüttelte fest den Kopf. »Nein. Es ist zu gefährlich.«

Casimir ergriff die Hand des Jungen. »Gehen wir!« sagte er beharrlich.

»Nein!« rief Thoris und machte sich los, die Augen vor Schreck weit aufgerissen. »Mama hat es verboten!« Er drehte sich mühsam um und humpelte zur Hütte zurück.

»Warte!« rief Casimir. Der Junge blieb stehen und krümmte sich zusammen, als erwartete er, geschlagen zu werden. Ängstlich sah er über die Schulter. Casimir schüttelte den Kopf und biß die Zähne zusammen. Er richtete sein Holzschwert auf den Jungen. »Es ist nicht zu gefährlich... wenn du mit diesem Schwert bewaffnet bist.«

Thoris' Augen wurden größer, und ein strahlendes Lächeln legte sich auf sein bleiches Gesicht. Er drehte sich um und ging langsam auf Casimir zu. Mit beiden Händen griff er nach der Waffe. »Willst du es mir schenken?«

»Ja«, sagte Casimir mißgönnend. »Wenn du mit mir kommst.«

»Wohin gehen wir denn?«

»In die Stadt«, sagte Casimir und gab dem Jungen das Schwert.

»Wo die großen, weißen Mauern sind?« murmelte Thoris abgelenkt, während er das Schwert beäugte.

»Ja«, erwiderte Casimir und seufzte hoffnungslos. »Und das Armenhaus ›Zum Roten Portal‹.«

Was für eine bittersüße Erinnerung, dachte Thoris und faßte den Holzgriff des Schwertes fester. Und nun braucht Casimir mich. Thoris' Besorgnis wurde größer, als er Casimir durch die dunklen Straßen von Harmonia folgte. Der schwarzhaarige Junge hatte ihn vom Armenhaus aus durch das riesige Labyrinth des Elendsviertels auf das Kopfsteinpflaster der Hochstraße geführt, vorbei an Läden und Geschäften und Schenken – sogar vorbei am Anwesen des Meistersingers. Noch immer ging er weiter. Schließlich stieg er eine steile Straße hinauf, die auf dem Gipfel des Südhügels endete. Thoris schluckte. Der Südhügel war die Heimat der reichsten Bewohner Harmonias. Ein Waisenjunge hatte hier nichts zu suchen.

Nach zahllosen vorsichtigen Schritten erreichte Thoris ebenfalls die Südhügelstraße, eine prachtvolle, von Lampen gesäumte, gepflasterte Allee. Zu beiden Straßenseiten erhoben sich massive, weiß getünchte Mauern, die die riesigen, hinter ihnen liegenden Grundstücke abgrenzten. Thoris hielt eine ausreichende Entfernung zu Casimir und versuchte, möglichst in den Schatten zu bleiben. Casimir ging weiter; seine Schritte waren zwar vorsichtig, aber auch zielstrebig. Nicht ein einziges Mal sah er zurück. Thoris folgte ihm vorsichtig, bis er die Kuppe des Südhügels erreicht hatte. Dort erhaschte er einen Blick auf eines der großen Herrenhäuser Harmonias, ein weitläufiges Gebäude mit unzähligen Fenstern aus Bleiglas. Es sah aus wie eine große Schatztruhe oder ein Schloß der Götter. Da hinein geht er doch bestimmt nicht, dachte Thoris.

Vor ihm verließ Casimir die Straße und verschwand im Stalleingang des Herrenhauses. Thoris schlich ihm hinterher. Er spähte um die Ecke und bekam gerade noch mit, daß der große Junge über eine halbhohe Mauer neben dem Stall kletterte und sich auf der anderen Seite hinabließ. Thoris' Herz hämmerte so laut, daß er sich wunderte, daß Casimir es nicht gehört hatte. Unbeholfen kletterte er auf die halbhohe Mauer und erstarrte dann.

Hinter ihr erstreckte sich ein eleganter Garten. Er sah aus, als wäre er einem Traum entsprungen. Steinpfade wanden sich zwischen Bäumen und hohen Sträuchern, die kegel-, zylinder- und kugelförmig getrimmt waren. In den blaugrauen Strahlen des Mondlichts wirkte der Garten gleichzeitig rein und ruhig. Hinter ihm erhob sich das Herrenhaus wie ein Berg mit Fenstern.

»Wo ist er?« flüsterte Thoris vor sich hin. Dann machte er Casimir aus, der gerade an einer Hecke entlangtrottete, die parallel zur halbhohen Mauer wuchs. Als Thoris wieder zu Atem gekommen war, ließ er sich vorsichtig von der Mauer hinabfallen und folgte seinem Freund. Er beäugte die Hecke und suchte nach einer Stelle, wo er sich verstecken konnte, falls Casimir zu ihm zurückschauen sollte. Aber Casimir schaute nicht zurück. Er ließ die Hecke hinter sich und folgte einem gewundenen Pfad, der auf ein breites Kalksteingeländer zu lief.

Ein Geländer, das am Rande eines hohen Steilhangs entlangführte.

Casimir erreichte das Geländer und setzte sich darauf. Thoris hielt den Atem an, als Casimir die Beine herumschwang und über dem Abgrund baumeln ließ. Er sah zu der grauen Heidelandschaft und den dichten Wäldern hinüber, die den Horizont säumten. Thoris ging langsamer; er wollte Casimir nicht vorzeitig auf sich aufmerksam machen und sich dem Abgrund nicht zu schnell nähern. Der Ausblick verursachte ihm Übelkeit. Er hielt auf dem Pfad inne und duckte sich hinter einem Gebüsch. Warum ist Casimir hier? fragte er sich.

Eine leise Melodie drang an seine Ohren. Sie schwoll an, erstarb und begann dann von neuem. Es war Casimir, der eine *Mora* sang, eine Moralität, wie sie in Harmonia so geschätzt wurde. Es war ein Klagelied, das hauptsächlich bei Beerdigungen gesungen wurde.

»Die Dunkle Hebamme kommt mit Laken und Scheren,
um aus dem Leib der Mutter uns zu holen.
Ihre ledrigen Hände holen uns heim
in die Gruft.

Der Meistersinger Haus und Hof
verlassen muß.
Die Dunkle Hebamme kommt und bettet ihn durch
des Schicksals Hand.

Und auch der Soldat hoch oben auf der Stadtmauer ihrem
Kommen entgegensieht, als wär's das Morgengrauen.
Die dunkle Hebamme kommt zu ihm.
Ohne Soldat wird die Stadt fallen.

Und so verabschieden wir uns alle aus diesem Leben,
gehen in ein bessres Land, oder ein viel schlimmres.
Unsere Nabelschnur wird vom Messer des Todes Dienerin
durchtrennt, der Dunklen Hebamme.«

Thoris hörte genau zu und legte eine Hand ans Ohr, um jeden Ton mitzubekommen. Casimirs Lied hob sanft an und verschmolz mit dem schwachen Wind. Seine Stimme war schon immer wunderschön und betörend gewesen, doch heute abend bekam Thoris eine Gänsehaut.

Casimir verlagerte auf dem Geländer sein Gewicht. Dann erhob er sich, stand über dem Abgrund. Er nahm die Arme in die Luft, als wolle er sich einem unsichtbaren Feind ergeben, legte den Kopf zurück und sah in den sternenlosen Himmel hinauf.

»Verdammt seist du!« rief er. Die wütenden Worte hallten wie ein Donnerschlag über den Steilhang. »Du hast mich mein ganzes Leben lang heimgesucht! Oh, bei den Göttern, wie ich dich hasse!«

Thoris rauschte das Blut in den Ohren, und sein Kinn zitterte. Langsam ging er zum Geländer weiter. Der steinerne Pfad unter seinen Füßen war kalt. Schließlich hatte er sich seinem Freund so weit genähert, daß er Casimirs mitternachtschwarzes Haar von dem blauschwarzen Himmel unterscheiden konnte.

»Casimir, was ist los?« fragte er.

»Thoris?« sagte Casimir erstaunt, ohne sich umzudrehen.

»Was machst du da, Casimir?« fragte Thoris.

»Ich will mich in die Tiefe stürzen«, sagte Casimir müde.

»Warum, Casimir? Wegen Meistersinger Clieous?«

»Leb wohl, Thoris.«

Er trat über den Rand der Klippe.

Und fiel wie Blei in den Abgrund.

Thoris schrie auf und stürzte vor. Casimir drehte sich langsam bei seinem Sturz. Er schrie nicht und unternahm auch keinerlei Versuch, sich irgendwo festzuhalten; er fiel stumm und steif wie ein Zweig in einem großen Wasserfall.

»*Neeeiiin!*« schrie Thoris.

Sein Ruf wurde von dem Abgrund zurückgeworfen, und er fragte sich, ob Casimir ihn gehört hatte. Einen Augenblick lang schien die stürzende Gestalt sich zu verändern, irgendwie zu verwandeln. Thoris blinzelte und rieb sich die Augen.

Casimir schlug auf einem Steinsims der hohen Felswand auf. Ein lautes Krachen ertönte, wie von einem brechenden Ast. Die winzige Gestalt krümmte sich zusammen, rollte ein Stück weiter, fiel dann tiefer hinab, verschwand hinter einem Felsvorsprung und war außer Sicht. Dann erklang das durchdringende Aufprallgeräusch.

Thoris taumelte von dem Geländer zurück; sein Atem ging flach und schnell. Er konnte nicht mehr stehen. Seine Knie gaben nach. Ein einziger Satz hallte in seinem Kopf. *Casimir ist tot. Casimir ist tot. Casimir ist tot...* Er schlug die zitternden Hände vors Gesicht. Seine Eingeweide krampften sich zusammen.

Thoris stolperte den gewundenen Pfad vom höchsten Punkt des Südhügels hektisch hinunter. Beim Laufen hielt er sich mühsam an Sträuchern und Bäumen und Felsbrocken fest, und seine Hände waren schon von zahlreichen Kratzern überzogen. Er erreichte den Fuß der steilen Felswand und blieb atemlos stehen.

Dort lag Casimir, die Glieder gespreizt, auf einer großen Steinplatte.

»Ihr Götter, ihr Götter, ihr Götter«, stöhnte Thoris und rang seine Hände.

Vor Jahrhunderten mußte die Platte vom Hügel oben hinabgeglitten und hierher heruntergestürzt sein. Ihre glatte Oberfläche und die abgerundeten Kanten bildeten einen natürlichen Dolmen für die Leiche.

Casimir ist tot. Casimir ist tot. Casimir ist tot...

Thoris starrte ihn an, und seine Augen schmerzten, während die Tränen aus ihnen quollen. Er wollte zu der Leiche laufen, doch seine Beine waren schwer wie Blei. Doch abwenden konnte er sich von der leblosen Gestalt auch nicht.

Überall war Blut. Viel Blut. Casimirs grobes Hemd hatte das dunkle Naß aufgesogen, das aus zahlreichen Wunden geflossen war. Sein Kopf lag schlaff auf dem Fels, seine Augen waren wie in friedlichem Schlaf geschlossen, sein Mund war blutverkrustet.

»Ihr Götter!« Thoris stolperte vor und suchte sich einen Weg zwischen zahlreichen großen Felsbrocken, die hier lagen. Endlich erreichte er die Platte, auf der Casimir lag. Er legte die Hände auf den kalten Stein, der seine zitternden Finger taub werden ließ, und streckte die Hand aus, um seinen leblosen Freund zu berühren.

Weiße Schwaden stiegen von Casimirs Lippen auf.

Thoris zuckte zusammen und zog die Hand zurück. Er runzelte beunruhigt die Stirn, während er die hohe Felswand hinaufsah. »Er kann nicht mehr leben!« Dann bemerkte er, wie sich Casimirs Brust langsam hob und senkte. »Aber du *lebst*«, murmelte er atemlos, und ein ungläubiges Lächeln legte sich auf seine Lippen. »Du *lebst*!« Thoris wischte sich die Tränen aus den Augen und betrachtete die schrecklichen Verletzungen. Casimirs Hemd war scharlachrot gefärbt und fühlte sich kalt an, als er es hob, um die Verletzungen zu untersuchen. Überall war Blut. Thoris' Lächeln erstarb, und seine Hände begannen heftig zu zittern. Er wandte sich von dem Körper ab und legte die blutverschmierten Finger vor den Mund. »Hilfe! Hilfe! Ich brauche Hilfe!«

Die Rufe wurden von dem Steilhang zurückgeworfen. Er wartete, doch niemand antwortete. Er rief erneut. Noch immer keine Antwort. Er atmete tief ein und brüllte aus vollem Halse, wobei seine jugendliche Stimme sich überschlug: »Helft uns!«

In einem Herrenhaus oben auf dem Südhügel flackerte Licht auf. Thoris strengte sich an, um die Lichtquelle sehen zu können. In einer langen Reihe von Fenstern war ein Fensterladen geöffnet worden. Thoris glaubte, einen Kopf ausmachen zu können, der aus dem Fenster spähte.

»Helft mir! Ihr da oben! Bitte helft mir!«

Das Licht leuchtete noch einen Augenblick, dann verschwand es wieder. Thoris rief erneut, und diesmal lag Zorn in seiner Stimme. »Bitte, bitte! Ihr da oben! Helft mir! Bitte!«

In der darauffolgenden Stille hörte Thoris das leise Klikken, mit dem der Schlagladen geschlossen wurde.

Thoris wandte sich wieder seinem Freund zu, bückte sich und drückte die Stirn auf Casimirs warme Seite. Noch nicht tot, aber bald, dachte Thoris. Er zerrte schwach an Casimirs Körper, wußte aber genau, daß er den Freund nicht allein den steilen Pfad zum Südhügel hinauftragen konnte.

Ein Heulen zerriß die Nacht – ein wölfisches Heulen.

Thoris erstarrte und lauschte. Der Raubtierschrei erklang ein zweites Mal, klar und melancholisch wie Casimirs Stimme. Ein anderes Heulen antwortete auf das erste. Und noch eins. Das Geräusch kam von hoch über ihm. Die Wölfe hatten seinen Hilferuf gehört. Die Wölfe kamen.

»Was soll ich tun? Was soll ich tun?« murmelte Thoris, während sein Herz in seiner Brust hämmerte. Er umklammerte Casimirs blutgetränktes Hemd und zog daran, konnte seinen Freund jedoch nicht bewegen. Er zerrte kräftiger, doch Casimir stöhnte vor Schmerz auf. Thoris trat zurück und rang die Hände. Das Heulen wurde von Schnauben und Bellen ersetzt. Thoris lehnte sich gegen den Stein und zählte die bellenden Geräusche. »Eins, zwei, drei, vier... das könnten an die zwanzig sein«, murmelte er und wischte sich kalten Schweiß von der Stirn. Er betrachtete eindringlich das leblose Gesicht seines Freundes. »Casimir, was soll ich tun?«

Auf dem Pfad über ihm ertönte das Scharren von Klauen. Keuchend sah Thoris hin. Dort funkelte ein Augenpaar, starrte ihn an, glühend wie heiße Kohlen. Thoris verließ aller Mut, als die leuchtenden Punkte langsam den Pfad hinabkamen.

»Sie haben mich gesehen«, begriff er und schritt ängstlich auf und ab. »Wenn ich jetzt davonlaufe, holen sie mich vielleicht nicht ein.«

Ein Knurren entrang sich der Kehle eines der Tiere. »Den Weg hinab, ihr Scheusale!«

»Werwölfe«, sagte Thoris, und ihm stockte der Atem. »Wölfe können nicht sprechen... Es müssen Werwölfe sein! Ich hau lieber ab... dann finden sie Casimir und nicht mich... Was sage ich da?« Er drehte sich um, nahm Casimirs Hand in die eigene und zog das Holzschwert, das Casimir ihm geschenkt hatte. »Ich laß dich nicht im Stich. Lieber sterbe ich im Kampf mit ihnen, als daß ich vor ihnen davonlaufe!«

Thoris beugte sich vor, hob einen großen Stein auf und setzte ihn neben Casimir auf den Dolmen. Hektisch bückte er sich, nahm noch einen Stein und noch einen, bis ein dicker Ring aus Felsbrocken den Körper umgab. Dann kletterte er zu seinem Freund hinauf und nahm einen Stein in die eine und das Schwert in die andere Hand. »Ich bin bereit.«

Die Untiere stürmten nun den Weg hinab, und ihr wütendes Grollen wurde von der hohen Felswand zurückgeworfen. Thoris spreizte die Beine und holte tief Luft. Er zitterte nicht mehr. »Ich nehme so viele mit, wie ich kann, bevor sie mich töten.«

Die glühenden Augen auf dem Pfad blitzten nun seltsam auf. Thoris sah genau hin und erkannte, daß es keine Augen waren, sondern die zwei geöffneten Klappen einer abgeschirmten Laterne.

»Werwölfe tragen keine Laternen bei sich«, flüsterte er atemlos. »Ist das ein Soldat der Wache mit seinen Hunden?« Er ließ sich von dem Felsblock hinab und lauschte dem Bellen. »Ja, das sind Hunde!« sagte er aufgeregt. »Hier drüben! Hilfe! Hier drüben! Mein Freund ist verletzt.«

Eine nachhallende Stimme antwortete ihm von dem felsübersäten Hang. »Wir sind fast da, Junge!«

»Ich dachte schon, Eure Hunde wären Wölfe!« sagte Thoris und lachte nervös auf. »Schnell! Er blutet sehr stark.«

Einen Augenblick später hatte ein Rudel bellender Hunde Thoris erreicht. Sie wurden von einem großen, hageren Mann geführt, der sich die an einem Stab befestigte qualmende Laterne unter den Arm geklemmt hatte; in jeder Hand hielt er die Leinen von fünf Hunden, als wären es die Zügel von Pferdegespannen. Er lehnte sich beim Gehen zurück und zog kräftig an den Ledergeschirren. Bei jedem Schritt knarrten seine dünnen Beine. Als er Thoris sah, blieb er stehen und drehte umständlich den Docht auf.

In der plötzlichen Helligkeit konnte Thoris den Mann nun deutlich ausmachen. Es war ein alter, kahlköpfiger Bursche mit einem stechenden Blick, einer eckigen Nase, einem dünnen, schwarzen Schnurrbart und verkniffenen Lippen. Seine Kleidung war zwar offensichtlich aus teurem Material geschneidert, machte aber den Eindruck, als habe er sie überstürzt angelegt, denn der hintere Teil seines Hemdes hing aus den Kniebundhosen heraus. Der Mann trat zu Thoris und bückte sich. »Wo hast du dich verletzt?«

»Nicht ich bin verletzt«, sagte Thoris verwirrt und deutete auf den Dolmen. »Sondern mein Freund hier.«

Ein Ausdruck der Überraschung glitt über das ansonsten ernste Gesicht des Mannes. Er leuchtete auf die Gestalt auf der Felsplatte. Deutlich sah man jetzt im Licht Casimirs Verletzungen. Ein klaffender Riß verlief über seine Stirn, ein

Auge und die darunterliegende Wange. Sein Hemd war zerfetzt, Arme und Beine wiesen tiefe Risse auf. Und wo seine Haut nicht aufgeplatzt war, war sie schwarz vor Prellungen oder rot vor Blut.

Der Mann kletterte auf den Felsbrocken und beugte sich ernst über Casimirs schlaffen Körper. Er legte die verwelkten Hände um das blutige Hemd und riß es vom Hals bis zum Saum auf. Darunter verlief ein tiefer Schnitt über Casimirs linke Brustseite. Der Alte zog seine Jacke und das Hemd aus und zerriß den Stoff zu Verbandsstreifen. »Die schlimmsten Verletzungen müssen wir sofort verbinden.« Er zog den ersten Streifen über Casimirs Brust. »Er atmet noch«, sagte er grimmig. »Das ist schon mal etwas.« Thoris sah zu, wie der Mann weitere Streifen von seinem Hemd abriß. Nachdem er die nächsten zwei Verletzungen verbunden hatte, tastete er Casimirs Rippen ab. »Sieht nicht so aus, als hätte er sich etwas gebrochen«, stellte er fest. Seine Stimme klang wie ein Knurren. »Wer hat ihn überfallen?«

»Niemand«, platzte Thoris heraus. »Er ist abgestürzt.«

»Was?« fragte der Mann und sah die steil abfallende Felswand hinauf. »Das ist unmöglich. Er wäre tot.«

»Ja«, flüsterte Thoris. »Das habe ich auch gedacht.«

Während der Mann die Wunden verband, legte sich ein Lächeln auf seine uralten Lippen. »Ich bin Valsarik, ein Leibdiener. Ich habe deine Schreie gehört.« Er hielt nachdenklich inne. »Wir tragen ihn in mein Quartier, säubern ihn, verbinden ihn ordentlich und legen ihn ins Bett. Natürlich hätte ich gern ein paar Erklärungen, wenn die Dämmerung kommt.«

»Natürlich.«

2

Valsariks knochige Hände wrangen den abgenutzten Lappen aus. Scharlachrotes Wasser floß aus dem Tuch und spritzte in ein darunter befindliches Metallbecken. Die Finger des Mannes zitterten, als er erneut den Lappen über Casimirs verletzte Haut zog. Valsarik seufzte und sah zu den Öllampen hoch, die über dem Tisch hingen. Dunkle Ringe lagen um seine Augen. Er ließ den blutgetränkten Lappen zu Boden fallen und griff nach einem anderen.

Thoris flegelte sich auf einem Stuhl neben dem Tisch. Er wandte seine Aufmerksamkeit von Casimirs Körper ab und betrachtete die Hütte. Sie hatte rissige Mauern aus Holz und Verputz, eine stabile Tür und Fenster mit Läden. Neben der Tür befand sich eine rauchgeschwärzte Feuerstelle, davor ein Gestell mit Kohlen. Eiserne Spieße und Kessel standen auf dem Herd. Nur ein paar Schritte von der Feuerstelle entfernt stand der Tisch, auf dem Casimir lag. Der blutüberströmte Casimir. Thoris schob den Stuhl vom Tisch zurück und betrachtete müde das Strohbett, das mit Laken aus richtigem Leinen bezogen war. Er kicherte; unzählige Krankheiten kann man mit abgedichteten Fensterläden, einem warmen Feuer und leinenen Laken kurieren.

Thoris schüttelte den Kopf und drehte sich wieder zu Valsarik um. Der Leibdiener erwiderte seinen Blick und legte den nächsten Lappen auf. Ohne den Blick von Thoris abzuwenden, warf er das zusammengeknüllte Tuch zu Boden. »Du hast mir deinen Namen genannt, Thoris. Aber wer ist dein Freund?«

»Casimir«, erwiderte Thoris mit einigem Stolz.

Valsarik grunzte nur als Erwiderung. Er legte den neuen Lappen auf den Tisch, wandte sich ab, ging zum Kamin und blieb dann vor dem Herd stehen. Anscheinend hatte er vergessen, was er von dort hatte holen wollen. »Habt ihr gewußt, daß ihr euch auf verbotenes Gelände begebt?«

»Ja... ich meine, nein.« Thoris war durcheinander. »Wir haben uns verirrt... wir dachten, wir hätten eine Abkürzung genommen... haben nicht gewußt, daß da ein Abgrund war.«

»Jetzt hör aber auf... er ist zufällig abgestürzt?« fragte Valsarik lächelnd. Er hob einen geschwärzten Kessel von den Kohlen hoch und goß dampfendes Wasser in das Becken. »Davor soll das Geländer doch schützen.«

»Nun, äh... ja... äh... nein...« Thoris ließ sich auf den knarrenden Stuhl zurückfallen. Für ausführliche Erklärungen war er zu müde. Valsariks tintenschwarze Augen funkelten, als er zum Tisch zurückkehrte und sich daran machte, die Wunden noch einmal zu säubern. Thoris biß sich auf die Lippe. Ich kann ihm die Wahrheit nicht sagen, dachte er, ich *kenne* die Wahrheit ja nicht mal selbst. »Ich habe ihn dazu angespornt, auf dem Geländer zu balancieren. Einer Herausforderung konnte er noch nie ausweichen. Er hat es prima gemacht, bis er dann abgerutscht ist.«

Valsarik betrachtete Thoris mit einem zweifelnden Lächeln. »Was war es denn nun? Eine Abkürzung oder eine Herausforderung?«

»Wir haben eine Abkürzung genommen, und dann habe ich ihn dazu angestiftet«, stieß Thoris hervor.

Valsarik kniff die Augen zusammen. »Wie kann ein Junge solch einen Sturz überstehen? Nur ein Gott hätte ihn überleben können. Ist Casimir ein Gott, Thoris?«

»Das weiß ich nicht!« sagte Thoris, und sein Gesicht lief rot an. »Sagt Ihr mir lieber, wie er überlebt hat! Es ist Euer Abhang!«

Der blutige Lappen verharrte auf Casimirs Haut. Das Funkeln in Valsariks Augen wurde schwächer. »Sieh ihn dir doch mal an, Junge!« knurrte er. »Du hast ihn dir noch nicht genau angesehen!«

Thoris wandte sich von der leblosen Gestalt ab.

»Sieh ihn dir an!«

Zögernd sah Thoris den Körper seines Freundes an. Zwischen den schwingenden Schatten der Lampe lag Casimir reglos da, der nackte Körper voller Prellungen und Risse. Er sah aus, als wäre er tot. Seine Haut war schwarz, purpurn und rot gefleckt. Prellungen umgaben seine Augen und bedeckten sein gebrochenes Nasenbein. Seine Stirn war aufgedunsen – und weiß wie feines Papier. Als Thoris seinen Freund betrachtete, fragte er sich, was ihn wohl dazu getrieben haben mochte, in die Tiefe zu springen.

»Das ist nicht nur wegen eines dummen Streichs passiert«, fuhr Valsarik fort. »Dein Freund hat geschrien, bevor er gesprungen ist, nicht wahr? Ich habe etwas gehört.«

Thoris riß die Augen weit auf, doch seine fleischigen Lippen blieben geschlossen.

Valsarik sah düster an Thoris vorbei. »Der Schrei hat mich aus tiefem Schlaf gerissen. Ich stand auf und zündete eine Kerze an, doch das Geräusch erklang kein zweites Mal. Ich dachte, die Nachtluft hätte meinen alten Ohren einen Streich gespielt. Trotzdem war ich zu unruhig, um wieder einschlafen zu können. Als ich deine Hilfeschreie hörte, holte ich die Hunde.« Valsarik nahm einen Leinenstreifen von einem Stapel und verband damit Casimirs Arm.

»Tut mir leid, daß wir Euch geweckt haben«, sagte Thoris.

Valsariks rabenähnliche Blicke bohrten sich in Thoris' Augen. »Schau, junger Mann. Ich will dir und Casimir wirklich helfen. Diese Welt ist voller Dunkelheit und Gefahr. Doch wenn du mir gegenüber nicht ehrlich bist, kann ich dich nicht davor schützen. Also, was ist heute nacht passiert?«

»Ich habe es Euch doch gesagt... er fiel vom Geländer!« rief Thoris.

»Ich würde sagen, etwas hat ihn hinuntergestoßen«, erwiderte der Leibdiener ruhig. »Entweder das, oder er ist gesprungen!«

Thoris erhob sich zitternd. »Ich weiß nicht, was ihn dazu getrieben hat!« Er deutete mit der Hand auf den wie tot daliegenden Freund. »Fragt ihn doch, aber laßt mich in Ruhe!« Thoris wich steif zurück; seine Gedanken rasten wirr umher. Er ließ sich müde neben den warmen Herd fallen und vergrub das Gesicht in den Händen. Selbst dort konnte er den messerscharfen Blick des Leibdieners auf seinem Rücken spüren.

»Dann werden wir sehen, was der Morgen bringt.«

Thoris antwortete nicht. Statt dessen sah er verdrossen ins Feuer. Casimir tat immer, was er wollte, ganz gleich, was andere davon hielten. Thoris' Gedanken kehrten zu einem anderen Steilhang zurück, zu einem Vorfall, der sich vor fünf Jahren ereignet hatte. Damals hatte er Casimir zurückhalten können.

»Warum willst du allein gehen? Das ist doch sinnlos!« sagte der zehnjährige Thoris. Er schirmte die Augen vor den Strahlen der tief am Himmel stehenden Sonnen ab und betrachtete die Bäume, über die sich allmählich Dunkelheit legte. »Wir haben den Wald doch den ganzen Tag lang durchstreift und kein einziges Kaninchen gesehen.«

Casimir seufzte und trat von der Kiefer zurück, an die er sich gelehnt hatte. »Versteh mich bitte nicht falsch, Freund, aber du bist einfach zu laut für die Kaninchenjagd.«

Ärger flammte in Thoris' Augen auf. »Auch allein würdest du hier nichts finden. In diesem Wald gibt es keine Kaninchen.«

»Mach dir keine Sorgen«, sagte Casimir und gab Thoris einen Klaps auf den Rücken. »Ich bin vor Sonnenuntergang wieder da – und zwar mit *zwei* Kaninchen.«

»Aber... aber...«, stammelte Thoris, »was ist mit den Wölfen?«

»Hör zu, wenn du Angst vor den Wölfen hast, kannst du dich doch auf den Felsrand über dem Amphitheater setzen«, sagte Casimir und deutete auf eine Lücke in den Bäumen hinter Thoris. »Dort findet bei Sonnenuntergang immer eine Vorstellung statt. Da gibt es Laternen und Wachen... kein Wolf wagt es, sich dorthin zu begeben.«

Thoris drehte sich um und schaute zweifelnd in die Richtung, in die Casimir zeigte. Er hörte Schritte hinter sich, sah zurück und stellte fest, daß Casimir davonging. Leise vor sich hin murmelnd, folgte Thoris ihm, doch Casimir winkte abwehrend.

»Geh schon mal zum Theater. Wir treffen uns dann dort.«

Zögernd machte Thoris kehrt und trottete in Richtung Amphitheater. Es lag hinter den Bäumen und war in den Granitfelsen gemeißelt, von dem aus man den nordöstlichen Rand von Harmonia betrachten konnte. Das Schneckenhaus des Amphitheaters war in die Felswand hineingebaut worden, und man hatte die abfallenden Sitzränge etwa fünfzehn Meter tiefer aus dem Muttergestein geschlagen.

Thoris konnte bereits das Licht der Laterne sehen, das hinter dem Rand des Felsplateaus warm leuchtete. Als er sich näherte, wurde das Gemurmel der Menge, die sich im Amphitheater versammelt hatte, lauter. Thoris trat zwischen den Bäumen hervor. Tief unten konnte er die halbkreisförmigen Ränge sehen, auf denen sich die Zuschauer drängten.

Der Anblick ließ ihn schwindlig werden. Vorsichtig und nervös ließ er sich auf Hände und Knie hinab und näherte sich dem steil in die Tiefe gehenden Felsrand. Als er ihn erreicht hatte, legte er sich auf den Bauch und spähte hinüber.

Der klaffende Abgrund rief Übelkeit in ihm hervor. Auf der Bühne fünfzehn Meter unter ihm stand ein Mann und gab der Menge Zeichen zu schweigen. Vom Rand aus gesehen wirkte er winzig.

Thoris stöhnte auf, als er den Mann erkannte. Es war Zhone Clieous, der Meistersinger von Harmonia und Mörder von Casimirs Mutter.

Thoris schüttelte den Kopf. »Casimir wird das nicht gefallen«, sagte er.

»Was wird mir nicht gefallen?« erklang Casimirs Stimme hinter ihm.

Thoris fuhr zusammen und kroch zurück. In seinem Kopf drehte sich alles, und er rang um Atem, als er sich aufsetzte. Ein schwaches Lächeln legte sich auf seine Züge. »Nichts.« Erst jetzt bemerkte er die beiden toten Kaninchen in Casimirs Händen.

»Was meinst du mit ›nichts‹?« fragte der ältere Junge und ließ die Kaninchen zu Boden fallen.

»Du hast tatsächlich Kaninchen erwischt!« rief Thoris und versuchte, das Thema zu wechseln. »Du warst nur ein paar Minuten lang auf der Jagd und hast gleich zwei erlegt?«

Casimir ignorierte seinen Freund, schritt zum Plateaurand und sah hinunter. Thoris winkte ihn nervös zurück. »Sei vorsichtig! Geh nicht zu dicht ran!« Casimir kniff die Augen zusammen, und sein Gesicht rötete sich. »Zhone Clieous«, sagte er und schlug mit der Faust in seine Handfläche. »Ich kann ihn nicht ausstehen, Thoris. Ich kann ihn wirklich nicht ausstehen.«

»Ich weiß ... ich weiß«, versuchte Thoris den Freund zu beruhigen. Kalter Schweiß stand auf seiner Stirn. »Komm zurück, bevor du abstürzt.«

»Das ist mir egal«, sagte Casimir und knirschte mit den Zähnen. »Vielleicht falle ich auf ihn drauf und erschlage ihn.«

Thoris riß die Augen auf. »Komm schon, Casimir, geh da weg.« Als der Freund nicht antwortete, versuchte Thoris es auf andere Weise. »Wenn du vom Rand zurücktrittst, werde ich... werde ich auf ihn spucken.«

Ein ungläubiges Lächeln legte sich auf Casimirs Gesicht. »Ist das dein Ernst?«

»Klar«, sagte Thoris, schluckte und lief vor Verlegenheit rot an.

»Ich wette, das wagst du nicht.«

»Komm da weg«, erwiderte Thoris mit zitternder Stimme. Als sich Casimir zurückzog, kniete er langsam nieder und robbte auf dem Bauch nach vorn.

»Wenn du ihn triffst, müssen wir laufen wie noch nie zuvor«, sagte Casimir aufgeregt. »Das ist dir doch klar, oder?« fügte er dann hinzu. Thoris nickte nur und begann, Speichel im Mund zu sammeln. Mit einem boshaften Lächeln legte Casimir sich neben seinen Freund und spähte über den Rand. Thoris benetzte seine Finger und hob die Hand, um den seichten Wind abzuschätzen. Clieous trat in Reichweite. Thoris spitzte die Lippen und ließ den Speichel dann langsam hinabtropfen.

Die schaumige Flüssigkeit fiel, sich langsam drehend, in die stille Luft des Amphitheaters hinab. Casimir hielt den Atem an. Er hörte sein Herz pochen.

Der Speichel traf Clieous mitten auf den Kopf und zerfloß auf seinem dünner werdenden Haar.

Casimir stieß ein Gelächter aus, das durch das ganze Freilichttheater hallte. Der Meistersinger, die Wachen und das

Publikum sahen zum Rand der Felswand hinauf. Die Jungen zogen in der Hoffnung, nicht bemerkt zu werden, die Köpfe zurück, aber es war zu spät.

»Ergreift diese Knaben!« rief der Meistersinger.

»Verschwinden wir von hier!« sagte Casimir mit einem nervösen Lachen, als er sich von dem Gestein erhob.

Thoris tat es ihm mit einem triumphierenden Lächeln gleich. »Du bist mir etwas schuldig, Casimir.«

Casimir nickte, bedachte seinen Freund mit einem Grinsen und stürmte in das dichte Unterholz. Thoris folgte ihm. Hinter ihnen erschollen die wütenden Schreie der Wachen. Kurz darauf waren die Jungen im Wald verschwunden; nur die toten Kaninchen blieben zurück.

Valsarik erwachte vor Anbruch der Dämmerung und schlich sich an Thoris und Casimir, die noch schliefen, vorbei. Er verließ seine Hütte, um die Läden vor den Fenstern des Hauses seines Herrn zu öffnen, um ihm das Frühstück zu bereiten und zu servieren und um die beharrlichen Nachfragen über »diesen Tumult letzte Nacht« zu beantworten. Als Valsarik seine Vormittagspflichten erledigt hatte, stand die Sonne schon hoch am Himmel. Er kehrte zu seiner Hütte zurück und fand die Jungen noch immer schlafend vor. Nachdem er die Fensterläden leise entriegelt hatte, ging er hinaus, um sie zu öffnen.

Das plötzlich durch das Fenster fallende grelle Sonnenlicht weckte Thoris augenblicklich auf. Er erhob sich verwirrt auf die Ellbogen. Vom Schlaf auf dem harten Bretterboden taten ihm alle Knochen weh. Wo war er? Er blieb einen Augenblick lang still liegen, roch die erloschenen Kohlen und betrachtete die schäbigen Wände. Langsam fiel ihm alles wieder ein. Das Zimmer... das Feuer... der alte Mann... der Abgrund... *Casimir*!

Thoris stand auf und ließ die dicke Decke von seinen Schultern gleiten und zu Boden fallen. An einem der Fenster erklang ein Hämmern, und noch mehr Sonnenlicht erhellte den Raum. Thoris entdeckte den Leibdiener vor dem Fenster.

Als er sich umsah, erblickte er auch Casimir, der schlafend auf dem einzigen Bett des Zimmers lag. Thoris schlurfte zu seinem Freund und setzte sich neben ihm auf die raschelnde Strohmatratze.

Casimir öffnete die geschwollenen Augen. Thoris zuckte zusammen. Im hellen Licht des Morgens sahen die Verletzungen besonders gräßlich aus. Er ertappte sich bei dem Gedanken, daß es vielleicht besser gewesen wäre, wenn Casimir den Sturz nicht überlebt hätte.

»Du bist wach«, platzte er heraus.

Casimir runzelte die Stirn, und seine geschwollenen Lippen öffneten sich, er brachte jedoch keinen Ton heraus. Seine scharfen Augen bewölkten sich kurz und wurden kleiner, als sie die unbekannten Dachsparren musterten. Er atmete die aschegeschwängerte Luft ein und griff mit einer Hand in die stachlige Matratze unter ihm. Schließlich blieben seine Blicke auf seinem Freund haften, und mit verquollenen Lippen flüsterte er: »Was... was ist mit mir passiert?«

»Sprich nicht«, sagte Thoris und legte einen Finger auf seinen Mund. »Wir haben nicht viel Zeit.«

»Wo sind wir?«

»Psst«, beharrte Thoris. Sein Gesicht wirkte ernst. »Casimir, ich bin dir letzte Nacht gefolgt. Erinnerst du dich?«

»Du bist mir gefolgt?« stöhnte Casimir, und ein Anfall von Furcht legte sich auf seine Gesichtszüge. Er versuchte, sich vom Bett zu erheben, doch die Verletzungen und Verbände hinderten ihn daran. Einen Augenblick zappelte er, dann sank er zurück. »Was ist mir zugestoßen?«

Thoris schüttelte langsam den Kopf. »Erinnerst du dich nicht daran, was letzte Nacht passiert ist?«

Casimir kniff die Augen fest zusammen. »Ich erinnere mich an gar nichts!« rief er elendig.

»Das Geländer... der Südhügel... weißt du denn gar nichts mehr?« bedrängte Thoris ihn.

Unter den Verbänden und klaffenden Wunden wurde Casimirs Gesicht leichenblaß. »Ich... äh... ich... bin gesprungen, nicht wahr?«

»Ja... du bist gesprungen«, sagte Thoris, und ein gequältes Lächeln erschien kurz auf seinem Gesicht. »Warum hast du es getan, Casimir? Was hat dich so unglücklich gemacht? Ist es Zhone Clieous?«

Die Tür der Hütte wurde knarrend geöffnet, und Valsarik trat herein. Thoris und Casimir warfen dem Leibdiener erschrockene Blicke zu. Valsarik schloß die Tür, lächelte freundlich und kam zu ihnen. »Guten Morgen.«

»Guten Morgen«, erwiderte Thoris, und eine Gänsehaut lief über seinen Rücken. Casimir blickte Thoris fragend an.

»Es freut mich, daß dein Freund aufgestanden ist... nun ja, fast«, sagte der Leibdiener, und seine Stimme klang fast wie ein Knurren.

»Er ist noch zu schwach, um viel zu sprechen«, erklärte Thoris, als der Mann zum Bett ging und bei Casimir stehen blieb. Valsariks rabenähnliche Augen zogen sich zu schmalen Schlitzen zusammen, bevor er fortfuhr.

»Das sollte man meinen, nach dieser Nacht. Aber vielleicht wird ein Frühstück ihm neue Kraft geben und seine Zunge lösen.« Mit diesen Worten drehte Valsarik sich langsam auf einem Absatz um und trottete zur Speisekammer. »Eier und Weißbrot mit gebratenen Pilzen und Schnittlauch?«

»Ja, bitte«, sagte Thoris in der Hoffnung, der Mann würde sich entfernen.

»Sehr wohl«, erwiderte Valsarik, nickte und betrat die Speisekammer. Thoris rutschte nervös auf dem Bett hin und her, während Valsarik die Regale durchstöberte. Einen Augenblick später kehrte er mit einem Tablett mit Lebensmitteln und einem Arm voll Holz wieder zurück. Er kniete neben dem Herd nieder, heizte das Feuer an und betätigte den Blasebalg. Er gab einen Klumpen Fett in eine eiserne Pfanne. Das Fett begann zu zischen und zu knistern, und der Geruch von Rauch drang in Thoris' Nase. Sein Magen knurrte, und das Wasser lief ihm im Mund zusammen.

Thoris schluckte heftig. »Er ist ein Freund«, flüsterte er Casimir zu. »Er hat uns gerettet. Ich habe ihm nicht gesagt, daß du gesprungen bist – nur, daß du gestürzt bist, aber er hat mir nicht geglaubt.« Thoris sah zu Valsarik hinüber, der Scheiben von einem kleinen Laib Brot abschnitt. »Warum bist du gesprungen, Cas?«

Casimir wandte den Blick ab und atmete schmerzerfüllt ein. »Ich ... ich weiß es nicht, Thoris. Da war nur« – er schüttelte den Kopf – »ich weiß es nicht.«

»Doch nicht wegen Clieous, oder?« fragte Thoris.

»Ja ..., nein«, erwiderte Casimir. Er schluckte heftig und wandte das Gesicht dem fetten Jungen zu. »Ja. Es liegt an Clieous ... gewissermaßen. Ich habe einfach jegliche Hoffnung verloren, Thoris, das ist alles.«

Thoris beugte sich vor. »Gib nicht auf, Casimir. Du wirst deine Rache bekommen. Clieous wird dafür bezahlen, daß er deine Mutter getötet hat.«

»Du verstehst nicht.« Casimir schüttelte den Kopf und sah Thoris in die Augen. »Was kann ich schon tun, Thoris? Ich habe versucht, dagegen anzukämpfen, aber ich bin zu schwach. Ich schäme mich ja so.«

»Ich werde dir helfen, Casimir.« Thoris drückte die Hand seines Freundes. »Wir werden Clieous zur Strecke bringen.«

»Es ist nicht Clieous.« Die Linien, die der Schmerz in Casimirs Gesicht geschnitten hatte, wurden weicher. »Nein, du hast recht. Es ist Clieous. Er ist die Wurzel des Ganzen.«

Thoris sah zu Valsarik hinüber. »Er wird dir Fragen über die letzte Nacht stellen. Ich überlasse dir das Reden.«

Casimir runzelte die Stirn. »Ich will ihm nichts verraten.«

»Dann lüge«, erwiderte Thoris. Casimir seufzte tief und gequält, sein Körper entspannte sich. Er schnupperte, als nehme er erst jetzt den würzigen Geruch der gebratenen Pilze und des Schnittlauchs wahr.

Valsarik löffelte einen Teil der Mahlzeit auf einen großen Holzteller und legte Besteck dazu. Er ging damit zu Casimirs Bett, half ihm auf, damit er sich an das Brett am Kopfende lehnen konnte, und stellte die Mahlzeit auf seinem Schoß ab. Dann setzte Valsarik auch Thoris einen Teller vor.

»Dein Freund, Thoris, hat mir deinen Namen gesagt, Casimir, und daß du aus dem Armenhaus ›Zum Roten Portal‹ kommst. Doch ich bezweifle, daß Thoris dir auch meinen Namen genannt hat, also werde ich dies tun. Valsarik Alanov, zu deinen Diensten.« Er verbeugte sich und zog einen Stuhl heran. Er stellte ihn vor das Bett und setzte sich. »Ich habe bereits Frühstück gegessen«, sagte er zu niemandem im besonderen.

Thoris schaufelte flaumiges Rührei auf eine Hand. Es war heiß. Er ließ das Ei wieder auf den großen Teller fallen. Valsarik grinste dumm, griff nach einer Gabel und begann hungrig zu essen. Casimir folgte seinem Beispiel.

»Gibt es im ›Roten Portal‹ keine Teller und Bestecke?« fragte Valsarik.

»Wir essen dort aus Schüsseln«, erwiderte Thoris einfach. Sein Mund hing auf, und er prustete und versuchte, die dampfend heißen Eier auf seiner Zunge abzukühlen.

Casimir lächelte. Seine bleiche Haut war an den Wangen

und auf der Stirn aufgerissen, und seine Augen lagen halb unter blau geschwollenen Lidern verborgen.

Der Anblick von Casimir nahm Thoris fast den Appetit auf die Eier, doch die Instinkte eines Waisenjungen trieben ihn dennoch dazu, alles aufzuessen. Als er fertig war, stand er auf. »Vielleicht sollte Casimir jetzt wieder schlafen. Schließlich hat er ja…«

Valsariks Hand umklammerte Thoris' Arm. »Er muß essen. Sonst wird er sich nicht erholen.« Valsarik betrachtete Casimirs geschundenen Körper. »Casimir, was hat dich letzte Nacht in die Tiefe getrieben?«

Casimir sah auf. Er lächelte schwach. »Das… ist eine persönliche Angelegenheit«, sagte er.

»Ich will nur helfen«, sagte der Leibdiener. »Du kannst mir vertrauen. Warum bist du letzte Nacht da runter gesprungen?«

Casimir sah Thoris kurz an und runzelte dann die Stirn. »Ich wollte ein Kaninchen fangen.«

Das Gesicht des Leibdieners verdüsterte sich. »Um Mitternacht?«

»Wann sonst?« erwiderte der Waisenjunge leichthin. »Für Waisen ist Mitternacht die beste Zeit, Kaninchen zu jagen… die beste Zeit für ein halbes Hundert von Unternehmungen.«

Valsarik lehnte sich auf dem knarrenden Stuhl zurück und schien den verletzten jungen Mann vor sich abzuschätzen. »Also hast du dieses Kaninchen über das Geländer des Steilhangs gejagt?«

»Nein«, erwiderte Casimir einfach.

»Wieso bist du dann abgestürzt?« bedrängte Valsarik ihn.

»Das Kaninchen war verletzt. Deshalb habe ich es gejagt«, sagte Casimir arglos. »Aber je mehr ich es gejagt habe, desto mehr ist es gelaufen. So ist das bei Kaninchen nun mal. Es lief zum Geländer. Ich folgte ihm, und es sprang hinüber.«

»Und du hast dich entschlossen, ihm zu folgen?« fragte Valsarik zweifelnd.

»Nein. Ich dachte, das sei das Ende des Kaninchens. Doch dann hörte ich seine traurige, leise Stimme, die mich von unterhalb des Geländers rief.«

Valsarik setzte sich auf. Seine Augen funkelten. »Dann war es ein sprechendes Kaninchen?«

»Ja, gewissermaßen!« sagte der mitgenommene Junge. Seine Augen waren groß, und trotz der geschwollenen Lider blinzelte er nicht. Er richtete sich etwas mehr auf, und die Bewegung hinterließ Spuren des Schmerzes auf seinem Gesicht. Dann beugte er sich verschwörerisch vor. »Seid Ihr niemals auf Wolfsjagd gegangen?«

Falten der Ungeduld furchten Valsariks Stirn. »Mein Herr ist zu alt für solche Unternehmungen. Was war nun mit dem Kaninchen?«

Casimir lächelte. »Bei Wolfsjagden haben die Jäger immer mindestens ein Dutzend Kaninchen dabei, die ihnen als Köder dienen. Bei Sonnenuntergang schlingen sie einen Draht um den Hals eines Kaninchens – nicht so eng, daß es sterben könnte, aber eng genug, daß es Schmerz empfindet, wenn es sich auch nur im geringsten wehrt. Dann setzen sie es auf den Boden. Und das erstickende Kaninchen schreit. Seine piepsige Stimme dringt durch den Wald. Die Jäger verstopfen sich die Ohren mit Wolle, weil die Schreie schneidend wie kalter Stahl sind.

Die Wölfe kommen nicht sofort. Die Jäger müssen vielleicht sieben oder acht Kaninchen quälen, bevor sie zwischen den Bäumen die leuchtenden Augen der Bestien sehen. Doch irgendwann kommen sie bestimmt. Die Schreie von Kaninchen sind Musik in den Ohren von Wölfen.«

Valsarik schluckte heftig, und die Farbe wich langsam wieder aus seinem Gesicht.

»Doch ich habe von einer Jagdgesellschaft gehört, die ihre wohlverdiente Strafe ereilt hat. Sie hatten einen Werwolf angelockt. Der hat sie zerfetzt.«

»Genug davon!« rief Valsarik aufgebracht und warf die Hände in die Luft. »Ich habe gestern nacht keine Kaninchenschreie gehört. Aber ich habe dein Schreien gehört.«

»Oh, du hättest auch geschrien«, sagte Casimir mit dick aufgetragener Naivität, »hättest du das hilflose kleine Kaninchen gesehen.«

»Und weil du kein Seil gehabt hast, wolltest du einfach zu dem Kaninchen hinabspringen?« platzte es wütend aus dem Leibdiener heraus.

»Ihr habt aber eine überschwengliche Phantasie«, erwiderte Casimir lachend. »Nein. Das Kaninchen hat von einem Felsvorsprung anderthalb Meter unter mir gerufen. Ich versuchte, zu ihm hinabzukommen, doch das Geländer war glatt, und ich stürzte ab.«

»Aber Thoris hat behauptet, ihr hättet eine Abkürzung genommen. Er sagt, er hätte dich angestachelt, über das Geländer zu balancieren, und du wärest gestürzt«, konterte Valsarik.

Casimir warf seinem Freund einen zweifelnden Blick zu. »Eine Abkürzung? Ha! Eine Abkürzung wohin? Wenn man diesen Weg einschlägt, kommt man doch nirgendwo hin!« Er schüttelte den Kopf. »Ich sage es nicht gern, aber Thoris weiß nicht, wovon er spricht. Versteht Ihr, er hat mich verfolgt. Er verfolgt mich immer.«

»Wenn er dir gefolgt ist, muß er doch gesehen haben, was passiert ist.«

»Er hat nur gesehen, daß ich über das Geländer geklettert und abgestürzt bin«, erklärte Casimir, als lege er damit das Offensichtliche bloß. »Glaubt Ihr wirklich, ein so fetter Junge könnte hoffen, mit mir mitzuhalten, geschweige denn mit einem Kaninchen?« Nach einem kurzen Lachanfall ließ Casimir sich auf die Matratze zurücksinken.

Valsarik schüttelte grimmig den Kopf. »Wir beide wissen, daß diese Sache nichts mit einem Kaninchen zu tun hat, auch wenn du mir die Wahrheit nicht sagen willst. Ich habe alles getan, was mir möglich ist. In diesem Land sind böse Mächte am Werk. Ich vermute, ihr beiden habt euch mit ihnen eingelassen, aber wenn ihr kein Vertrauen zu mir habt, kann ich euch nicht helfen.«

»Ich habe Euch die Wahrheit gesagt«, erwiderte Casimir mit einem schmerzhaften Schulterzucken.

Valsarik runzelte die Stirn und beugte sich zu Casimir vor. »Laß mich nach deinen Verletzungen sehen.«

Der Leibdiener legte vorsichtig die Finger auf einen Verband um Casimirs Wade. Er zog den Verband zurück und rang nach Atem. Thoris spähte über seine Schulter. In der Nacht zuvor war die Schnittwunde fast bis zum Knochen gegangen, doch jetzt schien es sich um kaum mehr als um einen Kratzer zu handeln.

Valsarik betrachtete die Verletzung kalt und sah Casimir dann durchdringend an. »Hast du letzte Nacht Besuch von heilenden Engeln bekommen?«

Casimir lachte und deutete auf seine blutgetränkten Verbände. »Sehe ich danach aus?«

Thoris kratzte sich am Kopf. »Vielleicht haben seine Wunden letzte Nacht bei all dem Blut und im Licht der Laterne schlimmer ausgesehen, als sie waren.«

Valsarik löste den Verband. »Ich habe alles für dich getan, was in meiner Macht steht. Wenn du mir nicht die Wahrheit sagen willst ...«

Casimirs Blick war auf den alten Mann gerichtet, und er schüttelte den Kopf.

»Wenn du in Zukunft noch einmal meine Hilfe brauchst«,

fuhr Valsarik fort, »weißt du ja, wo du mich finden kannst. Bis dahin kannst du ins Armenhaus zurückkehren. Sammle deine Sachen ein und ziehe dich an.«

»Cas ist zu schwach, um zum Roten Portal zu gehen«, wandte Thoris ein.

Valsarik wandte sich um und entblößte seine Zähne zu einem breiten Lächeln. »Deshalb reiten wir ja.«

Casimir lag auf seiner Pritsche, und die Verbände waren nur noch locker um seine Glieder geschlungen. Er spähte durch das klapprige Fenster und beobachtete, wie sich eine unruhige Nacht auf Harmonia senkte. Er fühlte sich erschöpft.

Thoris lag auf der Pritsche neben ihm und betrachtete Casimirs melancholische Züge. »Du mußt dich von dieser Sache lösen, Casimir.«

Casimir zog die Decke bis zu seinem blutunterlaufenen Augen hoch. »Du hast heute morgen von Rache gesprochen?«

»Ja«, erwiderte Thoris, und ein Schimmer der Hoffnung legte sich auf sein Gesicht. »Ja... und ich glaube, ich weiß, wie wir es anstellen können. Du könntest Clieous in der Mittsommernacht beim Wettstreit der Meistersinger herausfordern.«

Casimir lachte. »Clieous ist der beste Sänger in Harmonia!«

Thoris meinte es todernst, als er die Hand ausstreckte und den Arm seines Freundes ergriff. »Du kennst die *Mora*, Casimir, und du hast die schönste und ergreifendste Stimme in ganz Harmonia. Der beste Barde gewinnt das Amt des Meistersingers. Du kannst ihn schlagen.«

»Ich kann nicht am Wettstreit teilnehmen«, erklärte Casimir verärgert. »Ich bin nur ein Waisenjunge. Außerdem schreibt Clieous die Teilnehmer persönlich ein.«

»Clieous wird nicht einmal wissen, wer du bist. Du kannst

eine Maske und ein Kostüm tragen. Das tun doch viele Teilnehmer.«

»Woher soll ich eine Maske und ein Kostüm bekommen?«

»Sag du es mir«, erwiderte Thoris mit einem gerissenen Grinsen. »Dir fallen doch bestimmt hundert Möglichkeiten ein, dir eine Ausrüstung zu besorgen.«

»Du hast den Verstand verloren«, verkündete Casimir lachend.

Thoris' Griff um Casimirs Arm wurde fester. »Nein, das habe ich nicht. Dein Haß auf Clieous hat dich gestern nacht fast zum Selbstmord getrieben. Du mußt Rache nehmen, Casimir. Das ist deine einzige Hoffnung.«

Casimir seufzte tief, und sein Blick wurde ernst. Doch er sagte lediglich: »Ich muß üben.«

3

»Wie willst du da hineinkommen, Casimir?« fragte Thoris und musterte die bedrohlichen Mauern des herrschaftlichen Wohnsitzes des Meistersingers. Das Gebäude war eine Festung, eine Zitadelle im Herzen Harmonias. Es erhob sich auf einem Hügel in der Stadtmitte und überragte alle umgebenden Häuser. Hohe Kalksteinmauern umsäumten das Anwesen in einem gewaltigen Achteck und verbargen das dahinterliegende Herrenhaus. Nur die Ziegel des Dachs waren am

Nachthimmel zu sehen. In der Mauer befand sich ein breites, gewölbtes Tor, und davor verlief eine Kopfsteinpflasterstraße. Eine Hecke säumte den Straßenrand, hinter der sich im Augenblick die ränkeschmiedenden Jungen versteckten.

»Sieh es doch ein, Casimir. Diese Mauern sind mindestens vier Meter hoch.«

Casimir runzelte die Stirn. »Mir ist es egal, ob sie vier oder viertausend Meter hoch sind. Ich habe nicht vor hinaufzuklettern.« Er ließ sich auf ein Knie hinab und spähte aufgeregt durch die Hecke.

Thoris legte eine Hand auf das Holzschwert, das in seinem Gürtel steckte. »Wie willst du denn hineinkommen?« fragte er.

»Psst!«

»Der Maskenball ist nur für Barden«, fuhr Thoris fort, »und wir sehen nicht gerade wie Barden aus.«

»Du machst dir zu viel Sorgen«, entgegnete Casimir schnaubend. »Es war doch *deine* Idee.«

»Ich habe gesagt, daß du für den Wettstreit ein anständiges Kostüm brauchst, aber nicht, daß du es auf dem Maskenball jemandem stehlen sollst.«

Casimir holte tief Luft. »Du hast mich dazu gebracht, einen Monat lang zu proben, um mich auf diesen Ball vorzubereiten. Also gönne mir heute abend wenigstens meinen Spaß.«

Thoris schüttelte den Kopf. Grimmig murmelte er: »Hast du nicht...«

»Still!« flüsterte Casimir. »Da kommt noch eine Kutsche!«

Über die Kopfsteinpflasterstraße vor der Hecke hallte das ferne Stampfen von Hufen. Das Geräusch wurde lauter und lauter, bis die Jungen ihr eigenes Flüstern nicht mehr verstehen konnten. Plötzlich bog ein Gespann von vier schwarzen Pferden um die Ecke. Hinter den Stuten polterte eine geschlossene Kutsche in Sicht.

»Siehst du das schöne, unbesetzte Trittbrett auf dieser Seite der Kutsche?« fragte Casimir und deutete auf den Holm.

»Ja«, sagte Thoris schluckend. »Du willst doch nicht...«

»Genau so ein Trittbrett wird uns dort hinein bringen.

»Was?« stieß Thoris hervor, und die Tonhöhe seiner Stimme stieg an wie das Pfeifen eines Kessels, dessen Wasser zu kochen begann. »Ein Trittbrett, das nur eine Fingerlänge von den Speichen und eine Schienbeinlänge von der Straße entfernt ist?«

»Ja«, erwiderte Casimir.

Thoris keuchte vor ohnmächtiger Wut, als die Kutsche die Straße entlang und durch das Bogentor fuhr. »Du magst ja flink genug sein, um auf das Trittbrett einer fahrenden Kutsche zu springen, aber ich bin es nicht. Soll ich etwa dorthin laufen, mich am Trittbrett festhalten, herunterfallen und vom Hinterrad in zwei Teile gespalten werden?«

»Und das ist nicht alles!« erklärte Casimir grinsend. »Wenn du beim Aufspringen nicht herunterfällst, mußt du dich fallen lassen, sobald wir hinter der Mauer sind, und dich dann im nächsten Gebüsch im Garten verstecken.«

»Da mache ich nicht mit«, knurrte Thoris.

»Wie du willst«, erwiderte Casimir und richtete seine Aufmerksamkeit wieder auf die Straße.

Thoris schwankte unglücklich auf seinen schmerzenden Beinen. Auf keinen Fall, dachte er. Bei diesem närrischen Plan mache ich nicht mit, und damit hat's sich.

Bevor Thoris Casimir seinen Entschluß mitteilen konnte, holperte eine große, klappernde Kutsche um die Ecke. Sie wurde von zwei pechschwarzen Hengsten gezogen, die mit wirbelnden Beinen die Straße entlangpreschten. Die Hufe donnerten hart über das Kopfsteinpflaster und schlugen in der Abendluft Funken. Ein verschwenderisches Geschirr aus

Leder und Kettengliedern verband die Tiere mit der massigen Kutsche. Die schwarze Karosse funkelte in der Kurve; ihre Fenster waren von blutroten Samtvorhängen bedeckt. Aus der Kutsche drang eine ergreifende Melodie, die Stimme eines Sängers, die durch das Dröhnen der Hufe gerade noch hörbar war.

Thoris streckte die Hand aus, um Casimir aufzuhalten, kam jedoch zu spät.

Casimir lief bereits neben der Kutsche her, gebückt, um von den Passagieren nicht gesehen werden zu können. Er streckte die Hand aus, bis sie nur noch ein paar Zentimeter von den sich rasend schnell drehenden schwarzen Speichen entfernt war. Seine Finger schlossen sich um das Ebenholz des Trittbretts, doch die Pferde liefen zu schnell. Er hielt sich fest, bekam jedoch nicht genug Schwung, um sein Gewicht auf das Brett zu hieven. Die Straße verlief aufwärts und bog plötzlich zum Bogentor der Zitadelle des Meistersingers Clieous ab. Über dem Tor hingen die Eisenspitzen eines hochgezogenen Fallgatters.

Jetzt oder nie, dachte Casimir.

Mit einem unbeholfenen Satz landete Casimir schräg auf dem Brett. Er bemühte sich, die Füße von den sich rasend schnell drehenden Speichen fortzuziehen – zuerst den einen Fuß in Sicherheit zu bringen, dann den nächsten. Er keuchte und warf einen Blick zum Fenster der Kutsche. Sein Aufspringen hatte das Gefährt beträchtlich ins Schwanken gebracht; er konnte nur hoffen, daß sein Insasse nicht auf die Idee kommen würde, nach blinden Passagieren Ausschau zu halten.

Casimir erstarrte.

Dort, in einer dunklen Ecke neben einem Vorhang, schien ein Auge zu ihm hinauszulugen – kein ängstlicher Blick, kein wütender, sondern einer von bösartigem Interesse. Je länger

Casimir hinüber sah, desto sicherer wurde er, daß jemand seinen Blick erwiderte.

Plötzlich wurde die Kutsche von klappernder Dunkelheit verschluckt. Sie waren unter dem Fallgatter hindurch in den Tortunnel eingefahren. Dabei waren sie nicht einmal langsamer geworden, um von den Wachen am Tor kontrolliert zu werden, wie die anderen Kutschen es getan hatten. Entweder ist der Kutscher ein Narr, oder dieser Gast von Meistersinger Clieous muß eine Persönlichkeit von bedeutendem Rang sein, dachte Casimir erschrocken. Wenn der Gast mich gesehen hat, wird er Clieous bestimmt darüber unterrichten, und man wird mich in Eisen legen.

Plötzlich war die Dunkelheit verschwunden. Casimir hätte fast vergessen, von der Kutsche zu springen, als sie aus dem Tunnel in einen blühenden Garten fuhr. Zum Glück erinnerte ihn ein überhängender stachliger Ast daran, dessen Zweige heftig über seine Beine kratzten. Er rollte sich von dem Trittbrett und entging dem Hinterrad nur um einige Zentimeter. Als die Kutsche weiterpolterte, drückte er sich zwischen den dornigen Busch und die mit Ranken bewachsene Mauer. Dort, in der Dunkelheit seines stachligen Verstecks, kam er wieder zum Atem und rieb sich die brennenden Kratzer an seinem Bein. Er hob den Kopf, um seine Umgebung zu erkunden.

Der Garten des Meistersinger übertraf alles. Die in Form von Edelsteinen angelegten Rasenflächen, Wege, Brunnen und Blumenbeete füllten ein Viertel der achteckigen Zitadelle. Lichterketten schlängelten sich in fröhlichen Linien über die Mauerbrüstungen. Ihr Schein ließ die Harnische der Wachen auf dem Wehrgang der Mauer gelegentlich funkeln. Im Anschluß an den Garten erhoben sich Wände aus roten Ziegelsteinen – das eigentliche Herrenhaus. Vor die riesigen Fenster und Türen waren Balkone gebaut, und an Spalieren wuchsen Ranken zu ihnen hinauf. Von Baldachinen hing großblättriges Efeu hinab.

Was den Garten selbst betraf, so war das Gras von einem üppigen Grün und mit erstaunlicher Präzision gemäht. Jede Rasenfläche wurde von blühenden Beeten exotischer Blumen und Sträucher umsäumt. Zwischen den Beeten verliefen zahlreiche gepflasterte Wege, die zu den verschiedenen Torbögen, Gartenbänken oder Balkonen führten. All diese Wege liefen bei einem großen Brunnen zusammen, der in der Mitte des Gartens errichtet worden war.

In diesem Wunderland aus Licht und Grün hielten sich alle möglichen seltsamen Leute auf. Viele Gäste trugen einfache schwarze Masken über den Augen, und ihre Umhänge und Gewänder waren nicht weiter geschmückt. Andere trugen Masken über das ganze Gesicht, die mit bunten Antlitzen bemalt waren. Die Maske eines Mannes enthüllte lediglich lüsterne Augen; sie war ein Vogelgesicht mit gebogenem Schnabel, und sein Umhang leuchtete vor Vogelfedern. Ein anderer trug eine Fischkopfmaske, und sein Umhang war mit Kettengliedern besetzt, die wie schimmernde Schuppen aussahen. Ein dritter war ganz in Schwarz gekleidet und trug einen Totenkopf aus Ebenholz über dem Gesicht. Sogar die Musiker trugen Masken, während sie Flöte spielten, die Trommel schlugen oder die Leier zupften.

Das alles nahm Casimir in wenigen Augenblicken auf – das Licht der Laternen, die duftenden Speisen und den Wein, die Musik, das Gelächter und die Lieder. Doch die Pracht des Gartens ließ seinen Haß auf den Meistersinger nur größer werden. Während Casimir jahrelang Lumpen getragen hatte, die vor Läusen wimmelten, war sein Erzfeind in diesem Garten spazierengegangen, hatte mit eleganten Gästen Konversation betrieben und die Schönheit seines Besitzes genossen. Casimir schüttelte grimmig den Kopf. Dieser Garten, dieses Anwesen, werden eines Tages mir gehören. Ich werde Genugtuung bekommen.

Die schwarze Kutsche, auf die Casimir aufgesprungen war, rollte etwa zwanzig Meter von seinem Versteck entfernt aus. Casimir hörte neben ihr Stimmen und versuchte sie in dem Lärm des Maskenballs verstehen zu können.

»Wie freundlich, daß Ihr gekommen seid, edler Herr, und das auch noch den weiten Weg von Skald!« erklang die kultivierte Stimme eines prächtig gekleideten Dieners.

Die Federn der Kutsche bogen sich sanft, als eine mit einem Zobelumhang bekleidete Gestalt ausstieg. Der Mann legte seine Handschuhe ab und sprach mit tiefer, melodischer Stimme. »Nachdem Eure Wachen nun gelernt haben, mein Gefährt zu erkennen, sind die Reisen zu Eurem kleinen Anwesen nicht mehr ganz so anstrengend.«

Der andere Mann lachte nervös auf und fügte mit vorgetäuschtem Enthusiasmus hinzu: »Ich werde die Zeit nicht so schnell vergessen, als unsere Wachen noch feucht hinter den Ohren waren und Eure Kutsche jedesmal angehalten und durchsucht wurde.« Er kicherte leise, doch sein Gast teilte seine Erheiterung nicht. Das Gegackere erstarb wie das Scheppern eines Zinnbechers, der am Fuß einer Treppe angelangt war. »Jetzt beginnt die Ausbildung der Wachen mit der Lektion: ›Freie Fahrt für Meister Lukas!‹ «

Der Mann namens Lukas lachte noch immer nicht. »Das ist eine hervorragende Ausbildung«, erwiderte er mit trokkenem Sarkasmus. »So bleiben den Familien ihre Ernährer erhalten.«

Als Casimir begriff, wer die beiden Männer waren, setzte sich ein Kloß in seinen Hals. »Meister Lukas« war zweifellos Harkon Lukas, der berühmteste Barde von Kartakass. Er galt als der größte Musikant des Landes, hatte aber nie den Wettstreit der Meistersinger gewonnen. Casimir erinnerte sich sogar verschwommen daran, daß der Barde ein Freund seiner Mutter gewesen war. Ja, Casimir freute sich darauf, Harkon Lukas kennenzulernen und vor ihm zu singen.

Doch der Mann gegenüber dem Barden war kein einfacher Diener. Es handelte sich um Zhone Clieous persönlich, den Meistersinger von Harmonia; der Mann, dem Casimir Rache geschworen hatte! Der Waisenjunge musterte seinen Erzfeind genau; das brutale Gesicht des Mannes faszinierte ihn. Er hatte eine faltige Stirn, übergroße Augen, eine spitze Nase und einen geraden Strich, wo eigentlich der Mund hätte sein sollen. Casimir war erst sechs Jahre alt gewesen, als er diesen Mann zum letzten Mal aus der Nähe gesehen hatte. Das vergangene Jahrzehnt war freundlich zu Clieous gewesen und hatte ihn nur wenig altern lassen. Dennoch bemerkte Casimir die Spuren des Lasters, die seine Augen mit dunklen Ringen umgaben.

Der Mann ist ein Ungeheuer, dachte Casimir düster. Er hat meine Mutter getötet und mir alles genommen, aber da steht er, stolz und aufgeblasen. Ich werde Rache nehmen... und damit fange ich noch heute abend an.

»... vermute«, sagte Meistersinger Clieous gerade, »daß Ihr dieses Jahr nicht an unserem Wettstreit teilnehmen werdet, obwohl Ihr natürlich herzlich willkommen wäret, solltet Ihr diesen Wunsch verspüren.«

Lukas winkte ab. »Ich habe genauso wenig Verlangen nach Eurer Macht wie nach Eurem Blut, Clieous.«

Trotz der verhüllten Drohung schien Clieous ungezwungen auf Lukas' Erwiderung zu reagieren. »So oder so, Euer Wunsch ist mir Befehl.«

»Natürlich«, sagte Harkon Lukas mit einem eisigen Lachen.

Clieous legte eine Hand auf Lukas' Rücken. »Euer Kutscher kann sein Gefährt zu den Ställen fahren. Kommt, folgt mir. Euch erwarten das beste Essen, das kräftigste *Meekulbräu* und die schönsten Mädchen.«

»Ich weiß Euren Geschmack zu schätzen, Clieous, wenngleich Ihr das, was Ihr zu bieten habt, verkehrt herum aufgeführt habt«, sagte Lukas, während er sich gemeinsam mit seinem Gastgeber entfernte.

Casimir sah ihnen nach und verdrängte dann die Phantome der Erinnerung. Er war hierhergekommen, um sich ein Kostüm zu besorgen, und nicht, um sich zu rächen. Noch nicht. Es wäre sehr befriedigend, Clieous den Kopf von den Schultern zu hacken, ja, doch die Wachen würden ihn unmittelbar darauf hinrichten. Ich halte mich lieber an den Plan, dachte er.

Er sah sich in dem schattigen Garten um und schaute dann zum Mond am Himmel hinauf. Soll ich auf Thoris warten oder nicht? fragte er sich. Ich will nicht, daß er hereinplatzt, nachdem ich erst einmal mit der Ausführung meines Plans begonnen habe, aber ich kann auch nicht auf jemanden warten, der gesagt hat, daß er nicht kommen wird. »Thoris sei verdammt«, flüsterte er. »Er kriecht wahrscheinlich in diesem Augenblick in sein Bett.«

Der nächste Schritt bestand darin, sich ein Kostüm zu besorgen. Er mußte einen Betrunkenen suchen – jemand, der so tief in den Becher geschaut hatte, daß er nicht mitbekam, daß er geknebelt und entkleidet wurde. Andererseits durfte er auch noch nicht so betrunken sein, daß er sein Kostüm schon beschmutzt hatte. Casimir hielt im Garten nach geeigneten Kandidaten Ausschau. Einige Gäste scharten sich um den Brunnen, und ihr Gelächter war vom Wein beflügelt – doch noch nicht annähernd von genug Wein. Ich brauche einen einzelnen Feiernden, dachte Casimir, jemand, dessen Verschwinden nicht bemerkt werden wird. Ein junger Mann saß schlafend auf einem Stuhl in der letzten Reihe vor den

Musikern. Casimir kroch auf ihn zu, bemerkte dann jedoch einen aufmerksamen Flötenspieler und hielt inne.

Dann fiel sein Blick auf ein geeignetes Opfer – einen großen, hageren Mann, der eine anzügliche Maske trug. Er hielt sich in der Nähe des Fasses mit *Meekulbräu* auf. Seine verkrümmte Körperhaltung und die schlaffen Glieder überzeugten Casimir, daß er in der Tat betrunken war. Casimir lächelte und kroch zwischen blühenden Sträuchern und der Außenmauer auf ihn zu. Der Betrunkene entfernte sich nicht von dem Faß. Er schob die Maske auf die Stirn hoch und trank seinen mit der roten Flüssigkeit gefüllten Steinkrug aus. Dann schob er die Maske wieder zurück, stapfte vorsichtig zum Faß und füllte sein Gefäß erneut. Casimir lief das Wasser im Mund zusammen, allerdings nicht vor Durst. Auf Händen und Knien näherte er sich dem Mann.

Gleich darauf kauerte er hinter dem üppigen Rosenstrauch, vor dem der hagere Mann stand. Casimirs Herz hämmerte, und ein wohlbekannter Schmerz breitete sich angenehm in seinen Muskeln aus.

Soll ich die Hand über den Mund und die Nase des Mannes legen und ihn hinter den Busch zerren? dachte er. Oder soll ich ihm zuerst das Genick brechen?

Nein, ich darf die Beherrschung nicht verlieren. Ich muß ihn nicht töten, um sein Kostüm zu bekommen. Das spare ich mir für Zhone Clieous auf... nach dem Wettstreit.

Sogar durch die Rosen konnte Casimir sein Opfer riechen – nicht den natürlichen, scharfen, salzigen Geruch eines Bürgerlichen, sondern die süße, alkoholgetränkte Ausdünstung eines Adligen. Wieder lief in seinem Mund das Wasser zusammen. Der Geruch des Mannes brachte einen appetitlichen Geschmack auf seine Zunge. Sein Herz fühlte sich in seiner Brust plötzlich ganz heiß an. Das Blut stieg in seine Augen und färbte alles rot. Sein Mund zitterte, und er sog die

Luft durch die scharfen Zähne ein. Seine Hand hob sich, schlängelte sich durch den Rosenstrauch und griff nach dem Kopf des Mannes. Die Muskeln seines Unterarms zogen sich krampfhaft zusammen. Er konnte fast die weichen Strähnen der Haare des Mannes in seinen Fingern spüren. Er mußte nur schnell zugreifen und den Kopf nach einer Seite zerren. Dann würde das herrliche Schnappen ertönen, und...

Nein! dachte er und schluckte das Verlangen mit aufeinandergebissenen, spitzen Zähnen herunter. Nein! Ich bin kein Ungeheuer! Er zog die Hand durch den Rosenstrauch zurück und grub die Nägel tief in die Handballen. Der stechende Schmerz dämpfte das Feuer, das in seiner Brust loderte. Er ergriff eine Rosenblüte und zwang sich, die Schönheit der Blume zu bewundern. Dann vergrub er die Nase in den Blütenblättern und sog den süßen Duft tief ein.

Langsam kühlte Casimirs Herz sich ab; sein Atem ging wieder ruhiger. Er öffnete die geballte Faust wieder. Unter den Fingernägeln klebte Blut, und seine Handflächen waren mit vier sichelförmigen Wunden gezeichnet.

Das war knapp gewesen. Der Hunger war stark. Zu stark. Aber er würde ihm nicht nachgeben. Er würde diese Aufgabe schnell und teilnahmslos bewältigen, als würde man ihn dafür bezahlen – und nicht, als hätte er Spaß daran. Es war unnötig, diesen Mann zu töten, um ihm das Kostüm abzunehmen.

Casimir erhob sich hinter den Rosen auf die Zehenspitzen und sah sich schnell im Garten um. Niemand schien ihn zu bemerken. Schnell schob Casimir seine blutende Hand zwischen die Maske des Mannes und seinen Mund und zerrte ihn hinter das Gebüsch. Er drückte den Mann zu Boden und setzte sich auf ihn. Dann zog er ihm die Maske vom Gesicht. Aufgeregte Augen starrten ihn an. Casimirs Faust schoß herab und traf den Mann hart am Kinn. Die Augen des Adligen schlossen sich ruckartig. Zwölf Jahre im Armenhaus hatten Casimir gelehrt, wie man einen Kampf schnell beendet, doch noch nie zuvor hatte ihn dabei *Meekulbräu* geholfen.

Das Kostüm paßte Casimir wie angegossen. Zu dem seidenen Rüschenhemd gehörte ein rotes Wams, ein mit Fransen besetztes Schwertgehenk und ein langer Umhang. Weiße Strumpfhosen bedeckten Casimirs muskulöse Schenkel, und seine Füße steckten in Schnabelschuhen. In dem Kostüm kam Casimir sich vor wie ein neuer Mensch, weit entfernt vom Schmutz des Armenhauses.

Zum Schluß hob Casimir die prachtvolle Maske auf. Zwei lange Federn zierten sie, eine himmelblaue und die andere blutrot. Die Maske war aus edlem Holz sorgfältig geschnitzt und leuchtendweiß bemalt. Das Gesicht, das sie darstellte, grinste leicht anzüglich und enthemmt, eine Grimasse, die aber auch ein gewisses Leiden zum Ausdruck brachte. Casimirs Finger folgten den feinen Konturen ihres verrückten Lächelns. Ehrfürchtig nahm er die Maske vors Gesicht und zog das Band über seinen Kopf. Trotz des Gewichts und der Starre der Maske saß sie sehr bequem.

Ein trockenes Lachen kam über seine Lippen, als er hinter den Rosen hervortrat. Er hatte halbwegs damit gerechnet, von Rufen der Anklage und des Zorns begrüßt zu werden, doch niemand schien ihn zu beachten. Er machte einen steifen Schritt vorwärts, und sein Fuß stieß gegen etwas Rundes. Als er sich in dem übertriebenen Versuch bückte, durch die dicke Maske etwas sehen zu können, bemerkte er einen leeren Steinkrug neben seinem Bein. Der Adlige mußte ihn fallen gelassen haben. Casimir hob ihn auf, schlurfte dann zu dem Faß mit *Meekulbräu* und füllte den Krug. So dünn der rote Schnaps auch war, er fiel schwer in das Gefäß. Casimir überzeugte sich, daß niemand in der Nähe war, schob die Maske auf die Stirn zurück und leerte gierig den Krug. Die

Flüssigkeit brannte wütend in seiner Kehle, doch es gelang ihm, nicht daran zu ersticken. Tränen stiegen ihm in die Augen.

Als er den Steinkrug absetzte, sah er entsetzt, daß Harkon Lukas vor ihm stand. Schnell schob er die Maske wieder auf sein Gesicht hinab und schluckte den letzten Rest des bitteren Gebräus herunter.

»Es heißt, wenn ein Mann zum ersten Mal *Meekulbräu* trinkt, kann seine Zunge nur die Wahrheit sprechen«, sagte der Barde mit dem pechschwarzen Haar.

»Das ist nicht mein erstes Mal«, log Casimir.

Während Lukas humorlos lachte, betrachtete Casimir die scharfen Gesichtszüge des Barden. Er trug einen breitkrempigen Hut, unter dem lockiges schwarzes Haar hervorquoll, einen sauber gestutzten, ebenso schwarzen Kinnbart, einen Schnurrbart, dessen eingewachste Spitzen lang herabfielen, und ein Monokel vor seinem linken Auge.

Das Auge mit dem Monokel fixierte Casimir. »Ich glaubte, Euch erkannt zu haben, als Eure Maske oben war. Sind wir uns schon einmal begegnet?«

Casimirs Gesicht errötete, und plötzlich war er dankbar, daß er die schwarze Maske trug. »Ich glaube nicht. Ich habe natürlich schon von Eurem Ruhm vernommen, Meister Lukas. Mein Ruhm hingegen bietet Euch diesen Vorteil nicht«, sagte er und befleißigte sich dabei eines besonders gebildeten Tons.

Diesmal klang Lukas' Lachen nicht gekünstelt. »Seid Ihr also nur gekommen, um Euch zu betrinken, oder seid Ihr einer jener ehrgeizigen Jungen, die Zhone Clieous den Thron Harmonias unter dem Hintern wegreißen wollen?«

»Wenn ich den Thron wegziehe, und er ist so dumm, sich trotzdem zu setzen, wird die Natur ihren Lauf nehmen«, versetzte Casimir. Lukas hatte den Meistersinger in ihrem Gespräch mehrfach ins Leere laufen lassen, und Casimir war entschlossen, sich nicht so leicht ködern zu lassen. »Außerdem ist der Anspruch auf den Thron Harmonias das Geburtsrecht aller, die hier wohnen.«

»Ihr habt eine kühne Zunge! Vielleicht solltet Ihr sorgfältiger auf sie achtgeben. Wie heißt Ihr, Junge?« knurrte Harkon.

Casimir schüttelte langsam den Kopf. »Nein, Herr. Ich werde Euch meinen Namen nicht verraten. Schließlich sind wir auf einem Maskenball.«

Harkon kniff die Augen zusammen, und ein amüsiertes Lächeln legte sich auf seine Lippen. »Ich mag Euren Geruch nicht, Junge. Ihr riecht nach Dunkelheit und schalem Blut. Aber Ihr tarnt Eure größeren Übel unter dem angenehmen Wohlgeruch des Ehrgeizes.« Er hielt inne und fuhr langsam mit der Zunge über seine Lippen. »Hoffentlich verliert Ihr diesen Wettstreit. Falls Euer Ehrgeiz echt ist, würdet Ihr Eure Talente verschwenden, wenn Ihr Euch mit dem Thron des Meistersingers begnügt.«

»Ich hoffe dasselbe für Zhone Clieous«, sagte Casimir listig.

Lukas gähnte lange und laut und streckte sich, während er den Garten betrachtete. Sein bescheidenes Lächeln wandelte sich zu einem düsteren Grinsen. »Seht doch – Gaston bereitet seine Parodie auf die Dunkle Hebamme vor. Ich habe sie erst letztes Jahr gesehen. Es ist wirklich ziemlich gut. Er stellt sie als die Hure des Todes dar.«

»Dieses Lied hat mir noch nie zugesagt.«

Harkon drehte sich um und musterte Casimir mit berechnendem Blick. »Euer Geschmack scheint sehr eigenwillig zu sein.«

»Das ist er«, sagte Casimir, stellte den Krug neben dem Faß ab und schritt davon. Er verspürte keinen Wunsch, sich unter die Gäste zu mischen. Er wollte sich nur für den Wettstreit der Meistersinger eintragen und dann davonstehlen. Je länger er verweilte, desto wahrscheinlicher war es, daß sein Opfer sich hinter den Rosen erhob und ihn als Eindringling entlarvte. Er sollte sich besser ins Registerbuch eintragen und dann unverzüglich fliehen.

Das Buch lag auf einem Lesepult auf der anderen Seite des Gartens. Casimir schlenderte darauf zu und wich dabei Gruppen von plaudernden Gästen aus. Ein kleiner, untersetzter Mann in einem schwarzen Umhang, dessen Glatze im Licht der Lampe leuchtete, nahm die Einträge vor. Das Gesicht des Mannes war zusammengezogen wie die Schnur um einen Geldbeutel. Auf seiner Nase saß ein seltsames Gestell mit zwei runden Gläsern.

Casimir riß sich zusammen und schritt auf das Pult zu.

Erst, als er davor stand, bemerkte er den Hund des Mannes. Das Tier hatte breite Kiefer und einen kupierten Schwanz und lag zusammengerollt zu den Füßen seines Herrn. Casimir zuckte zusammen und trat einen Schritt zurück, als sich das Tier erhob und seinen Geruch einsog. Casimir trat noch einen Schritt zurück. Der Hund machte einen Satz. Er war an eine Kette mit dicken Gliedern angeschirrt. Die Kette spannte sich. Casimir taumelte zurück.

Der Hund war über ihm.

Casimir zog das Bein zurück, doch schon schlossen sich Zähne fest um seine Wade, während Diener zu dem Jungen und dem Hund liefen. Casimir schrie laut auf und versuchte, das Bein zwischen den geschlossenen Kiefern hervorzuziehen. Schließlich gelang es den Dienern, das Maul des Hundes zu öffnen und das sich sträubende Tier zurückzuzerren. Zahlreiche Hände hoben den Jungen auf, und ein Diener eilte mit einem weißen Handtuch herbei und schlang es um sein Bein.

Plötzlich tauchte der glatzköpfige Mann in Schwarz neben Casimir auf. Über dessen Schulter schaute Zhone Clieous persönlich. Die Diener drängten die größer werdende Menge der Schaulustigen zurück, und der Mann in Schwarz ergriff das Wort.

»Wie tuerna du gebaeren?«

Trotz des Schmerzes, der in seiner Wade brannte, erkannte Casimir die Alte Sprache. »Von einer Frau geboren wurde ich.«

»Tuerna du sires ofen lupawigten?«

»Nein, von einem sterblichen Mann«, stöhnte Casimir schwach.

»Sufferna du wit allbeflossen, von beaste ofen nigten?«

»Nein, dieser Biß ist der erste.«

Zhone Clieous beugte sich abrupt vor und zog Casimir die Maske vom Gesicht. Casimir riß die Hände hoch, um seine Züge vor den bohrenden Blicken zu verbergen. Der Mann in Schwarz zwang sie mit überraschender Kraft beiseite. Meistersinger Clieous musterte den Jungen genau, doch seine rattenhaften Gesichtszüge verrieten nicht, ob er den jungen Mann erkannte.

»Ihr dürft nicht beim Wettstreit der Meistersinger antreten«, sagte er langsam und mit regungsloser Stimme.

Casimir ergriff Clieous' Umhang und zog ihn zu sich hinab. »Habe ich so lange unter Harkon Lukas gelernt, nur um jetzt von Euch zurückgewiesen zu werden?«

Zhone Clieous wurde blaß. Seine Blicke schossen nervös unter der kleinen, schwarzen Maske, die er trug, hin und her. Er biß sich auf die Lippe. »Ich entschuldige mich, junger Herr. Erlaubt mir, Euch auf die Beine zu helfen.«

Casimir zog die Maske wieder über sein Gesicht und bemühte sich, unterstützt von zahlreichen Händen, wieder aufzustehen. Zwei davon gehörten einer jungen und wunderschönen Frau. Ihr Haar war tiefschwarz, was bei den hellhäutigen Leuten von Kartakass ziemlich selten vorkam. Ziemlich selten und ziemlich betörend, dachte Casimir. Sie trug eine ebenso schwarze kleine Maske, und ihre Augen waren smaragdgrün. Ihre Haut war weiß wie reines Leinen, und die eleganten Linien ihrer Lippen verzogen sich zu einem Ausdruck der Besorgnis, als sie Casimir musterte.

Ihre kleinen Hände drückten sanft seinen Arm. »Wie geht es Eurem Bein, junger Herr?«

Casimir konnte den Blick nicht von ihr abwenden. »Meinem Bein?«

»Kommt, tragt Euch in das Buch ein«, befahl Clieous, zog Casimir zum Pult und drückte ihm den Federkiel in die Hand.

Casimir roch Clieous' Furcht. »Ich bin kein Lakai der Sängerhalle, Meister Clieous«, erwiderte er. »Daher habe ich die widernatürliche Kunst des Schreibens nicht gelernt.«

»Verzeiht mir, junger Herr«, sagte Clieous. »Welchen Namen soll ich für Euch eintragen?«

Ein plötzlicher Schmerz zog Casimirs Herz zusammen. Er wagte es nicht, seinen wirklichen Namen zu nennen, nicht, nachdem Clieous sein Gesicht gesehen hatte. Der Waisenjunge wandte den Blick wieder dem schwarzhaarigen Mädchen zu, und ein Lied fiel ihm ein, ein Lied mit dem Titel »Gebrochenes Herz«.

»Gebrochenes Herz«, murmelte Casimir geistesabwesend. »Ich bin Gebrochenes Herz.«

Mit unbewegter Miene starrte Clieous den Jungen an, sein bohrender Blick schien an der grotesk lüsternen Maske zu zerren. Einen Augenblick lang befürchtete Casimir, aufgeflogen zu sein. Dann senkte der Meistersinger seine gewaltige Nase tiefer über das Buch und schrieb: *Meister Gebrochenes Herz, Zögling von Harkon Lukas.*

»Wer ist diese wunderschöne Pflegerin an meinem Arm?« fragte Casimir, nachdem Clieous die letzten Buchstaben niedergeschrieben hatte.

Zhones Gesicht wurde ein zweites Mal weiß. Er leckte sich über die trockenen Lippen. »Das ist meine Großnichte«, sagte er höflich, »das Enkelkind meiner ältesten Schwester, Julianna Estovina.«

Eine Verwandte von Clieous? wunderte sich Casimir. Wie konnte sein fauliges Blut in diesem makellosen Geschöpf fließen? Er sah sie sprachlos an. Bis auf ihr pechschwarzes Haar schien sie das genaue Gegenteil von Clieous zu sein: hell, wo er dunkel, rein, wo er verkommen war.

Casimir ließ sich auf sein unverletztes Knie fallen, schob die Maske aus dem Gesicht und küßte ihren zarten Handrükken. »Wie glücklich kann ich mich schätzen, Julianna Estovina, daß Euer Großonkel einen so ungebärdigen Hund hat. Ansonsten hätte ich Euch niemals kennengelernt.«

Als sich Casimir erhob, begann der Meistersinger nervös zu sprechen. »Mein tiefstes Bedauern, lieber Harkon. Ich hatte keine Ahnung, daß dieser bemerkenswerte junge Bursche Euer Schützling ist.«

Casimir zuckte zusammen. Harkon Lukas stieß ein hohles, hallendes Gelächter aus. »Er ist in der Tat bemerkenswert«, stellte Lukas sarkastisch fest. »Ich kann nur hoffen, daß sich sein Talent seinem Ehrgeiz ebenbürtig erweist.«

Casimir warf Lukas, der ein dunkles, wissendes Lächeln zeigte, einen verstohlenen Blick zu. Dann wandte er sich wieder Julianna zu.

»Wir werden bald erfahren, ob er Talent hat«, sagte Meistersinger Clieous und deutete auf das Buch. »Er hat sich für den Wettstreit eintragen lassen. Nun muß er ein Preludium singen, wie alle anderen auch.« Er zerrte an Casimirs Arm und zog ihn von Julianna fort. »Kommt, Gebrochenes Herz.

Kommt zur Bühne, um zu singen. Die Musikanten warten bereits.«

Casimir riß sich vom Griff des Meistersingers los und starrte die schneehäutige Schönheit an. »Ich singe dieses Lied für Euch, ehrenwerte Julianna.« Dann zog Casimir seine Grimassenmaske vors Gesicht, erhob sich und humpelte zur Bühne. Lukas und Clieous begleiteten ihn, einer auf jeder Seite.

»Wenn deine Stimme nicht so süß wie deine Lügen ist«, zischte Lukas ihm zu, »werde ich dich öffentlich verstoßen und unter vier Augen töten.«

Casimir antwortete nicht und hielt sich mit all der Würde aufrecht, die er trotz seines verletzten Beins aufbringen konnte. Schließlich betrat er die Bühne, und Lukas und Clieous nahmen in der ersten Reihe Platz. Einer der Musiker, ein Mann mit einem Rebec – einer dreisaitigen Geige – beugte sich zu Casimir vor. »Was sollen wir spielen?«

Casimir winkte ab. »Ich singe nicht zum Stöhnen von Rebecs.« Der Mann kniff die Augen zusammen und schüttelte den Kopf. Lukas bedachte Casimir mit einem mörderischen Blick. Casimir ignorierte seinen »Mentor« jedoch, trat zum Rand der Bühne und räusperte sich. »Ich bin Gebrochenes Herz.«

Die Menge flüsterte und kicherte. »Ist er ein Sänger oder ein Lied?« – »Er sieht eher aus wie Gebrochenes Bein.« – »Offensichtlich kein Mann aus der Sängerhalle.« – »Bereitet euch schon mal auf die ›Serenade der streunenden Katzen‹ vor.«

Casimir hustete, um den Kommentaren Einhalt zu gebieten. Seltsamerweise konnte er nach seiner Begegnung mit Julianna diesen Leuten keinen Zorn entgegen bringen – nur Gereiztheit. »Ich bin Gebrochenes Herz, und ich werde der wunderschönen Julianna Estovina ›Gebrochenes Herz‹ darbieten.«

Der grausame Spott begann erneut. Ein Lehrbursche der Halle flüsterte Julianna sogar Trost zu. Casimir ignorierte sie und begann zu singen. Seine klare, ergreifende Stimme erhob sich über dem Gemurmel der Menge.

»Warte, Geliebte. Ich kann nicht zulassen,
daß du in der Umarmung des blutig roten Todes schläfst.
Denn sieh, zu schwach bin ich,
einen Stein zu setzen auf dein Grab.
Ich fühle deinen Schmerz
als wär's mein eigner, und ich werde nie vergessen,
deinen Lebenswillen, als dein Leben versiegte,
dein gebrochenes Herz und liebliches Gesicht.

Wir schritten unter krummen Ästen
wie junge Liebende, Hand in Hand.
Bis der Goblin den Pfeil abschoß,
der in dein Herz sich bohrte.
Er brach auch mir das Herz.
Ich hielt dich im Arm,
der böse Goblin floh,
ich schoß ihm in den Rücken.

Oh, deine Augen schließen sich! Du süße Liebe,
dein Kampf mit dem Tod ist vorbei.
Doch meiner fängt erst an, denn niemals mehr
werd ich dir begegnen.
Mein gebrochenes Herz sollte wie das deine sein,
nicht von der Hitze der Leidenschaft zerstört,
sondern von der Klinge Stahl.
Meine Seele blutet, mein Dolch ist beschmutzt.

Der häßliche Spott war verstummt; Casimirs Stimme hatte die Anwesenden zum Schweigen gebracht. Sein melancholischer, reiner Ton, der nicht von dem Vibrato beeinträchtigt war, das man in der Halle lehrte, trug das Lied über die Menge hinweg zu Julianna. Er hatte sich vorgestellt, daß sie von einem Pfeil getroffen worden war und langsam starb, gebettet in seine trauernden Arme.

»Er scheint ein Geschöpf zu sein, das zum Singen geboren wurde.« – »Eher eine Nachtigall als eine streunende Katze.« – »Dreihundert Goldstücke im Monat, und du kannst trotzdem nicht so gut singen.« Die Gespräche im Garten brandeten wieder auf; ein Mann, der in der ersten Reihe saß, begann zu klatschen. Casimir drehte sich zu ihm um. Es war Harkon Lukas. Andere in der Menge reckten die Hälse, um zu sehen, wer dort klatschte. Ihre Gesichter zeugten von Erstaunen.

»Harkon Lukas... klatscht?«

Einer nach dem anderen fielen sie in den Applaus ein. Sogar Zhone Clieous, dessen Gesicht einen grünlichen Farbton angenommen hatte, klatschte zweimal mit übertriebener Geste.

Plötzlich erhob sich in der Menge ein anderes Geräusch. Einen Augenblick lang wurde der Applaus von überraschtem Keuchen und Rufen des Abscheus durchsetzt. Das Klatschen wurde leiser und erstarb dann ganz. Schockierte Gäste wichen zurück, um jemandem Platz zu machen. Casimir reckte den Hals, um die Quelle des Aufruhrs ausfindig zu machen. Lukas und Clieous sprangen auf, als ein Leibdiener sich einen Weg durch die Menge bahnte. Er schleppte einen sich wehrenden, fetten Jungen mit sich.

»Thoris!« entfuhr es Casimir.

Der Diener zerrte Thoris vor Meistersinger Clieous. »Meister, dieser... dieser Bengel hat versucht, sich in eine Kutsche zu schleichen, um zum Ball eingelassen zu werden.«

Das Gesicht des Meistersingers lief rot an, und seine Lippen zuckten vor Wut. »Mußt du diesen Welpen durch den Maskenball schleppen? Hast du nicht einmal so viel Verstand, ihn einfach auszupeitschen und in den Graben zu werfen?«

»Meine demütigste Entschuldigung, mein Herr...«, stammelte der Diener mit einer tiefen Verbeugung.

»Dieser Mann sollte sich nicht für etwas entschuldigen, woran ich die Schuld trage«, unterbrach Casimir. Er trat von der Bühne hinab und ging zu Lukas und Clieous. »Das ist mein treuer Diener. Sein Vater wurde vor einigen Jahren von einem Werwolf zerfetzt, und ich habe mich seitdem um ihn gekümmert.« Casimir legte eine zitternde Hand auf Clieous' Schulter. »Bitte verzeiht ihm, Clieous. Er liebt mich so. Er würde Leib und Leben riskieren, um mich singen zu hören. Ich habe ihm befohlen, draußen zu bleiben, doch er konnte der Versuchung nicht widerstehen.«

Der Zorn war nicht von Clieous' Antlitz gewichen, doch er bemühte sich, die Fassung zu bewahren, und drehte sich zu Harkon Lukas um. Lukas zuckte lediglich mit den Schultern. »Er kann nicht bleiben«, stieß Clieous zornig hervor.

»Oh, nein«, erwiderte Casimir hastig. »Das habe ich niemals angenommen. Wir werden jetzt gehen.«

Dem Meistersinger schien diese Vorstellung zu gefallen. »Aber sicher, junger Meister. Laßt Euch von uns nicht aufhalten.«

Casimir schob die Hand unter Thoris' Arm. Der Junge zitterte mitleiderregend, und Schweiß strömte über sein weißes Gesicht.

»Alles in Ordnung, mein treuer Diener«, sagte Casimir und tätschelte sanft Thoris' Hand. »Wir werden jetzt gehen.« Doch bevor sie ihren Entschluß in die Tat umsetzen konnten, erklang ein weiterer Schrei.

»Ich habe noch einen gefunden«, rief ein Mann, der hinter

einem Rosenbusch stand. »Einen nackten Trunkenbold, der hier zwischen den Blumen liegt.«

Meistersinger Clieous atmete durch zusammengebissene Zähne ein. »Noch einer Eurer Freunde, Gebrochenes Herz?«

Casimir drehte sich langsam um, und seine Grimassen-Maske verbarg ein schlagfertiges Lächeln. »Wo denkt Ihr hin? Das ist ganz bestimmt kein Freund von mir!«

Clieous warf die Hände in die Luft. »Was für eine Festung ist das?« brüllte er. »Bringt den Eindringling hinaus und peitscht ihn, und dann werft ihn in die tiefste Zelle im Kerker. Und wenn ihr schon dabei seid, ruft die Torwache herbei und verfahrt mit ihr genauso!«

4

Die Abenddämmerung senkte sich über das Amphitheater, als sich Casimir zum Wettstreit der Meistersinger begab. Sein Blick fiel auf die abgenutzten Stufen, die zur Bühne hinunterführten. Sie bestanden aus dunklem Granit und waren aus dem Felsen herausgeschlagen worden, der Harmonia überschattete. Alle Sitze waren besetzt. Das Gemurmel der Menge stieg aus der steinernen Muschel nach oben; es klang, als hätte die Welt eine Stimme verliehen bekommen – und sie klang beunruhigt.

Casimir stieg in das Amphitheater hinab. Die Stufen wurden von einer moosbewachsenen Steinmauer flankiert, auf der sich Feuchtigkeit gesammelt hatte. Hier hingen Laternen, die gelbliches Licht verbreiteten, und aus dickem Stoff gewebte Fahnen in den Farben des Landes. Die Flaggen warfen geisterhafte Schatten auf die Stufen. Casimir schritt an einer Gruppe Zuschauer vorbei und kam zu einer höhlenartigen Öffnung in der Wand. Das war der Eingang zum *Kristallhaus*, eine teure, in eine natürliche Höhle hineingebaute Schenke für Harmonias Elite. Aus dem Eingang wehte der verlockende Geruch von Fleisch und *Meekulbräu* – und Geld. Casimir blieb nicht stehen, sondern setzte seinen Weg zur Bühne fort.

»Hallo, Gebrochenes Herz«, sagte eine junge Frau.

Julianna Estovina stellte sich Casimir in den Weg. Sie hatte direkt neben der Treppe gesessen. Das schwindende Tageslicht verlieh ihrem schwarzen Haar einen seidigen Glanz, und das elegante Kleid aus weißer Seide ließ ihre Schultern frei. Ihre Augen leuchteten wie Jade, und ihre Lippen waren von roter Schönheit.

»Ich hatte gehofft, Euch zu begegnen, Gebrochenes Herz«, sagte Julianna. Der angenehme Duft ihrer Haut stieg in Casimirs Nase und verdrängte den erdigen Geruch des Amphitheaters.

»Ich hatte auch gehofft, Euch zu treffen.«

Sie trat näher an ihn heran, wobei sie ihn keinen Augenblick lang aus den Augen ließ. »Hier ist es so kalt.« Sie nahm seine Hände mit zwangloser Leichtigkeit, drückte sie zur Seite und schmiegte sich an ihn.

Die Luft war tatsächlich ziemlich kühl, doch Juliannas Körper strahlte eine sengende Hitze aus. Casimir streichelte unbeholfen ihr Haar. Ihre schmale Hand legte sich um seine Taille. Sie sah zu ihm hoch. »Möchtet Ihr mich küssen, Gebrochenes Herz?«

Casimir war sprachlos. Er starrte hilflos in ihre betörenden Augen. Wieder drückte sie sich zärtlich an ihn und stellte sich auf die Zehenspitzen. Ihre Lippen fanden sich.

Der Kuß war von einer schmerzhaften Hitze, doch Casimir wich nicht zurück. Ihr Atem war süß und berauschend. Ihre zierlichen Hände drückten ihn schamlos an sich, als wollte sie in ihn hineinkriechen. Casimir zitterte. Ihre Seele schien mit seiner verschmelzen zu wollen. Es fühlte sich wunderbar an. Er konnte das heiße Blut riechen, das durch ihre Lippen pulsierte. Durch ihr Gesicht. Den Hals. Die Schultern. Im hämmernden Rhythmus.

Er hatte Hunger.

Er verbiß sich in ihre Lippen. Blut schoß in seinen Mund. Sie wollte den Kuß abbrechen, zurückweichen, doch er hielt sie fest umklammert. Seine rotbeschmierten Reißzähne versenkten sich in ihren sich windenden Hals. Ein scharlachroter Strom floß über ihr Schlüsselbein und beschmutzte das Kleid. Das glühende Fleisch ihrer Kehle zerschmolz in seinem Mund. Es brannte, als es seinen Schlund hinunterglitt.

Mehr. Er wollte mehr.

Er biß tiefer. Zähne versenkten sich in ihre weiche Haut. Und noch ein Biß. Er war sich vage bewußt, daß sie im Sterben lag, doch der Hunger war unerbittlich. Und mit jedem Biß wurde er noch stärker.

Dann trafen seine Zähne knirschend auf Knochen.

Casimir schoß senkrecht von seiner Pritsche hoch. Er holte keuchend Luft. Es war, als würde er ersticken. Sein Herz hämmerte, Traumbilder flackerten vor seinen Augen.

»Verdammt!« flüsterte er. »Wie ich diesen Fluch hasse!«

Julianna schwebte wie ein Schatten vor seiner Pritsche. Ihre Augen waren vor Entsetzen weit aufgerissen, und ihr Gesicht war so weiß wie Papier. Er streckte die Hand nach dem Schatten aus. Ihre Lippen platzten auf. Blut rann langsam ihr Kinn herab. Casimir zog die Hand zurück und fuhr sich über die schweißbedeckte Stirn. Seine Fingernägel waren rasiermesserscharf, auf den Knöcheln wuchsen dichte Haarbüschel.

Thoris wachte auf.

Casimir vergrub die verformten Hände unter der zerlumpten Decke und zog sie dann bis zum Hals, um sich darunter zu verstecken. Thoris stützte sich auf einem Ellbogen auf und rieb sich mit der Hand durchs Gesicht. Dann schwang er die müden Beine über den Pritschenrand und setzte sich auf. Seine Augen waren vom Schlaf getrübt.

»Alptraum?« fragte er kaum verständlich.

Casimir hüllte sich weiter in die Decke ein. »Ja.«

Thoris strengte sich an, die Augen zu öffnen, als würden die Lider von Spinnweben verklebt. Er beugte sich in den weißblauen Strahl Mondlicht, der durch das Fenster fiel, und blinzelte. »Hatte auch einen Alptraum«, murmelte er und musterte das Gesicht seines Freundes. »Schwer zu schlafen, wo doch morgen der Wettstreit ist.«

Casimir erwiderte nichts darauf. Er blieb reglos im Mondlicht sitzen. Thoris zuckte mit den Schultern, schwang die Beine wieder auf die Pritsche und ließ den Kopf auf das Laken fallen. Es kehrte wieder Stille ein. Nur die Grillen sangen.

Der nächste Tag verging für Casimir wie im Traum. Er hatte das Gefühl, gerade erst aufgestanden zu sein, als die Sonne schon wieder unterging und die Zeit für den Wettstreit der Meistersinger gekommen war. Der volle Mond schwebte über dem Amphitheater, und Casimir fröstelte bei seinem Anblick. »Warum ausgerechnet heute abend?« fragte er sich laut. Er strich sich mit behandschuhter Hand über das verzierte Satinwams, trat an den Rand des Steintheaters und betrachtete die sich versammelnde Menge durch die Grimassen-Maske. »Warum ausgerechnet heute abend?«

Thoris' Hand legte sich warm auf seine Schulter. »Die Diener werden mich nicht weitergehen lassen, Casimir, nicht ohne Geld.« Er lächelte einfältig. »Doch ich werde einen Platz ganz hinten finden und von dort aus zusehen.« Casimir hörte gar nicht zu; seine Aufmerksamkeit galt der Bühne. Thoris tippte ihm erneut auf die Schulter, und er drehte sich verärgert um. Thoris grinste und blickte angestrengt über Casimirs Schulter. »Sag mal, Casimir, ist das nicht das Mädchen, das du auf dem Ball kennengelernt hast?«

»Welches Mädchen?« fragte Casimir und folgte Thoris' Blick.

»Das, von dem du seitdem so gut wie ununterbrochen gesprochen hast«, wurde Thoris deutlicher. »Julianna.«

Es *war* Julianna.

Sie saß einige Sitzreihen unter ihnen und schaute zur Bühne hinab. Trotzdem erkannte Casimir sie sofort. Ihr schwarzes, fließendes Haar funkelte in dunkler Pracht unter den blonden Menschen, die um sie herumsaßen. Der lehnenlose Sitz erlaubte Casimir, den größten Teil ihres Körpers zu sehen. Das seidene, weiße Spitzenkleid fiel von ihren zarten Schultern, schmiegte sich eng um die schmale Taille und folgte dem anmutigen Schwung ihrer Beine.

Der Traum blitzte in seiner Erinnerung auf. Die Maske schien ihm plötzlich die Luft zu nehmen, und in seinem Mund prickelte der Hunger.

»Geh schon – sprich sie an«, sagte Thoris und stieß seinen steingesichtigen Freund in Richtung Treppe. »Du willst sie doch sicher wiedersehen.«

Casimir schleppte sich zögernd einen Treppenabsatz hinunter, bevor ihn die Scheu übermannte. Thoris machte eine aufmunternde Geste. Eine weitere Stufe. Dann noch eine. Er sah Julianna an. Das Mondlicht flutete kühl über ihr seidiges Haar und die schönen Beine. Casimir ging den nächsten Absatz hinunter. Seine Muskeln fingen an zu schmerzen, ein Gefühl, das ihm nur allzusehr vertraut war. Er biß unter der grinsenden Maske die Zähne zusammen und blieb stehen. Ich kann nicht mit ihr sprechen, entschied er.

Als hätte Julianna seine Gedanken gelesen, wandte sie den Kopf. Sie erkannte ihn. Dann erhob sie sich mit natürlichem Anmut von ihrem Sitz.

»Hallo, Gebrochenes Herz«, rief sie.

Casimir wich zurück. Julianna winkte ihm zu; sie runzelte verblüfft die Stirn. Casimir seufzte. Jetzt *muß* ich mit ihr sprechen. Er ging weiter. Als er näher kam, verzogen sich ihre Lippen zu einem hinreißenden Lächeln. Casimir erreichte ihre Sitzreihe und drängte sich an einem dicken Kaufmann und seiner Frau vorbei, die ganz außen saßen. Er nahm ihre zierlichen Hände, als er endlich vor ihr stand.

»An Eurem weit ausholenden Schritt sehe ich, daß Euer Bein seit unserer letzten Begegnung geheilt ist«, sagte sie.

Die Maske verbarg, daß Casimir errötete. »Ja, es ist wieder völlig in Ordnung.« Er fing sich wieder, sank auf ein Knie, schob die Maske vom Gesicht und küßte ihre Hand. »Ich muß Euch danken.«

Sie lachte ungezwungen. »Viele andere haben Euch wieder auf die Beine geholfen.«

»Mir wieder auf die Füße zu helfen und mir einen Ansporn zu geben, wieder zu gesunden, sind zwei ganz verschiedene Dinge«, sagte Casimir und erhob sich wieder.

»Laßt mich einen Blick auf das Bein werfen«, sagte sie. Mit einem schüchternen Lächeln stellte Casimir den Schnabelschuh auf die Bank. Julianna setzte sich daneben. Sie strich sanft über die seidene Strumpfhose und tastete die Stelle um die Zahnabdrücke vorsichtig ab. »Es ist sehr schnell verheilt, Gebrochenes Herz. Und ich bin überrascht, wie gründlich Ihr die Blutflecken entfernen konntet.«

»Ich hatte gehofft, daß das Licht der Laternen den Flecken verbirgt.«

»Ich finde es auch überraschend, daß sich die Wunde nicht entzündet hat«, fuhr sie mit offensichtlicher Erleichterung in der Stimme fort. »Die Hunde meines Onkels haben mehr als einen Mann das Bein gekostet.«

»Schon seltsam, daß unser Meistersinger solch wilde Hunde hält«, bemerkte Casimir bitter. Er stellte den Fuß wieder auf den Boden.

»Meistens greifen die Hunde nur Diebe an«, meine Julianna. »Ansonsten sind sie friedlich... außer meinem Onkel gegenüber«, fügte sie mit einem Lachen hinzu. »Sie hassen ihn mit Leib und Seele.« Ihr Lächeln schwand. »Ich wüßte gern, warum der Hund Euch angefallen hat.«

»Vielleicht hat er mich für einen Dieb gehalten. Schließlich habe ich vor, Clieous die Herrschaft zu stehlen.«

»Ist das tatsächlich Eure Absicht?« fragte sie neugierig.

»Ja, allerdings. Doch ich wäre schon damit zufrieden, wenn mein Gesang allein Euren Beifall findet.«

Sie lächelte. »Es ist seltsam, in Harmonia eine weitere Person kennenzulernen, die schwarze Haare hat. Ich kenne hier nicht mehr als zwei Familien mit schwarzem Haar.«

»Es ist, als wären wir miteinander verwandt«, wagte sich Casimir rätselhaft vor.

»Oder dazu bestimmt, einander zu begegnen«, erwiderte Julianna.

Eine Hand klopfte Casimir grob auf die Schulter. Es war einer der Diener der Sängerhalle.

»Die Sänger haben sich im Kristallhaus für den Trinkspruch vor dem Wettstreit versammelt. Sie erwarten Euch.«

Casimir wandte den Blick nicht von Julianna ab. »Ich hoffe, Euch nach dem Wettstreit in *meinem* Meistersinger-Haus zu sehen.«

»Wir werden sehen«, erwiderte sie.

Casimir beugte sich impulsiv vor und küßte sie auf die Lippen. »Ja... wir werden sehen.«

Julianna errötete. Casimir trat zurück. War es falsch gewesen, sie zu küssen? fragte er sich. Sie biß sich auf die Unterlippe, als er noch einen Schritt zurücktrat. Er drehte sich um, darüber im unklaren, wie er sich nun verhalten sollte. Da er sich plötzlich wie ein Narr vorkam, zwängte er sich an dem fetten Kaufmann vorbei. Eine zierliche Hand legte sich auf seine Schulter. Julianna hielt ihn zurück und zog ihn an sich. »Ihr dürft beim Trinkspruch den Krug nicht leeren«, flüsterte sie leise, beugte sich vor und streifte mit den Lippen seine Wange.

Casimir wich vor ihr zurück, als der Diener ihm erneut auf die Schulter tippte. Julianna sah ihm nach. Das Pochen seines Herzens übertönte den Lärm der Menge. Er erreichte die Treppe, warf Julianna einen letzten, fragenden Blick zu und schob sich dann die Maske mit dem leicht anzüglichen Grinsen vors Gesicht.

Sogar Casimir kannte die finsteren Gerüchte, die über das *Kristallhaus* im Umlauf waren, dabei hatte er noch niemals einen Fuß hineingesetzt. Er holte tief Luft und trat in die Höhlenöffnung, die als Schenkeneingang diente. Der Durchgang glich keiner ihm bekannten Höhle. Wände und Decke waren voller schimmernder roter, durchsichtiger und grüner Quarzkristalle. Ihre Facetten nahmen das Licht der Laternen auf und sorgten für eine allgegenwärtige, nebelhafte Helligkeit. Als Casimir an den Steinen vorbeiging, gaben sie seinen energischen Schritt und das Geraune der draußen versammelten Menge als Echo wieder. Falls sie schon so leise Geräusche wiedergeben, dachte Casimir, würde ich gern hören, wie sie bei Musik reagieren.

Es roch nach Wein und Parfüm. Er folgte den Gerüchen bis zum Ende des Durchganges. Dort gab es ein breites Eisentor, das von zwei leeren Rüstungen bewacht wurde. Direkt hinter dem Tor standen zwei lächelnde Mädchen. Der Parfümduft kam zweifellos von ihnen. Sie schienen darin gebadet zu haben.

»Name?« fragte das Mädchen zu Casimirs Linken.

»Gebrochenes Herz«, antwortete Casimir.

»Ah, hier steht es«, sagte sie und konsultierte das große Buch des Maskenballs. »Willkommen im Kristallhaus, Meister Herz.«

Casimir nickte und ging an den beiden Frauen vorbei in die Schenke. Es war eine kleine, labyrinthartige Höhle. Zahllose Tische standen inmitten eines Waldes aus natürlich entstandenen Felspfeilern. Auf jedem der von den Gästen dicht umringten Tische standen flackernde Kerzen, die Platten mit Fasan, Ente oder Lamm beleuchteten. Von dem Fleisch stieg ein wohlriechendes Aroma auf. Die kühle Luft war vom Gemurmel der Menge erfüllt.

Casimir blickte sich um und entdeckte den Ausschank, eine runde Theke, die um eine Kristallsäule errichtet worden war. Über der von vielen kostbar gekleideten Barden belagerten Theke hingen Reihen funkelnder Pokale. Casimir ging darauf zu. Als er näher herangekommen war, sah er die Reihe von Glaskrügen, die auf der Theke stand; jeder Krug war bis zum Rand mit schäumendem, rötlichbraunem *Meekulbräu* gefüllt. Zhone Clieous stand in überschwenglicher Laune und mit gerötetem Gesicht auf einem niedrigen Hokker und hob einen gefüllten Schnapskrug.

»Darf ich um Eure Aufmerksamkeit bitten?« rief er. Die

dicht zusammengedrängt stehenden Barden verstummten plötzlich. Clieous trank einen Schluck. »Vielen Dank«, fuhr er dann fort. »Die Dienerinnen haben mich davon unterrichtet, daß der letzte Teilnehmer des Wettstreits eingetroffen ist. Also, Sänger, ergreift jeder bitte einen Krug, damit wir einen Trinkspruch ausbringen können!«

Die Barden drängten sich durstig um die Theke, und jedermann nahm sich einen Krug. Casimir wartete ab, Juliannas Warnung noch im Ohr. Vielleicht hat sich der Schankwirt bei den Krügen verzählt – Schankwirte sind berüchtigt dafür, daß sie schlecht mit Zahlen sind, dachte er. Langsam traten die Sänger von der Theke zurück. Ein Krug war übriggeblieben.

Der Meistersinger blickte mit zusammengekniffenen Augen in die Runde. »Was soll das? Einer von euch hat keinen Krug zum Anstoßen. Wer ist es? Bevor auch nur einer singt, will ich nur leere Krüge sehen.«

Casimir trat vor und legte die Hand um den feuchten Krug.

»Ah... also Ihr wart das, Gebrochenes Herz«, sagte Clieous mit einem Hauch von Spott in der Stimme. »Bitte verzichtet auf den Unsinn, den Ihr beim Maskenball verzapft habt! Und jetzt der Trinkspruch!« Clieous hob den Krug und sprach die traditionellen Worte. »Oh, laßt uns mit freudiger Stimme ein Lied anstimmen, das uns bis ins Herz erschüttert. Und sollten wir die Krone nicht erringen, oh, dann laßt uns bereitwillig zurücktreten.«

Die Höhle hallte vom fröhlichen Geklirr anstoßender Krüge und den Rufen »Hört, hört!« wider. Casimir sah zu, wie die Barden die Gefäße an die Lippen setzten und den Inhalt hinunterstürzten.

Der feuchte Krug rutschte Casimir einfach aus den Fingern.

Das Geräusch zersplitternden Glases und über den Boden

spritzenden *Meekulbräus* war im ganzen Raum zu hören. Entsetzte Gesichter wandten sich Casimir zu. Zhone Clieous platzte beinahe vor Wut.

Casimir zuckte mit den Schultern. »Bitte entschuldigt meine Ungeschicklichkeit.«

Er trat um die Schnapspfütze herum, während Diener herbeistürzten, um die Bescherung aufzuwischen. Casimir bahnte sich an der Theke einen Weg zwischen zwei wie erstarrt dastehenden Barden. »Wirt, sei doch so freundlich und schenk mir noch einmal ein.«

Der Wirt blickte finster drein, während er einen neuen Krug füllte. Clieous sah mit schlecht verhohlener Bestürzung zu. Die Wettstreit-Teilnehmer, die um Casimir herumstanden, fingen an zu kichern, und diejenigen, die ihren Krug noch nicht geleert hatten, holten das nun nach. Der Wirt stellte einen frisch gefüllten Krug auf die Theke, und Casimir griff ihn sich. Er leerte ihn mit einem breiten Grinsen.

»Auf zum Wettstreit! Auf zum Wettstreit!« Casimir hob zusammen mit den anderen seinen leeren Krug und stimmte lautstark in den Ruf mit ein.

Thoris bahnte sich auf dem Feld vor den Treppen zum Amphitheater einen Weg durch die Menge der Bauern. Er hatte schnell herausgefunden, das nur die vorn am Geländer etwas sehen konnten, und jene Leute hatten sich bereits weit vor Sonnenuntergang einen Stehplatz gesucht. Entschlossen, die Bühne sehen zu können, drängte sich Thoris rücksichtslos nach vorn.

»Paß auf, wo du hintrittst, Junge!«

»Mach, daß du nach hinten kommst!«

»Geh von meinem Fuß runter!«

Er ignorierte die Proteste und bahnte sich einen Weg durch eine Gruppe von Tagelöhnern, deren Kleidung nach

Schweiß und Acker stank. Dahinter stand ein Pärchen, das seine Beerdigungsgewänder angelegt hatte, zweifellos die besten Kleidungsstücke, die sie ihr eigen nennen konnten. Thoris zwängte sich rücksichtslos zwischen ihnen vorbei und erhaschte den ersten Blick auf das breite Steingeländer. Zwischen ihm und seinem Ziel befanden sich noch drei Reihen Bürger.

Nachdem sich Thoris einen Augenblick lang umgesehen hatte, entdeckte er eine Öffnung in der Menge. Ein Gemüsehändler lehnte sich schwer auf das Geländer, und sein breiter Rücken nahm einen Platz in Anspruch, der mühelos für zwei Männer gereicht hätte. Doch was noch viel wichtiger war, zwischen den auseinanderstehenden Beinen des Mannes befand sich eine ausreichend große Öffnung in Bodennähe. Thoris ließ sich auf alle viere nieder und kroch geschwind darauf zu. Als er das Geländer erreicht hatte, konnte er zwischen zwei der breiten steinernen Geländerstreben durchsehen – ein perfekter Platz, solange der Gemüsehändler so stehen blieb.

Thoris war gerade rechtzeitig gekommen: Der Wettstreit fing gerade an. Ein Mann verließ eine von Schatten verhüllte Nische im hinteren Teil der Bühne und trat langsam nach vorn. Das Licht der Laternen enthüllte nach und nach unbewegt blickende Augen, schwarze Augenbrauen, flache Wangenknochen und ein tückisches Grinsen.

Zhone Clieous.

Thoris durchlief ein Schauder, als er Casimirs Todfeind erblickte. Das Publikum verstummte. Clieous, dessen Augen im Laternenlicht rot funkelten, breitete die Hände aus und wandte sich nacheinander jeder Seite zu. Sein Umhang bauschte sich auf wie ein hinter ihm lauernder Schatten. Seine Lippen gaben den Blick auf gelbe, unregelmäßige Zähne frei, und er begann zu sprechen.

»Nostoremak, sprictdesdemis, schtilla erschta nictevact!«

Thoris kannte sich in der Alten Sprache nicht gut aus, doch dieser Satz war allgemein bekannt. »Tod des Winters, Tod des Frühlings, ewigwährende Nacht der Sommersonnenwende!«

Clieous sprach weiter, bediente sich nun allerdings der normalen Sprache. »Unser Land ist ein Land der Helden. Unser Land ist ein Land der Lieder. In dieser Nacht der Sommersonnenwende, bezeugt vom Wind in den Bäumen und besiegelt vom vollen Mond, werden wir die Lieder singen und die Helden finden!« Clieous verlangte mit einer Geste nach Applaus, und die Zuschauer reagierten begeistert. Seine rattenhafte Nase zuckte vor Freude, als er dem Beifall lauschte. Schließlich wurde es wieder still, und er fuhr fort. »Wer soll über uns herrschen? Wer von uns ist der beste Sänger? Wer von uns führt das tugendhafteste Leben? Der heutige Abend wird es offenbaren!« Wieder ertönte auf Zeichen Beifall. Diesmal bat Clieous vorzeitig um Ruhe. Er blickte sich herrisch um, dann rief er: »Sollen die Lieder beginnen!«

Plötzlich erscholl hinter Zhone ein ausgelassenes Getöse. Der Mißklang erinnerte zuerst an die ungestümen Rufe einer wütenden Menge. Doch als Thoris genauer hinhörte, erkannte er, daß es sich nicht um Rufe, sondern um Gesang handelte, um viele Stimmen, die viele verschiedene Lieder sangen. Ein Barde nach dem anderen trat aus dem von Schatten verhüllten hinteren Teil der Bühne in das flackernde Licht, und jeder sang ein anderes Lied. Sie gingen auf das Publikum zu, bildeten am Bühnenrand eine Reihe und marschierten die Stufen des Amphitheaters herauf, um sich unter die Leute zu mischen.

Ein Mann im roten Wams nahm über einer dicken Frau Aufstellung und sang mit tiefer Baßstimme. Ein anderer, in der Tracht eines Troubadours, gestikulierte wild, während er von Stufe zu Stufe hüpfte. Ein Dritter, der in einen Federumhang eingehüllt war, gab unterwegs jedem jungen Mädchen und jeder alten Frau einen Kuß. Jeder Sänger wandte sich einem Teil des Publikums zu und schrie förmlich, um die anderen zu übertönen. Für Thoris hörte sich das eher wie das Gekreische von Bettlern an als wie der Gesang von Meistern. So gut wie alle Teilnehmer waren nun auf die Bühne getreten, und viele pflügten Rammböcken gleich durch das Publikum. Nur bei denjenigen, die es bis zur obersten Sitzreihe geschafft hatten, konnte Thoris überhaupt verstehen, was sie eigentlich sangen. Ihre Stimmen klangen heiser und angestrengt. Ganz anders als Casimirs Stimme, fand Thoris. Doch wo war Casimir?

Thoris entdeckte seinen Freund schließlich unter den letzten Sängern, die gerade die Bühne betraten. Casimir blieb ruhig dort stehen, die Hände an den Seiten. Thoris bemühte sich mit aller Kraft, die helle Stimme seines Freundes aus der Menge herauszuhören, nur um schließlich feststellen zu müssen, daß es da nichts zu hören gab. Casimir schien kaum zu atmen und erst recht nicht zu singen.

Thoris biß sich auf die Unterlippe. »Mach den Mund auf, Casimir!« flüsterte er.

Casimir stand einfach wie erstarrt da. Er sang nicht. Er rührte sich nicht. Thoris' Herz lag wie ein Bleiklumpen in seiner Brust. Die Leute, die direkt vor Casimir saßen, hatten sich umgedreht, um den hinter ihnen befindlichen Barden zuzuhören.

Plötzlich wurde Thoris von einem wilden Zorn erfüllt. Er holte tief Luft, und bevor er es sich verkneifen konnte, brüllte er: »Die Rache, Casimir! *Die Rache!*«

Der Gemüsehändler warf dem zerlumpten Waisenjungen einen schockierten Blick zu, aber Thoris war zu sehr auf seinen Freund konzentriert, um es zu bemerken.

Die Worte schienen Casimir aufzurütteln. Er hob die Hände und holte tief Luft. Dann sang er. Seine helle Stimme übertönte mühelos den Lärm, der das Amphitheater erfüllte. Diejenigen, die vor ihm saßen, sahen nun wieder ihn an. In der Nähe stehende Barden, denen auffiel, daß ihnen kaum noch jemand zuhörte, rückten näher an den jungen Sänger heran. Trotzdem wandten immer mehr Leute Casimir ihre Aufmerksamkeit zu. Der dunkelhaarige Junge trat einen Schritt näher auf sein Publikum zu, und seine Stimme, in der eine wilde Traurigkeit lag, schwoll an wie der Ruf eines Wolfes. Thoris überlief es eiskalt, als die Zuschauer in Casimirs unmittelbarer Nähe applaudierten.

Während der nächsten halben Stunde streifte Casimir durch das Publikum und gewann mit jedem Schritt mehr Zuhörer. Einige der weniger talentierten Sänger, denen es nicht gelungen war, eine Anhängerschrift zu erringen, zogen sich ins Kristallhaus zurück. Andere gaben qualvoll hustend auf. Schließlich gab Meistersinger Clieous den übriggebliebenen Barden ein Zeichen, sich in dem dunklen hinteren Teil der Bühne zu versammeln.

Dann nahm Clieous das Verzeichnis zur Hand und rief den ersten Wettstreiter mit Namen auf. Der junge Sänger trat aus der Dunkelheit und wurde von spärlichem Beifall gegrüßt. Als der Applaus versiegte, machte Clieous eine Notiz am Rand der Seite. Dann rief er den nächsten Sänger nach vorn, der daraufhin seinen Beifall empfing. Und so ging es weiter, bis als fast letzter der Liste Casimir aufgerufen wurde.

»Gebrochenes Herz, Schützling von Meister Lukas!«

Eine tiefe Stille kehrte ein. Casimir trat langsam aus der Finsternis. Das schwache Laternenlicht zeichnete zuerst die Konturen seiner Maske nach. Er machte noch einen Schritt nach vorn und trat in den hellen Kreis.

Ein Raunen ertönte.

Thoris schloß die Augen und klatschte aus Leibeskräften. Casimir hatte offensichtlich die schönste Stimme aller Barden gehabt, und nun vergalten es ihm die Harmonianer mit Schweigen. Thoris klatschte weiter, hinter seinen geschlossenen Augen brannten heiße Tränen. Seine Handflächen taten weh, und seine Arme wurden vor Verzweiflung immer schwerer. Erst als er nicht mehr konnte, bemerkte er, daß der Gemüsehändler ebenfalls klatschte. Und viele andere auch – eigentlich alle! Thoris war begeistert. Und nach zwei weiteren Namen stand die wunderbare Neuigkeit fest.

»Die letzten fünf – die mich herausfordern und bei einem möglichen Sieg über Harmonia herrschen dürfen – sind... Gaston Olyava... Eldon Comistev... Ravenik Oltavic... Heindle Bragh... und Gebrochenes Herz.«

5

Thoris konnte seine Begeisterung kaum beherrschen, als sich Casimir und die anderen Barden in das *Kristallhaus* zurückzogen. »Es hat geklappt!« flüsterte er. »Ich kann es kaum glauben! Es hat geklappt!« Im Überschwang seiner Freude umarmte er das dicke Bein des über ihm stehenden Gemüsehändlers.

Ein dickes, aber freundliches Gesicht starrte an einer wehenden Schürze vorbei auf den Boden. »Hallo da unten.«

Thoris biß die Zähne zusammen, löste vorsichtig die Umarmung und wappnete sich gegen die zuschlagende Faust. Eine fleischige Hand schloß sich um seinen Hemdenkragen. Dann gab es einen würgenden Ruck. Thoris rutschte über den Boden und wäre beinahe mit dem Kopf gegen das Geländer geknallt. Dann stand er plötzlich auf den Beinen, zwischen dem Geländer und dem gewaltigen Bauch des Gemüsehändlers eingeklemmt.

»Ich habe keine Lust mehr, dich zwischen den Beinen zu haben«, sagte der große Mann. »Bleib da stehen; du bist winzig genug.«

»D-danke«, sagte Thoris mißtrauisch und rieb sich den Hals.

»Wer is dein Favorit, Junge?« fragte der Gemüsehändler polternd.

»Favorit?« fragte Thoris verwirrt zurück.

»Für wen jubelst du?«

»Oh, für Casi – äh, Gebrochenes Herz.«

»Hoffentlich kennt der gute Beleidigungen, denn das is als nächstes dran.«

»Als nächstes?«

»Das is so was wie 'ne Prüfung, sie nennen es Rhetho- irgendwas, doch es sind eigentlich bloß 'nen Haufen Beschimpfungen«, sagte der Mann. »Beleidigungen is was, wo ein Meistersinger drin gut sein muß.«

»Oh, Gebrochenes Herz kennt tolle Beleidigungen«, sagte Thoris. »Wenn er den Beleidigungs-Wettstreit gewinnt, ist er dann der neue Meistersinger?«

»Nein, dann noch nicht. Dann muß er Clieous bei den Balladen schlagen.«

Thoris schüttelte den Kopf. »Wird dieser Wettstreit denn niemals zu Ende sein?«

Es verging eine weitere Viertelstunde, bevor die Sänger wieder erschienen. Sie verteilten sich auf der Bühne hinter frisch aufgefüllten Laternen. Casimir kam als letzter der fünf. Er ging zu den Stufen und blieb stehen, die Hacken zusammengeschlagen und die Hände an den Seiten. Zhone Clieous blieb hinter den Barden stehen, sein Gesicht schwebte geisterhaft am Rande des Lichtkreises.

Erwartungsvolle Stille machte sich breit.

Clieous musterte das Publikum von oben herab, dann fing die zweite Runde an. »Gaston Olyava, warum glaubt Ihr herrschen zu können?«

Ein in Grün gekleideter, muskulöser Barde trat einen Schritt vor. »Meine Tage als Gebieter der Sängerhalle haben mich auf die Herrschaft vorbereitet.«

»Eine wirklich lange Vorbereitungszeit«, rief ein dicker Sänger namens Heindle. »Fast zwei Wochen!«

»Ich war drei Jahre der Gebieter!« fauchte Gaston.

Eldon, ein Barde mit einer Hühnerbrust, lachte. »Verratet ihnen aber auch, warum man Euch aus Eurem erhabenem Amt entfernt hat.«

»Ich werde es ihnen sagen«, mischte sich Casimir ein, der anscheinend den Sinn des Wettstreits begriffen hatte. »Ihr wart zu sehr damit beschäftigt, über die Damen zu gebieten!«

Das Publikum kicherte. »Ich habe mein Amt untadelig geführt«, brüllte Gaston.

»Und keine Dirne abgewiesen, die an Eure Ehre appelliert hat«, fügte Casimir hinzu. Schallendes Gelächter ertönte.

»Woher wollt Ihr das eigentlich wissen, Fremder«, gab Gaston zurück und entlockte der Menge damit Beifall.

»Sogar Fremde haben von Eurem Stehvermögen gehört, Gaston!« erwiderte Casimir.

Thoris schlug die Hände vor den Mund und kicherte hämisch.

Gaston wechselte die Taktik. »Nun, dann laßt mir Anerkennung dort zuteil werden, wo ich sie verdiene. Wenn ein Mann die Frauen lenken kann – die geheimnisvollste, komplizierteste und liebreizendste Schöpfung der Götter –, wer will ihm dann die Fähigkeit absprechen, die Geschicke der Dame Harmonia zu lenken?«

»Doch Ihr seid wahrhaftig nicht der Typ eines Ehemanns! Wollt Ihr Harmonia zur Geliebten oder zum Weib?« fragte ein weibischer Barde namens Ravenik.

»Ich würde mich wie ein liebevoller Ehemann um diese Stadt sorgen!«

»Ja – wie ein Ehemann, der nebenher eine Dirne liebt!« korrigierte Casimir ihn.

»Ich würde ihr die Treue halten«, versicherte Gaston.

»Solange sie vor Euch auf den Knien liegt«, sagte Casimir.

Gaston warf ihm einen finsteren Blick zu. »Ihr kennt weder Harmonia, noch kennt Ihr mich, Zerplatztes Gedärm.«

»Ganz im Gegenteil«, erwiderte Casimir. »Ich weiß alles über Harmonia, und ich kenne Euch zur Genüge. Ihr sagt, Ihr wollt Harmonia leiten wie ein Ehemann seine Gemahlin. Aber ich behaupte, Harmonia ist keine Frau, die man unterdrücken darf! Harmonia ist keine Hure, die man für einen Ritt bezahlt. Sie ist keine lüsterne Schankdirne! Nein. Harmonia ist eine Waschfrau und Mutter von vielen, eine Heilerin schwärender Wunden und der Trost aller barfüßigen Jungen und Mädchen. Seht Euch doch einmal die stillen, starken Frauen auf den Rängen an. Sie *sind* Harmonia. Ihr wollt sie lenken? Es wäre besser – viel besser –, wenn sie Euch lenken würden!«

Das Publikum lachte und applaudierte. Casimir verbeugte sich tief und entdeckte viele gestandene Frauen, die sich zum Klatschen von den Sitzen erhoben hatten. Die Reichen unter ihnen klatschten mit behandschuhten Händen, während die

Armen, die sich oben am Geländer drängten, unbekümmert schrille Pfiffe ausstießen.

Zhone Clieous dämpfte den Beifall mit einer Handbewegung. Sein Gesicht verriet Wut. Seine Augen huschten über die Menge, während er auf Ruhe wartete. Schließlich räusperte er sich und stellte dem nächsten Barden die Frage.

»Eldon Comistev, warum glaubt Ihr, herrschen zu können?«

Der Barde trat vor. Er grinste breit. »In dieser Stadt der Kaufleute bin ich ein Kaufmann, und deshalb kann ich Harmonia noch mehr Wohlstand bringen.«

»Zweifellos! Selbst die Armen müssen dafür zahlen, in Euren Verschlägen im Elendsviertel wohnen zu dürfen!« spie Casimir aus.

»Ich werde jedem Armen Arbeit geben«, erwiderte Eldon, doch sein Lächeln wurde dünner.

»Ihr habt ihnen doch schon Arbeit gegeben«, lachte Casimir. »Wie wäre es damit, sie auch zu entlohnen?«

Gaston mischte sich ein. »Er denkt, wenn er die Peitsche nicht so oft benutzt, ist das ausreichend Lohn.«

Eldon wiegelte mit rudernden Händen ab, um wieder das Wort ergreifen zu können. »Die Arbeit, die ich anbiete, wird sich auszahlen – in klingender Münze. Unsere Stadt ist reich.«

»Harmonias Reichtum sind seine Menschen, keine Münzen«, sagte Casimir empört. »Was wird dieser Tage für eine Seele bezahlt, Eldon? Das wißt Ihr doch sicher!«

»Ich biete Wohlstand, Gebrochenes Herz, kein Geld«, erwiderte Eldon. »In meinem Harmonia wird der Nachbar dem Nachbarn helfen, und der Reiche dem Armen.«

»Unter Androhung der Todesstrafe«, warf Ravenik ein.

»Mein Harmonia wird eine glückliche Familie sein«, sagte der Mann sichtlich getroffen.

»Gaston wäre ein tyrannischer Ehemann und Ihr ein unterdrückender Vater«, rief Casimir. »Sollte man dem Volk nicht dienen, statt es zu unterdrücken?« Applaus hallte durch das Amphitheater.

Er war noch nicht verklungen, da ging der Wortstreit weiter. Während der Mond im Zenit des Himmels schwebte, wurden Casimirs herabwürdigende Erwiderungen schärfer und schärfer. Jedesmal führte er den Angriff an, und die Harmonier belohnten ihn mit Gelächter und Applaus. Die anderen Barden reagierten immer gereizter auf Gebrochenes Herz, der keine Gnade kannte und nicht zu erschüttern war. Mit jedem seiner Treffer wuchs ihr Zorn, und sie warteten darauf, ihn mit ihrem giftigen Spott überschütten zu können, wenn er an der Reihe war.

»Gebrochenes Herz, warum glaubt Ihr, herrschen zu können?«

Casimir schwieg, er wartete, bis er die volle Aufmerksamkeit der Harmonier hatte.

»Ich besitze das Herz meines Volkes.«

Gaston machte den Anfang. »Als Euch das Herz brach, wurde Euer Kopf da gleich mit in Mitleidenschaft gezogen?«

»Ein angeschlagener Kopf ist besser als gar kein Kopf... doch woher solltet Ihr den Unterschied kennen?«

»Herrscher, die nicht ganz bei Verstand sind, treffen närrische Entscheidungen«, brüllte Gaston mit voller Kraft, um das Gelächter zu übertönen.

»Unser verehrter Zhone Clieous ist selbst ein Meister närrischer Entscheidungen. Er macht die Reichen reicher und die Armen ärmer. Vielleicht kann ich mich mit meinem angeschlagenen Kopf an die Reichen erinnern, ohne die Armen zu vergessen.«

»Wieso habt Ihr Euch überhaupt den Kopf angeschlagen?« fragte Eldon spitz. »Seid Ihr einmal zu oft daraufgefallen?«

»Was mir das Herz hat brechen lassen, hat auch meinen Kopf in Mitleidenschaft gezogen«, erwiderte Casimir. »Wenn ihr alle Herzen statt Steine in der Brust hättet, würdet ihr das gleiche fühlen.«

»Warum versteckt Ihr Euch hinter einer Maske?« wollte Heindle spöttisch wissen.

»Gesichter können lügen, guter Heindle, doch Herzen sprechen die Wahrheit. Ich hoffe, Euer Gesicht hat heute abend gut für Euch gelogen... zumindest so gut, wie mein Herz für mich gesprochen hat.«

Ravenik mischte sich ein. »Ihr haßt unseren verehrten Clieous, nicht wahr?«

Casimir zögerte, dann hob er die Hand und legte sie aufs Herz. »Ich liebe...« Seine Stimme brach. Er räusperte sich und fuhr fort. »Ich liebe Zhone Clieous, wie es nur sein eigener Sohn könnte. Und was Euch angeht, Ravenik, wenn Ihr unseren Herrn so sehr liebt, warum wollt Ihr ihm dann sein Amt stehlen?«

»Genug!« Zhone Clieous' tiefe Stimme hallte durch das Amphitheater. Er winkte die Bewerber vom Bühnenrand zurück, bis sie wieder im Schatten verschwunden waren. Dann rief er sie einzeln auf. Die Zuschauer, die den Verlauf des Wettstreits zur Genüge kannten, spendeten bei jedem Namen Beifall. Clieous kritzelte Bemerkungen in das Buch, sobald der Applaus wieder erstarb. Bei den ersten vier Sängern war der Beifall gleichmäßig verteilt gewesen. Nur Casimir war noch übrig. Ein aufgeregtes Raunen ertönte in der Menge.

»Meister Gebrochenes Herz.«

Der aufbrausende Jubel ließ keinen Zweifel: Gebrochenes Herz hatte die zweite Runde gewonnen.

Casimir saß allein an einem Ecktisch im *Kristallhaus*, als eine vertraute Stimme ertönte.

»Der beste Barde, den ich je ausgebildet habe.«

Casimir hob den maskierten Kopf. Ein dunkelhaariger Mann stand vor ihm. Sein Lächeln ließ den gewachsten Schnurrbart zucken, und in dem Monokel spiegelte sich das Licht der Kerze.

»Guten Abend, Meister Lukas. Ich hoffe, Ihr konntet stolz auf mich sein.«

Harkon Lukas' Augen funkelten durchtrieben. »Ich werde mein Urteil bis morgen zurückstellen, wenn Ihr Meistersinger seid.«

Wenn Ihr Meistersinger seid. Die Worte ließen Casimir stokken. Er hatte Rache im Sinn gehabt, nicht das Amt des Herrschers. Er hätte sich nie träumen lassen, es soweit zu schaffen.

»Vielleicht sollte ich den Wettstreit absichtlich verlieren. Ihr habt gesagt, ich würde mit dem Amt des Meistersingers mein Talent verschwenden«, sagte er.

»Falls, Meister Herz, falls Ihr den Wettstreit gewinnt, ob auf ehrliche Weise oder nicht, wäre Euer Talent verschwendet«, sagte Lukas. »Doch solltet Ihr verlieren, habt Ihr kein Talent, das es zu verschwenden gäbe.«

»Nun, ob Sieg oder Niederlage, meine Darbietung fällt auf meinen Lehrer zurück. Wenn Ihr meine Ausbildung etwas rigoroser betrieben hättet, würde mir der Titel vielleicht schon gehören.«

Casimir nahm an, der legendäre Barde würde das Wortgeplänkel fortführen, doch Lukas schwieg. Das Funkeln in seinen Augen wurde noch heller, er lächelte seltsam. »Falls Ihr den Sieg erringt, Meister Herz, werden wir uns über Eure Ausbildung unterhalten.« Dann seufzte er und deutete auf Casimirs leere Hand. »Trinkt Ihr heute nicht?«

Casimir faßte sich an den Hals. »Schlecht für die Stimme.«

»Allerdings«, erwiderte Lukas mit einem wissenden Lächeln. »Nun, ich muß weiter. Und Ihr, junger Lehrbursche, müßt Eure Stimme schonen.« Er erhob sich und tauchte in der Dunkelheit der Schenke unter.

Plötzlich baute sich ein prächtig gekleideter Mann vor Casimirs Tisch auf. In dem Kerzenlicht wirkte er ziemlich groß, und er ließ sich auf den Stuhl neben Casimir fallen. Er stank nach Schweiß und Öl, und eine Mischung aus beidem glitzerte in seinem schlampig gestutzten Bart.

Casimir griff nach der Maske. »Es gibt andere Tische.«

»Ihr schlagt was zu trinken ab, he?« fragte der Mann. Sein Atem roch widerlich.

»Bitte entschuldigt mich«, sagte Casimir und wollte aufstehen.

Ein massiger Arm legte sich um seine Schulter, und eine fleischige Hand schloß sich um seinen Oberarm. »Clieous behauptet, Ihr wolltet den Jungs den Trinkspruch verweigern.« Der Mann winkte dem Schankwirt, der sofort mit einem Steinkrug herbeieilte. »Woll'n doch mal hören, wie Ihr singt, wenn Ihr davon einen intus habt.«

Der Wirt stellte das rotbraune Gebräu auf dem Tisch ab und verschwand. Casimir wollte aufstehen. Der Mann verstärkte seinen Griff. »Ihr geht nirgends hin, bevor Ihr nicht ausgetrunken habt.« Mit der freien Hand griff er nach Casimirs Maske und schob sie brutal in die Höhe. Dabei riß er die Haut über der Augenbraue ein. Casimir keuchte. Er versuchte mit aller Kraft, sich aus dem eisernen Griff zu befreien und schlug dem Mann mit beiden Fäusten vor die Brust. Sein Widersacher packte einfach fester zu. Er ließ die Maske los und hielt Casimir den Krug an die Lippen.

Casimir spürte, wie die Wut in ihm aufloderte. Kraft seines Willens ließ er die vom Handschuh verborgenen Fingernägel härter werden. Sein Rückgrat verbog sich. Der Krug wurde ihm an den Mund gedrückt. Er fauchte zornig, und rötlicher Schaum sprühte dem Mann ins fettige Gesicht. Sein Widersacher ließ ungerührt Casimirs Oberarm los, kniff ihm die Nase zu und rammte ihm den Krug in den Mund. Casimir hustete; er wußte, daß er trinken oder ersticken mußte. Der Schnaps rann bitter seine Kehle hinunter und hinterließ dabei einen sandigen Nachgeschmack. Er rang nach Luft, während seine der Verwandlung unterworfenen Knochen mitsamt ihren Muskeln härter wurden.

Plötzlich riß er die Hand zurück, ließ die Krallen hervorschnellen und vergrub sie in dem massigen Leib des völlig überraschten Mannes. Seine Finger bohrten sich in die harte, obere Muskelschicht, tauchten tief in die heißen Eingeweide ein und tasteten sich an den pulsierenden Lungen vorbei einen Weg nach oben. Dann schlossen sie sich um das zukkende Herz. Casimir riß das Organ aus dem Körper und ließ es zu Boden fallen.

Der Klammergriff um seine Schultern wurde schlaff. Casimir schüttelte den Arm ab. Er zog sich die Maske wieder über den keuchenden Mund und starrte den schmierigen Riesen mit leerem Blick an. Der Mann sackte nicht einmal nach vorn. Seine leblosen Augen quollen hervor, als hätte er zuviel gegessen. Casimir richtete seine Aufmerksamkeit auf den beschmutzten Ärmel seines Gewandes. Den Göttern sei Dank, daß er schon tot war, dachte er. Dann nahm er den Krug, goß sich den Rest des Inhaltes über den Ärmel und zog mit einigem Ekel den triefenden Handschuh aus.

»Die dritte Runde beginnt«, rief ein Diener.

Casimir wartete ab, bis seine Finger nicht länger kribbelten, bevor er sich erhob. Er betrachtete die dunkle Ecke und kam zu dem Schluß, daß vorerst keiner den Mann entdecken würde, es sei denn, jemand rutschte in der roten Pfütze aus.

Thoris sah nervös, wie Casimir und Clieous die Bühne betraten. In den ersten beiden Runden hatte er Casimir zugejubelt, doch nun hoffte er, daß sein Freund unterlag. Wie soll Casimir über Harmonia herrschen? fragte er sich. Er ist doch erst achtzehn. Was ist, wenn er die Stadtwache nicht kontrollieren kann? Oder die Leute entdecken, daß er ein Waisenjunge ist?

Casimir hielt sich im Schatten, als Zhone Clieous an den Bühnenrand trat. Das Publikum begrüßte ihn mit einem ordentlichen Applaus. Clieous verbeugte sich tief. Trotz seiner kostbaren Kleidung und seiner eleganten Manieren kam er Thoris in diesem Augenblick irgendwie hinfällig vor. Hinfällig, voller Angst und sterblich – gar nicht wie der schurkische Halbgott, als den Casimir ihn immer dargestellt hatte. Als der Applaus erstarb, stimmte der Meistersinger »Die Ballade von Nunieve« an. Die Harmonianer jubelten. Das war eines ihrer Lieblingslieder.

»Im schönen Halliel, unter den Bäumen,
bevor der Haß die Welt erfüllte,
lebte Nunieve mit den goldenen Augen.
Dem Meer entstiegen, wandelte sie durch den Garten
voller Liebe.
Ihrem Herzen konnte nichts widerstehen,
die Bäume verneigten sich vor ihr,
erzählt man sich,
anders dagegen das dunkle Schicksal,
das sie in des kalten Wassers Tiefe gefangen hielt.«

Der Meistersinger hatte eine schöne Stimme, und er sang alle Strophen der Ballade. Als er schließlich verstummte, ging ein Seufzen durchs Publikum, dann setzte der Beifall ein. Er war wie ein langsam immer heftiger niedergehender Sommerregen – zögernd und widerstrebend, die vorausgegangene Stille zu zerstören, aber dennoch unausweichlich. Donnernder Applaus hallte durch das Amphitheater.

Casimir schritt zum Bühnenrand. Die seidenen Handschuhe waren verschwunden. Seine Schultern hingen schlaff herab. Seine schleppenden Schritte straften das Lächeln seiner Maske Lügen. Die Menge verstummte. Casimir hob langsam die Hand, stimmte sein Lied an – und brachte nur ein heiseres Krächzen zustande. Er faßte sich an den Hals. Wieder ertönte nur ein Krächzen. Er senkte die Hand.

Besorgtes Gemurmel erscholl. Casimir nahm langsam die Maske vom Gesicht und ließ sie achtlos fallen. Mit einem hohlen Scheppern schlug sie auf den Granitboden auf. Ein Aufstöhnen ging durch die Zuschauer. Casimirs Stirn war blutverschmiert. In seinen Augen schien ein Feuer zu brennen. Die Wut, die in dem Blick lag, den er Zhone Clious zuwarf, war so groß, daß sie sich jeder Beschreibung entzog. Dann fing er an zu sprechen. Sein heiseres Flüstern schnitt durch die schockierte Stille.

»In einer Stadt, die viel Ähnlichkeit mit dieser hier hat, lebte ein abgrundtief böser und dummer Meistersinger. Durch verderbte Taten schadete er jedem Bürger seines schönen Landes. Als er mit seinem abscheulichen und lüsternen Tun jedoch ein wunderschönes Zigeunermädchen entehrte, lud er den schrecklichen Fluch der Vistani-Matriarchin auf sich. Es war ein gerechter Fluch, der ihn in eine widerwärtige Bestie verwandelte, die sich am Blut der Unschuldigen gütlich tat.« Casimirs Stimme versagte, und er mußte husten. Er rang nach Luft und warf Zhone Clieous einen Blick zu. Das Gesicht des Meistersingers wurde vor unterdrückter Wut rot. Casimirs Lippen verzogen sich zu einem gemeinen Lächeln, und er sprach weiter.

»Seine wunderschöne Gemahlin liebte ihn in ihrer Unschuld, ihr war sein wohlverdienter Fluch egal. Doch der Fluch war nicht länger gerecht, als er auf seinen ersten und einzigen Sohn überging. Als die Geburt des Jungen unmittelbar bevorstand, befahl der Meistersinger – bestialisch, wie er war – seinem liebenden Weib, das Kind zu töten, falls es Anzeichen des Fluches entdeckte. Seine Gemahlin stimmte zögernd zu, doch als sie entdeckte, daß der Sohn das Mal der Verdammten trug, mußte sie feststellen, daß sie ihn zu sehr liebte, um ihn töten zu können. Da sie um sein Leben fürchtete, verbarg sie den Makel vor seinem Vater. Aber dem Herz des Meistersingers war Verrat und Doppelzüngigkeit zur zweiten Natur geworden, und er konnte seiner Gemahlin nicht vertrauen. Er behielt das Kind ständig im Auge und wartete auf das verräterische Zeichen.

Als der Junge sechs Jahre alt war, entdeckte der Meistersinger das Zeichen. Zu feige, das Kind mit den eigenen Händen zu töten, schickte er eine Wache, die Mutter und Kind im Kindergemach verbrennen sollte. Die Frau starb vor den Augen ihres Sohnes in den Flammen, doch vorher beschwor sie ihn, seine Macht zur Flucht zu benutzen. Und so entkam er den Flammen – mit Hilfe des Fluches, der ihr Verderben gewesen war.« Casimir schwieg erneut, doch diesmal nicht, um zu husten, sondern um die ganze Wucht seines Hasses auf Zhone Clieous ruhen zu lassen. Langsam veränderte sich der Ausdruck des Meistersingers; aus Zorn wurde Begreifen, das sich in Entsetzen verwandelte.

»Lange lebte der Junge zwischen den Wanzen und Ratten eines Waisenhauses und sann darüber nach, wie er sich an seinem bösen Vater rächen konnte. Schließlich lernte er den Fluch, der ihn plagte, zu beherrschen, seine finsteren Kräfte zu stärken und seinen Plan in Angriff zu nehmen.« Der Meistersinger hatte sich langsam und unauffällig zum anderen Bühnenrand begeben und gab nun einer Gruppe von Wachen mittels Gesten den Befehl, sich leise zwischen ihn und seinen Herausforderer zu stellen. Casimir lächelte bloß. »An einem mondhellen Mittsommernachtabend wie heute kehrte der Junge zurück, um seinem Vater gegenüberzutreten und dessen Verbrechen zu rächen. An diesem Abend beschwor er die Macht des Fluches, tötete den Meistersinger und befreite dessen Volk von dem Fluch, der zwanzig Jahre auf ihm gelastet hatte.«

Casimir verstummte; er war nicht mehr in der Lage, einen weiteren Ton herauszubringen. Er verbeugte sich anmutig vor dem Publikum und hob dabei die Maske auf. Nur ein zögernder, verwirrter Applaus hallte ihm entgegen. Nicht einmal Thoris klatschte. Statt dessen musterte er zitternd die schlanke, stumme Gestalt seines Freundes. Aus dem schrecklichen Verdacht wurde Gewißheit.

Zhone Clieous war Casimirs Vater.

Er hatte Casimirs Mutter den Feuertod erleiden lassen, doch das Kind war entkommen, und nun war Casimir zurückgekehrt, um Vergeltung zu üben. Thoris schaute die beiden Männer sprachlos an. Zhone Clieous stand furchtsam hinter seinen Wachen, während Casimir ihn mit blutigen Lippen hämisch ansah.

Ein Mann in der dritten Reihe rief: »Clieous! Clieous! Clieous! Clieous!« Eine Handvoll anderer stimmten ein, und bald sang das ganze Amphitheater den Namen.

Bis auf Thoris.

Casimir verbeugte sich ein letztes Mal vor dem Publikum, dann überquerte er langsam die Bühne. Er erreichte die Stufen und schritt nach oben; dabei verlor er keinen Augenblick lang sein Lächeln. Der Sprechgesang auf den Rängen nahm noch an Lautstärke zu, doch Casimir wandte den Blick nicht ab. Er sah in die Höhe, auf der Suche nach Thoris.

6

»Sei doch kein Narr. Laß mich nach deiner Stirn sehen!« verlangte Thoris, als er und Casimir die Straße im Armenviertel entlangschritten.

Der Waisenjunge mit dem schwarzen Haar blieb in der Mitte der aus festgestampftem Lehm bestehenden Straße stehen. Er stemmte trotzig die Hände in die Hüften und lächelte, und das Mondlicht verlieh seinen Zähnen den Glanz von Perlen. »Also gut – sieh dir die Wunde noch einmal an, Schwester Thoris!«

Obwohl Thoris im Dämmerlicht des hereinbrechenden Tages nicht viel erkennen konnte, stellte er sich auf die Zehenspitzen und musterte die eiternden Schrammen. »Würdest du den Mann wiedererkennen, der dafür verantwortlich ist?«

Casimir lachte; er breitete resignierend die Hände aus. »Zuerst wirst du zur Krankenschwester, und nun auch noch zur Wache! Mir ist egal, wer das getan hat, Thoris. Ich spare mir meine Wut für Clieous auf.« Er entzog sich Thoris' tastenden Fingern und setzte sich wieder in Bewegung. Thoris schloß sich ihm zögernd an.

Casimir grinste seinen mürrischen Freund an. »Hast du gesehen, wie wütend Zhone Clieous war?«

Thoris sagte nichts.

»Ob du es gesehen hast?« wiederholte Casimir seine Frage.

Thoris blickte gedankenverloren auf. »Was? Oh, ja, natürlich«, stieß er hervor. Er wandte den Blick wieder ab. »Jedermann hat es gesehen, Casimir. Du hast ihm Angst eingejagt.

Ich bezweifle, daß er in den vergangenen zwanzig Jahren jemals so viel Angst gehabt hat. Außerdem hättest du ihn beinahe besiegt.«

»Der Sieg wäre mein gewesen, hätte er nicht betrogen«, sagte Casimir. Er seufzte. »Ich habe gar keine Lust, wieder meine Waisen-Kleidung anzuziehen. In den Sachen hier fühle ich mich wie ein Prinz, aber in den...«

»Casimir«, unterbrach Thoris ihn. »Wieviel von deiner Geschichte ist wahr?«

»Welche Geschichte?«

»Daß Zhone Clieous seine Frau getötet hat, sein Sohn weggelaufen ist und ein, äh, eine Waise wurde, und äh...« Thoris verstummte stotternd. Er kaute auf der Unterlippe herum und schien seine Gedanken zu sammeln. Dann sah er mit feucht schimmernden Augen zu seinem Freund hoch. »Du hast mir erzählt, du haßt den Meistersinger, weil er deine Mutter getötet hat – ich meine, dich zum Waisen gemacht hat. Das klingt, als...«

»Sagen wir«, erwiderte Casimir und legte seinem untersetzten Freund den Arm über die Schultern, »ob die Geschichte nun wahr ist oder nicht, sie hat ihren Zweck erfüllt. Du hast gesehen, wie wütend Clieous war.«

»Ja«, murmelte Thoris, kaute aber noch immer auf der Lippe herum. »Also, äh, wenn die Geschichte *stimmt*, bist du dann Zhone Clieous' Sohn?«

Casimir blieb stehen. »Was glaubst du denn, Thoris?«

Das Mondlicht spiegelte sich in den Augen des dicken Jungen. »Ich glaube, es könnte wahr sein.«

»Ich bin es«, sagte Casimir.

»Du bist es?« Thoris wurde blaß. »Was ist mit dem Fluch, von dem du gesprochen hast?«

Casimir musterte seinen Freund mit zusammengekniffenen Augen. »Nichts, womit man sich belasten sollte.«

»Sag's mir!« stieß Thoris besorgt hervor.

Casimir runzelte die Stirn. Sein Blick verdüsterte sich. »Es war ein typischer Vistani-Fluch«, sagte er dann. »Schwarzhaarig unter blonden Menschen leben zu müssen – ein Fluch, der einen als lüsternen Ehebrecher markiert.«

»Das ist alles?« fragte Thoris ungläubig. »Aber du hast gesagt, er hätte ihn dazu veranlaßt, Babys aufzufressen oder dergleichen.«

»Ich habe übertrieben«, antwortete Casimir mit kalter Endgültigkeit.

Thoris musterte das Gesicht des Freundes noch einen Augenblick lang, dann stieß er einen tiefen Seufzer aus. »Gut.« Er lachte, seine Stimme klang plötzlich scherzhaft. »Ich habe tatsächlich einen Augenblick lang geglaubt, du wärst ein Werwolf.«

Casimirs bleiches Gesicht verzog sich langsam zu einem Grinsen. Er fiel in Thoris' Gelächter ein. »Einen Augenblick lang habe ich es selbst geglaubt.«

Thoris runzelte seltsam berührt die Stirn, doch er lachte weiter.

Casimir befeuchtete die aufgesprungenen Lippen. »Sieh mal, wir sind fast zu Hause. Komm.«

Das Armenhaus *Zum Roten Portal* erhob sich vor ihnen, das einzige Gebäude im Elendsviertel, das über ein zweites Stockwerk verfügte. Als sie davor standen, verschränkte Casimir die Finger und bot Thoris an, ihm auf das Strohdach des Küchenflügels hinaufzuhelfen. Der dicke Junge akzeptierte dankbar. Er schob sich unbeholfen auf das Dach, kämpfte sich unsicher bis zum Giebel empor und zwängte sich durch das Fenster. Erst jetzt schloß sich Casimir ihm an; er kletterte zuerst auf den Holzzaun, um von dort aus das Dach zu erreichen. Bevor er durch das Fenster stieg, drehte er sich noch einmal um und betrachtete die große Stadt.

Dann schüttelte er den Kopf und seufzte. Er hatte sich gerächt, doch die Welt hatte sich nicht verändert. Weder hatte er seine Mutter zurückerhalten, noch war der Fluch von ihm genommen worden. In dieser Nacht trug er Brokat, aber schon morgen würde er sich wieder in Lumpen kleiden müssen. Er fühlte sich einsamer als je zuvor.

»Casimir«, flüsterte Thoris. »Komm rein.«

Casimir wandte sich von der finsteren Stadt ab und stieg durch das Fenster.

Vermummte Gestalten beobachteten aus einer leerstehenden Hütte, wie Gebrochenes Herz durch das Fenster schlüpfte. Der Anführer strich mit einem schwieligen Finger über den verwitterten Türrahmen, an dem er lehnte. Dann drehte er sich langsam zu seinen Komplizen um. Sie beratschlagten sich flüsternd, und dabei waren sie so leise, daß die Worte kaum die dicken Kapuzen ihrer groben Umhänge durchdrangen. Der zweite und der dritte Mann nickten. Dann huschten sie nacheinander aus der verfallenen Hütte. Nach ein paar Schritten verschmolzen sie unvermutet gewandt mit dem Schattenlabyrinth der nächtlichen Straßen.

Thoris und Casimir verbrachten den ganzen nächsten Tag auf ihren Pritschen. Trotz der drückenden Hitze, die in dem unter dem Dach befindlichen Schlafsaal herrschte, schlief Casimir wie ein Toter. Thoris hatte nicht so viel Glück. Er warf sich unruhig herum, während ihm der Schweiß die Schläfen und den Rücken hinunterströmte. Der Lärm der Straße strömte durch das Fenster hinein, und die Hitze des Tages ließ seinen Schädel dröhnen. Erst als die Sonne endlich unterging und die Luft kühler wurde, fiel Thoris in einen tiefen Schlaf. Casimir dagegen wachte auf, stand auf und schritt umher.

»Es war doch eine recht ordentliche Rache, findest du nicht, Thoris?« fragte er. »Vielleicht hätte ich sogar gewinnen können, wenn da nicht dieser sandige Trank gewesen wäre.« Thoris' Antwort beschränkte sich auf ein langgezogenes, rhythmisches Schnarchen. Wem will ich etwas vormachen? fragte sich Casimir. Ich will meinen Vater *töten* und ihm nicht nur einen Schreck einjagen.

Er kniete nieder und holte die Holzkiste unter der Pritsche hervor. Nachdem er sich das zerlumpte Hemd vom Körper gerissen hatte, zog er das feine Seidenhemd an. Dann holte er ehrfurchtsvoll das bestickte Wams aus der Kiste. »Meine Rache ist noch nicht erfüllt«, murmelte er. Er zog Wams und Strumpfhose an. Ein Lächeln huschte über seine Lippen, als er sich daran erinnerte, wie sich Juliannas zarte Hand auf der Hose angefühlt hatte. Er kniete aufgeregt neben Thoris nieder und schüttelte ihn.

»Wach auf, Thoris. Heute abend feiern wir meinen Sieg.« Die geflüsterten Worte schmeckten schal.

Thoris öffnete schläfrig die Augen.

»Komm schon, Thoris. Harmonia ruft. Laß mich dir die Wunder des *Meekulbräus* beibringen!« zischte Casimir.

Der Junge musterte Casimir unwillig. »Ach, hau ab!«

Casimir zog Thoris die Decke weg und fing an, ihn von der Pritsche zu zerren. »Komm schon, oder ich stürze mich vom Südhügel.«

Thoris befreite sich mit einem wilden Ruck aus Casimirs Griff und kuschelte sich wieder in die Decke. »Grüß Valsarik von mir.«

Casimir stemmte die Hände in die Hüften und sah seinen schlafenden Freund an. »Du wirst den Schlaf wohl brauchen«, sagte er trocken.

Er wandte sich ab, kletterte durch das Fenster und tauchte in den Abend hinein. Jetzt war er sogar froh, daß Thoris zu müde war, um ihn zu begleiten, und er huschte durch die Schatten und verließ das Armenviertel.

Die vermummten Gestalten waren zurückgekehrt; wieder lauerten sie in dem aufrechtstehenden Bretterverhau neben der Straße, die nicht einmal Obdachlose als Hütte bezeichnen würden. Mondlicht fiel durch die breiten Ritzen zwischen den Balken und zeichnete klingenähnliche helle Dreiecke auf den Boden. Die vermummten Gestalten kauerten in der Mitte des Raumes.

Einer der Kerle räusperte sich. »Bist du sicher, daß sie drin sind?«

Die beiden anderen nickten. »Ja, Kavik«, erwiderte der eine. »Alle Lichter sind seit mindestens einer Stunde gelöscht, und seitdem ist weder einer rein- noch rausgegangen. Sie schlafen.«

»Gut«, erwiderte Kavik schlicht. Er begab sich in die Ecke der Hütte und warf sich einen Leinensack über die Schulter. Die anderen taten es ihm nach. »Keile unter die Türen, die nach draußen schwingen, Seile um die Türen, die sich nach innen öffnen«, sagte Kavik. »Wenn ein Fenster Läden hat, bindet sie zusammen; wenn nicht, wartet darauf, daß sie rauskommen. Wenn es nicht Gebrochenes Herz ist, laßt ihr sie in Ruhe; aber wenn er es ist, schneidet ihm die Kehle durch. Benutzt den besonderen Dolch, wenn es sein muß, doch laßt ihn nicht entkommen. Schüttet das Öl nur aufs Holz, nicht aufs Stroh. Zuerst die Türen, dann die Fenster, dann das Öl und dann die Fackeln. Macht euch keine Sorgen, wenn sie gegen die Türen anstürmen. Keiner wird ihnen zu Hilfe kommen.«

Obwohl Casimir wie ein Höfling gekleidet war, fühlte er sich wie ein Habenichts, als er über die Pflastersteinstraße schritt. Der abnehmende Mond hatte sich noch nicht über die Stadt erhoben, und Casimir fühlte sich dementsprechend niedergeschlagen. Seufzend trat er nach einem Steinchen. Es schlitterte über das glatte Pflaster und verschwand in der Ferne.

»Das ist also der Sinn von *Meekulbräu* und Musik«, dachte Casimir laut. »Um lustlosen Herzen Fröhlichkeit aufzuzwingen.«

Plötzlich blieb er stehen. »*Meekulbräu*.« Er dachte einen Augenblick lang an Blut und fühlte ein Prickeln zwischen den Schulterblättern. Es verbreitete sich auf eine wohlige Weise durch seinen ganzen Körper, aber er gab ihm nicht vollständig nach, sondern sorgte nur dafür, daß sich seine Sinne schärften. Er roch die pollenschwere Luft und den zu Kopfe steigenden Duft der in der Ferne liegenden Heide. Er wollte *Meekulbräu*, kein Heidekraut. Doch die Luft roch mehr nach Sommer als nach Schnaps. Nach drei weiteren Versuchen gab er es auf. Seine Schultern sackten nach vorn. Vielleicht sollte er ins Armenhaus zurückkehren.

Er wollte sich gerade umdrehen, als der Wind ein leises Geräusch herantrug. Casimir strengte sein Gehör an und erkannte die Takte stimmungsvoller Musik. Er mußte lächeln. »Eine Feier... sicherlich würden sie den Barden willkommen heißen, der im Wettstreit der Meistersinger den zweiten Platz belegt hat.« Er schätzte die Richtung ab, aus der die Musik kam, dann schritt er darauf zu.

Als er die nächtlichen Straßen entlangging, wurde die Musik lauter. Gelächter und angeregte Unterhaltung vermischten sich mit den Melodien. »Ich bin froh, passend gekleidet zu sein«, sagte er und ging an Reihen dunkler Häuser vorbei. Die Quelle der Musik war jetzt ganz in der Nähe, direkt hinter einem kleinen Besitz zu seiner Rechten. Er umrundete die Ecke und erblickte das Haus, in dem gefeiert wurde.

Das Herz wurde ihm schwer.

Es war die Sängerhalle, die Bastion Zhone Clieous' und all

seiner Barden-Lehrburschen. Wogender Rhododendron säumte den Platz vor dem Gebäude. Die stattlichen Kalksteinwände waren mit Efeu bewachsen, der bis zum Dach heranreichte. Der Dachrand wurde von türmchenähnlichen Vorsprüngen gesäumt, die den sternenübersäten Himmel zu stützen schienen. In der Dachmitte erhob sich der Glockenturm, der die melancholisch klingende Glocke beherbergte, die jede Stunde anzeigte.

Hinter den darunterliegenden Fenstern, aus denen sich goldenes Licht in die Dunkelheit ergoß, huschten wirbelnde Kleider vorbei, die sofort Casimirs Aufmerksamkeit auf sich zogen. Er konnte helle Abendroben und maßgeschneiderte Wämser ausmachen. »Nun, ich glaube, hier bin ich nicht willkommen. Das ist Clieous' Feier, nicht meine«, murmelte er mit einem grimmigen Lächeln.

In diesem Augenblick trat Julianna an eines der Fenster. Das elegante, rubinrote Gewand ließ ihre bezaubernden Schultern frei. Ihr schwarzes Haar hob sich von einem weißen Spitzentuch ab. Ihre elfenbeinfarbene Stirn wurde von einer an einem goldenen Kettchen befestigten *Feronniere* geschmückt, die sich durch ein Rubinamulett auszeichnete. Casimir riß die Augen auf und staunte mit offenem Mund. Er hätte die ganze Nacht glücklich auf der Straße stehen und sie ansehen können. Das hätte ihm als Feier gereicht. Das heißt, er wäre glücklich gewesen, wenn da nicht dieser blonde junge Mann an ihrer Seite gestanden und sich in ihrem betörenden Lächeln gesonnt hätte.

Die Wachen, die sich am Hauseingang versammelt hatten, wurden auf Casimir aufmerksam. Mit geübter Lässigkeit gingen sie auf ihre Posten an den vier Hausecken zurück. Casimir schüttelte den Kopf. Wie einfach wäre es doch, an diesen dummen Bauerntölpeln vorbeizukommen, dachte er und schritt selbstbewußt auf den Eingang zu. Die tadellos gekleidete Wache, die dort stand und die noch eben mit ihren Kameraden gescherzt hatte, trug nun einen ernsten Gesichtsausdruck zur Schau.

»Bitte Euren Namen, Herr.«

»Gebrochenes Herz«, erwiderte Casimir abwesend und spähte zu dem Fenster hoch.

Der Mann warf einen Blick auf die Schriftrolle, die er in den Händen hielt, dann sagte er gelangweilt: »Diese Feier ist nur für Mitglieder der Sängerhalle, Meister Herz.«

Casimir sah den Mann an. Er zeigte sein strahlendstes Lächeln. »Wie dumm von mir. Clious hat mich als Gaston Olyava eintragen lassen.«

Die Wache rollte die Schriftrolle affektiert zusammen. »Meister Herz, bitte geht, ohne irgendwelches Aufsehen zu erregen.« Er unterstrich den Vorschlag noch, indem er mit dem Kopf auf die Straße deutete.

Casimir drehte sich wortlos um und ging. Er marschierte in genau die Richtung, in die der Mann gezeigt hatte. Es war unnötig, einen Blick zurückzuwerfen, er wußte auch so, daß sich die Wachen wieder vor dem Haupteingang versammelten. Als er um die Ecke bog und aus ihrer Sicht verschwand, zerriß ihr gedämpftes Gelächter die Stille der Nacht.

Casimir umrundete das bescheidene Anwesen, das an die Sängerhalle angrenzte, und gestattete sich ein breites Grinsen. Diese Wachen waren tatsächlich zu nichts zu gebrauchen. An der Hinterseite der Sängerhalle führte eine Reihe verglaster Türen auf einen breiten Balkon, unter dem sich ein Garten erstreckte. In sorgsamen Reihen angelegte, blühende Büsche umsäumten den Garten, und der Boden bis zum Haus wurde von Blumenbeeten geschmückt.

Der Garten war unbewacht, genau wie Casimir gedacht hatte. Er nutzte die Schatten und die natürliche Deckung der Büsche aus, ertastete sich den Weg durch die erdigen Blumenbeete und schlich zu einer Stelle unter einem der hell erleuchteten Fenster. Ein paar Schritte weiter grenzte ein von Schlingpflanzen überwuchertes Spalier an den Balkon. Casimir stieg vorsichtig auf die hölzerne Konstruktion und kletterte nach oben. Nur Augenblicke später befanden sich seine Augen auf Höhe der Fensterbank.

Er drängte sich in den an der Mauer wuchernden Efeu und riskierte einen Blick durch das Fenster, in der Hoffnung, Julianna zu sehen. Viele Leute traten ans Fenster und enthüllten der dunklen Nacht Gesichter, die sie ihren Standesgenossen so niemals zeigen würden, doch Julianna befand sich nicht unter ihnen. Der Mond war schon weit über die Baumwipfel gestiegen, als sie endlich erschien.

Das Schicksal hatte es eingerichtet, daß sie allein dort stand und die anmutig Tanzenden beobachtete. Sie lächelte, ohne sich dessen bewußt zu sein. Casimir suchte sich in dem Efeu einen sicheren Halt, lehnte sich vorsichtig ans Fenster, klopfte leise und hielt das Gesicht ins Licht. Julianna drehte sich um; es war eher ein Reflex als Neugier. Als sie genauer hinsah, zuckte sie erschrocken zusammen. Sie ließ die Blume fallen, die sie die ganze Zeit über gehalten hatte, und legte die Hand auf den Busen. Casimir zeigte auf die Balkontür. Julianna runzelte die Stirn und warf einen mißtrauischen Blick in die Runde. Dann funkelten ihre Augen, und sie blinzelte ihm zu, bevor sie sich in Bewegung setzte.

Casimir grinste. Er kletterte geschwind das Spalier hinunter und pflückte eine voll erblühte Rose. Dann stieg er wieder in die Höhe. Der Riegel der in der Mitte des Balkons befindlichen Glastür wurde mit einem Schnappen zurückgeschoben. Die Tür öffnete sich und entließ Musik in die Nacht, während heller Lichtschein auf den Balkon fiel. Julianna schlüpfte mit raschelndem Gewand nach draußen und schloß die Tür hinter sich.

»Julianna… hier drüben!« zischte Casimir.

Sie drehte den Kopf in seine Richtung und kam lächelnd auf ihn zu. Da hörte Casimir die Schritte einer näher kommenden Wache, die von der Vorderseite des Gebäudes kam, und er kroch in den Efeu hinein.

»Alles in Ordnung?« fragte der Mann.

Die Stimme ließ Julianna zusammenzucken. »Nur mal frische Luft schnappen«, stieß sie hervor.

Ein Lächeln zeigte sich auf dem Gesicht des Mannes. »Ihr braucht Euch nicht vor wilden Tieren zu fürchten, edle Dame. Ich bin seit dreiunddreißig Jahren Soldat, und…«

»Oh, ich fürchte mich nicht vor wilden Tieren«, unterbrach Julianna ihn. »Und falls sie mich als Beute ausgesucht hätten, bin ich sicher, daß du die Bestien aufhalten würdest.«

Das Lächeln des Mannes erlosch, aber er blieb dort stehen.

»Guter Mann, laß mich bitte allein«, sagte sie.

Der Mann verbeugte sich zweimal und setzte seinen Weg fort.

Casimir kam aus seiner Deckung hervor, kletterte geschmeidig über das Balkongeländer und präsentierte die Rose, ohne ein Wort zu verlieren. Julianna streckte automatisch die Hand aus. »Warum seid Ihr gekommen? Ihr müßt den Verstand verloren haben. Mein Onkel… Au!« Sie hatte die Rose genommen und sofort wieder losgelassen. Die rote Blüte fiel zu Boden.

Casimir ergriff sanft ihre Hand und drehte sich um. Auf ihrer Fingerspitze hatte sich ein Bluttropfen gebildet – eine wunderschöne, scharlachrote Perle. Casimir führte die Hand anmutig zum Mund und küßte die Stelle. Das Blut legte sich feucht auf seine Lippen. Er drehte ihre Hand wieder um und küßte den Handrücken. Julianna lächelte erfreut.

»Ich bin gekommen«, sagte er, »weil Euer Gesicht das liebreizendste von ganz Harmonia ist.«

Sie errötete und zog die Hand zurück. »Ihr könnt so viele Schmeicheleien von Euch geben, wie Ihr wollt, doch wenn man Euch erwischt, wird mein Onkel Euch zu Tode peitschen lassen.«

»Wer wird sterben... er oder ich?« fragte Casimir lächelnd. »O Julianna, warum tanzt Ihr hier, um seinen Sieg zu feiern, wenn Ihr hier draußen tanzen könntet, um meinen Triumph zu feiern! Kommt mit mir!«

Ihre Stimme klang zugleich entrüstet und bedauernd. »Ich kann Euch nicht folgen. Man hätte Euch innerhalb einer Stunde gestellt und Euren Kopf auf eine Lanze gespießt.«

Casimir täuschte Ungläubigkeit vor. »Wenn Ihr nicht mit mir kommt, werde ich hier an Ort und Stelle bleiben, bis man mich entdeckt und tötet. Verweigert mir in der letzten Stunde meines Lebens nicht Eure Gesellschaft.«

Sie hob die Rose auf und schlug ihm die Blüte ins Gesicht. »Ihr seid hier nicht sicher!«

»Ihr aber auch nicht«, entgegnete Casimir. »Ich habe durch das Fenster gesehen und zahllose Wölfe entdeckt.«

»Das sind Edelmänner.«

»Es sind Narren.«

»Ich werde nicht mit Euch gehen«, sagte sie tonlos und wandte sich ab.

»Dann empfindet Ihr nichts für mich?« fragte Casimir.

»Natürlich empfinde ich etwas für Euch...«

»Und seid Ihr nicht zumindest ein kleines bißchen traurig, daß Euer Onkel mir gestern abend die Stimme gestohlen hat?« ließ Casimir nicht locker.

»Schweigt und Ihr werdet hören, wie sehr es mir leid tut...«

»Kommt mit mir!« beschwor Casimir sie.

»Ihr wißt doch, daß das unmöglich ist«, sagte sie traurig. »Wenn ich nur...«

Plötzlich wurde die Musik lauter. Die Tür hatte sich geöffnet, und ein tadellos gekleideter Edelmann spähte in die Dunkelheit. »Was denn, hier seid Ihr ja, Julianna. Wollt Ihr nicht wieder hereinkommen?«

Casimir sprang behende über die Balkonbrüstung und klammerte sich an den Schlingpflanzen oberhalb des Spaliers fest. »Gleich, Gaston«, erwiderte Julianna, ohne zu zögern.

Die Silhouette trat vor. »Fühlt Ihr Euch nicht gut, meine Liebe?«

»Doch, doch«, antwortete sie. »Bitte geht schon einmal herein. Ich bin gleich wieder bei Euch.«

Casimir griff durch die Geländerstreben und zupfte an ihrem Gewand. »Komm mit mir!«

Gaston rief: »Ich werde hier auf Euch warten.«

Julianna warf Casimir einen Blick zu und zischte leise: »Ich kann nicht!«

»Habt Ihr etwas gesagt, Julianna?« fragte Gaston, der noch immer in der Tür stand, »oder haben mir meine Ohren einen Streich gespielt?«

»Sag mir, daß du mich liebst, und ich gehe!« flüsterte Casimir.

»Ihr habt Euch verhört, Gaston«, rief Julianna ärgerlich. Dann flüsterte sie: »Ich liebe dich, Gebrochenes Herz.«

Casimir war sprachlos. Dann fiel die Rose vor seinen ungläubigen Augen erneut zu Boden. Er sah auf, und Julianna kniete neben dem Geländer nieder. Ihre Lippen preßten sich auf die seinen, während sie gleichzeitig die Rose aufhob.

»Stimmt etwas nicht?« fragte Gaston und trat auf den Balkon.

Julianna stand auf und hob die Rose. Sie drehte sich um und versperrte Gaston den Weg. Casimir duckte sich, atemlos wie ein Toter, hinter das Geländer. Julianna ergriff Gaston beim Arm und führte ihn wortlos zur Balkontür.

»Woher habt Ihr die Rose?« fragte Gaston erstaunt.

Sie lachte melodisch. »Hier ist ein Garten.«

»Aber was ist mit der Blume geschehen, die *ich* Euch geschenkt habe?« fragte Gaston melodramatisch. Die Tür schloß sich hinter ihnen.

Casimir erhob sich langsam. Er berührte seine brennenden Lippen. Dann öffnete er den Mund, und ein ungläubiges Lächeln erhellte sein Gesicht. Er stieg wieder zum Rand des Balkons, sah durch das Fenster und erblickte Julianna. Dort stand sie in rotgewandeter Pracht und tat so, als würde sie sich mit Gaston unterhalten. Doch alle paar Augenblicke huschte ihr Blick zum Fenster, und ihr Lächeln wurde breiter.

Das war ein Grund zum Feiern.

Von plötzlicher Ausgelassenheit erfüllt sprang Casimir auf die efeubedeckte Wand und kletterte in die Höhe. Seine Finger und Zehen suchten Halt – zwischen den Schlingpflanzen, in den Spalten zwischen den Ziegeln, an den Rändern der Zierleisten. Geschwind arbeitete er sich nach oben. Der vertraute Schmerz wilder Raserei erfüllte jeden seiner Muskeln. Es prickelte, es brannte mit einem verzehrenden Feuer. Augenblicke später hatte er das zweite Stockwerk erreicht. Er schwang sich auf ein Türmchen, das aus der Mauer hervorragte. Dann stieg er auf das leicht geneigte Dach. Auf den Schindeln verharrte er und entledigte sich der Schnabelschuhe.

Er stieß ein Lachen aus und lief über das breite Dach auf den Glockenturm in der Mitte zu. Mit einem Satz flankte er über das hölzerne Geländer, das den Turm umgab, und verschwand im Inneren. Dort hing die große Eisenglocke. Casimir riß sich Wams und Hemd vom Körper, setzte sich auf das Geländer und stemmte die Füße gegen die Glocke. Mit einer mächtigen Anstrengung, die das Geländer ächzen ließ, setzte er das kalte Eisen in Bewegung. Der Klöppel hatte die Glockenwandung noch nicht getroffen, als das Geländer unter Casimir nachgab und er lachend auf das flache Dach stürzte.

Dann ertönte die Glocke.

Ihr unheilvolles Läuten stand im starken Kontrast zu Casimirs verrücktem Tun. Unter ihm wurden Riegel zurückgeschoben. Dann hallte Musik in die Nacht. Die Wachen liefen aufgescheucht umher und riefen sich Kommandos zu. Stimmen wurden laut.

Casimir lachte fröhlich. »Das ist besser als Musik oder *Meekulbräu*«, rief er. »Das ist Unsterblichkeit!«

Er heulte den sternenübersäten Himmel, die Gärten und die engen Straßen Harmonias an. Er stieß ein wildes Kreischen aus, als wären die Gäste und die Wachen, die sich im Garten versammelt hatten und aufgeregt miteinander sprachen, nicht vorhanden. Schließlich verstummte die Glocke wieder. Casimir schmerzte der Bauch vom vielen Kichern, als er steifbeinig auf den Glockenturm zuging.

Da roch er den Rauch.

Er hielt die Nase in Richtung des Geruchs und entdeckte in der Ferne ein Feuer. Das hämische Grinsen auf seinem Gesicht verschwand langsam, als er das brennende Haus erkannte. Es stand in der Mitte des Armenviertels, das einzige zweistöckige Gebäude in diesem Teil der Stadt.

Ihm wurde bange. Er konnte den Blick nicht von den Flammen lösen. Das Lachen war ihm vergangen. Er stieß nur ein einziges Wort hervor.

»Thoris!«

Prickelnder Schmerz raste durch seine Muskeln. Bewußt verstärkte er den Schmerz, zwang ihn bis in die Fingerspitzen und die Fersen. Knochen wurden so heiß wie glühende Holzscheite. Muskeln verlagerten sich unter der Haut. Reißzähne bissen aufeinander und erstickten den Schrei, der aus seiner Kehle emporstieg. Seine Haut brannte. Sein Gesicht wuchs in die Länge und wurde zu einer dunkel behaarten Schnauze. Die silbern funkelnden Augen loderten rot auf, als er sich auf dem Dach umsah. Krallen stemmten sich mit aller Kraft gegen die Schindeln. Dann sprang Casimir mit einem Heulen, das einem das Blut in den Adern erstarren lassen konnte, über den Dachrand.

Die unten versammelten Gäste – zumindest diejenigen, die nicht ins Haus geflohen waren, als sie den unmenschlichen Schrei gehört hatten – wichen mit einem entsetzten Stöhnen zurück. Einen Augenblick lang verdunkelte sich der Mond, als ein kreischender Schatten ihn verhüllte. Gaston verbarg sich hinter Julianna, die ohnmächtig in seinen Armen zusammengebrochen war. Der Wolf schien den ganzen Himmel einzunehmen. Seine vom Mondlicht umrissene Silhouette sprang mit der dem Bösen innewohnenden Schnelligkeit über die Menge hinweg. Dann verwandelte sich der Himmel mit erschreckender Plötzlichkeit wieder in ein Feld prächtig funkelnder Sterne.

Wind wehte über die verlassenen Straßen des Armenviertels und trieb Blätter auf das Inferno zu. Das Armenhaus brannte wie eine zweite Sonne. Trotz des Schauspiels blieben die Armen in ihren armseligen Hütten. Sie fürchteten sich vor den vermummten Männern, die das Feuer gelegt hatten, den Männern, die nun mit abgrundtiefer Bosheit jeden ins Auge faßten, der entkommen war. Nur zwölf Waisen – die Bewohner eines Flügels – waren der Hölle lebend entkommen. Diese zwölf standen nun zitternd und rußgeschwärzt vor den Flammen, von Brandwunden und kaltem Schweiß bedeckt. Die Männer in den Kapuzenumhängen kontrollierten sie. Einer von ihnen ergriff einen Jungen beim Kinn, drückte seinen Kopf zurück und blickte in die ängstlich geweiteten Augen.

»Das ist er nicht, Kavik«, knurrte der Mann in das verbrannte Gesicht des Jungen.

»Es ist keiner von ihnen«, brüllte Kavik überzeugt. Der Schweiß glitzerte auf seinem Gesicht. »Scheint so, als wären er und sein kleiner Freund im Feuer umgekommen.«

Der andere Mann, der einige Zentimeter kleiner als sein Kumpan war, drehte den Kindern den Rücken zu und schlenderte zu Kavik hinüber. »Wo ist Meslik?«

»Hinten, paßt auf, daß keiner entkommt«, murmelte Kavik laut, um das Prasseln der Flammen zu übertönen.

»Die Frage kommt vielleicht etwas spät, doch was kann Feuer gegen, äh, ihn ausrichten?« fragte der Mann. »Ich meine, wenn es stimmt, daß er ein...«

»Was soll's, wenn er im Schlaf überrascht wurde?«

»Aber was ist, wenn er *doch* aufgewacht ist?«

»Sei kein Narr, Borik«, fauchte Kavik. »Die ganzen Geschichten über Silber und magische Klingen sind total übertrieben.«

»Was meinst du damit?«

Kaviks stoppelbärtiges Gesicht verzog sich zu einem höhnischen Lächeln. »Glaubst du tatsächlich, wenn du ihm einen Berg auf den Kopf schmeißt, würde er dich weiter angreifen? Denk doch mal 'ne Sekunde nach! Es sieht nur so aus, als könnte man sie nicht verletzen, weil sie so schnell heilen. Aber wenn man ihn in einen Ofen steckt, so wie wir das hier gemacht haben, und ihm so ununterbrochen Wunden zufügen, wird er schneller verletzt, als er heilen kann. Wenn er nicht darin gefangen wäre, dann wär das was anderes, aber so...« Kavik beendete den Satz nicht. Er kratzte sich am Kinn und fügte hinzu: »Außerdem muß er atmen, um zu leben, und da drin kann man nur noch Rauch atmen.«

Borik warf einen Blick über die Schulter. Er verzog das Gesicht. Die Kinder waren weg. Er tippte Kavik ernst auf die Schulter und machte ihn darauf aufmerksam.

»Sollen sie doch abhauen. Mit ihnen haben wir nichts zu schaffen. Außerdem, wen könnten sie schon rufen?«

Borik nickte und grinste.

Er war gerade im Begriff, sich wieder den Flammen zuzuwenden, als das Ding über ihn herfiel. Seine Gelenke wurden auseinandergerissen, und Blut schoß aus seiner Nase. Plötzlich drehte sich die Welt. Die Häuser wirbelten um ihn herum. Er sah das Feuer und wußte, daß er darauf zuraste. Der Erdboden schien sich zu wenden und ihn dann unter sich zu begraben.

Seine Knochen splitterten wie Glas.

Seine Gliedmaßen waren plötzlich seltsam verkrümmt; er versuchte, sich wieder aufzurappeln, doch der Körper wollte ihm nicht gehorchen. Er war ein zerrissenes Kissen, auf dem sein Kopf auflag.

Rote Zähne und schwarze Kiefer... lodernde Augen und eine geifernde Schnauze... Hätte Borik noch einen Augenblick länger gelebt, hätte er seinen Mörder mit Namen benennen können. Doch die Reißzähne schnappten zu.

Der Werwolf erhob sich von der leblosen Gestalt. Trotz seiner gewaltigen Größe wirkte er fast schmächtig. Muskulöse Arme und Beine standen in seltsamen Winkel zum gekrümmten Körper. Überall wuchsen grobe Haare. Der gewaltige Kopf war hundeähnlich, voller Muskeln und blitzender Zähne. Die Augen der Bestie funkelten in einem düsteren Rot. Der Körper war menschenähnlich, mit knorrigen Händen und Fingern, deren Spitzen mit gräßlich aussehenden Krallen ausgestattet waren.

Kavik taumelte einen Schritt zurück, die Kapuze fiel nach hinten und enthüllte ein furchtverzerrtes Gesicht. Kavik wollte fliehen, doch der Blick der Bestie hielt ihn gefangen. Das Ungeheuer machte einen Satz nach vorn, und sein widerlich stinkender Atem hüllte ihn wie eine Wolke ein. Kavik gewann die Herrschaft über seine Gliedmaßen wieder und taumelte auf das Feuer zu. Da fiel ihm der Dolch in seinem Gürtel ein. Mit fliegenden Fingern nestelte er den Umhang beiseite und zog die Waffe – blank funkelte sie im Licht der Flammen.

»Zurück, Tiermann!« krächzte Kavik. »Das ist eine Silberklinge!«

Das Ungeheuer schien zu lächeln. Dann sprach es mit rauher und knurrender Stimme. *»Wo ist er?«*

Kavik wurde totenbleich. Wenn es sprechen konnte, war es des Denkens mächtig. Er streckte die Klinge aus. »Wo ist wer?«

»Wo ist mein Freund?« brüllte die Bestie. Ihr Atem war so heiß wie das Feuer.

»Er ist in Sicherheit. Er ist entkommen. Wir haben ihn gehen lassen.«

»Lügner!« fauchte der Werwolf.

Er sprang nach vorn und packte Kavik am Gürtel. Kavik stach mit der Silberklinge zu. Sie glitt vom Arm des Ungeheuers ab. Der Werwolf stemmte den kräftigen Mann mit einem Wutschrei in die Höhe, hielt ihn mit einem Arm und schleuderte ihn in die Flammen. Gierig verschluckte das Inferno Kavik. Der Mann schlug noch einen kurzen Augenblick wild um sich, dann lag er still da.

»Thoris!«

Casimir sammelte seine Kräfte und sprang aus dem Stand auf den lodernden Küchenflügel. Das Stroh war zu Asche verbrannt und hatte brennende Streben und Balken zurückgelassen. Die Flammen versengten Casimirs Füße, an seinem ganzen Körper kräuselte sich das Haar zu stinkenden Knoten zusammen. Der nächste Sprung trug ihn zum Fenster des Schlafsaales. Ein Großteil des Fußbodens war zerstört, doch das Stück unter dem Fenstersims stand noch. Der Raum war wie ein Ofen. Casimir fand Thoris inmitten glühender Balken und Leichen. Er lag mit dem Gesicht zum Boden reglos neben dem Fenster. Ein Teil der Decke war auf ihn herabgestürzt und schützte ihn nun vor den Flammen.

Doch er atmete nicht.

Casimir hob die leblose Gestalt hoch, wobei er vorsichtig darauf achtete, die Arme des Jungen nicht mit seinen Krallen zu zerschneiden. Thoris' Körper war schlaff, als hätte er plötzlich keinen Knochen mehr im Leib – mit Ausnahme der Hände. Denn in der einen Hand hielt er Gebrochenes Herz' angesengte Maske, in der anderen das Holzschwert, das ihm sein Freund vor so vielen Jahren geschenkt hatte. Casimir drückte den leichenblassen Körper an sich und sprang durch das lodernde Fenster. Zusammen flogen sie durch die funkensprühende Nachtluft. Casimir verrenkte sich, um mit den Füßen zuerst auf dem brennenden Deckenbalken zu landen, der direkt unter dem Fenster vorbeiführte. Beim Aufprall fingen seine Fußsohlen sofort Feuer. Er spannte die Muskeln für den nächsten Sprung an, doch das Holz gab unter seinem Gewicht nach. Er stürzte von emporsteigenden Funken eingehüllt hinunter in die Küche.

Casimir kam auf den glimmenden Überresten eines Tisches auf und stürmte sofort weiter. Er lief auf die hell lodernde Tür zu und warf sich mit einem Schmerzensschrei dagegen. Der Keil unter der Tür hielt, doch der Rahmen nicht. Splitter flogen durch die Nachtluft. Ein auf der Straße stehender Waisenjunge schrie entsetzt auf, als der angesengte Werwolf nach draußen trat. Er hätte einem Alptraum entsprungen sein können: Er war hager, mächtig und stank nach Rauch und verbrannter Haut; seine Zähne waren rot und gelb und schwarz. Das Ungeheuer hielt einen graugesichtigen Jungen im Arm.

Dann war es plötzlich verschwunden.

Thoris erwachte, und ihm war heiß und kalt zu gleich. Seine Beine fühlten sich an, als wären sie von einem Bleimantel umgeben – sie waren kalt und gefühllos, und er konnte sie nicht bewegen. Dafür brannten Rücken und Arme wie der Teufel. Das Atmen fiel schwer; seine Lungen schienen voller Sand zu sein. Jeder Muskel schmerzte.

Thoris sah auf und konnte Casimirs Gesicht, das sich von dem sternenübersäten Himmel abhob, nur undeutlich erkennen. Flackerndes Licht beleuchtete sein von Brandblasen gezeichnetes Antlitz, und seine Augen waren voller Sorge. Er trug eine seltsame Kutte, die ihm nicht gehörte.

Erinnerungsfetzen schossen Thoris durch den Kopf, doch er verdrängte sie und versuchte mit aller Kraft, sich aufzusetzen. Casimir half ihm, und erst da hörte er das Plätschern des Wassers.

»Wo... wo sind wir?« krächzte er durch aufgesprungene Lippen.

»Am Flußufer, guter Thoris«, sagte Casimir mit rauher Stimme. »Das heißt, du liegst halb im Fluß. Die Verbrennungen scheinen nur oberflächlich zu sein. Spürst du was?«

»Nein«, erwiderte Thoris mit einem traurigen Lächeln. Er holte kurzatmig Luft. »Casimir, was ist geschehen?«

»Zhone Clieous«, sagte Casimir, und obwohl er ganz leise sprach, bebte seine Stimme vor Zorn. »Er hat meine Rache als Beleidigung empfunden.«

Thoris sah weg und wimmerte leise. »Da war ein Feuer...«

»Das Armenhaus ist zerstört. Nur wenige konnten sich in Sicherheit bringen.«

Thoris mußte gequält husten. »Er ist ein Ungeheuer.«

»Ja, das ist er tatsächlich. Meine Rache hat nichts geändert«, sagte Casimir kalt.

Thoris atmete angestrengt. »Nein. Deine Rache ist noch nicht erfüllt«, sagte er krächzend, aber von eiskalter, tödlicher Ruhe erfüllt. »Casimir, du mußt ihn stürzen.«

Casimir stützte sich mit den zerschundenen Händen ab. »Was?«

»Ich habe einen Plan«, krächzte Thoris.

Casimir schüttelte grimmig den Kopf. »Ein Plan wird uns wenig nützen, Thoris. Wir müssen uns ausruhen und gesund werden.«

»Am Rand des Armenviertels gibt es ein großes, leerstehendes Haus. Dort können wir uns ausruhen.«

7

Die Türen des verlassenen Tempels ragten vor Casimir und dem traurigen Häuflein Waisen empor. Er warf Thoris einen zweifelnden Blick zu.

»Sollen wir wirklich da rein?« Der von Brandwunden übersäte Junge nickte lediglich. Casimir holte tief Luft und griff nach dem Riegel. Die Türflügel schwangen quietschend zurück. Abgestandene Luft drang aus dem Bogengang nach draußen. Casimir trat ein und gab den Waisen das Zeichen, ihm zu folgen.

Es war ein zerlumpter Haufen. Ihre Gesichter und Körper waren von geringfügigen Verbrennungen und Schnittwunden gezeichnet. Keiner von ihnen hatte geschlafen, was man ihren sorgenvollen Augen ansehen konnte. Casimir seufzte, als er sie betrachtete. Thoris hatte ihn gebeten, die Kinder aus den flohverseuchten Verschlägen herauszuholen, in denen sie Zuflucht gesucht hatten. Er hatte sie als Teil seines Plans bezeichnet. Casimir kamen bereits die ersten Zweifel, was diesen Plan betraf. Die Jungen und Mädchen wagten sich zögernd in den Bogengang und gingen weiter in die höhlenähnliche Vorhalle. Als die Waisen stehenblieben, schloß Casimir die Tür hinter ihnen.

Hinter der Vorhalle lag das von Dämmerlicht erhellte Mittelschiff. Eine hohe, klagende Melodie kam von dort. Casimir brachte die Waisen zum Schweigen und lauschte. »Eine Flöte«, flüsterte er. Das Instrument schluchzte wie eine trauernde Taube. Casimir ging der Melodie nach, durchquerte die Vorhalle und legte die Hand auf den steinernen Durchgang, der sich am anderen Ende befand. Er riskierte einen Blick in das Mittelschiff.

Der in seinen Dimensionen höhlenartige, kreisrunde Raum wurde ringsum von einem Kreuzgang gesäumt. Die Decke des mit Verzierungen versehenen Kreuzrippengewölbes blieb im Dunkeln verborgen. Genau in der Mitte stand eine große, unter Spinnweben begrabene Orgel wie das Skelett einer im Dunkel der Zeiten verschollenen Bestie. Rings um das stumme Instrument hatte man Reihen von Holzsitzen aufgestellt, die aber alle verrottet waren.

Trotzdem ertönte die Melodie.

»Die Musik kann nicht von der Orgel stammen«, dachte Casimir laut. »Sie hallt aus den Gängen, die sich am anderen Ende des Mittelschiffes befinden.«

Er lud sich Thoris auf, setzte sich wieder in Bewegung und

befahl den Waisen, ihm vorsichtig zu folgen. Dann führte er sie durch den Kreuzgang, der um das Mittelschiff führte, auf die Quelle der unheimlichen Melodie zu. Er musterte den Boden. Die Fußabdrücke im Staub bildeten einen Pfad. Casimir folgte diesem Pfad und führte die kleine Gruppe bis zu einem Torbogen auf der anderen Seite des Raumes.

Sie betraten eine kleine Kapelle, die nicht ganz so alt wie der Tempel erschien. Hier roch es nach alten Büchern und geöltem Holz statt nach modrigem Verfall. Die Kapelle erinnerte Casimir an eine herbstliche Lichtung. Schlanke Steinsäulen aus schwarzem Marmor ragten bis zur Decke, wo sie in elegant geschwungenen Bögen ausliefen. Hohe, aus buntem Glas gefertigte Spitzbogenfenster ließen warmes Sonnenlicht hereinströmen. An den Wänden standen dunkle Bücherregale, hier und da auch Gestelle mit Musikinstrumenten. Bänke waren ordentlich hintereinander aufgereiht.

Dann entdeckte Casimir den Flötenspieler. Er hatte das Spiel abgebrochen und stand geduckt und schweigend unter den hellen Fenstern. Er starrte sie mit offensichtlichem Mißtrauen an; dabei hielt er den Kragen seines mit Goldfäden verzierten Gewandes zusammen. Dann stellte er das Endstück der Flöte auf den Steinboden und lehnte sich darauf wie auf einen Stock.

»Heute keine Messe«, sagte er.

»Edler Herr«, sagte Casimir und wählte einen diplomatischen Tonfall, »diese armen Waisenkinder haben in der letzten Nacht ihr Heim und ihre Freunde verloren, und einige schweben in der Gefahr, durch beträchtliche Verbrennungen ihr Leben zu verlieren.«

»Milil ist kein heilkräftiger Gott, Junge«, krächzte der Mann.

»Das ist wohl wahr. Milil ist ein Gott des Liedes. Und was kann einem gequälten Herz größere Linderung verschaffen als ein Lied?« fragte Casimir. Thoris brachte trotz seiner Schmerzen ein aufmunterndes Lächeln zustande.

»In diesen finsteren Zeiten wird Milils Tempel nur von Geistern bevölkert«, sagte der Mann verbittert. »Mangelnde Fürsorge hat die Orgel zerstört, der Altar liegt in Trümmern, und ich kann die Gläubigen an einer Hand abzählen. Ich habe nicht die Möglichkeiten, für euch zu sorgen.«

»Wie kann sich Milil von diesen Kindern hier abwenden – von diesen jungen Stimmen, die für ihn singen könnten?«

Der Priester legte die Flöte vorsichtig auf dem Boden ab, ging mühsam auf die Kinder zu und breitete hilflos die Arme aus. »Wenn Milil einen Priester verlassen kann«, murmelte er düster, »dann kann er auch euch im Stich lassen.«

Casimir biß sich auf die Unterlippe und schwieg einen Augenblick lang. Der Priester hatte das erste der Kinder erreicht und untersuchte dessen Verbrennungen. Er schüttelte traurig den Kopf und begab sich zum nächsten. »Ihr werdet unverrichteter Dinge gehen müssen.«

Casimir warf einen Blick in Richtung des heruntergekommenen Mittelschiffs. »Hat Milil Harmonia verlassen, das Land des Liedes?«

Der Priester runzelte die Stirn. »Das ist nicht das Land des Liedes, Junge. Hier benutzen die Menschen Lieder wie Schwerter, um zu töten und zu verstümmeln. Sie geben nichts auf Milils Wahrheit und Schönheit. Ihnen gelüstet nur nach seiner Macht. Und so hat Milil Harmonia verlassen.« Er hob die runzelige Hand und öffnete ruckartig die Finger, als wollte er Staub in die Luft werfen.

»Herr, seht Euch doch einmal diese verbrannten Gesichter an«, beschwor Casimir ihn.

Der Priester ließ das Mädchen los, das er gerade untersuchte. Er schenkte Casimir einen eiskalten Blick, wandte sich dann ab und ging mühsam ein paar Schritte zurück.

Casimir setzte Thoris auf einer der Bänke ab. Dann folgte er dem Priester und warf sich hinter dem alten Mann auf die Knie. »Erlaubt uns zu bleiben, Meister. Laßt uns unsere Wunden verbinden. Lehrt uns Wahrheit und Schönheit, und Euer Heiligtum wird mit neuem Leben erfüllt.«

»Wie könnten Waisen mein Heiligtum mit neuem Leben erfüllen?« schnaubte der Mann verächtlich.

»Vielleicht hat Milil uns tatsächlich im Stich gelassen«, sagte Casimir. »Doch könnt Ihr das auch?«

»Was schulde ich euch denn?«

»Ihr seid ein guter Mensch, Meister«, sagte Casimir, »oder Ihr wart es einst. Warum sollte ich Gründe zusammentragen, damit Ihr das tut, was Euer Herz schon längst als richtig erkannt hat?«

Der Mann murmelte etwas und schüttelte den Kopf. Er drehte sich langsam wieder um, sah sich die Kinder an und seufzte. Schließlich wies er mit der Hand auf die Bänke. »Diejenigen von euch, die nicht laufen können, setzen sich bitte. Ihr anderen kommt mit mir, um Wasser und sauberes Linnen zu holen.«

Casimir verbeugte sich tief. »Eure Gemeinde hat sich gerade verdreifacht, Meister...?«

»Gustav«, erwiderte der Mann, während er auf die Halle zuging. Casimir folgte ihm dichtauf mit den Waisen im Schlepptau. »Ich kann euch keine neuen Kleidungsstücke geben«, fuhr Gustav fort. »Ich habe nur das Gewand, das ich am Leibe trage, und die Chorgewänder.«

»Wie lange ist es her, daß Ihr einen Kinderchor hattet, Meister Gustav?« fragte Casimir schüchtern.

Der Priester schnaubte wieder verächtlich. »Glaubst du etwa, diese Horde trauriger Gestalten verfügt über geeignete Stimmen?«

»Ihre Stimmen könnten Milil zurückbringen.«

»Es ist eher wahrscheinlich, daß sie Dämonen aus der Hölle anlocken.«

Die Woche verging langsam. Während sich die Waisen erholten, lehrte Gustav sie die Geschichten und Lieder Milils. Von den zwölf Kindern hatten nur drei geeignete Singstimmen; sieben konnten zumindest Tonhöhen voneinander unterscheiden. Den letzten beiden fehlte jedes musikalische Gehör, und Gustav ließ sie das wissen. Aber auch sie erhielten Chorgewänder, die sie an der Taille hochziehen mußten, um nicht bei jedem Schritt über den Saum zu stolpern.

Von all den Stimmen, die Gustav zu hören bekam, gefiel ihm Casimirs am besten. Während die Jungen und Mädchen neue Kräfte schöpften und ihre Verletzungen auskurierten, sang Casimir stundenlang. Es störte ihn nicht, daß er den alten Priester bei Laune halten mußte, denn seine Stimme entfaltete in dem Tempel einen Klang, der selbst den im Amphitheater übertraf.

Zwischen den Chorübungen kümmerte sich Casimir um Thoris. Die Verbrennungen seines Freundes waren zwar schmerzhaft, aber nicht lebensbedrohlich. »Du hattest Glück, daß dich die Trümmer geschützt haben«, sagte Casimir, »sonst wärst du jetzt nur noch Asche.« Thoris lächelte daraufhin nur und drehte sich auf die Seite, um sofort wieder einzuschlafen. Am vierten Tag machte er die ersten Schritte, und nach einer Woche ließen die Schmerzen mehr und mehr nach. Doch die ganze Zeit über feilte er an ihrem gemeinsamen Racheplan herum.

Thoris' Vorhaben wuchs schnell über sein Anfangsstadium hinaus und wurde immer komplizierter. Zuerst waren nur Casimir und ein paar andere daran beteiligt, doch zum Schluß wurden alle Waisen gebraucht. Die beiden Freunde holten öfters die verletzten Kinder zusammen, um das Unternehmen zu üben. Am Ende der Woche schien der Plan keine Fehler mehr aufzuweisen. Dennoch hatte Casimir noch immer seine Zweifel.

»Aber wird es auch funktionieren, Thoris?« fragte er und zog seinen Freund beiseite.

»Natürlich. Keiner von ihnen hat sein Stichwort verpaßt.«

»Nein... das meine ich nicht«, erwiderte Casimir. »Werden wir auch Erfolg haben?«

»Es wird Clieous von seinem Thron stürzen. Es wird ihm zum Gebrandmarkten und Gejagten machen«, sagte Thoris überzeugt. »Was also noch?«

»Ja«, dachte Casimir laut, »was noch?«

Schließlich war die Zeit gekommen, um Thoris' Plan in die Tat umzusetzen. Es war die Nacht von Clieous' Primae Consularae, dem öffentlichen Forum, das im Amphitheater abgehalten wurde. Die Sonne neigte sich dem Horizont zu, als sich Casimir und die mit den Chorgewändern bekleideten Waisen leise aus Milils Tempel stahlen.

Clieous beendete sein Lied, und sein tiefer Bariton hallte noch einige Sekunden im Amphitheater nach. Die Harmonianer, die sich versammelt hatten, spendeten respektvollen Beifall. Clieous lächelte und verneigte sich. Dann richtete er sich wieder auf und räusperte sich.

»Willkommen zu dieser Stadtversammlung in meinem zwanzigsten Jahr als Meistersinger.« Wieder ertönte Applaus. Clieous' rattenhafte Nase senkte sich, als sein Lächeln breiter wurde. »Wie immer sind alle Bürger Harmonias zu dieser Versammlung eingeladen, ohne daß es sie Eintritt kostet. Nach der dieswöchigen Darbietung werden die Lehrburschen der Sängerhalle zwischen den Sitzen umhergehen und Spenden sammeln.«

Das Lächeln auf Clieous' Lippen flackerte, als er zwischen

den Zuschauern die mit identischen Gewändern bekleideten Gestalten erblickte. Sie sahen aus wie die Mitglieder eines Kinderchors. Ein Muskel in seiner Wange zuckte nervös. »Die heutige Vorstellung wird garantiert ein besonderes Vergnügen«, fuhr er fort. »Harkon Lukas hat eine talentierte Truppe von Barden, Akrobaten und Schauspielern aus Skald mitgebracht.« Clieous betrachtete die Kinder mißtrauisch. »Wollen wir die Versammlung kurz halten, damit unsere Freunde aus Skald anfangen können, bevor sie die Weinvorräte des Kristallhauses vertilgt haben.«

Vereinzelt ertönte Gelächter, und Clieous entspannte sich etwas. Als wieder Ruhe einkehrte, hob er die Arme.

»Hat jemand etwas vorzubringen?« fragte er mit schlecht verhülltem Desinteresse.

»Sagt uns, was mit dem Armen- und Waisenhaus ›Zum Roten Portal‹ geschehen ist«, rief eine Stimme aus der Menge.

Clieous kniff die Augen zusammen und versuchte, den Sprecher auszumachen. Niemand bekannte sich zu den Worten. Clieous kicherte. »In der Tat eine schreckliche Tragödie. Man hat mich wissen lassen, daß niemand die Feuersbrunst überlebt hat, die das Gebäude bis auf die Grundmauern niederbrannte. Meine Beamten sind bereits auf der Suche nach einem Standort für ein neues Armenhaus. Wirklich eine Tragödie. Doch wir wollen uns nicht der Verzweiflung hingeben. Viele dem Elend anheimgefallene Bürger sind durch das Feuer, das ohne jeden Zweifel ein schreckliches Unglück war, den auf ihnen lastenden, unerträglichen Bürden entkommen. Auch wenn wir alle diesen Verlust betrauern, kann Harmonia doch froh sein, daß diese Bürger ihren Frieden gefunden haben. Und so leben wir nun in einer Stadt, in deren Mauern nicht länger die Rufe der Notleidenden widerhallen.«

Clieous sah sich nach der nächsten Frage um. »Wer hat das Feuer gelegt?« rief eine Stimme.

Der Meistersinger verzog einen kurzen Augenblick lang ärgerlich das Gesicht, dann zeigte er sein gewinnendstes Lächeln. »Meine Beamten untersuchen die Angelegenheit. Falls jemand das Feuer absichtlich gelegt hat, wird man ihn aufspüren.«

»Ich habe drei Männer von dem brennenden Haus fortlaufen gesehen.«

Clieous' Blicke huschten über die Sitzreihen und erspähten schließlich eine der mit einem Chorgewand bekleideten Gestalten; es war ein Junge. Die Gesichtszüge des Meistersingers verzogen sich zu einem öligen Lächeln. »Deine Aussage wird meinen Beamten sehr helfen. Nach der Versammlung werden dich die Wachen zu mir bringen.« Er blickte herrisch in die Runde. »Noch eine Frage?«

»Wurde Gebrochenes Herz in dem Feuer getötet?«

Clieous schüttelte gereizt den Kopf. »Steht auf und zeigt Euch, wenn Ihr eine Frage habt!«

Eine mit einem Chorgewand bekleidete Gestalt erhob sich.

Clieous wich einen Schritt zurück.

Der junge Mann trug Gebrochenes Herz' hämisch grinsende Maske, und er trat vor.

»Ich bin Gebrochenes Herz«, ertönte die unverkennbare Stimme. »Wie Ihr seht, war die Nachricht meines Todes beträchtlich übertrieben.«

Die Leute ließen den jungen Mann nicht aus den Augen, überraschtes Gemurmel ertönte. Casimir schritt die Stufen mit würdevollem Selbstbewußtsein herunter. »Ich hatte noch keine Gelegenheit, Euch zu Eurem erstaunlichen Sieg beim Wettstreit der Meistersinger zu beglückwünschen, verehrter Clieous.«

Zhone wurde aschfahl. Er riß die Augen weit auf, als Casimir den Bühnenrand erreichte. »Ich bin froh, daß Ihr gekommen seid, um die Gerüchte aus der Welt zu schaffen. Manche haben mich fälschlicherweise verdächtigt, ich wollte Euch tot sehen.«

»Ich bin es, der sich entschuldigen sollte, Meistersinger Clieous«, sagte Casimir, als er die Bühne betrat, »denn ich war einer davon.« Die Zuschauer lachten nervös.

Casimir nahm die Maske ab und ging zu dem Meistersinger. Dort ließ er sie auf den Steinboden fallen. Plötzlich breitete er die Arme weit aus, umarmte Clieous mit aller Kraft und küßte ihn erst auf die rechte und dann auf die linke Wange, wobei er beim zweiten Kuß leicht zubiß. Clieous versuchte ihn wegzustoßen, doch Casimirs Arme waren wie eiserne Fesseln.

»Hallo Vater«, flüsterte er. »Ich habe vor, dich heute abend anläßlich unserer Wiedervereinigung zu töten, wie ich es schon in Tausenden von Nächten geträumt habe.«

Die Zuschauer applaudierten nervös. Casimir ließ den Meistersinger los, hielt aber eine seiner Hände mit einem schraubstockähnlichen Griff fest. Zhone Clieous lächelte unbehaglich, als er sich wieder den Bürgern Harmonias zuwandte und mit der freien Hand die Wange hielt. Casimir verbeugte sich und zwang seinen Vater dadurch ebenfalls zu einer Verbeugung. Der zuerst halbherzige Applaus schwoll nun zu einem Beifallssturm an, und Casimir schenkte dem Meistersinger ein Lächeln.

»Dein Sterben hat begonnen«, sagte er leise.

»Wachen, schafft ihn hier weg!« rief Clieous.

Casimir grinste entwaffnend und scheuchte sie weg. »Bitte, gute Männer, ich möchte unserem Herrscher doch nichts antun, sondern ihn ehren.« Er zerrte seinen Gefangenen zum Bühnenrand. »Darf ich unseren Meistersinger als Einleitung für die heutige Vorstellung mit meiner eigenen Darbietung ehren?« rief er überschwenglich.

Der Beifall steigerte sich zu einem Tosen, das Clieous' Proteste verschluckte. Casimir verbeugte sich erneut und gab dann ein Zeichen. Zwölf mit Chorgewändern bekleidete Jungen und Mädchen erhoben sich von ihren Sitzen und eilten auf die Bühne. Der Meistersinger riß sich sichtlich verwirrt von seinem Sohn los. Casimir machte ein Spiel daraus, ihm hinterherzulaufen und ihn an der Taille zu packen.

»Er ist ja so bescheiden«, rief er fröhlich. Alles lachte. »Aber so leicht kommt er uns nicht davon! Sollte Meister Clieous nicht bei seiner eigenen Huldigung dabeisein?«

Johlende Schreie und noch mehr Applaus beantworteten Casimirs Frage.

»Wachen, befehlt ihm, mich loszulassen!« rief Clieous.

»Wachen, befehlt Zhone Clieous, sich zu vergnügen«, rief Casimir lachend, »oder wollt ihr, daß er seine eigene Huldigung ruiniert?«

Die Wachen lächelten ihren Meister rebellisch an und blieben auf ihren Posten. In der Zwischenzeit lachte das Publikum, als die zwölf Jungen und Mädchen auf die Bühne stolperten. Dort angekommen zogen sie die Chorgewänder aus. Entsetztes Stöhnen hallte durch das Amphitheater, als darunter rußgeschwärzte, zerlumpte Kinder zum Vorschein kamen.

Sie schritten in die Mitte der Bühne und streckten sich in vier Reihen auf dem Boden aus. Währenddessen zerrte Casimir den sich wehrenden Meistersinger von der Bühne. Nervöses Gelächter begleitete seinen Abgang.

»Er ist ja so gespannt!« rief Casimir.

Das Publikum wurde leise, als die Ehrung ihren Anfang nahm.

»Oh, wie einsam ist man als Waise in Harmonia!« rief der erste Junge.

»Ja, und erst recht in einer schrecklich dunklen Nacht«, krähte ein Mädchen.

»Die so kalt ist!« rief Thoris, der in der oberen Reihe ganz außen lag.

Casimir schritt in den Lichtkreis der Laternen und stieß den Meistersinger wie eine Puppe vor sich her. »Seid gegrüßt, junge Waisen!«

»Sei gegrüßt, Meistersinger Clieous!« erwiderten die Kinder.

»Ihr habt gesagt, ihr wärt einsam?« fragte Casimir.

»Sehr einsam!« erwiderte ein Kind.

»Und ihr hättet Angst vor der Dunkelheit?«

»Sogar ziemliche Angst«, antwortete ein mit Verbänden übersätes Mädchen.

»Habt ihr gesagt, euch wäre kalt?«

»O ja, wir frieren furchtbar!« riefen die Kinder im Chor.

»Dann gestattet mir, euch zu helfen, Kinder«, rief Casimir und zwang Clieous zu einer grotesk übertriebenen Verbeugung.

»Wie wollt Ihr uns helfen, Meistersinger Zhone Clieous?«

»Indem ich euch etwas gebe!«

»Was habt Ihr für uns?«

»Etwas, das euch die Einsamkeit vergessen lassen wird!«

»Was?«

»Etwas, das euch die Furcht nehmen wird!«

»*Was?*«

»Etwas, das euch wärmen wird!«

»WAS? WAS? WAS HABT IHR FÜR UNS?«

Casimir zerrte den Meistersinger zu den Kindern und stemmte ihn einfach in die Höhe. Zhone Clieous schwebte über den Waisen und trat hilflos um sich. »Ich bringe euch das Feuer!«

Die Waisen wanden sich auf dem Boden umher und stießen schrille Schreie aus. Die Proteste des Meistersingers gingen in der lautstark gespielten Agonie unter.

Doch die Wachen lasen sie ihm von den Lippen ab.

Als sie auf die Bühne stürmten, ging ein entsetztes Aufstöhnen durch das Publikum, und alles sprang von den Sitzen auf. Die Wachen kamen auf Casimir zu, während die Bürger Harmonias zu den Treppen des Amphitheaters eilten. Casimir zog einen Dolch aus dem Gewand und setzte ihn dem Meistersinger auf die keuchende Brust.

»Keinen Schritt weiter, oder dieser Dolch wird ihn töten!« Die Wachen ignorierten die Drohung. Casimir drückte seinem Vater die Dolchspitze in die Rippen und ließ sie das Seidenhemd durchdringen. Blut rann an der Klinge herunter.

»Zurück, ihr Narren!« brüllte der Meistersinger mit schweißüberströmtem Gesicht. »Seht ihr denn nicht, daß er verrückt genug ist, seine Drohung wahrzumachen?«

Die Wachen zogen sich zurück und ließen die Schwerter in den Scheiden. Das Publikum zögerte. Die Waisen hatten sich entsetzt aufgesetzt. Einige waren sogar furchtsam zum Bühnenrand gekrochen. Thoris' Gesicht war leichenblaß.

Casimir zog das Messer zurück, und die Falten des Hemdes verbargen die Wunde. In seinen Schläfen tobte ein wütender Schmerz, als er die feindlich gesinnte Menge betrachtete. »Für diejenigen unter euch, die sich im Theaterspiel nicht auskennen, will ich erklären, daß unsere kleine Aufführung den Mord an den Armen und Waisen darstellen sollte, die im *Roten Portal* gehaust haben!« Casimir stieß den Meistersinger in die Bühnenmitte und hielt ihn hinter einer lichtspendenden Laterne fest. »Und hier ist der Mörder... Zhone Clieous höchstpersönlich!«

»Der Mörder?« rief jemand aus dem Publikum. »Woher will er das denn wissen?« – »Warum sollten wir Gebrochenes Herz Glauben schenken?« – »Hört ihm zu!« – »Laß den Meistersinger los!«

Casimirs Stimme übertönte die Rufer mühelos. »Ich weiß,

daß Zhone Clieous der Mörder ist, weil meine Freunde hier alles Waisen sind, die dort lebten. Sie alle waren Zeuge, wie Zhone Clieous' Schergen das Haus angezündet haben!«

»Das ist eine Lüge!« – »Ich habe Clieous an diesem Abend in der Sängerhalle gesehen!« – »Gebt den Meistersinger frei!« – »Hört den Jungen an!« – »Er will doch nur Clieous' Macht!«

Die Wachen ergriffen die Waisen, die zum Bühnenrand geflohen waren. Casimir biß die Zähne zusammen. Nun hatten die Soldaten ihre eigenen Geiseln. Der Dolch in seiner Hand war schlüpfrig vom Blut. Als er seinen Vater von der Laterne wegzog, breitete sich auf dessen Gesicht ein hämisches Grinsen aus. »Ich könnte dich am hellichten Tag töten, und die Narren würden mir noch zujubeln!«

Die Wachen rückten wieder vor und benutzten die Geiseln als Schutzschild. Die wütenden Bürger drängten sich auf den Stufen und bewegten sich auf die Bühne zu.

»Wartet!« rief jemand mit mächtiger Stimme. Unwillkürlich blieben die Wachen stehen. Eine hochgewachsene, in Rot und Schwarz gekleidete Gestalt bahnte sich einen Weg durch die entrüstete Menge. »Bürger Harmonias, wartet!«

Es war Harkon Lukas.

»Brecht nicht zu schnell den Stab über diesen Freund der Witwen und Waisen. Der Hälfte von euch ist es unter Clieous' Herrschaft nicht viel besser ergangen.« Lukas wühlte sich durch die verblüffte Menge und erreichte die Bühne.

»Aber wenn euch das Wort eines Waisen nicht reicht, so gebt ihr euch vielleicht mit dem Wort eines legendären Barden zufrieden. Als ich eurem Meistersinger letzte Woche einen Besuch abstattete, hörte ich zufällig mit eigenen Ohren, wie er den Befehl gab, das Armenhaus anzuzünden!«

Entsetztes, schockiertes Schweigen breitete sich aus. Dann erschollen die ersten wütenden Rufe. Casimir sah ungläubig zu, dann rückte er näher an Harkon Lukas heran.

»Habt ihr gehört, was Lukas gesagt hat?« – »Er lügt, genau wie der Waisenjunge.« – »Lukas will seine Marionette zum Herrscher machen!« – »Clieous ist ein Ungeheuer!« – »Der Junge ist ein Ungeheuer!« – »Lukas auch!« – »Tötet sie beide! Rettet Clieous!«

Plötzlich verschwand Casimirs Angst und wurde von siedendheißer Wut ersetzt. Er legte Clieous den Arm um die Kehle und stieß den Meistersinger mit mutigen Schritten auf die Bürger zu.

»Ihr sprecht von Ungeheuern? Ihr nennt *mich* ein Ungeheuer? Machen mich diese Verbrennungen, die meinen Körper bedecken, zu einem Ungeheuer? Oder meine Armut? Meine Wut? Mein Verlangen nach Vergeltung? Das alles hat mir dieser bis ins Mark verdorbene Mann angetan! Wenn ihr ein Ungeheuer sucht, es steht vor euch!«

Plötzlich drang der Dolch in die Brust des Meistersingers.

Clieous erstarrte.

Heißes Blut rann über Casimirs Hand. »Wenn du dich nicht verwandelst, wird dich diese Klinge töten«, flüsterte er seinem Vater ins Ohr. Ein zitternder Krampf durchfuhr den Körper des Meistersingers. Er sackte im Arm seines Sohnes zusammen. Die Menge sah reglos zu. Harkon Lukas zog sich von der Bühne zurück. Tränen der Verwirrung füllten Thoris' Augen, als Clieous auf dem blutverschmierten Steinboden ausrutschte. Er stürzte und riß sich dabei von seinem Mörder los.

Das Geräusch seines aufschlagenden Körpers brachte wieder Bewegung in die Leute. Wachen eilten auf die Bühne und umringten Casimir. Sie zerrten den blutverschmierten Jungen von dem Meistersinger fort. Ihr Speichel regnete auf den jungen Mörder herab; er wurde von wütenden Tritten getroffen, doch er nahm nichts davon bewußt wahr.

»Verwandel dich oder stirb, Clieous... Verwandel dich

oder stirb, Clieous... Verwandel dich oder stirb, Clieous...« sang er monoton.

Die wütenden Bürger umzingelten Casimir und den Ring aus Wachen. Obwohl die Männer Casimir eben noch selbst mit Tritten eingedeckt hatten, wurden sie nun gezwungen, die Leute davon abzuhalten. Trotz ihrer Bemühungen bekam der Waisenjunge, der nun tatsächlich zur Waise geworden war, viele Tritte und Schläge ab.

Plötzlich stieß der Meistersinger einen furchterregenden Schrei aus. »Wachst du auf, Clieous?« rief Casimir grinsend. Die Bürger, die sich um Zhone Clieous versammelt hatten, wichen zurück. Die Wachen blickten ungläubig in Richtung des Meistersingers. Ein weiterer Schrei übertönte das Gemurmel, und der Aufruhr erstarb. Entsetzen breitete sich aus. Eine fette Frau lief auf die Treppe zum Amphitheater zu; andere schlossen sich ihr mit vor Furcht weit aufgerissenen Augen an. Panikerfüllte Schreie erfüllten die Sitzreihen.

Eine Bestie erhob sich von der blutverschmierten Stelle, an der Zhone Clieous gelegen hatte. Sie stellte sich auf die Hinterbeine. Zurückgezogene Lefzen gaben spitze Reißzähne frei; die Augen des Untiers funkelten bösartig und betrachteten die Bürger Harmonias hungrig. Mit einem leisen Knurren legte sich eine klauenartige Hand um den in der Brust steckenden Dolch und zog ihn heraus. Die blutende Wunde schloß sich sofort. Der Werwolf atmete tief ein, seine Rippen bewegten sich unter dem dunklen Fell. Dann stieß er ein Brüllen aus.

In die eben noch wie erstarrt dastehenden Menschen kam Bewegung. Diejenigen, die die Treppen säumten, wirbelten herum und liefen auf die Ausgänge zu. Die Wachen ließen von Casimir ab und wichen zurück. Casimir kam taumelnd auf die Füße. Die Bestie brüllte erneut und zerfetzte mit ihren rasiermesserscharfen Krallen einer stammelnden Wache die

Kehle. Dann sprang sie mit einem Heulen, das an das Gelächter eines Irren erinnerte, in großen Sätzen über die Bühne und blockierte schadenfroh die Treppe, die zu den Sitzreihen des Amphitheaters führte. Casimir bewegte sich vorsichtig in Richtung des hinteren Bühneneingangs.

Das Ungeheuer entdeckte ihn. Casimir wirbelte herum und lief los. Die Bestie setzte sich auf seine Fährte, ihre gewaltigen Krallen scharrten über den glatten Steinboden. Mit drei riesenhaften Sätzen hatte sie Casimir erreicht. Er vernahm das Krallengescharre und warf sich zu Boden. Eine Klaue durchteilte die Luft über seinem Kopf. Er rollte sich schnell zur Seite; der Werwolf stürzte an ihm vorbei, da er auf dem glatten Untergrund keinen Halt fand.

Casimir kam taumelnd wieder auf die Füße, sein Blick suchte nach der Treppe, die den Hinterausgang bildete. Er war sich darüber im klaren, daß er sie nicht rechtzeitig erreichen würde, doch ihm blieb keine andere Wahl, als es zu versuchen. Die Bestie stieß ein Brüllen aus; ihre Krallen schlugen Funken aus dem Stein, als sie auf ihn zu donnerte. Heißer Atem versengte seinen Rücken. Die Klaue des Werwolfs schlug erneut zu, und diesmal traf sie. Die Krallen gruben sich in Casimirs Fleisch. Er stöhnte auf und riß sich los. Sein Gewand war zerfetzt, Blut strömte über seinen Rücken. Das Ungeheuer setzte sich wieder auf seine Fährte, und der berauschende Blutgeruch brachte seine Nüstern zum Erbeben.

Casimir erreichte die Treppe – doch von der falschen Seite! Die Stufen führten genau gegenüber in die Tiefe, vor ihm gähnte ein drei Meter tiefer Abgrund. Die Krallen sausten durch die Luft. Mit einem Schrei warf sich Casimir nach vorn und verschwand in dem Treppenschacht. Unter ihm breitete sich Finsternis aus. Im nächsten Augenblick prallte er an die gegenüberliegende Wand und sackte zu Boden.

Die Bestie beugte sich über den Schacht und füllte ihn aus.

Casimir stürmte durch das Eisentor am Fuß der Treppe ins *Kristallhaus* und schlug das Tor hinter sich zu. Das Ungeheuer landete auf den letzten Stufen und warf sich gegen die Gitterstäbe. Casimir packte den im Schloß steckenden Schlüssel und drehte ihn herum. Krallenbewehrte Finger ergriffen seinen Arm, doch er riß sich los. Die Krallen gruben fünf blutige Furchen in seine Haut. Den Schlüssel in der Hand taumelte er zurück, während die Bestie ein Heulen ausstieß, nach ihm schlug und ihn nur um wenige Zentimeter verfehlte. Sie trat einen Schritt zurück und stürmte gegen das verrostete Tor. Ein Eisenstab riß aus der Verankerung. Casimir ließ das Tor nicht aus den Augen und zog sich tiefer ins *Kristallhaus* zurück.

»Flieht!« rief er den wenigen Gästen zu. »Lauft! Es ist ein Werwolf!«

Die Männer sahen zweifelnd von ihren Tellern auf.

»Seht euch doch meinen Rücken und meinen Arm an!« rief er und zeigte seine Wunden. In der sich daraus ergebenden Stille hallte das Aufbrüllen des Werwolfs durch die Schenke. Die Gäste sprangen von ihren Sitzen auf und flohen in Richtung Haupteingang. Sogar die Bedienungen und der Schankwirt eilten nach draußen. Casimir schnüffelte, um sich zu vergewissern, daß niemand zurückgeblieben war. Er roch nur Wein und Speisen. Die Schenke schien verlassen zu sein.

Er riß sich das Gewand vom Leib und zwang den Wolf in seinem Inneren, sich zu befreien. Die Verwandlung nahm ihren Anfang. Sein Blut wurde dicker. Ein Prickeln durchlief seinen ganzen Körper, und die Knochen in Armen und Beinen wurden so heiß wie glühende Kohlen. Seine Muskeln verformten sich. Langsam wuchsen die Unterarme in die Länge; Haut und Sehnen dehnten sich. Finger schmolzen zu Stummeln, während Handflächen schmaler und länger wurden. Fingernägel verzogen sich zu langen, gekrümmten

Krallen, drahtiges Haar schoß fieberhaft aus jeder Pore der Haut. Casimirs Beine gaben unter ihm nach, und er stürzte zu Boden, noch während seine unteren Gliedmaßen ihre neue Gestalt annahmen. Sehnen rissen. Muskeln brodelten. Die feinen Knochen seines Gesichts knirschten und zerbrachen unter der Haut, um sich dann mit atemberaubender Schnelligkeit in eine kräftige Schnauze mit scharfen Reißzähnen zu verwandeln. Sein Mund dehnte sich schmerzhaft über die neuen Zähne, seine Lippen verfärbten sich und wurden zu schwarzen Lefzen.

Schließlich erreichte die Verwandlung sein Gehirn. Das Denkvermögen verschwand und wurde von Gefühlen ersetzt, die nun die Führung übernahmen. Der appetitanregende, vielschichtige Duft der auf den Tischen stehenden Speisen wurde nur noch als *Hunger* interpretiert; das im Kamin flackernde Feuer wurde nur noch als *Gefahr* gedeutet, und das Geräusch des gegen das Tor anrennenden Clieous symbolisierte einfach nur noch *Haß*. Zuletzt verschwand die Trennlinie zwischen Begehren und Handlung. Etwas zu wollen hieß, es sich zu nehmen. Casimir hatte aufgehört, ein menschliches Wesen zu sein; allein der Hunger trieb ihn an.

Er war nicht länger Casimir. Er war weder Mensch noch Wolf. Er war zu einem Nichts geworden. Und damit war er alles.

Zhone Clieous, in Werwolfgestalt, warf sich ein letztes Mal gegen das uralte Eisentor. Die Gitterstäbe zerrissen, und Eisen flog durch die Luft. Er pirschte sich mit zuckenden Nüstern durch den Eingang, denn er witterte einen anderen Werwolf. Knurrend bewegte er sich auf seinen Hinterbeinen stehend vorwärts und ließ den Blick durch das dunkle *Kristallhaus* schweifen. Er lauschte angestrengt. In der Ferne ertönte das verräterische Kratzen von Krallen über Stein.

Sein Sohn verbarg sich in einem Stollen, der links abzweigte.

Clieous wandte sich in diese Richtung. Er sog prüfend die von Fressensduft durchzogene Luft ein. Seltsam. Casimirs Wolfsgeruch war überdeutlich wahrzunehmen, doch er stank nicht nach Angst. Clieous' nachtsichtige Augen spähten in den vor ihm liegenden Gang. Nichts.

Zögernd wagte er sich tiefer in den Höhlenstollen. »Komm, Casimir«, flüsterte er mit seiner heiseren, tierhaften Stimme. »Wir wollen wieder Vater und Sohn sein.« Die Worte hallten von den Steinwänden wider. Es kam keine Antwort. »Nimm wieder deine menschliche Gestalt an, ich werde es auch tun. Wir werden gemeinsam als Vater und Sohn herrschen!«

Es herrschte völlige Stille. Clieous blieb stehen und überlegte kurz, ob sich sein Sohn in einen richtigen Wolf verwandelt hatte, statt Finger, menschenähnliche Beine und die Fähigkeit des Denkens zu behalten. Nein, dachte er, Casimir wird bestimmt nicht auf seinen Verstand verzichtet haben.

»Sohn«, zischte er und ging einen Schritt weiter in die Dunkelheit. »Vergib mir. Ich hatte Angst vor dir, als ich die Kinderstube und das Armenhaus niederbrennen ließ. Doch wir wollen uns versöhnen.« Er schritt weiter und witterte angestrengt. »Du kannst dich nicht ewig vor mir verstecken, das weißt du!«

Ein schwarzer Schatten fiel von der Decke auf ihn herab. Nadelspitze Reißzähne versenkten sich in seine Kehle, und dampfendes Blut spritzte durch den Stollen. Clieous wich taumelnd zurück; der alptraumhafte Wolf, der sich in seinem Hals verbissen hatte, ließ nicht los. Die Zähne gruben sich tiefer. Der Meistersinger landete schwer auf dem Rücken, der Wolf auf ihm drauf. Schrille Schreie ausstoßend fuhr er mit seinen Krallen über die Wolfsschnauze. Die Kiefer öffneten sich nicht. Er hieb gegen die Reißzähne und zerfetzte die Lefzen. Die Bestie ließ nicht los.

Mit schwindenden Sinnen rutschte Clieous über den blutbesudelten Boden und zog den Wolf mit sich. Er kämpfte sich mit übermenschlicher Kraftanstrengung auf die Hinterbeine und hob seinen Peiniger, der allein von den noch nicht durchtrennten Halssehnen gehalten wurde, mit in die Höhe. Seine blutige Hand tastete nach der Theke und zog eine Schublade auf. Messer funkelten kalt in der Dunkelheit. Clieous griff blindlings zu. Eines der Messer – eine Silberklinge – schnitt ihm die Handfläche auf. Er packte zu, doch das kalte Silber rutschte ihm aus den blutenden Fingern. Er griff nach einer anderen Waffe, doch seine Finger gehorchten ihm nicht länger.

Er wußte, daß er starb.

Zhone Clieous, Werwolf und einstiger Meistersinger von Harmonia, sank langsam unter dem schrecklichen Gewicht seines Mörders zu Boden. Der Wolf ließ den Sterbenden los und fing an zu fressen.

Als Gebrochenes Herz das Amphitheater wieder betrat, war die Hälfte der Zuschauer geflohen, und die verbliebenen Anwesenden drängten sich auf den Treppen oder kletterten von Sitzreihe zu Sitzreihe. Der Lärm war ohrenbetäubend. Casimir packte das Silbermesser fester und hob Zhone Clieous' Kopf in die Höhe, damit ihn alle sehen konnten.

»Bürger Harmonias!« rief er. »Dreht euch um und hört mir zu!«

Diejenigen, die sich noch in den unteren Rängen drängten, wirbelten herum und stöhnten auf, als sie Zhone Clieous' abgetrennten Kopf erblickten.

»Ich habe die bösartige Bestie mit diesem Silbermesser hier erlegt«, fuhr Casimir fort, »und ich habe ihren Kopf abgetrennt, damit jeder ihn ansehen kann!« Die Leute verstummten, als sie sich umdrehten. Auf ihren Gesichtern zeigte sich eine seltsame Mischung aus Entsetzen und Erleichterung.

Eine dunkle Gestalt kam die Treppe heruntergeeilt. Casimir hob den Blick in der Hoffnung, daß es Thoris war. Statt dessen wurde er von dem strahlenden Lächeln Harkon Lukas' gegrüßt. Der hochgewachsene und elegante Barde drehte sich um und schritt rückwärts weiter, während er die Arme hob, um die Menge anzusprechen.

»Seht Harmonias neuen Meistersinger!« rief er. »Er hat sich allein einem Ungeheuer entgegengestellt, das ihr nicht einmal gemeinsam bekämpfen wolltet! Mit einem einfachen Silbermesser hat er zwanzig Jahren Verrat und Unheil in Harmonia ein Ende gemacht! Allein auf sich gestellt, hat er das Geheimnis des Meistersingers entdeckt und es aller Welt enthüllt! Und es gibt weit und breit keinen besseren Sänger als ihn, hat er doch erst letzte Woche in eurem Wettstreit den zweiten Platz vor Clieous belegt. Ihr alle solltet Gebrochenes Herz ehren!«

Undurchdringliche Stille senkte sich über das Amphitheater.

Lukas hob Casimirs verwundeten Arm und rief: »Ein Hoch auf Gebrochenes Herz!«

Ein neben dem Ausgang stehender Mann erwiderte den Ruf. »Ein Hoch auf Gebrochenes Herz!«

Eine Frauenstimme fiel ein. »Ein Hoch! Ein Hoch auf den jungen Herrscher!«

Ein weiterer Ruf ertönte, dann noch einer, bis schließlich das Amphitheater von dem Jubel erbebte. Lukas setzte sich Casimir auf die Schultern und schritt die Stufen empor. Die Bürger Harmonias drängten sich begeistert heran, um ihren neuen Herrscher zu berühren. Ihre Rufe verschmolzen zu einer Stimme.

»Heil! Heil Gebrochenes Herz!«

Die Leute gingen hinter Lukas her. Selbst Zhone Clieous' Wache schloß sich der euphorischen Menge an.

»Zum Haus des Meistersingers!« rief Harkon Lukas.

»Nein«, brüllte Casimir da. »Bringt mich zum Tempel von Milil!«

Lukas warf dem neuen Herrscher einen erstaunten Blick zu.

»Zum Tempel!« rief Casimir und ignorierte Lukas. Andere nahmen den Ruf ihres neuen Meistersingers auf.

»Auf zum Tempel! Auf zum Tempel!«

Lange nachdem alle fort waren, kam ein Junge aus dem *Kristallhaus*. Er stolperte auf unsicheren Beinen die Stufen zu den Sitzreihen unterhalb des Schenkeneingangs hinunter und ließ sich dort einfach fallen. Grauenhafte Bilder rasten an seinem geistigen Auge vorbei; Bilder voller Blut und Reißzähnen und Tod. Der Steinsitz fühlte sich kühl auf seiner fiebrigen Stirn und den schmerzenden Verbrennungen auf seinen Armen und Beinen an.

»Oh, mein Freund! Du *bist* ein Ungeheuer!« stöhnte Thoris.

8

Gustav schlief zwischen Büchern, die Flöte fest umklammert. Neben dem weißhaarigen Priester stand eine flackernde Kerze, die fast bis zum Boden heruntergebrannt war. Normalerweise war Gustav mit seinen Kerzen sehr geizig, doch an diesem Abend hatte ihn der Schlaf übermannt; er hatte die Kinder früher zurückerwartet.

Ein leises Dröhnen kam aus der Ferne und schwoll langsam an, bis es den Tempel erfüllte. Gustav öffnete mit halbherzigem Interesse ein Auge einen Spaltbreit. Ein durchdringendes Licht fiel durch das Buntglasfenster der Kapelle. Gustav schlug die Augen richtig auf und lauschte. Der Lärm klang wie das Getrampel einer Menschenmenge. Der Priester setzte sich auf und wurde blaß.

Etwas schlug gegen die Tür. Der tiefe Laut hallte durch das Mittelschiff bis in die Kapelle hinein.

»Sie kommen, um mich zu holen«, flüsterte der vom Alter gezeichnete Mann und benutzte seine abgenutzte Flöte, um auf die Beine zu kommen. »Die Kinder haben etwas Schreckliches angerichtet, und nun...«

Wieder pochte es am Portal.

»Warum machen sie die verdammte Tür nicht einfach auf?« fragte sich Gustav laut. Er richtete sich auf, nahm die Kerze und ging in den Tempel. Der Saum seines verzierten Gewandes schleifte durch den Staub, während er den Kerzenstummel musterte. »Wachsverschwendung«, murmelte er.

Er erreichte die Tür in dem Augenblick, in dem die Schläge

erneut ertönten. Mit einem grimmigen Lächeln riß er den Riegel weg. Fünf schmutzige Männer stolperten über die Schwelle und stürzten. Draußen hatte sich eine Menschenmenge versammelt, deren Gesichter von Fackeln beleuchtet wurden. Da entdeckte Gustav ein vertrautes Gesicht. Es war Casimir, und er grinste breit.

»Wie versprochen habe ich Eurem Tempel neues Leben eingehaucht, Meister Gustav«, rief Casimir von seinem Platz auf den Schultern der Männer.

Der Priester starrte den Jungen, dessen Gesicht im Fackelschein blutüberströmt zu sein schien, mißtrauisch an. »Was erzählst du da für einen Unsinn, Junge?«

Casimir wedelte mit den Armen. »Diese Leute hier! Diese anständigen Leute hier sind Eure neue Gemeinde und die Erneuerer Eures Heiligtums! Sie haben genug Klagelieder gehört. Nun verlangt es sie nach Tanz!«

Die lächelnden Gesichter um Casimir herum bestätigten die unglaubliche Geschichte. Selbst die fünf Männer, die über die Schwelle gestolpert waren, strahlten.

»Sie sind nicht gekommen, um mich am nächsten Baum aufzuknüpfen?«

Alles lachte. Casimir rutschte von den Schultern der beiden stämmigen Bauern, die ihn getragen hatten, und wandte sich um.

»Hinter diesen Türen liegt das neue Herz unserer Stadt, der Tempel des Liedes! Er liegt verlassen da, und das schon seit langer Zeit. Doch in der heutigen Nacht erlebt er seine Wiedergeburt! Das Volk soll nicht länger mit verlangenden Blicken zur Festung des Meistersingers aufschauen, von dem Wunsch beseelt, die Lieder der Reichen hören zu dürfen. Nun wird jeder Mann und jede Frau an diesen Ort kommen und die Lieder selbst singen! Kommt und seht euch die Stätte eures Gottes an!«

Casimir drehte sich auf dem Absatz um und winkte allen zu, ihm zu folgen. Stolz überschritt er die Schwelle. Gustav sackte gegen die Wand; sein Herz schlug unregelmäßig und gequält. Die Bürger traten ein. Das Gescharre ihrer Füße hallte durch die Vorhalle, und das grelle Fackellicht zuckte über die Steinsäulen. Gustav folgte der Prozession in das Mittelschiff. Die auf und nieder tanzende Fackelreihe war schon zur Hälfte eingezogen.

»Was hat Casimir getan?« flüsterte Gustav ungläubig.

Die Menschen bildeten einen Kreis im Mittelschiff. Fröhliches Gelächter und ehrfurchtsvolles Raunen hallte durch den Tempel, der so lange von Stille erfüllt gewesen war. Das Gelächter steckte bald sogar Gustav an, und er schloß sich den Feiernden an. Schließlich war der Kreis aus Fackeln geschlossen. »Seht, ihr Menschen Harmonias, das Haus eures Glaubens!« rief Casimir. »Auch wenn es im Augenblick verfallen ist, wird es wieder im alten Glanz erstrahlen, um ein Ort nie endender Loblieder zu werden!«

Alles brach in Jubel aus. Der Begeisterungssturm hallte durch das gewaltige Gebäude, als würde der Tempel selbst zustimmen.

»So soll es festgelegt werden, in dieser meiner ersten Proklamation«, rief Casimir, »daß in fünf Tagen kein Mann der Arbeit nachgehen darf, sei es auf dem Feld, im Laden oder seiner Schatzkammer. Statt dessen werden sich alle mit Eimern und Hämmern und Putzlumpen an diesem Ort hier einfinden. Jeder Mann soll die Werkzeuge seines Handwerks mitbringen – der Kaufmann seine Stoffe und Glas, der Tischler seinen Hammer und seine Säge, der Schreiber sein Papier und seine Feder. Selbst euer Meistersinger wird kommen. Wir werden Hand in Hand arbeiten! Am letzten Tag jeder Woche werden wir arbeiten, bis das Heiligtum im alten Glanz erstrahlt!«

Begeisterte Zustimmung ertönte.

»So soll es sein! Und jetzt zum Haus des Meistersingers!«

Die Mauer um das Herrenhaus des Meistersingers funkelte matt im Mondlicht. Einige Bürger hatten sich bereits hier versammelt, ihre Fackeln leuchteten wie Sterne, und ihr Gemurmel durchbrach die Stille der Nacht. Die in den angrenzenden Häusern wohnenden Edelleute betrachteten die Szene mit wachsender Furcht. Die kräftige Stimme eines jungen Mannes verschaffte sich Gehör.

»Ich befehle dir noch einmal, zur Seite zu treten, Soldat. Ich bin jetzt dein Meistersinger!« befahl Casimir.

Der mit einer Glaive, einer Lanze mit schwertartiger Spitze, bewaffnete Mann blockierte stur den Eingang; er stand da wie ein menschliches Fallgatter. Sein stämmiger Körper wurde von einer Rüstung bekleidet, und seine niedrige Stirn verriet keinen Mangel an Entschlußkraft.

»Zurück, und zwar ihr alle«, knurrte er, »oder ihr landet im Kerker!«

Casimir musterte den menschlichen Rammbock von Kopf bis Fuß. »Zhone Clieous, der Werwolf, ist tot. Ich bin der neue Meistersinger.«

Die Gesichtszüge des Mannes verrieten Wut. Er schwang seine Waffe herum und richtete die Spitze auf den neuen Meistersinger. Casimir ließ die Hände unten und lächelte mit eiskaltem Selbstbewußtsein.

»Ich habe gerade einen Werwolf getötet. Willst du es wirklich mit mir aufnehmen?« fauchte er.

Bevor die Menge eingreifen konnte, drängte sich ein großer Mann nach vorn. Obwohl Casimir den Blick nicht von der Lanze nahm, wußte er anhand der klirrenden Rüstung, daß es sich um einen Soldaten handelte.

»Nimm die Glaive weg, du hirnloser Narr«, brüllte der Soldat. Die Wache senkte die Lanze mit einem Stirnrunzeln. »Erkennst du Clieous' Leute nicht?« fuhr der Soldat fort. »Siehst du unsere Helme nicht? Ich sage dir, Meistersinger Casimir spricht die Wahrheit: Clieous war ein Ungeheuer, und dieser junge Mann hat uns alle gerettet. Nun geh aus dem Weg, Bleihirn, oder ich reiße dir persönlich den Kopf ab!«

Die Wache trat mit einem präzisen Stechschritt beiseite. Casimir verbeugte sich herablassend und ging los. Der Soldat trat neben ihn und rief: »Hoch mit dem Tor!«

Eisenketten wickelten sich um eine Metallwinde. Langsam hob sich das Fallgatter. Casimir erreichte das Tor, bückte sich leicht vor und betrat den Tunnel. Die Bürger schlossen sich ihm an. Casimir sah dankbar zu der gewölbten Decke hoch: Das letzte Mal hatte er diesen Ort als blinder Passagier betreten, diesmal kam er als Hausherr.

Er klopfte dem neben ihm gehenden Soldaten auf den Brustpanzer. »Lauf voraus und informiere die Dienerschaft.«

Der Krieger sah Casimir einen Augenblick lang mit zusammengekniffenen Augen an. Dann nickte er und eilte voraus. Casimir drehte sich um und winkte ein paar vor Dreck starrende Jungen heran. »Ihr wißt doch, was eine Speisekammer ist, oder?«

Sie nickten ernst.

»Dann sucht sie. Dort werden große Fässer stehen. Nein... ihr seid zu klein für die Fässer. Dort werden auch riesige Käse und andere Speisen verwahrt. Bringt sie her!« Als die Jungen losliefen, griff sich Casimir einen kräftigen Bauern. »Folge ihnen in die Speisekammer und bring jedes Faß mit *Meekulbräu*, das du finden kannst.«

Die Augen des Bauern weiteten sich vor Unglauben, dann beeilte er sich, dem Befehl zu gehorchen.

Die vielen Menschen drängten sich in den prächtigen Garten des Meistersingers und gaben ihr Staunen und Entzükken durch laute Ausrufe kund. Von einem plötzlichen Freudentaumel erfaßt lief Casimir zum Brunnen, übersprang die Wasseroberfläche und kletterte die große Statue in der Mitte hinauf. Er winkte alle heran in einer Geste des Willkommens. »Kommt!« rief er. »Betretet diesen Ort, den ihr mit euren Händen erbaut und mit euren Steuern bezahlt habt! Setzt euch oder legt euch! Ruht euch aus. Der Garten gehört euch. Wein wird gebracht, und *Meekulbräu*, und der beste Käse Harmonias. Feiert meinen Sieg mit mir. Die Morgendämmerung wird für Harmonia eine neue Zeit bringen!«

Vereinzelter Jubel hallte durch den Garten, während die Leute umherspazierten. Es waren Arme und Reiche, Krieger und Bäcker, Gemüsehändler und Totengräber. Fässer voller *Meekulbräu* wurden in den Garten gerollt, und Jungen schleppten ganze Käse herbei. Casimir lachte und sprang mit einem Satz von dem Brunnen. Die Leute versammelten sich allmählich bei den Fässern, die angezapft wurden, und dem Käse, der aufgeschnitten wurde. Casimir knurrte der Magen. Er ging auf die aufgetafelten Speisen zu.

»Was hat das alles zu bedeuten?« ertönte eine vertraute Stimme.

Es war Julianna. Ihre Augen waren vom Schlaf verquollen, und sie hatte hastig einen Morgenmantel über das seidene Nachtgewand geworfen. Casimir lächelte und ging ihr wie ein junger Eroberer entgegen.

»Gebrochenes Herz!« keuchte sie. »Du mußt sofort gehen! Wenn dich mein Onkel...«

»Das reicht«, unterbrach Casimir sie. »Freust du dich nicht, mich zu sehen?«

»Natürlich freue ich mich«, sagte sie und rieb sich die Augen.

»Dann trink was mit mir«, erwiderte Casimir. Er legte einen Arm um ihre schlanke Taille und führte sie auf die angezapften Fässer zu. Als sie sich einen Weg durch die fröhlichen Zecher bahnten, kam Julianna die Sonderbarkeit dieser mitternächtlichen Feier erst richtig zu Bewußtsein. Sie blieb stehen und weigerte sich, noch einen Schritt weiterzugehen.

»Was hat das zu bedeuten?« fragte sie anklagend.

Casimir sah sie mit gespielter Ungläubigkeit an. Er zeigte auf einen Mann, der bei den Fässern stand. »Soll das heißen, du weißt es nicht?« Der dicke Mann drückte Casimir einen bis zum Rand mit *Meekulbräu* gefüllten Steinkrug in die Hand. Der junge Mann gab ihn an Julianna weiter.

»Ganz genau, das soll es«, erwiderte Julianna kurz angebunden.

»Was das zu bedeuten hat?« Casimir bekam einen eigenen Steinkrug und leerte ihn mit einem Zug. »Nun, am besten du trinkst einfach auf mein Wohl, wie alle hier!« Er ließ sich den Krug erneut füllen, nickte mit einem sardonischen Lächeln und stürzte das bittere, scharfe Gebräu hinunter.

Julianna sah ihn ernst an. Sie stellte ihren Krug auf einem in der Nähe stehenden Tisch ab. »Auf dein Wohl trinken? Warum?«

Das *Meekulbräu* verlieh Casimirs Augen einen glasigen Blick. »Tanz mit mir!«

»Tanzen?« Julianna stampfte mit dem Fuß auf. »Zu welcher Musik denn? Und aus welchem Anlaß?«

Casimir stellte seinen Krug ab und klatschte in die Hände. »Musik, ihr alle! Singt für die Erste Dame der Stadt!«

Julianna trat wütend einen Schritt vor und ergriff Casimir bei den Händen. Sie bemerkte sein verdrecktes Gewand und runzelte mißbilligend die Stirn. »Sieh dich doch bloß an! Dein Wams ist voller Schlamm!«

»Das ist nicht alles«, sagte Casimir grinsend und drehte sich ungelenk einmal um die eigene Achse, um den vertikalen Riß in Hemd und Wams zu zeigen. »Es hat auch ein Luftloch.«

Julianna packte ihn bei den Schultern und fixierte ihn mit einem unheilverkündenden Blick. »Das ist kein Schlamm. Das ist Blut. Sag mir, was geschehen ist.«

Casimir erwiderte den Blick; es kostete ihn eine gewaltige Anstrengung, ernst zu bleiben. »Dein Onkel war ein Werwolf.«

»Was?«

»Es ist die Wahrheit«, erwiderte Casimir. Er kniff die Lippen zusammen, um ein Rülpsen zu unterdrücken. »Er hat heute abend versucht, mich umzubringen.«

Sie ließ ihn los und wich vor ihm zurück. »Lüg mich nicht an, Gebrochenes Herz«, sagte sie, aber ihre zitternde Stimme strafte ihren scheinbaren Unglauben Lüge.

Der Mann am Zapfhahn nahm Julianna bei den Schultern, als sie gegen ihn stieß. »Er spricht die Wahrheit, meine Dame. Wir alle waren Zeuge, wie sich Clieous verwandelte und sich auf den jungen Burschen, äh, den Meistersinger stürzte. Natürlich braucht Ihr Euch keine Sorgen mehr machen. Meister Herz hat ihn zur Strecke gebracht.«

Die Verwirrung auf Juliannas Gesicht war mit jedem Wort größer geworden. Als der Mann zu Ende gesprochen hatte, riß sie sich von ihm los und lief auf eine der vielen Türen des Herrenhauses zu. Casimir sah ihr überrascht nach. Er eilte ihr hinterher, doch das *Meekulbräu* hatte seine Beine schwer gemacht. Julianna riß die Tür auf, schlüpfte geschwind ins Haus, und zog sie hinter sich zu. Casimir erreichte die Tür und fand sie unverschlossen vor. Er drückte die Messingklinke herunter und schritt vorsichtig über die Schwelle in die Halle.

Julianna war verschwunden.

Seufzend lehnte er sich mit der Schulter müde an den Türrahmen. Sie konnte in jedem Durchgang der labyrinthartigen Halle verschwunden sein. »Da werde ich wohl nach ihr suchen müssen«, murmelte er.

Schließlich fand er sie in einer kleinen, häßlichen Nische auf dem Dachboden, die an einer Seite von dem schräg abfallenden Dach begrenzt wurde und niemals richtig fertiggestellt worden war. Der Raum war derart mit Kisten vollgestellt und so verstaubt, daß Casimir sie zuerst nicht bemerkte. Doch während sich seine Augen an das Dämmerlicht gewöhnten, hörte er das Schluchzen.

»Julianna, ich bin es«, sagte Casimir, und in seiner Stimme lag Besorgnis. »Ich will dir nichts tun.«

Sie erwiderte nichts, von dem leisen Schluchzen einmal abgesehen. Casimir umrundete einen Kistenstapel und fand sie. Sie hockte auf dem Boden und lehnte an einer Wand aus staubigen Latten und Verputz. Mondlicht drang durch einen Spalt zwischen den Dachschindeln und fiel auf ihre zusammengekauerte Gestalt. Casimir kniete neben ihr nieder und legte zärtlich seinen Arm um ihre Schulter.

»Es tut mir leid«, sagte er.

Sie wollte etwas antworten, doch es gelang ihr nicht; in unregelmäßigen Abständen aufsteigende Schluchzer begruben die Worte unter sich. Casimir wartete geduldig, zufrieden, sie im Arm zu halten. »Dann... dann ist er also tot?« fragte sie schließlich.

»Es tut mir leid«, wiederholte Casimir.

Julianna schüttelte den Kopf. »Ich habe Werwölfe immer für Sagengestalten gehalten... für Jägerlatein.«

»Wie ich mir wünsche, daß dem so wäre«, erwiderte Casimir ehrlich. Er veränderte seine unbequeme Stellung und setzte sich neben sie, ließ sie aber nicht los. Er vergaß seine Wunden und fühlte nur noch Juliannas Wärme.

»Jemanden gekannt zu haben... der ein... Wenn ich zurückdenke, fallen mir Anzeichen ein«, dachte sie laut. »Die Flecken auf seinen Gewändern müssen Blut gewesen sein... Er heilte stets so schnell... Er hatte so geschliffene Manieren, doch war dabei zynisch und wild...«

Casimir wurde blaß. Mit diesen Worten hätte sie genausogut auch ihn beschreiben können. Er drückte sie fester an sich.

»...selbst wenn ich es gewußt hätte«, fuhr sie tränenerstickt fort, »selbst wenn ich die Anzeichen richtig gedeutet hätte, wäre es mir doch unmöglich gewesen...« Sie sah Casimir traurig an. »Ich habe meinen Onkel geliebt, Gebrochenes Herz. Trotz seiner Fehler... und dieser... abscheulichen... Ich habe ihn geliebt. Doch wenn er ein Ungeheuer war...«

Casimir hatte das Gefühl, ein um die Brust gelegtes Eisenband würde ihm die Luft abschnüren. »Gebrochenes Herz ist bloß ein Bühnenname. Mein richtiger Name ist Casimir.«

Juliannas tränenüberströmtes Gesicht hellte sich auf. »Casimir...?«

Trotz seiner Sorge mußte er lächeln.

»Casimir... ein hübscher Name«, sagte sie und formte ihn noch einmal lautlos mit den Lippen nach, um zu sehen, wie es sich anfühlte. »Wie konnte es dir gelingen, einen Werwolf zu töten, Casimir?«

Ein Kloß bildete sich in seinem Hals. Ja, Casimir, dachte er, wie konnte es dir gelingen, einen Werwolf zu töten? »Werwölfe haben Schwächen«, antwortete er wenig überzeugend.

»Oh, ich will die blutigen Einzelheiten gar nicht erfahren«, sagte sie mit einer müden Gleichgültigkeit. »Ich wüßte nur gern, wie du diesen Kampf überleben konntest.«

Das Eisenband wurde noch enger. »Bei deinen Worten gewinnt man den Eindruck, ich hätte keine Verletzungen davongetragen, doch du mußt wissen, daß dem nicht so ist«, sagte er und hielt den Arm ins Mondlicht, um die Schrammen zu zeigen.

Julianna keuchte erschrocken auf. »Es wird erzählt, es wäre ansteckend – Lykanthropie, meine ich«, sagte sie besorgt und sprang auf. »Man behauptet, der Fluch würde im Blut liegen. Falls sich sein Blut mit dem deinen vermischt haben sollte...«

Sie sprach den Satz nicht zu Ende, zerrte Casimir hoch und aus dem schmalen Dachboden hinaus. Sie eilten durch die gewundenen Korridore des Herrenhauses und bogen um zahllose Ecken. Schließlich liefen sie eine kurze Treppe hinunter und gelangten zu einem kleinen Zimmer. Julianna nahm eine Laterne von der Wand und sagte: »Wir müssen diese Wunden unbedingt sauber bekommen.«

Sie betrat das Zimmer und zog ihn mit sich. Die mit dunkelroten Tapeten versehenen Wände waren mit tiefen Regalen, kopfhohen Kommoden mit weißen Porzellanknöpfen an den Schubladen und Arbeitsplatten vollgestellt. Das Licht der Laterne spiegelte sich auf den zahllosen Gläsern, die auf den Regalbrettern standen. Die Arbeitsplatten waren voller seltsamer Gerätschaften aus Keramik und angelaufenem Messing. In der Mitte des Raumes stand ein kleiner, stabiler Tisch. Ein mit Flecken übersäter Teppich bedeckte den kalten Steinboden. In einer Ecke gab es eine seltsame, von der Form an ein Faß erinnernde Eisenkonstruktion, die zur Hälfte aus einer Ziegelsäule herausragte.

»Wo sind wir denn hier gelandet?« fragte Casimir. »War dein Onkel etwa auch ein Hexenmeister?«

Julianna lächelte. »Nein. Das ist das Zimmer des Heilers. Es gehört Richter, dem Alchemisten«, erklärte sie, während sie Casimir zu dem Tisch führte und ihn darauf Platz nehmen ließ.

»Alchemist?« wiederholte Casimir mit wachsendem Mißtrauen.

»Ja«, sagte Julianna und fachte in dem seltsamen Eisenfaß ein Feuer an. »Alchemisten glauben, daß Stücke getrockneter Pflanzen oder von Tieren dabei helfen können, Menschen die Gesundheit zurückzugeben. Sie sind keine richtigen Heiler, so wie Priester, aber mein Onkel brachte Priestern wenig Vertrauen entgegen.« Casimir hatte sich auf den Tisch gesetzt und lächelte nervös. Julianna entzündete noch ein paar Lampen und wandte sich ihm dann zu. »Keine Sorge. Ich will nur deine Wunden auswaschen und verbinden.« Sie wurde übergangslos ernst. »Wir müssen sichergehen, daß du nichts von dem bösen Blut mitbekommen hast. Beim nächsten Vollmond werden wir auf dich aufpassen müssen.« Sie kramte noch einen Moment in den Regalen herum. »Vielleicht müssen wir dich sogar anketten«, fügte sie neckend hinzu.

Casimir lachte, doch im Inneren verspürte er einen Stich. Julianna goß Wasser in einen Kessel und setzte ihn auf die ebene Oberfläche des Eisenfasses. Dann trat sie vor ihn. »Wo bist du denn verwundet?«

»An den Armen und auf dem Rücken.«

»Ich muß es mir ansehen«, sagte Julianna und zog das kaputte Hemd behutsam von Casimirs Schulter. Ihre warmen Finger zeichneten die fünf langen Kratzer nach, die vom Schulterblatt bis zum Hüftknochen gingen. Mit der freien Hand hob sie die Laterne, um mehr Licht zu haben.

»Obwohl es stark geblutet hat, scheinen die Wunden seltsam oberflächlich zu sein.«

Casimir spürte wieder einen Stich. Natürlich sind die Wunden oberflächlich. Als ich mich zurückverwandelt habe, sind sie zur Hälfte zugeheilt, dachte er. Ich muß sie ablenken. »Was soll ich deiner Meinung nach mit meinem Reich machen?«

Julianna sah nicht von ihrer Arbeit auf. »Wovon spricht du?«

»Nun, als erstes muß ich ein neues Armenhaus bauen«, erklärte er. »Und ich habe Milil bereits zur Staatsreligion erklärt.«

»Oh«, sagte Julianna mit den Gedanken woanders. »Du überlegst, welche Verbesserungen du machen solltest?« Sie wandte sich ab und holte eine flache Schüssel, die sie hinter Casimir auf den Tisch stellte. Dann nahm sie den Kessel und schüttete Wasser in die Schüssel. Casimir seufzte, als der heiße Dampf über seinen Rücken fuhr.

»Ja«, erwiderte er. »Wie zum Beispiel kann ich den Armen helfen?«

Julianna hob einen dampfenden Lappen. »Gute Frage«, meinte sie. »Ich würde es nicht einmal meinem Hund zumuten, in Harmonias Armenviertel leben zu müssen.«

»Hmm«, machte Casimir und setzte sich plötzlich aufrechter hin. »Ich glaube, ich habe eine Idee. Wir werden den Armen mit Gesang helfen!«

»Was?«

»Ja, was würde passieren, wenn ich anordnen würde, daß das Erntedankfest in diesem Jahr nicht in der Gegend zwischen dem Amphitheater und der Sängerhalle stattfindet, sondern in den Straßen des Armenviertels?«

Der kochendheiße Lappen löste sich plötzlich von Casimirs Rücken. Julianna stellte sich vor ihn. »Wer würde ausgerechnet da feiern wollen?«

»Genau«, erwiderte Casimir mit einem Lächeln. »Mittels einer Verlautbarung werde ich das Armenviertel vierteln oder sechsteln – das wird sich nach der Zahl der Stadtteilvorsteher richten – und jedem den Befehl geben, daß er seine Straßen für das Fest auf Vordermann bringen muß! Vor dem Erntedankfest werde ich alles inspizieren und für jedes zerbrochene Fenster und jeden Abfallhaufen, den ich entdeckte, Strafen auferlegen.«

Julianna lächelte. »Es wird Laternenpfosten und Zäune, ordentliche Türen mit vernünftigen Türangeln und weiß getünchte Wände geben.«

»Sie werden die Ratten jagen, den Abfall verbrennen, saubere Kleidungsstücke verteilen und den Kot auf Wagen schaufeln und auf die Felder bringen.«

»Ja«, erwiderte Julianna aufgeregt, »doch wie können wir die Ratten nach dem Fest fernhalten? Und wie können wir den Menschen beibringen, auf Sauberkeit zu achten und ihre Häuser in Ordnung zu halten?«

»Du hast gesagt ›wir‹, nicht wahr?« fragte Casimir und sah ihr tief in die Augen. Julianna gab keine Antwort, ergriff Casimirs verwundeten Arm und wusch die Kratzer aus. Schließlich sagte sie: »Als ich dich kennengelernt habe, Casimir, warst du berechnend und schlagfertig und stark.« Sie hielt inne und erwiderte seinen Blick. »Doch nun scheinst du auch noch gütig zu sein.«

»Meister Casimir«, sagte ein Page.

»Was?« rief Casimir erschrocken aus und schoß senkrecht in die Höhe. Er lag im Federbett des Meistersingers. Die nachmittägliche Sonne schien hell durch das Schlafzimmerfenster. In seinem Kopf wirbelten Traumfetzen.

»Meister Casimir«, wiederholte der Page von der Tür aus. »Es sind einige Advokaten gekommen, die Euch sprechen möchten.«

»Was?« fragte Casimir und rieb sich die Augen.

»Advo... Rechtsgelehrte.«

Casimir ließ sich auf den weichen Kissenstapel zurückfallen und zog sich die dicke Decke bis zum Hals. »Was wollen sie?«

»Sie haben eine Liste dringender Angelegenheiten«, sagte der Junge.

»Wenn sie mich nicht nackt sehen wollen«, seufzte Casimir resigniert, »werden sie warten müssen, bis ich mich angekleidet habe.«

»Ich werde es ihnen ausrichten, Herr, und jemanden entsenden, der Euch ankleidet.«

Casimirs Blick verfinsterte sich. »Ich habe sechzehn Jahre lang keine Hilfe beim Anziehen gebraucht, und ich bezweifle, daß ich jetzt welche brauche.«

»Aber Meister Clieous...«

»Mir ist ziemlich egal, was Meister Clieous getan hat. Und nun geh.«

Der Page gehorchte wortlos. Casimir seufzte und richtete den Blick träge am Rand des Baldachins vorbei auf die kunstvollen Stuckverzierungen an der Decke. »Das ist wirklich anders, als im *Roten Portal* aufzuwachen«, meinte er. »Stuck an der Decke und Advokaten in der Halle.« Er legte die steifen Finger um die mit Schnitzereien versehenen Bettpfosten und reckte sich müde. Unter den Verbänden spannten sich die Muskeln. Unwillkürlich mußte Casimir lächeln, als er an Julianna und die vergangene Nacht denken mußte.

Er setzte sich wieder auf und schwang die Beine über die Bettkante. Wo steckt eigentlich Thoris, fragte er sich plötzlich. Was ist mit ihm passiert? War er in der Menge? Nein. Dann hätte er sich bemerkbar gemacht. Vielleicht war er ja zum Tempel zurückgekehrt. Casimir stand auf. Er mußte sofort zum Tempel.

Die Advokaten.

Er ließ die Schultern hängen. »Als Meistersinger sollte ich sie wohl anhören.« Er öffnete die Tür zum Ankleidezimmer.

Noch nie zuvor hatten ihn Kleidungsstücke schwindelig gemacht. Doch als er jetzt ungläubig auf die riesige Ansammlung seltsamster Gewänder starrte, wünschte er sich, jemand *würde* kommen, um ihn anzuziehen.

Der neue Meistersinger schritt die Stufen herab. Er trug eine rote Kapuze, ein gelbes Wams und einen orangefarbenen, kurzen Mantel. Die Schöße des Mantels wurden von einem ledernen Hüftgürtel gehalten. Darunter trug er weite Kniebundhosen mit Strümpfen, die beinahe dazu paßten. Schwarze Reitstiefel ragten bis zum Wadenansatz, und bei jedem Schritt klirrten Sporen auf den Steinboden.

Er polterte wichtigtuerisch in das mit Bücherregalen übersäte Arbeitszimmer, in dem die Rechtsgelehrten warteten. Als Casimir eintrat, erhoben sich alle von ihren Plätzen. Er ließ sich mit despotischem Gehabe auf einen Stuhl fallen und sagte: »Worum geht's?«

Der am würdevollsten aussehende der drei Männer verbeugte sich mit anmutigem Ernst und sagte: »Meister Casimir, man nennt mit Ausler.«

»Und ich bin Schelzen«, sagte der Zweite.

»Und ich heiße Machen«, sagte der Dritte.

»Ja, ja«, seufzte Casimir. »Was wollt ihr?«

»Heute nachmittag müssen eine Reihe dringender Angelegenheiten erledigt werden, Meistersinger«, sagte Ausler.

»Die wären ...?« Casimir machte eine ungeduldige Geste.

»Da wäre erst einmal Eure Übernahme der Herrschaft. Dann ist da die Bestattung des von uns gegangenen Meistersingers. Außerdem wäre da das Testament.«

»Was die Übernahme angeht, so ist sie durch das Gesetz legitimiert. Ich habe in dem Wettstreit den Platz hinter Clieous eingenommen, der nun tot ist.«

Ausler lächelte zögernd. »Das ist uns klar. Trotzdem müßt Ihr zugeben, daß, betrachtet man die Geschichte Harmonias, Euer Aufstieg irregulär – nein, sogar einzigartig ist. Zwanzig

Jahre lang hat ein Mann Harmonia beherrscht. Der Tod dieses Mannes und Eure irreguläre Amtsübernahme hat dazu geführt, daß Euer Herrschaftsanspruch in den Augen der Adligen auf wackligen Beinen steht.«

»Was ist wichtiger, Adlige oder das Gesetz?« fragte Casimir.

»Natürlich das Gesetz, aber...«

»Und was sagt das Gesetz über den Tod des Meistersingers?«

»Daß sein Amt an denjenigen übergeht, der beim Wettstreit den zweiten Platz belegt hat...«

»Genau«, sagte Casimir kurz und knapp. »Ich weiß das, Ihr wißt dies, und die Adligen ebenfalls.«

»Bitte vergebt mir«, mischte sich Machen ein, »doch wir sprechen hier nicht über das Gesetz, sondern über die Macht. In Harmonia haben Gesetze keine Gültigkeit, wenn die Einflußreichen unter den Bürgern sie nicht unterstützen. Und was für das Gesetz gilt, gilt erst recht für den Meistersinger.«

»Eure Aufgabe ist es, sich um die Gesetze zu kümmern«, erwiderte Casimir. »Ich bin für die Macht zuständig. Verstanden? Nun, weiter zur Bestattung. Schelzen, steht Ihr in meinen Diensten?«

»Ja, Meistersinger.«

»Dann arrangiert bitte ein angemessenes Ehrenbegräbnis und sagt mir, wann es stattfindet«, sagte Casimir. »Ich möchte die Bestattung keinesfalls versäumen«, fügte er mit einem seltsamen Lächeln hinzu.

»Ja, Herr.«

»Und abschließend wäre da noch die Sache mit dem Testament.«

»Ich habe es hier«, meinte Machen eifrig, zog eine merkwürdig zerknitterte Schriftrolle aus dem Gewand und reichte sie dem Meistersinger.

Casimir winkte ab. »Lest es mir vor.«

Machen sah ihn erstaunt an, dann entrollte er das knisternde Papier. Er schwieg und widmete Casimir einen merkwürdigen Blick. »Das Dokument ist sehr lang.«

»Dann beantwortet nur ein paar meiner Fragen. Wie viele der in diesem Haus enthaltenen Möbel gehörten Zhone Clieous?«

»Alle«, erwiderte der Advokat trocken.

Die Antwort schien Casimir nicht zu überraschen. »Spricht das Testament dem engeren Familienkreis etwas zu?«

»Der Meistersinger hatte keine Familie«, sagte Machen.

»Natürlich hatte er...«, fing Casimir an, verstummte dann aber. Die Leute würden garantiert auf die Idee kommen, daß der Sohn eines Werwolfs mit ziemlicher Sicherheit ebenfalls ein Werwolf war. »Nun, also, wird an irgendeiner Stelle etwas benannt, das im Haus verbleiben soll?«

»Nein.«

»Hmm«, erwiderte Casimir und durchdachte die verzwickte Angelegenheit. »Ich werde das Testament für ungültig erklären lassen müssen«, verkündete er schließlich.

»Das könnt Ihr nicht tun, Herr«, protestierte Machen vorsichtig. »Der letzte Wille eines freien Bürgers – wenn er diesen Status in Übereinstimmung mit den Gesetzen nachweisen kann – kann von keiner Person oder Institution für nichtig erklärt werden.«

»Ausler, sagt mir: Habe ich als Meistersinger das Recht, einen Mann als vogelfrei zu erklären?«

»Nun, das schon, aber...«

»Dann war Zhone Clieous vogelfrei«, sagte Casimir. »Er wurde der mutwilligen Zerstörung des Armenhauses und des Mordes all jener, die darin umgekommen sind, für schuldig befunden. Nun, Machen, hat ein Vogelfreier das Recht, ein Testament zu hinterlassen?«

»Nein«, erwiderte Machen und rollte das Testament entmutigt wieder zusammen. »Allerdings hat er auch keinen Anspruch auf ein Ehrenbegräbnis mit allem, was dazugehört.«

»Ganz genau«, nickte Casimir. »Schelzen, streicht das mit dem Begräbnis. Laßt Zhone Clieous in einem Massengrab zusammen mit den Armen verscharren.« Er blickte sich zufrieden um. Keiner der Advokaten wagte zu widersprechen. »Liegt sonst noch etwas an?«

Machen meldete sich zögernd zu Wort. »Nun, da wäre noch zu klären, was hiermit geschehen soll.« Er hielt das zusammengerollte Testament schräg, und ein kleiner Dolch rutschte aus der Mitte. »Das Testament war um diesen Dolch gewickelt. Ich werde diese Schriftrolle verbrennen, da der letzte Wille ja nun für nichtig erklärt worden ist, doch ich bezweifle, daß das Messer brennen wird.« Er reichte Casimir den Dolch mit dem Griff zuerst.

Die Klinge bestand unverkennbar aus Silber. »Was ist das?«

Machen entrollte das Testament wieder. »Am unteren Rand steht eine rätselhafte Nachricht. Mal sehen. Ah, hier ist sie ja. *Und falls mein Sohn noch lebt, ist der beigelegte Dolch für ihn bestimmt. Möge er ihn weise benutzen.*«

Casimir gab dem Advokaten den Dolch mit unbeweglicher Miene zurück. »Begrabt Clieous mit dieser Klinge im Herzen.«

Später an diesem Tag ging Casimir, nachdem er einen Diener herbeizitiert hatte, der ihm zeigen mußte, wie man sich richtig ankleidet, zum Tempel. Er hatte gehofft, Thoris dort zu finden, traf aber nur Gustav an. Danach durchstöberte er das Amphitheater und das *Kristallhaus*, wo die Lehrburschen der Sängerhalle nach den schrecklichen Geschehnissen der vergangenen Nacht sauber machten. Von Thoris fehlte jede Spur. Schließlich ging er die Straßen ab und befragte jeden Vorbeigehenden. Wo auch immer er hinkam, zeigten die Leute auf ihn und flüsterten: »Das ist er – unser neuer Meistersinger.« Die Armen sagten es voller Ehrfurcht, die Reichen voller Entsetzen. Aber keiner blieb stumm. Jedermann kannte ihn, doch niemand hatte Thoris gesehen.

Die Nacht brach herein, und Casimir hatte noch immer keinen Hinweis auf den Aufenthaltsort seines Freundes gefunden.

»Er muß irgendwo hier sein«, dachte Casimir laut, als er durch das Armenviertel ging. Als es dunkler wurde, sah er zu dem erhabenen Mond hinauf. Er war groß und rund und verführerisch, und er weckte in Casimir das Verlangen.

»Ich habe Hunger«, murmelte er, die Worte kamen ungebeten über seine Lippen. Vielleicht gelingt es mir, mich nur soweit zu verwandeln, daß ich Thoris' Witterung aufnehmen kann. Gerade weit genug, um alle Sinne zu schärfen, doch nicht soweit, daß ich mein Äußeres verändere.

Unter dem unerbittlichen Einfluß des Mondes nahm die herrliche Verwandlung ihren Anfang. Casimir sog schnuppernd den Wind ein. Er war übervoll mit exotischen Gerüchen: das stinkende Heideland, der furchtsame Hase, die würzig riechenden Kiefern, das aufgewühlte Wasser. Aus allen Himmelsrichtungen trieben Düfte heran. Doch Thoris' Geruch befand sich nicht unter ihnen. Seine Verwandlung ging einen Schritt weiter. Schwache menschliche Sehkraft wich dem scharfen Augenlicht des Wolfes. Der Wind, der eben noch kaum zu hören gewesen war, flüsterte mit tausend Stimmen in sein Ohr. Die Verwandlung erreichte Casimirs Bewußtsein und erweckte die ungestümen Begierden – Hunger, Lust und Haß.

Blut.

Als Casimir wieder einen klaren Gedanken fassen konnte, stand er fressend über eine Leiche gebeugt. Der Tote lag mit weit aufgerissenen Augen in einem Bretterverschlag am Rand des Armenviertels. Casimir wich vor der zerfleischten Leiche zurück. Sein Gesicht, das wieder menschliche Züge angenommen hatte, verriet nacktes Entsetzen. Hände und Kleidung waren blutgetränkt. Er hatte sich nicht einmal ausgezogen, bevor er seine Werwolfsgestalt angenommen hatte. Er spuckte eine Mundvoll Blut aus.

Dann roch er etwas, das ihm einen Schauder über den Rükken jagte.

Thoris!

Er wandte sich von dem Toten ab und eilte ins Armenviertel. Innerhalb kürzester Zeit hatte er seinen Freund zwischen einer Reihe von Hütten aufgespürt. Thoris saß aufrecht an einer Holzwand, die Augen geschlossen, das Gesicht von Schlägen schwarz und blau verfärbt. Casimir kniete nieder und berührte ihn; seine Haut war eiskalt. Das Holzschwert, das immer unter dem als Gürtel dienenden Strick gesteckt hatte, war verschwunden. Casimir schüttelte ihn.

Thoris rührte sich nicht.

»Nein!« stieß Casimir atemlos hervor. Er nahm Thoris in die Arme. »Wach auf. Du mußt aufwachen!« befahl er durch die zusammengebissenen Zähne. Er hob die Hand, um ihn auf die Wange zu schlagen, hielt dann aber inne, als er gerade rechtzeitig die rasiermesserscharfen Krallen bemerkte, die noch immer aus seinen Fingerspitzen ausgefahren waren. Er senkte die Hand und ballte sie zur Faust. »Das ist allein meine Schuld, nicht wahr?« flüsterte er.

Er setzte sich auf die Fersen und starrte in den sternenübersäten Himmel. »O mein Freund«, sagte er traurig, »wenn Clieous bei den Armen begraben wird, sollst du bei den vornehmen Herren deine letzte Ruhe finden.«

9

Während Casimir neben der Hütte kniete und Thoris' leblosen Körper in den Armen hielt, spürte er plötzlich, wie sein Freund kaum wahrnehmbar erbebte. Ungläubig legte er dem Jungen die flache Hand auf die Brust. »Sein Herz schlägt«, sagte er aufgeregt, »doch wie lange noch?« Er packte ihn fester und stand auf.

»Ich habe alles mitangesehen«, ertönte eine heisere Stimme hinter Casimir. Er sah über die Schulter und erblickte einen hinfälligen alten Mann, dessen knochiger Körper mit Lumpen bekleidet war. »Er kam letzte Nacht angeschlichen, mit leerem, starrem Blick, murmelte ununterbrochen was über Ungeheuer. Die drei Diebe sehen sein Gewand und stürzen sich auf ihn, denken, er hat Geld. Er hat sich nicht gewehrt, kein bißchen.«

Casimir nickte wortlos und zwängte sich an dem Greis vorbei. Er lief zur Straße, in Richtung Herrenhaus. »Als sie merken, daß er nichts hat, schlagen sie nur noch härter zu«, rief der Mann ihm hinterher. »Ich würde sie wiedererkennen... für einen Preis!«

Da war Casimir bereits weg.

Thoris' zerschlagener Körper lag bewegungslos auf dem Tisch im Raum des Heilers, während sich um ihn herum alles hektisch bewegte. Julianna eilte hierhin und dorthin, entzündete Lampen und entfachte ein Feuer in dem seltsamen Eisenfaß. Richter, der Alchemist und Heiler, schritt die Regale ab und nickte immer wieder, während er die Gläser betrachtete. Gelegentlich öffnete er eins und roch an dem Inhalt. Dann ging er weiter und lud sich dabei Gläser unter den knochigen Arm.

Nur Casimir war still. Er stand in einer dunklen Ecke und schien das alles überhaupt nicht wahrzunehmen. Sein fiebriger Blick konzentrierte sich allein auf Thoris. Der Freund atmete schwach – doch wie lange noch?

Richter blieb schließlich in einer anderen Ecke stehen und warf übelriechende Kräuter in eine Schüssel mit kochendem Wasser. Die Flüssigkeit nahm einen giftig aussehenden orangeroten Ton an, in dem sich seine Finger färbten. Richter drehte sich um und verteilte den dampfenden Brei dick auf Thoris' Brust. Er bemühte sich, keinen Zentimeter unbedeckt zu lassen. Das rote Gebräu bildete einen scharfen Gegensatz zu der mit Abschürfungen übersäten leichenblassen Haut des Jungen. Als der Brei aufgetragen war, trat Richter zurück und hielt die rot verfärbten Finger in die Höhe. Dann nahm er die leblos daliegenden Arme des Jungen, hob sie hoch und senkte sie wieder.

Casimir sah der Prozedur mit Schweigen zu. Er blickte nicht einmal zur Seite, als Richter seine anderen seltsamen Riten ausführte: den Freund zur Ader zu lassen, ihn zu verbrennen, ihm Blutegel anzulegen. Stunden vergingen. Keine Veränderung machte sich bemerkbar, weder zum Schlechten noch zum Guten. Schließlich nahm Richter die Blutegel wieder weg, wusch sich die Hände und verband die Wunden.

»Das war es?« fragte Casimir ärgerlich und rückte von der Wand ab.

»Komm, Casimir«, sagte Julianna. Sie nahm ihn beim Arm und steuerte ihn an dem sich zusammenduckenden Alchemisten vorbei. »Wir wollen Thoris zu Bett bringen und dann selbst etwas schlafen.«

Casimir wandte sich erschöpft von dem Alchemisten ab,

hob den verbundenen und rotbeschmierten Thoris auf die Arme und folgte Julianna. Sie führte ihn in ein bescheiden möbliertes Schlafzimmer und schlug die Bettdecke beiseite. Casimir brachte Thoris' eiskalte Gliedmaßen in eine bequeme Lage und deckte ihn dann zu.

Juliannas Hand lag warm auf seiner Schulter. »Mehr können wir nicht für ihn tun.« Sie zog die Hand weg und ging zur Tür. »Laß ihn schlafen.«

Casimir nickte abwesend und ließ sich in einen hochlehnigen Stuhl sinken. Er ließ Thoris nicht aus den Augen.

Julianna seufzte. »Casimir, du brauchst Schlaf. Morgen bist du wieder der Meistersinger von Harmonia.«

»Soll doch Harmonia ohne mich zurechtkommen«, murmelte Casimir verbittert.

»Die Stadt braucht dich.«

Er sah sie an. Seine Augen lagen tief in ihren Höhlen. »Und ich brauche ihn.«

Die Morgensonne fiel auf Casimir, der noch immer wach im Stuhl saß. Anscheinend hatte der Schlaf Thoris gutgetan. Verbrannt, geschlagen und fast verhungert gab sein Herz dennoch nicht auf. Julianna hatte in der Frühe einmal nach dem Rechten gesehen, aber der blasse Meistersinger hatte sie nicht beachtet. Der Page, der die Advokaten und Bittsteller angekündigt hatte, hatte da schon mehr Erfolg: Casimir warf einen Schuh nach ihm.

Gegen Mittag trafen keine Botschaften mehr ein.

Gegen Nachmittag war Casimir eingeschlafen.

»Ihr habt noch viel zu lernen«, sagte eine tiefe Stimme, die Casimir wie im Traum wahrnahm. »Und der Schlaf ist nicht der beste Lehrer.«

Eine Hand legte sich auf Casimirs Schulter und rüttelte

ihn. Er begriff plötzlich, daß er eingeschlafen war und schreckte hoch. Ein Stirnrunzeln verriet, wie unzufrieden er mit sich war. Die Hand auf der Schulter ignorierend, sah er zu Thoris herüber. Der Freund schlief noch immer. Auf der Welt war es wieder dunkel geworden. Die offenen Fenster gaben den Blick auf die samtige Nacht frei. Ein kühler Luftzug drang herein.

Die Hand verließ Casimirs Schulter. Eine Kerze wurde um den hochlehnigen Stuhl geschwenkt, und ihr greller Schein brachte den Meistersinger zum Blinzeln. In dem hellen Glanz sah er einen Mann, der ein Monokel trug.

»Meister Lukas!« stieß Casimir hervor.

Der Barde stellte die Kerze auf einen Tisch ab, und das Licht zauberte unheilvolle Schatten auf sein Gesicht. Seine Lippen verzogen sich zu einem verzerrten Lächeln, als er sich auf Thoris' Bett setzte. Sein durchdringender Blick richtete sich auf den Meistersinger.

»Nicht Meister Lukas... Nenn mich Harkon... wenn wir unter uns sind... das Privileg eines Schülers.«

»Schüler haben Lehrer«, murmelte Casimir schläfrig, »und Lehrer werden eingestellt. Wer hat dich gerufen, Lukas?«

»Die Bürger Harmonias, die einen Herrscher wollen«, erwiderte Lukas mit heiterer Bosheit. »Statt dessen haben sie ein Kind bekommen, das im Herrenhaus residiert.«

»Alle Herrscher sind Kinder – ungeduldige Kinder. Du darfst gehen!«

Harkon nahm das Monokel aus dem Auge und polierte es in Gedanken versunken mit dem Taschentuch. »Ich habe dich nach deiner Niederlage beim Wettstreit zu früh verlassen. Ich war zu voreilig, wie der von dir durchgeführte Sturz Zhone Clieous' mitsamt seiner Herrschaft bewiesen hat. Doch jetzt werde ich dich nicht im Stich lassen, obwohl du dich als ein ziemlich erbärmlicher Herrscher entpuppst.«

Casimir rutschte bis zur Stuhlkante vor. Er erwiderte Harkons Blick, und seine Stimme verwandelte sich in ein Knurren. »Ich habe meine Herrschaft gesichert, eine Staatsreligion eingesetzt, Clieous' Besitztümer übernommen, ihn zum Verbrecher erklärt und ein Armenbegräbnis für ihn angeordnet, und das alles in nur zwei Tagen. Ich würde das keineswegs als erbärmlich bezeichnen.«

Wo sonst das Monokel saß, zeigte sich nun ein tief eingegrabener Ring um Harkons Auge. Er befestigte das Glas wieder an Ort und Stelle, und seine Lider senkten sich skeptisch. »In nur zwei Tagen hast du die Sängerhalle und die Adligen in Wut versetzt, das Volk in Verwirrung gestürzt, deine Pflichten ignoriert, und« – er deutete auf Thoris – »deinen besten Freund dem Tod überlassen.«

Casimir knirschte mit den Zähnen. »Ich habe lange nach ihm gesucht und bin von dem Moment an, an dem ich ihn gefunden habe, nicht mehr von seiner Seite gewichen! Und die Sängerhalle und die Reichen sind mir gleichgültig. Verglichen mit den Hunderten von Armen sind sie nicht mehr als eine kleine Schar verwöhnter Menschen.«

»Die Reichen sind alles, du Narr! Du mußt noch viel lernen, Casimir«, sagte Lukas müde. »Casimir ist doch richtig, oder?«

»Welches Recht hast du, ein einfacher Barde, mich belehren zu wollen?«

»Dumme Männer wählen ihre Lehrer anhand deren Referenzen«, erwiderte Lukas ruhig. »Kluge Männer hingegen wählen ihre Lehrer anhand des Wissens, das sie vermitteln können.« Der Barde erhob sich und setzte den Hut auf. »Komm mit. Du kannst genausogut jetzt mit deinen Lektionen anfangen.«

Casimir ließ sich in seinen Stuhl zurücksinken. »Ich lasse Thoris nicht allein.«

»Du willst nicht mitgehen, aber schlafen willst du?« erwiderte Lukas kalt. Casimir verschränkte die Arme über der Brust und sah zur Seite. »Er wird in dieser Nacht nicht aufwachen, Casimir«, sagte Lukas, und plötzlich war jede Bosheit aus seiner Stimme verschwunden. »Das kann ich dir versichern. Und sollte er morgen aufwachen und das Volk hat sich erhoben, wird er alles verloren haben.«

»Ein Aufstand?« fragte Casimir und setzte sich kerzengerade auf.

»Du mußt noch viel lernen. Begleite mich.«

Casimir warf der gleichmäßig atmenden Gestalt Thoris' einen letzten Blick zu und erhob sich aus dem hochlehnigen Stuhl.

»Die Gesindevorsteherin hat auf meine Anordnung hin deine Stiefel und den Umhang schon bereitgelegt«, sagte Lukas.

Im Gegensatz zu der schwülen Luft des Herrenhauses war die Luft in den Wäldern nordöstlich Harmonias trocken. Die breitblättrigen Bäume bildeten ein dichtes grünes Dach über dem hochgewachsenen Barden und seinem jungen Schüler, als sie den Wildpfad entlangschritten. Harkon Lukas hatte die Führung übernommen, seltsamerweise blieb sein breitkrempiger Hut dabei nirgendwo in dem dichten Unterholz hängen. Casimir trat in seine Fußstapfen und beobachtete ihn neugierig. Der Mann bewegte sich in dem finsteren Wald mit sicherem Schritt und schien auch keine Angst vor den Bestien der Nacht zu haben. Jedermann in Harmonia kannte die Geschichten von den Werwölfen, die die Wildnis jenseits der Stadtmauern heimsuchten, aber Lukas schritt vollkommen sorglos daher. Vielleicht sollte ich diesem arroganten Kerl mal zeigen, wie ein Werwolf aussieht, dachte Casimir und lächelte böse.

Doch der Gedanke hatte noch nicht richtig Gestalt angenommen, da war sich Casimir schon bewußt, daß er Lukas niemals angreifen würde. Sicher, der Barde mit dem schwarzen Schnurrbart war ihm nicht besonders sympathisch, trotzdem hatte er großen Respekt vor ihm. Er hatte noch keinen Mann kennengelernt, der sich so selbstsicher gab.

Sie kamen zu einer kleinen, blätterbedeckten Lichtung. Harkon blieb stehen. Casimir drückte einen großen Farn zur Seite und stellte sich neben den hochgewachsenen Barden. Lukas schien sich der Anwesenheit seines Schülers gar nicht mehr bewußt zu sein, denn er lauschte dem leisen Rascheln des nächtlichen Waldes.

»Wonach lauschst du?« fragte Casimir nach einem Moment der Stille.

»Pst!« machte der Barde und hob einen Finger an die Lippen. Sein Blick wanderte ziellos durch die dunklen Baumwipfel. Ein Grinsen breitete sich auf seinem Gesicht aus, als hätte eine nur ihm zugängliche Stimme einen Witz in sein Ohr geflüstert. Dann sah er Casimir an. »Die Geschichten deiner inkompetenten Herrschaft sind bereits bis nach Skald gedrungen.«

»Warum müssen wir unbedingt im Wald stehen, damit du mir das sagst?« fauchte Casimir wütend. »Ich habe meinen Herrschaftanspruch gefestigt...«

»Casimir, Casimir«, fiel ihm der Barde ins Wort und klopfte ihn auf den Rücken. »Deine Herrschaft ist in jeder Hinsicht dem Untergang geweiht – durch das, *was* du befohlen, *wie* du es befohlen und *warum* du es befohlen hast! Julianna hat mir von deinen Plänen für das Armenviertel erzählt. Du hast vor, dein Volk mit väterlicher Güte zu beherrschen, so wie ein Vater seine Söhne lenkt!«

»Wenn das so falsch ist«, erwiderte Casimir giftig, »dann sollte ich vielleicht wie eine Mutter herrschen oder der Bruder der Mutter, oder der Nachbar – wie wäre es als Fischhändler, als Hofnarr, als...«

»Schweig!« rief Lukas und schüttelte ärgerlich den Kopf. »Nein. Herrsche über dein Volk wie ein jagendes Raubtier über seine Beute.«

»Ha!« lachte Casimir. »Ich soll mein Volk jagen und es fressen?«

»Genau«, erwiderte der Barde brutal. »Ein Jäger wird niemals von seiner Beute erlegt, so wie ein Vater von seinen Söhnen gestürzt wird. Ein Herrscher muß sein Volk wie ein Raubtier in Schach halten und jene zur Strecke bringen, die sich von der Herde absondern.«

Casimir holte erregt Luft. »Jeder Herrscher, der so herrschen würde, würde von seinen Untertanen gestürzt und getötet werden.«

»Erlegt der Hase den Wolf?« fragte Lukas, und seine Zähne schimmerten in der Dunkelheit. »Oh, er könnte es vielleicht, wenn er die Reißzähne und Klauen des Wolfes hätte oder gar sein Verlangen nach Kampf und Blut. Aber Hasen lieben nur die Flucht, nicht den Kampf.« Der Barde legte Casimir die Hände auf die Schultern, und ein wildes Funkeln trat in seine Augen. »Verstehst du es denn nicht, Casimir? Die Wache gehört dir und die Gefängnisse und die Gesetze auch! Du hast die Reißzähne und Krallen, um alle zu töten. Nun fehlt dir nur noch das Verlangen nach Jagd und Blut.«

Casimir zitterte trotz seines wärmenden Umhangs. »Ich hege keinen Wunsch, mein Volk zu töten.«

»Wenn du sie nicht zu deiner Beute machst, so wie der Wolf den Hasen, wird sich dein gutes Volk erheben und dich töten. Lerne etwas von Zhone Clieous, der zwanzig Jahre lang geherrscht hat: Laß sie nicht aus ihrem Armenviertel, nimm ihnen nicht ihre Furcht, und halte sie von den Klauen und Reißzähnen der Macht fern, oder du wirst stürzen.«

»Ich würde eher stürzen«, sagte Casimir wenig überzeugend, »als auf so ungerechte Weise zu herrschen.«

Lukas lachte schallend. »Was ist böse oder ungerecht daran, deiner wahren Natur entsprechend zu leben? Der Mensch ist ein Jäger. Jeden Tag genießen wir das Fleisch erlegter Tiere. Warum also nicht das anderer Menschen? Was sind sie denn anderes als Tiere?«

Er schwieg und zeigte mit einer großartigen Geste auf die tiefe Dunkelheit des sie umgebenden Waldes. »Daß der Jäger von seiner Beute lebt, ist der Weg aller Dinge. Das Gras verschlingt die Toten; die Raupe verschlingt das Gras; die Spitzmaus verschlingt die Raupe; die Katze jagt die Spitzmäuse; der Wolf jagt die Katze; der Mensch jagt den Wolf; der König jagt den Menschen; die Götter jagen den König. Casimir, du mußt als Jäger herrschen oder unter den Gejagten leben.« Er wandte sich ab, holte tief Luft und stimmte ein Lied an. Seine Stimme hallte ernst durch den Wald wie das einsame Läuten einer großen Glocke.

»Nun komm zu mir, o eigensinnige Bestie,
die in Herrlichkeit die Welt durchstreift.
Ich rufe dich, um dich meinem Willen zu unterwerfen,
daß du umherschweifst und tötest.
Ein Fest, zu deinem eigenen Vergnügen.

O komm und erweise mir deine Treue;
folge deines Meisters Gesang.
In des Waldes Tiefe findest du deine Beute,
ein üppig Tier, das es zu erlegen gilt,
mit aufblitzenden Klauen und reißenden Zähnen.

Der Barde war noch nicht ganz verstummt, als ein gewaltiger Wolf lautlos aus dem Unterholz hervortrat. Lukas verschränkte zufrieden die Arme über der Brust und trat zurück. Der Wolf hatte eine Schulterhöhe von über einem Meter und einen geschmeidigen Gang. In seinen Augen funkelte Hunger, und seinem Fell entstieg ein öliger Geruch, der die Luft durchdrang.

Trotz – oder vielleicht sogar wegen – des Blutes, welches sie teilten, fand Casimir das Tier abstoßend. Zorn erfüllte ihn, und er löste die Verwandlung aus. Stumpfer Schmerz pulsierte durch seine Arme und Beine.

Lukas hielt gleichgültig die Hand hoch und befahl dem Tier, sich zu setzen. Es gehorchte sofort. Casimir stoppte die Verwandlung, ließ jedoch nicht zu, daß das Brennen aus seinen Muskeln schwand. Lukas' Lächeln wurde zu einem hämischen Grinsen. Er warf Casimir einen Blick zu und zeigte lässig auf den Wolf.

»Kluge Männer wählen ihre Lehrer anhand des Wissens, das sie vermitteln können...« Der Barde sah das Tier ruhig an. »Geh und suche einen Hasen. Bring ihn mir lebend ohne die geringste Verletzung.« Der Wolf starrte den Barden gebannt an. Casimir blickte in seine von Instinkten erfüllten Augen und fragte sich, wie das Tier das verstehen und auch noch gehorchen sollte. Lukas hob die Hand und gestikulierte wütend. »Geh!«

Das Tier erhob sich und verschwand im nächtlichen Wald, so leise, wie es gekommen war.

Casimir ließ das Prickeln aus seinen Gliedmaßen entfliehen. Er musterte Lukas voller Mißtrauen. »Wie hast du ihn herbeigerufen?«

Der Barde mied den Blick seines Schülers. »Jeder gewöhnliche Barde gebietet über das Herz der Menschen. Überragende Sänger könnten über das Herz der Tiere gebieten.«

»Das ist keine Antwort«, behauptete Casimir.

»Vielleicht nicht für dich«, sagte Lukas glatt.

Bevor Casimir darauf etwas erwidern konnte, kam der Wolf zwischen den Büschen hervor. Zwischen seinen schwarzen Kiefern baumelte ein weißer Hase, den er im Nacken gepackt hielt. Lukas winkte den Wolf heran. Die Bestie gehorchte und entließ den zappelnden Hasen in Lukas' behandschuhte Hand. Der Barde hielt das zitternde Tier hoch und begutachtete es im Mondlicht.

»Siehst du, Casimir? Trotz seines unbezähmbaren Hungers hat dieser Wolf mir seine Beute unverletzt gebracht. Warum? Weil ich für ihn ein Gott bin. Er verneigt sich nicht aus Liebe vor mir, sondern aus Furcht. Ich bin der Feuerbringer, der Speerwerfer, der Todesbringer. Du mußt für die Bürger Harmonias das gleiche sein, willst du nicht Leben und Herrschaft verlieren.«

Lukas streckte dem Wolf die freie Handfläche entgegen, um ihn an Ort und Stelle zu halten, dann setzte er den Hasen sanft auf dem Boden ab. Das Tier raste in dem Moment, in dem seine zappelnden Pfoten den Erdboden berührten, ins Unterholz und verschwand. Der Wolf jagte nicht hinterher, sondern starrte pflichtschuldig Harkons Hand an. Lukas nahm die Hand mit einem Nicken weg und wandte sich seinem Schüler zu. »Das war ganz leicht.«

Auf einer der Fingerspitzen des Handschuhs glänzte ein dunkler Blutstropfen, der Casimir sofort ins Auge fiel. Lukas bemerkte, was die Aufmerksamkeit seines Schülers fesselte, und blickte auf den deutlich sichtbaren Flecken. Er rieb Daumen und Finger gegeneinander und fühlte, wie sich die klebrige Flüssigkeit über den sauberen Stoff verteilte. Er hob die Hand und roch daran. Sein Gesicht verhärtete sich. Er trat auf den Wolf zu und hielt ihm den befleckten Finger vor die Nase. In den stumpfen Augen des Wolfes flackerte Furcht auf.

»Ich sagte *unverletzt*«, zischte Lukas. Er ergriff Schnauze und Nackenfell des Wolfes und riß den Kopf plötzlich ruckartig herum. Ein knirschendes Bersten hallte über die Lichtung; der gewaltige Schädel nahm einen unnatürlichen Winkel zum Körper ein. Die Beine des Tieres gaben nach. Zitternd stürzte es zu Boden.

Casimir taumelte zurück, er hatte die Augen entsetzt aufgerissen.

Lukas musterte ihn ohne jede Gemütsbewegung. »Ich jage den Wolf, und die Götter jagen mich.«

Casimir biß sich auf die Lippe. »Ich habe genug gelernt«, murmelte er.

»Nein«, erwiderte Lukas, trat über den noch zuckenden Wolfskörper und bedeutete Casimir, die Lichtung zu verlassen. »Nun mußt *du* dich auf die Jagd begeben.«

»Er kann nicht über Harmonia herrschen! Er hat nie einen Fuß in diese geheiligte Halle gesetzt!« Gaston Olyavas Worte wurden von frenetischem Beifall und Fußgestampfe begrüßt. Der Versammlungssaal der Sängerhalle war selten so voll gewesen – nicht einmal zu den Tanzveranstaltungen, die anläßlich der Jahreszeitenfeiern veranstaltet wurden. Zusätzlich zu den derzeit aufgenommenen Lehrburschen waren die adligen Ehemaligen, Advokaten, Wachen, Kaufleute, alle möglichen Stadtbeamten und zahllose Schreiber gekommen.

»Ein Mann, der einen Meistersinger ermordet, ist kein Held! Ein Junge, der einen Meistersinger ermordet, muß von Ungeheuern abstammen! Ich werde nicht zulassen, daß unsere schöne Stadt so einen Herrscher bekommt! Wir müssen Casimir genauso entfernen, wie er unseren hochgeschätzten Clieous entfernt hat!«

»Laßt mich Euch Eure verräterische Zunge herausreißen!« ertönte ein wütender Ruf aus dem hinteren Teil des Saales. Gaston klappte verärgert den Mund zu, als sich die Zuhörer lautstark auf ihren Stühlen umdrehten, um den Sprecher auszumachen.

»Der Meistersinger! Es ist der Meistersinger!«

Meistersinger Casimir trat mutig mit zorngerötetem Gesicht in den Saal. An seiner Seite befand sich der hochgewachsene Harkon Lukas, der die versammelten Leute mit stählernem Blick tückisch und eiskalt musterte. Casimir schritt direkt zum Podium.

Gaston bemühte sich die Stimme wiederzufinden. Doch bevor er auch nur einen Ton herausbringen konnte, hatte Casimir das Wort ergriffen. »Mein Freund und Mentor Harkon Lukas war so freundlich, mich über diese Versammlung zu unterrichten. Mein Name hat es wohl nicht auf die Gästeliste geschafft... ein schicksalsschweres Versehen.«

Gaston musterte die Leute, um ihre Stimmung abzuschätzen. Jeder betrachtete den jungen Meistersinger mit Verachtung oder offenem Haß. Er spuckte aus. »Es war kein Versehen, Meister Casimir. Weder gehört Ihr der Sängerhalle an, noch unterstützt Ihr sie, und die Sängerhalle gehört und unterstützt Euch nicht.«

Zustimmendes Gemurmel hallte durch den Saal.

Casimir stieg auf das niedrige Podium und stieß Gaston von dem Chorpult weg. »Obwohl ich keine Verbindung zu dieser Sängerhalle hatte, solltet ihr mich darum bitten, es nachzuholen. Ich bin der Meistersinger! Ich habe im Wettstreit der Meistersinger besser gesungen, geredet und gekämpft als ihr alle.«

»Besser gekämpft? Ha!« rief Gaston und drängte sich wieder ans Pult. »Ihr meint wohl besser geprügelt und besser Dolche in den Rücken gestoßen.«

»Diese Versammlung ist beendet, und zwar auf Befehl des Meistersingers«, befahl Casimir und ignorierte die Beleidigung. »Ich werde die Wache rufen, um...«

»Das ist gar nicht nötig, Meistersinger«, unterbrach Gaston ihn trocken. »Der Kapitän der Wache befindet sich unter uns, zusammen mit dreien seiner Hauptmänner. Wollt Ihr es mit uns allen aufnehmen?«

Casimir starrte die Leute an, die sich hier versammelt hatten. Sie starrten mit einer raubtierhaften Lust zurück, die er nur zu gut kannte. Sicherlich rochen sie seine Angst, die Angst und die Schwäche. Vor seinem geistigen Auge erschienen die Bilder des jagenden Wolfes – die leblosen Augen, der Blutfleck, das brechende Genick, die Unterwürfigkeit, die der Wolf Lukas entgegengebracht hatte.

»Nein, ich werde nicht gegen euch alle kämpfen«, rief er und brachte damit das mit jedem Augenblick lauter werdende Gemurmel der Menge zum Verstummen. »Aber da Ihr der Sprecher dieser Leute zu sein scheint, Gaston Olyava, werde ich gegen *Euch* antreten!«

Gaston wurde blaß. Er schüttelte den Kopf und stieß ein keuchendes Gelächter aus. »Ich werde mit Euch keine Straßenschlägerei austragen, Herr der Waisen.«

»Dann nennt die Bedingungen«, forderte Casimir ihn heraus.

Schweißtropfen bildeten sich auf Gastons in ungläubige Falten gelegte Stirn. Er lachte heiser. »Das ist so lächerlich!« Er seufzte mit dramatischer Gleichgültigkeit. »Also das Rapier.«

»Gut«, knurrte Casimir, »und da Ihr die Waffen unseres Kampfes benannt habt, werde ich die Dauer bestimmen: mit dem Rapier bis zum Tode.«

Erregtes Raunen ging durch die Versammlung.

Gaston wandte sich verächtlich von Casimir ab. »Macht da einen Kreis frei. Jemand soll zwei Rapiere bringen.« Er wirbelte herum und flüsterte: »Ich muß Euch warnen, ich bin der beste Schwertkämpfer der Sängerhalle.«

»Ich muß *Euch* warnen«, erwiderte Casimir mit einem Nikken, »ich habe ganz allein einen Werwolf getötet.«

»Hier werdet Ihr nicht durch Verrat siegen.«

»Ich werde ihm aber auch nicht zum Opfer fallen.«

Während sie sich ihr Wortgefecht lieferten, stellten die Anwesenden die Stühle zu einem großen Halbkreis um, der am Podium seinen Ausgang nahm. Die meisten der Adligen nahmen in der Mitte des Halbkreises Platz, doch ein paar Nachzügler setzten sich an die Seiten. Unter ihnen befand sich auch Harkon Lukas.

Stille senkte sich herab, als zwei Diener mehrere Rapiere brachten. Gaston wandte sich Casimir mit einem durchtriebenen Lächeln zu. »Wählt Eure Klinge.«

Casimir trat vor, um den Dienern entgegenzugehen, und suchte sich dann ein Schwert aus. Er hatte noch nie eine Klinge geschwungen, die größer als ein Dolch war, und obwohl das Rapier eine feine Balance besaß, lag es unhandlich in seiner Hand. Gaston suchte sich eine Klinge aus, und die Diener zogen sich schnell aus dem Halbkreis zurück. Nachdem er ein paar beeindruckende Hiebe durch die Luft geführt hatte, drehte er Casimir den Rücken zu und ging auf die gegenüberliegende Seite. Casimir begriff, was er machte und folgte seinem Beispiel. Als die Duellanten die entgegenliegenden Seiten des Saales erreicht hatten, drehten sie sich um und sahen einander ernst an.

Gaston hob das Rapier langsam an und richtete die Spitze auf Casimir. Mit langsamen, dem Ritual folgenden Bewegungen drehte er den Griff, bis sein Handrücken nach oben zeigte. Casimir machte es ihm einfach nach. Nun drehte Gaston die Klinge mit einer schnellen Wendung und führte sie, die flache Seite nach oben, an seinem Leib vorbei. Casimir kopierte seine Bewegungen. Dann nahm Gaston Kampfhaltung an: die Klinge schräg aufwärtsgerichtet parallel zum

Standbein; die freie Hand hoch über dem rückwärtigen Bein; die Knie gebeugt und den Kopf zurückgenommen. Casimir sah sich die komplizierte Stellung an und versuchte, sich ähnlich hinzustellen. Ein Kichern ging durch die Menge.

Gaston griff an. Seine Bewegungen waren zugleich voller Anmut und Kraft, als er die freie Fläche überquerte. Casimir hob die Klinge. Gaston schloß die Lücke. Verzweifelt schwang Casimir das Schwert. Die Klingen trafen sich mit einem lauten Klirren, dann glitt Gastons Rapier die gesamte Länge von Casimirs Waffe entlang und zwang sie nach unten. Der Barde stieß, von der Kraft seines Angriffs getragen, dem jungen Meistersinger die Schulter in den Leib. Casimir stürzte schwer auf den Rücken, und die Zuschauer stießen eine schadenfrohe Beifallsbekundung aus.

Gaston nahm sich keine Zeit, den Applaus zu genießen; er stürzte sich auf die am Boden windende Gestalt. Casimir wälzte sich herum und unterdrückte einen Aufschrei. Etwas Warmes lief seine Schulter herab. Blut. Er hieb blindlings mit dem Rapier zu und stieß die gegnerische Klinge von der Wunde fort. Dann rappelte er sich von dem blutbeschmierten Boden auf und nahm die geduckte Stellung ein, die er immer bei Dolchkämpfen benutzt hatte. So stieß er mehrmals nach Gastons Leib. Das Rapier bewegte sich träge und harmlos, es konnte Gastons wirbelnde Abwehr nicht durchdringen. Der Barde schlug ein Dutzend kraftloser Stiche beiseite, ging zum Angriff über und schlug Casimirs Klinge beiseite, als wäre es eine lästige Fliege. Mit dem hellen Klirren von Stahl auf Stahl warf er sich Casimir entgegen und fügte ihm einen tiefen Schnitt auf der Wange zu.

Casimir sprang zurück und drückte die freie Hand gegen den Schnitt. Der von seiner Handfläche tropfende Schweiß brannte in der offenen Wunde.

»Vielleicht werde ich Euch auf diese Weise töten, Herr der

Waisen, eine Wunde nach der anderen, bis Ihr nur noch ein blutender Klumpen Fleisch seid«, sagte Gaston hämisch.

Casimir ignorierte die Buhrufe der Menge und sprang vor. Gaston winkelte sein Rapier leicht an, um dem Angriff zu begegnen, und die rasiermesserscharfen Schneiden schlugen gegeneinander. Der Barde lenkte den Hieb ab und schnitt in Casimirs knochige Hüfte. Casimir wich vor der Klinge zurück. Ein Blutstrom rann ihm langsam am Bein herunter, während er den Schwertmeister außer Reichweite umkreiste.

Er kniff die Augen zusammen. Soll ich mich verwandeln und ihn töten? fragte er sich. Nein, nicht vor diesen vielen Menschen. Sie würden mich jagen und zur Strecke bringen.

Gaston griff wieder mit einer Reihe aggressiver Finten an. Die Rapierspitze hinterließ eine blutige Furche auf dem Leib des Meistersingers. Casimir stolperte geschwächt zurück und stürzte zu Boden. Gaston trat auf ihn zu. Auf seinem Gesicht zeigte sich nackter Haß. Er drückte dem hilflosen jungen Mann die Schwertspitze an die Kehle.

»Ich glaube, du hast genug«, sagte er höhnisch. »Genug der Demütigung, der Verletzungen und des Lebens.«

Der Druck der Klinge wurde größer, um plötzlich ganz zu verschwinden. Hände packten Gaston bei den Schultern und zogen ihn zurück. »Ihr wollt doch sicher keinen Mann töten, der auf dem Rücken liegt«, verkündete eine tiefe Stimme.

Harkon Lukas.

Gaston trat breit lächelnd noch einen Schritt zurück und verbeugte sich vor den jubelnden Zuschauern. Casimir kam mit Harkons Hilfe mühsam auf die Beine und suchte nach festem Stand. Kraftlos, atemlos und geschlagen wünschte er sich beinahe, Gaston hätte zugestoßen.

»Verschlinge ihn, Casimir«, flüsterte ihm der Barde ins Ohr. »Du hast die nötigen Reißzähne und Klauen. Dir fehlt nur das Verlangen nach Jagd und Kampf.«

Casimir schüttelte den Kopf. »Er ist zu stark. Ich schaffe es nicht.«

»Nimm die Wunden hin. Nimm die Wunden hin und treib ihn auf mich zu. Ich erledige den Rest.«

Casimir nickte, obwohl er nicht verstand, und trat von den stützenden Händen weg. Er war erschöpft. Als er Gaston durch halb geschlossene Augen ansah, sackte ihm der Kopf auf die Brust. Gaston machte zweimal einen Ausfall und landete Treffer. Der Gelächter der Menge verstummte. In Blut getränkt, stolperte Casimir durch den Halbkreis und rang dabei keuchend nach Luft.

Plötzlich warf er sich Gaston entgegen. Das Rapier des Barden traf wieder und wieder, doch Casimir ließ nicht locker. Er trieb Gaston durch schiere Kraft zurück. Seine Klinge landete ihren ersten, wenn auch oberflächlichen Treffer. Gaston stöhnte auf und griff nach der Wunde. Er stolperte weiter zurück. Casimir bestimmte die Richtung und verfolgte ihn mit blitzendem Stahl. Gaston konnte die Klinge noch einmal abwehren – und fand sich plötzlich auf Harkons Schoß wieder.

Ein unerwarteter Schmerz ließ ihn das Gesicht verziehen.

Harkon stieß den erstarrten Mann zurück. Er fiel genau in Casimirs ausgestreckte Klinge. Der Stahl durchdrang mühelos die Brust. Gaston stürzte mit einem letzten unartikulierten Stöhnen zu Boden und lag still.

Casimir zog das blutverschmierte Rapier aus der Wunde und stellte die Spitze auf den Boden. Sich auf die Klinge stützend rief er: »Flüchtet von diesem Ort, Ungeziefer! Falls sich einer von euch gegen mich verschwören sollte, werde ich euch alle jagen und mit eigenen Händen töten. Ich habe mir bereits viele eurer Gesichter gemerkt! Jetzt geht!«

Während sich die Menge eilig bemühte, dem Befehl nachzukommen, legten sich wieder Hände auf Casimirs Schultern. »So endet die erste Lektion.«

Ohne zu antworten riß sich der benommene Casimir los und ging auf die nebenan befindliche Küche zu. Er stieß die quietschende Küchentür auf und warf sie hinter sich zu. Kalte Dunkelheit umgab ihn. Muß mich verwandeln. Muß die Verletzungen heilen, dachte er schwerfällig und löste die Verwandlung aus.

10

Meistersinger Casimir schlief. Er trug ein Nachthemd; der letzte seiner Verbände ragte über den Ärmel hinaus. Im Laufe der vergangenen Woche war jede seiner Wunden geheilt, ohne sich zu entzünden, was Juliannas Pflege zu verdanken war. Sie gönnte sich ein müdes Lächeln.

»Ich wünschte, Thoris würde so gut genesen«, dachte sie laut und schaute durch die dunkle Türöffnung, die sich neben dem Bett befand. Thoris lag in dem angrenzenden Raum im Bett und schlief. Obwohl sein Gesicht wieder etwas Farbe bekommen hatte, waren seine Augen die ganze Woche geschlossen geblieben. Als Julianna in den dunklen Raum sah, zog sie gedankenverloren am Kragen ihrer Bluse. Die Nacht war heiß, und die schwüle Luft machte ihr zu schaffen.

Sie öffnete die obersten Knöpfe und fächerte ihrem schweißbedeckten Hals Kühlung zu. »Ich gehe wohl besser zu Bett«, entschied sie. Sie stand von dem Stuhl auf und reckte sich, dabei preßten sich ihre erschöpften Muskeln gegen die Säume ihrer Bluse. Bevor sie ging, beugte sie sich ein letztes Mal über Casimir, um nach seinen Wunden zu sehen.

Er schlug langsam die Augen auf, und ein Lächeln breitete sich über sein ganzes Gesicht aus. »Hallo.«

»Hallo«, erwiderte sie leise und rückte von ihm ab.

»Nett von dir, mal nach mir zu sehen«, sagte er schläfrig.

Sie biß sich auf die Lippe. »Ich war nicht fort.«

Casimir runzelte die Stirn. »Als ich das letzte Mal wach war, hast du gesagt, du wolltest zu Bett gehen.«

»Und du hast vor einer Woche gesagt, du wolltest nur einen Spaziergang machen und bist in diesem Zustand zurückgekommen«, gab sie sarkastisch zurück.

»Danke für deine Hilfe.« Er rieb sich die verbundene Schulter.

»Es funktioniert gut«, sagte sie trocken. »Du verletzt dich, und ich flicke dich wieder zusammen.« Sie sah sich die unverbundenen Kratzer auf seinem Unterarm an. »Du bist fast wieder gesund.«

»Ja«, sagte Casimir und ließ sie nicht aus den Augen, »doch ich habe Alpträume.«

Julianna fächerte sich wieder Luft zu. »Alpträume?«

»Ich habe von Werwölfen geträumt.«

»Ich kann mir Schöneres vorstellen, worüber man träumen kann«, meinte Julianna.

»Eigentlich habe ich geträumt, zum Werwolf zu werden«, sagte Casimir zögernd.

»Die Wunden, die dir mein Onkel beigebracht hat, waren doch nicht infiziert, oder?«

»Nein«, erwiderte Casimir und blickte zum Samtbaldachin des Bettes empor. »Doch ich träume es trotzdem. Ich träume, ich wäre ein guter Mensch, der im Körper eines Wolfes gefangen ist.«

»Und was tust du?« fragte Julianna neugierig. »Kannst du Gutes tun, oder nur Böses?«

»Nur Böses«, erwiderte Casimir. »Egal, was ich auch tue, es kommt immer nur etwas Böses zustande.«

»Ich frage mich, warum das so ist«, überlegte Julianna.

Casimir legte seine Hand auf die ihre. Er betrachtete den sanften Schwung ihres Armes. »Ich weiß es nicht.«

Julianna sah verstohlen auf die sich berührenden Hände. Sie blinzelte. »Du solltest aufhören, von solchen Sachen zu träumen.«

»Vielleicht jagt mir der Gedanke, Meistersinger zu sein, mehr Angst ein als die Vorstellung, ein Wolf zu werden«, sagte Casimir und hielt ihrem Blick stand.

»Angst davor, der Meistersinger zu sein?« fragte Julianna, und ihre Stimme wurde selbstbewußter. Sie sah zum Fenster und holte tief Luft. »Du wirst es gut machen. Du hast mit der Restauration von Milils Tempel begonnen, du hast mit den Vorbereitungen für ein neues Erntedankfest begonnen, und du hast eine Rebellion niedergeschlagen. Wenn du wieder gesund bist, wird dich niemand aufhalten können.«

Casimir hob ihre Hand an die Lippen und küßte sie. Dann lächelte er. »Erinnerst du dich noch an unseren ersten Kuß?«

»Ja«, sagte sie. »Auf dem Balkon der Sängerhalle, in der Nacht, in der das Armenhaus niederbrannte.«

»Komisch... Ich scheine mich gar nicht daran erinnern zu können«, erwiderte Casimir. »Könnten wir es noch einmal versuchen?«

Wortlos beugte sie sich über ihn. Sie legte eine zierliche Hand auf seine unverletzte Schulter und küßte ihn leicht auf die Lippen. In dem warmen Zimmer fühlte sich seine Haut heiß an. Er fuhr mit der Hand durch ihr herunterhängendes Haar, küßte ihr Ohrläppchen und liebkoste ihren Hals. Sie hob schweratmend den Kopf.

Eine geisterhafte Gestalt schwankte im Türrahmen.

Julianna keuchte auf und rückte von Casimir ab. Die Gestalt stand einfach da und starrte sie mit tief in den Höhlen liegenden Augen an. Casimir setzte sich auf und drehte den Kopf. Es war Thoris, der trotz der Hitze fror und leichenblaß aussah. Sein Gesicht glänzte im Kerzenlicht, und sein Blick schien eine schreckliche Ernüchterung auszudrücken.

»Casimir«, flüsterte er bloß. Dann schlossen sich seine Augen, und er sackte in den Knien zusammen.

Mit einer Kraft, von der er gar nicht gewußt hatte, daß sie in ihm steckte, sprang Casimir auf die Beine und eilte an Thoris' Seite. Julianna half ihm, und gemeinsam zerrten sie den Jungen zurück in sein Bett. Während Casimir den schlaffen Körper seines Freundes auf das Laken legte, holte Julianna die Kerze. Außer Atem schoben sie Stühle vor die Bettkante.

»Wach auf, Thoris«, sagte Casimir und schüttelte das Bein des Jungen. »Wach auf.« Er warf Julianna einen fragenden Blick zu.

»Thoris, wach auf«, sagte sie und tätschelte ihm die Hand.

Langsam kehrte die Farbe in Thoris' eingesunkene Wangen zurück. Seine Lider zuckten, öffneten sich dann langsam. Die darunterliegenden Pupillen waren unnatürlich geweitet.

Krächzend stöhnte er. »Casimir?«

»Ja, Thoris«, antwortete Casimir und beugte sich vor.

Ein Zittern durchlief den Jungen. Er holte ein paarmal tief Luft. »Schick sie weg.«

Casimir sah ihn nichtbegreifend an. »Das ist Julianna. Sie ist unsere Freundin.«

»Schick sie weg.«

Julianna hatte sich bereits erhoben und schob den Stuhl mit den Kniekehlen zurück. »Ich werde gehen... Es ist das beste, ihm seinen Willen zu lassen«, sagte sie. Auf ihren blassen Gesichtszügen zeigte sich Verwirrung, als sie um das Bett herumging und leise aus dem Zimmer rauschte.

Casimir sah ihr nach, sein Herz krampfte sich zusammen. Er lauschte ihren verklingenden Schritten, dann wandte er seine volle Aufmerksamkeit auf den kranken Freund.

»Thoris, es ist schön, dich wiederzuhaben.«

»Schließ die Tür«, sagte Thoris kalt.

Da Casimir seinen Freund nicht aufregen wollte, erhob er sich und schloß die Tür. Mit pochendem Herzen ging er zum Bett zurück. Er nahm wieder auf einem der Holzstühle Platz und wartete darauf, daß Thoris etwas sagte.

Die Stimme des Jungen klang trocken und rauh. »Wie kannst du es wagen, sie zu küssen?«

Casimir starrte ihn mit einem ungläubigen Lächeln an. »Geht es darum – Eifersucht?«

»Wie kannst du es wagen, sie zu küssen, wo du doch genau weißt, was du bist?«

Das Lächeln auf Casimirs Gesicht erlosch. »Wovon sprichst du?«

»Ich habe dich im Kristallhaus gesehen« sagte Thoris, und seine Stimme bekam einen ärgerlichen Beiklang. »Ich habe gesehen, was du getan hast. Ich habe gesehen, was du bist.«

Casimir spürte förmlich, wie das Blut aus seinem Gesicht wich. Plötzlich waren seine Hände kalt und klebrig. »Was hast du gesehen, Thoris?«

Der leichenblasse Junge musterte seinen Freund mit einem vernichtenden Blick. »Du bist ein Tiermensch, Casimir ... ein Werwolf.«

Die Worte trafen Casimir wie ein Faustschlag, rissen ihn beinahe von seinem Sitz. Er stand auf und fing an, auf und ab zu gehen. Schweiß strömte über seine erhitzte Stirn.

»Du bist eine Mißgeburt«, sagte Thoris leise und hustete. »Ein Mörder ... ein Ungeheuer.«

Nun kennt er die Wahrheit, dachte Casimir, und er haßt mich. Er wird es Julianna erzählen und dann ganz Harmonia.

»Du hast mich angelogen, mich, deinen einzigen Freund«, sagte Thoris traurig. »Du hast mich angelogen, und jetzt lügst du auch Julianna an.«

Casimir blieb stehen und setzte sich wieder. Er starrte Thoris an, und seine Augen verengten sich. »Du kennst also mein Geheimnis...«

»Du bist nicht einmal ein Mensch«, stieß Thoris unglücklich hervor.

»Doch, das bin ich«, sagte Casimir leise. Dann vergrub er den Kopf in den Armen. »Nein«, murmelte er kaum verständlich, »vielleicht hast du recht. Vielleicht bin ich kein Mensch. Ich habe mein ganzes Leben gegen diesen Fluch angekämpft und ihn nicht besiegt. Ich kann es nicht aufhalten, Thoris. Darum habe ich mich vom Südhügel gestürzt. Ich wünschte, du hättest mich niemals gerettet.«

»Wie viele Männer hast du ermordet, Casimir?« flüsterte Thoris und starrte in die Leere. »Einen für jede Nacht, die du das Armenhaus verlassen hast?«

»Ja!« gab Casimir durch zusammengebissene Zähne zu.

»Wie lange wolltest du es noch vor mir verbergen?« schnauzte Thoris. »Oder wolltest du auch mich töten, bevor ich es herausgefunden hätte?«

Genug war genug.

Casimir stand auf. Sein Gesicht war vor Empörung gerötet. Die Verwandlung hatte eingesetzt. »Wie kannst du es wagen, dich für so wichtig zu halten! Kämpfe erst einmal achtzehn Jahre lang mit deinem eigenen Fluch, bevor du mich richtest! Ja, vielleicht sollte ich dich töten! Dann gäbe es in Harmonia eine Waise weniger.«

Thoris warf die Decke zur Seite, die Casimir über ihn gebreitet hatte, und setzte sich mühsam auf die Bettkante. Er breitete die Arme aus und sagte leise: »Dann töte mich jetzt, Tiermensch! Ich bin lieber tot, als ein Ungeheuer zum Freund zu haben.«

Die Wut stand Casimir in das gerötete Gesicht geschrieben, ein heißes Prickeln tobte durch seine Muskeln. Seine Zähne wuchsen unheilvoll in die Länge, zwangen aufgesprungene Lippen zu einem verzerrten Grinsen. Unter den Verbänden dehnte sich die Haut und schlug Wellen, während sich die darunterliegenden Knochen krümmten. Als sein Rücken die neue Form annahm, starrte er den zusammengesunken dasitzenden Jungen mit flammenden Augen an.

Ja, meine Macht wird das letzte sein, was er jemals sehen wird.

Thoris ließ den Kopf auf die Brust sinken, hielt die Arme aber ausgestreckt. Er zitterte am ganzen Leib. Dann hob er den Kopf langsam wieder, um den Blick auf die Bestie zu richten, die vor ihm Gestalt annahm. Die knochenbrechende Verwandlung nahm sich laut gegen seine Stimme aus. »Töte mich. Du hättest es schon vor Jahren tun sollen.«

Casimirs Verstand raste. Wenn ich ihn töte, werde ich wirklich ein unmenschliches Ungeheuer sein. Doch wenn Thoris allen mein Geheimnis enthüllt, wird man mich jagen und töten.

Die zur Hälfte zum Werwolf gewordene Gestalt schwankte unsicher auf ihren verkrümmten Beinen. Sie wandte sich ab und verschwand im angrenzenden Raum. Augenblicke später kam sie mit etwas Glänzendem in der Hand zurück.

»Töte mich, Thoris! *Töte mich!*«

Die gewaltige Klaue des Werwolfs ließ einen Brieföffner neben Thoris fallen. Die Klinge war lang und scharf, und ihre kalte Glätte bestand unmißverständlich aus Silber.

Thoris ergriff die Klinge. Er sah von dem funkelnden Silber in der Hand zu der keuchenden Bestie, die vor ihm stand. Sie verwandelte sich langsam. Die breite Brust wurde flacher; die verkrümmten Gliedmaßen streckten sich; aus der Schnauze wurde ein Gesicht; die Haare verschwanden in der Haut. Das Geschöpf breitete die Arme weit aus – genau wie Thoris es getan hatte – und bot sich einladend der Klinge an. Mit jedem Herzschlag sah die Bestie weniger wie ein Ungeheuer und mehr wie Casimir aus.

Die Silberklinge entglitt Thoris' Fingern und fiel klirrend auf den nackten Fußboden. Er stemmte sich von der Bettkante hoch und trat mühsam einen Schritt nach vorn. Er nahm Casimirs Wangen in dem Augenblick zwischen die zitternden Hände, als die sich verschiebenden Wangenknochen zum letztenmal erbebten. Geschwächt gaben seine Knie unter ihm nach, und er sank zu Boden. Casimir, der wieder zum Menschen geworden war, kniete neben ihm nieder und nahm ihn in die Arme.

»Was können wir tun, Thoris?« fragte Casimir. »Ich werde dich nicht töten, und du wirst mich nicht töten.«

»Vielleicht... vielleicht kann Gustav dich heilen.«

Casimir sah zur Decke. »Ja... vielleicht kann er das.«

Thoris sammelte mit einer sichtlichen Anstrengung seine Kräfte. »Gehen wir noch heute nacht.«

Meistersinger Casimir stieg, das Gesicht von der Kapuze seines Umhangs verborgen, aus der schwarzen Kutsche. Er sah nach oben zum nächtlichen Himmel. Es war Neumond; die Zeit, in der sich Casimir menschlicher als an jedem anderen Tag fühlte. Er drehte sich um und streckte die Hand aus, um dem geschwächten Thoris aus der Kutsche zu helfen. »In dieser Nacht werde ich also befreit werden«, murmelte er voller Zweifel.

Er nahm Thoris am Arm und trat langsam vor die Tür des Tempels. Es war dieselbe Tür, vor der er einige Wochen zuvor gestanden hatte – alt, mit eisernen Beschlägen versehen und massiv. Doch etwas hob sich mit dem Glanz alles Neuen von der alten Oberfläche ab: ein schweres Schloß, das tief im Holz versenkt worden war.

»Wie ich sehe, tun die Neuerungen dem Tempel gut«, bemerkte er trocken und zeigte auf das Schloß.

»Vielleicht ist ja nicht abgeschlossen«, meinte Thoris.

Der schwarzhaarige Herrscher Harmonias sah Thoris zweifelnd zu, wie er die Klinke herunterdrückte. Die Tür schwang lautlos auf neu angebrachten Angeln auf. Leicht überrascht starrte Casimir in die dahinter liegende Dunkelheit. Ein kaum wahrzunehmendes Licht flackerte im Mittelschiff.

»Ich konnte mir nicht vorstellen, daß Gustav die Leute aussperrt«, sagte Thoris.

»Vielleicht nicht«, erwiderte Casimir und verschränkte die Arme über der Brust, »nun, da die Bettler des Armenhauses tot sind.«

Wortlos entzog Thoris Casimir seinen Arm und überschritt mühsam die Schwelle. Der Meistersinger bedauerte seinen Sarkasmus und schloß sich ihm an. Er hielt Thoris wieder den Arm hin, der die Hilfe nach ein paar weiteren wackligen Schritten wortlos akzeptierte.

Der Ort war kaum wiederzuerkennen – nur die Dunkelheit wirkte vertraut. Der Schmutz, der die steinernen Wege bedeckt hatte, war weggescheuert worden, und der Boden unter ihren Füßen war trocken und glänzte. Der modrige, höhlenartige Geruch gehörte der Vergangenheit an. Als sich die beiden Freunde der Orgel näherten, entdeckte Casimir die breiten und wunderschönen Flaggen, die den Chor umringten. Sie hingen über Reihen reparierter und polierter Sitze.

Doch das Herz des Mittelschiffs, die Orgel, wartete noch immer auf seine Instandsetzung. Eine gekrümmte Gestalt bewegte sich inmitten des auseinandergenommenen Instrumentes.

Gustav.

»Ist Milil in seinen Tempel zurückgekehrt?« fragte Casimir mit übertrieben lauter Stimme.

Gustav zuckte zusammen und drehte sich um. Beinahe hätte er die Orgelpfeife in seinen Händen fallen gelassen. »Falls Milil zurückgekehrt ist, wird er euch mit Sicherheit dafür bestrafen, daß ihr mich erschreckt habt!«

Casimir schritt mit Thoris am Arm langsam weiter. »Der Zorn des Gottes der Musik... vergibt mir, wenn ich nicht zittere. Was würde Milil tun, mich mit Trompetenklängen foltern?«

Gustavs Lächeln strafte die Wut seiner Worte Lügen. »Verspotte niemals die Macht der Musik, Junge. Würde die Orgel funktionieren, könnte ich eine Melodie spielen, die so traurig wäre, daß sie dir die Seele raubt.«

»Ihr würdet meine Seele nicht haben wollen«, sagte Casimir ernst.

Der alte Mann tat die Bemerkung mit einem Schulterzukken ab und widmete ihnen einen grüßenden Blick, der traurig zu ihren Wunden wanderte. »Das Herrschen scheint euch Jungs wenig Glück zu bringen.« Er streckte die Arme aus und legte jedem vorsichtig die Hand auf die Schulter.

»Ihr scheint allerdings von meiner Herrschaft zu profitieren«, bemerkte Casimir und ließ den Blick über die neuen Stoffe und das polierte Holz schweifen.

»Nicht nur ich, sondern Milil auch«, sagte Gustav. Seine zerfurchten Lippen verzogen sich zu einem leichten Lächeln. »Ich habe nun sogar eine Gemeinde«, sagte er abwesend und seufzte. Dann zeigte er auf die Orgel, und das Lächeln verschwand. »Ich würde ja gern Milils Rückkehr verkünden, doch leider ist sein Herz – die Orgel – noch immer stumm.«

»Das ist wirklich eine Schande«, erwiderte Casimir trokken. »Soviel ich weiß, lebt in Skald ein Meister des Orgelbaus. Ich werde morgen nach ihm schicken.«

»Das ganze Ding ist kaputt. Es braucht neue Register und neue Pedale, und die Hälfte der Pfeifen ist verrottet.«

»Ich werde morgen nach ihm schicken«, erwiderte Casimir kurz angebunden.

Gustav schüttelte den Kopf, als wollte er seine Gedanken klären. »Vergib mir. Seit einer Woche kreisen meine Gedanken nur noch um diese Orgel. Ich habe nicht einmal schlafen können, wie du sicher siehst. Doch genug davon. Welche Angelegenheit hat euch heute nacht hierher geführt?«

»Nun, das ist schwer zu erklären...« Casimir sprach nicht weiter, als Thoris vortrat.

»Wir brauchen Eure Hilfe, Gustav«, sagte Thoris.

Die Augen des alten Priesters verengten sich. »Wie sollte ich euch helfen können? Ich könnte eure Wunden segnen...«

»Vielleicht«, erwiderte Casimir. »Doch die Wunde, die Heilung benötigt, liegt viel tiefer.«

»Von welcher Wunde sprichst du?« fragte Gustav, der langsam neugierig wurde.

»Kann Milil... Lykanthropie heilen?« fragte Casimir, und die Worte kamen nur mühsam über seine Lippen.

Gustav griff sich ans Herz. Er taumelte zurück und stieß gegen eine Sitzbank, an der er sich Halt suchend abstützte. Seine Augen schienen im schwachen Licht der Laternen erschrocken zu leuchten. »*Jetzt* weiß ich, warum ihr in der Nacht kommt... bei Neumond... mit Körpern, die mit solch bösen Schnitten und Narben übersät sind.«

Casimir schritt mit eiserner Bedachtsamkeit auf den Priester zu. »Ihr müßt mich heilen, Meister. Ich habe Euren Gott zurückgebracht. Gebt Ihr mir meine Seele zurück.«

»Es ist lange her, daß ich solche Riten durchgeführt habe«, sagte Gustav mit abgewandtem Blick.

»Bitte, Gustav«, sagte Casimir. »Wenn Ihr mich nicht von diesem Ungeheuer befreit, wird es mich vernichten und Euch dazu.«

»Ich werde dunkle Bücher konsultieren müssen, um mich zu erinnern, was getan werden muß«, sagte Gustav, ohne dabei jemanden besonders anzusprechen. »Und selbst dann werde ich nichts ausrichten können, falls du Milil nicht tatsächlich zurückgebracht hast.« Er warf der Orgelpfeife einen zweifelnden Blick zu. »Kommt, laßt uns in die Bibliothek gehen... zu meinen Büchern.«

Thoris und Casimir setzten sich still an einen Tisch in der Bibliothek, und die kühle Luft linderte die Schmerzen ihrer bösen Wunden wie eine Salbe. Gustav schritt seine zahllosen Bücher ab, zog dicke Bände heraus und stapelte sie auf seinen dünnen Armen. Schließlich setzte er sie auf einem Tisch ab und vertiefte sich in die rätselhaften Texte. Er blätterte in dreien der Bücher lange herum, bevor er etwas sagte, und selbst dann sah er nicht von seiner Lektüre auf. »Wie lange bist du schon... erkrankt?«

»Solange ich denken kann«, erwiderte Casimir.

Gustav sah auf. »Du hast also schon früher getötet?«

»Ja.« Die Antwort hallte kalt von den Steinwänden zurück.

Gustav seufzte tief und schloß das dicke Buch. »Bevor wir überhaupt daran denken können, deine Lykanthropie zu heilen, mußt du von diesen Morden geläutert werden. Wie viele hast du begangen, Junge?«

»Ich bin kein Junge mehr, Meister Gustav«, sagte Casimir leicht ärgerlich. »Und ich habe viele begangen.«

Gustav stand auf, klemmte sich das Buch unter den Arm und ging zur Tür. »Zum Altar«, sagte er und bedeutete ihnen, ihm zu folgen. Casimir half Thoris auf, und sie gingen dem Priester nach. Er führte sie zum Altar, einem gewaltigen Dolmen aus zurechtgeschnittenem und glatt poliertem Stein. Als sie dort eintrafen, blätterte Gustav erneut in dem Buch herum. Er überflog die eng beschriebenen Seiten, bis er den Abschnitt fand, den er suchte. Er übersetzte laut:

»Milil, unser Herr, hegt keinen Haß gegen uns, so wie Helm für sein Volk; er erläßt auch keine zahllosen Gesetze, daß wir schließlich die rechte Hand mit der Linken verwechseln. Statt dessen befiehlt Milil uns Harmonie, eine Harmonie, die nur drei Taten der Verachtung preisgibt: Blasphemie, denn sie leugnet Milils Lied; Selbsttötung, denn damit setzt man dem eigenen Lied ein Ende. Milil allein kann befehlen, wann Dein Lied enden soll. Und Mord, denn dadurch wird das Lied eines anderen beendet. Und nur Milil allein weiß, wenn das Lied eines anderen enden muß.

Diese drei Taten waren die ersten Schöpfungen Kakaphons, Milils illegitimem Bruder. Es steht geschrieben: ›Und als unser Herr Milil durch den Garten spazierte, verstellte Kakaphon ihm den Weg und sagte: ›Mein Bruder, deine lieblichen Lieder haben mich getötet: Sonne und Erde wenden sich dir zu, wie auch die Tiere und der Mensch. Sie nennen dich Lied und suchen dich, nennen mich Mißklang und fliehen vor mir.‹ Und mit diesen Worten fiel Kakaphon, der Mißklang, tot zu Boden.

Voller Trauer um seinen Bruder bereute Milil seine schönen Lieder und verweigerte sich dem Gesang. Die Sonne verfinsterte sich am Firmament, die Erde erbebte in Furcht, die Tiere duckten sich, und der Mensch verbarg seinen verzweifelten Blick. Milil sah alle diese Dinge und weinte. »Mein Lied hat meinem Bruder das Leben gekostet, doch mein Schweigen könnte der ganzen Welt das ihre nehmen. Es ist Blasphemie, daß ich meiner Welt ihr Lied verweigert habe; es ist Mord, daß ich meinen Bruder durch meinen Gesang getö-

tet habe; und es war eine Selbsttötung, zu der ich Kakaphon getrieben habe.«

Um dieses dreifache Unrecht wiedergutzumachen, schnitt sich Milil eine Kerbe ins Ohr, im Gedanken an Kakaphon, den Mißklang. Diese Kerbe beeinträchtigte die Musik, die an das Ohr unseres Herrn drang, und brachte dergestalt einen Mißklang in Milils liebliche Hymnen. Und Milil sang sein Lied mit diesem Mißklang und gab der Welt ihre Ordnung zurück, öffnete sich damit all jenen, die im Mißklang leben.

Sollte also ein Mann sich der Blasphemie, der Selbsttötung oder des Mordes schuldig gemacht haben, wird Milil ihm vergeben, und sein Lied gewinnt durch diesen Mißklang nur noch an Intensität. Sollen jene, die Gnade suchen, jetzt nach vorn treten.«

Während der Priester den Text herunterleierte, betrachtete Casimir den massiven Steinaltar. Auf seiner Oberfläche lag eine Seidenstola, die sich um eine zerbrechliche Holzschale und ein kleines Zeremonienmesser aus angelaufenem Silber schlängelte. Casimir biß die Zähne zusammen: wie passend, daß diese Klinge aus Silber ist, dachte er. Gustav schloß das Buch und stellte den staubigen Band auf einem neben dem Altar befindlichen Ständer. Er hob die Stola mit seinen zittrigen Händen in die Höhe, küßte sie und wickelte sie um seinen Hals. Dann legte er Casimir eine Hand auf die Schulter und begann mit dem Ritual.

»Casimir, bist du im vollen Bewußtsein deiner Taten und wünschst sie zu sühnen?«

»Das bin ich.«

»Und diese drei Sünden – Blasphemie, Selbsttötung und Mord – von welchen dieser drei möchtest du freigesprochen werden?«

»Mord...«, sagte Casimir, dann fiel ihm die Nacht auf dem Südhügel ein. »Für alle, guter Priester.«

»Milil hat dir vergeben und dich geläutert, Casimir«, fuhr

Gustav fort, »und da dein Ohr von dem äußerlichen Zeichen dieser inneren Heilung unberührt ist, wartet deine Vergebung auf ihr Siegel im Fleisch.« Er hob die Silberklinge, ohne sie anzusehen, hielt Casimir das Messer vors Gesicht und fuhr mit todernster Stimme fort.

»Dieses Messer, von Milils Priesterhand gesegnet, ist die Klinge, mit der Milil sein Ohr eingekerbt hat. Berühre ihre Spitze mit der Zunge.«

Casimir gehorchte, und Gustav fuhr fort. »Du hast die Klinge berührt, der Welt damit verkündet, daß dein Mund diese Sünden ausgesprochen hat. Sie sind als Mißklang in dein Ohr gedrungen, der im Widerspruch zu Milils Lied steht. Bevor du diesem Lied entsagst, erinnere dich an deine Sünden. Dann denke an den Glauben, an die Bindung an das Lied und daran, für andere das Leben lebenswerter zu machen.«

Gustav stellte sich vor Casimir hin und ergriff mit der freien Hand dessen Ohrläppchen. Er hob das Messer. »Casimir, bevor ich dieses Messer benutze, erinnere dich an die Gesichter derjenigen, die du getötet hast. Und dieses Mal soll die Erinnerung besiegeln.«

Mit zwei sauberen Schnitten schnitt Gustav ein kleines, dreieckiges Stück aus Casimirs Ohrläppchen. Er ergriff die Schale und fing das Blut auf, das aus der Wunde floß. Dann legte er das Stück Fleisch und das blutverschmierte Messer auf den Altar, nahm ein sauberes Tuch aus der Tasche und brachte den Blutstrom zum Stillstand.

»Milil hat dir deine Sünden vergeben, guter Casimir. Singe von nun an pflichtschuldig sein Lied«, sagte Gustav und bedeutete Casimir, das Tuch selbst festzuhalten. Als Casimir den blutgetränkten Lappen nahm, bemerkte er, daß Thoris näher herangekommen war und nun an seiner Seite stand. Der leichenblasse Junge schwieg, lächelte jedoch kaum merklich. In der Zwischenzeit entfernte Gustav die Stola von den Schultern, faltete sie zusammen und wandte sich den beiden jungen Männern zu.

»Das war nur der erste Schritt, Casimir«, sagte er. »Dir ist vergeben worden, doch du bist noch nicht geheilt. Das kann erst in der Nacht des vollen Mondes geschehen, in zwei Wochen, wenn du wieder hierher kommst, um das Ritual zu vollenden.«

Das Lächeln verschwand von Thoris' Gesicht, und Casimir wurde leichenblaß. »Also darf ich bis dahin keine der Sünden begehen?«

»Ja«, erwiderte Gustav einfach.

»Warum habt Ihr das nicht vor der Zeremonie gesagt?«

»Casimir, damit das Ritual Erfolg haben kann, mußt du von diesem Augenblick an bis zum nächsten Vollmond im Sinne von Milils Lied leben. Du mußt jede Blasphemie meiden und darfst keine Selbsttötung und keinen Mord verüben.« Der Blick des alten Priesters war kalt und berechnend. »Darum habe ich es dir auch verschwiegen.«

Casimir holte tief Luft. »Trotz Eures mangelnden Vertrauens in mich, verehrter Gustav, werde ich diese Zeit rein bleiben.« Mit diesen Worten drehte sich der schwarzhaarige Meistersinger um und verließ zusammen mit Thoris den Altar.

»Die Kerbe an deinem Ohr macht dich zu einem Kind Milils«, sagte Gustav.

»Wenn Milil mich nicht erlöst, werde ich ihn verfluchen«, knurrte Casimir, ohne sich umzudrehen.

»Meide die Sünden, und Milil wird dich erretten!« rief Gustav ihnen nach. »Nicht er ist es, der verflucht sein wird, falls du versagst!«

Die Worte hallten durch den Tempel, als Casimir und Thoris in die undurchdringliche Finsternis eintauchten. Erschöpft trat Gustav von dem Altar weg und ließ sich auf die erste Bank sinken. Er schloß die Augen und fuhr sich mit der Hand durch das graue Haar. Dann stimmte er ein uraltes Lied an.

»Auch diejenigen dunklen Herzens wenden sich
flehend an dich, Milil,
die unter den Toten leben,
deren Schritte auf schreckliche Pfade führen,
wo die Dunkelheit lebt.
Sie rufen dich an, wie die Nacht den Tag
als das dunkle Kind der Angst, das voller Hoffnung ist.

Diese Wesen der Nacht sind in Blut geboren,
mit den Knochen des Menschen genährt.
Ihr Irrweg führt sie zum Grab,
ihre Leidenschaften sie in den Rachen des Todes.
Und dennoch flehen sie dich an, Milil,
in der Hoffnung, daß du sie erhörst,
sie erhörst und von Grunde auf änderst.

11

Casimir ließ den Blick über den lärmerfüllten Marktplatz schweifen. Auf die aus Holz- und Segeltuch zusammengezimmerten Stände strahlte die frühe Herbstsonne. Die Rufe der Händler vermengten sich mit den melodischen Flöten der Straßenmusikanten. Trotz den festlichen Flaggen und der frischen Luft fühlte sich Casimir in seinem Inneren wie tot. Am Abend würde der Vollmond am Himmel stehen; seine letzte Chance, vom Fluch der Lykantrophie befreit zu werden. »Eine geringe Chance«, murmelte er. Obwohl er seit der Vergebung seiner Sünden keinen Mord mehr begangen hatte, hegte er den Verdacht, daß Milil ihn entweder nicht retten konnte oder nicht wollte. Er seufzte und sah zum Stand des Lederhändlers am Rand des Marktes hinüber. Thoris probierte dort pflichtschuldig einen riesigen, mit Nieten beschlagenen Gürtel an, während Julianna vergnügt lachte. Ein flüchtiges Lächeln erhellte Casimirs Gesicht, um sofort wieder zu verblassen. »Falls das Ritual scheitert, werden Gustav und Thoris mich sofort töten.«

»Tod... Leben... Metamorphose«, sagte eine tiefe Stimme hinter Casimir, während sich eine langfingrige Hand auf seine Schulter legte. Casimir drehte sich um und erkannte Harkon Lukas. Der Barde lächelte breit und streckte die Hand aus. Auf der Handfläche lag eine Halskette mit einem Anhänger aus gelbem Glas. »Ich habe dir etwas gekauft.« Casimir kniff die Augen zusammen und betrachtete das lichtdurchlässige Oval. Das Glas beherbergte einen Schmetterling, dessen dünne Beine und membranhaften Flügel eng an den Körper gedrückt waren. »Metamorphose – der Tanz des Todes in das Leben im Tod«, erklärte Harkon.

»Heute wohl in philosophischer Stimmung, wie?« bemerkte Casimir mürrisch und nahm den Anhänger.

»Warum auch nicht?« fragte Lukas. Er legte Casimir die Hand auf den Rücken und dirigierte ihn mit einem strahlenden Lächeln auf die Marktstraße. »Die Luft riecht nach Herbst, heute ist Vollmond, und du hast dein rebellisches Reich fest im Griff.«

Casimir verstaute den Anhänger in der Tasche und blickte auf die zerklüfteten Pflastersteine des Marktplatzes. »Bist du tatsächlich dieser Meinung, Lukas? Glaubst du wirklich, ich habe es gut und richtig gemacht?«

»Du hast den Verräter Gaston getötet, die Macht über die Sängerhalle ergriffen, die Adligen eingeschüchtert und die Kerker mit Dissidenten gefüllt«, meinte der Barde. »Du bist ein ziemlich jagdfreudiger Herrscher geworden, Casimir, und das fast über Nacht.«

Casimir sah Lukas aus zusammengekniffenen Augen an. »Habe ich Gaston getötet, oder warst du das?«

»Macht das einen Unterschied?«

Casimir richtete den Blick wieder auf die Pflastersteine. »Obwohl ich Gaston gehaßt habe, wünschte ich, ich hätte ihn nicht getötet.« Er trat nach einem Kiesel, der auf der Straße lag. »Meine Tage als Jäger sind vorbei«, fügte er dann hinzu.

Harkon Lukas überholte Casimir, verstellte ihm den Weg und legte ihm beide Hände auf die Schulter. Er sah ihn streng an. »Wie nahe mußt du dem Tod kommen, bevor du etwas aus meinen Lektionen lernst? Wenn du Gaston damals nicht getötet hättest, hätte er dich getötet. Du mußt sie jagen, Casimir, sie jagen und niemals damit aufhören.«

»Genug davon«, erwiderte Casimir, trat um Harkon herum und ging weiter. »Wenn ich nur mit Grausamkeit und

Bösartigkeit herrschen kann, wäre es vielleicht besser, man *würde* mich töten.«

Lukas' Lächeln erstarb, und das Monokel fiel aus seinem Auge in seine behandschuhte Hand. Er starrte Casimir ungläubig nach, dann folgte er ihm und polierte dabei das Glas mit einem seidenen Taschentuch. »Grausamkeit ist ein unverzichtbarer Teil jeder Herrschaft, Casimir. Nicht du bist vom Bösen ergriffen, sondern die Menschheit ist es.«

»Du weißt nichts von meiner bösen Seite«, knurrte Casimir.

Der große Barde hob das Monokel und klemmte es sich ins Auge. »Vielleicht brauchst du noch eine Lektion. Triff mich heute abend in dem Wald direkt hinter dem Fluß.«

»Ich habe bereits eine Verabredung«, sagte Casimir. »Außerdem würdest du nur deine Zeit verschwenden.«

»Komm um Mitternacht«, erwiderte Lukas ernst, drehte sich dann mit wehendem Umhang um und verschwand in der Menge.

Casimir zerrte wütend an den dicken Ketten, die ihn an Hand- und Fußgelenken hielten. »Ich wußte nicht, daß Milil an Fesseln glaubte.«

»Tut er auch nicht«, erwiderte Gustav ernst und schob die Ketten durch den Sockel des Steinaltars. »Ich habe sie mir von den Gefängniswärtern geliehen. Die meinten, sie wären stark genug, sogar einen wütenden Werwolf zu halten.« Der alte Mann warf Casimir einen durchdringenden Blick zu. »Kennen sich die Gefangenenwärter mit Werwölfen aus?«

Casimir ignorierte die Frage und sah sich in dem Raum um, auf dem Gustav für das Ritual bestanden hatte. Er war klein und fensterlos, die Wände bestanden aus massivem Stein. Die dicke Eichentür war verschlossen. Dieser Raum gehört nicht in einen Tempel, sondern in ein Verlies, dachte Casimir. Gustav hätte keinen besseren Ort für das Ritual finden können. »Ich nehme an, dies hier ist eine Sache, bei der es um alles oder nichts geht«, bemerkte Casimir trocken. »Ihr wollt mich heilen oder töten, richtig?«

»Ja«, erwiderte Gustav schlicht. Sein Tonfall wurde sanfter. »Wie auch immer das Ergebnis aussieht, so wird es am besten sein.« Er beendete seine Vorbereitungen, erhob sich und wischte sich den Staub von den Händen. »Die Zeremonie kann erst nach deiner Verwandlung beginnen.«

Casimir sah den Priester zweifelnd an. »Ich bin ... anders, wenn ich mich verwandle. Meine Begierden, mein Hunger ... ich kann nicht versprechen, wie ich mich benehmen werde, wenn ich ...«

»Dafür sind die Ketten ja da. Bitte fang mit der Verwandlung an.«

Casimir nickte ernst. Er leitete die Transformation ein, und seine Arme fingen an zu zittern. Die schweren Ketten rutschten über den Boden. Gustav ließ Casimir nicht aus den Augen, und auf seinem Gesicht vermischte sich Staunen mit Abscheu. »Tretet zurück! Es fängt an!« stieß Casimir durch die länger werdenden Zähne hervor. Gustav wich langsam zurück.

Auf Casimirs Körper wuchs Fell, und Knochen verbogen sich und brachen. Seine Augen wurden blutrot, und die schwarz verfärbten Lippen spannten sich über die hervorschießende Schnauze. Sein Wams riß auf, als sich seine Schultern veränderten und sich seine Brust vorwölbte. Seine Beine nahmen neue Formen an, und seine Haut schlug Wellen. Gustav trat noch einen weiteren Schritt zurück, und Thoris drückte sich in eine Ecke, als die Verwandlung ihr Ende nahm. Casimir hatte seine Werwolfsgestalt angenommen; er war eine Mischung aus Mensch und Tier.

Er sprang von dem Altar weg und zerrte die Ketten mit

sich. Plötzlich spannten sie sich und rissen die riesige Bestie von den Hinterbeinen. Die breiten Eisenbänder gruben sich tief in Casimirs Fußgelenke, die nun viel zu dick für die Fesseln waren. Doch die Ketten hielten. Casimir erhob sich knurrend und sprang erneut nach vorn. Die Ketten peitschten durch die Luft und spannten sich. Casimir stürzte erneut, ohne den Priester erwischen zu können. Diesmal erhob er sich langsamer, nahm seine Fesseln in die Klauen und versuchte, sie aus dem Altarsockel zu reißen.

Thoris drückte sich atemlos in die Ecke, als Gustav vorsichtig auf den Tiermenschen zuging. Er griff in die Tasche seines Gewandes und holte ein großes, silbernes Medaillon hervor, das eine blätterumkränzte Harfe darstellte, Milils heiliges Symbol. Gustav hob das Medaillon hoch und näherte sich dem knurrenden Geschöpf.

»O mächtiger Herr, Milil, Gott aller Lieder...«

Bei Milils Erwähnung spie der tobende Wolfsmann aus. Der Geifer von seiner Schnauze traf den alten Priester, doch Gustav wich nicht und führte das Ritual fort. »Du, der du aus Mißklang eine Hymne schmiedest, du, der jedem verborgenen Laut innewohnt und der du dich in Lieder kleidest, ich rufe dich an!«

»Milil ist tot!« grollte der Werwolf.

»Ich habe dir diesen Mann gebracht, Milil, habe ihn von allen Sünden gereinigt. Er ist gekommen, weil er von seinem Fluch befreit werden will.«

»Ich werde dich töten, Gustav, und dich auch, Thoris. Ich werde euch töten... fressen... eure Leichen irgendwo in einen Brunnen werfen!«

»Mächtiger Milil, erhöre mich!«

Casimir warf sich gegen seine Fesseln. »Komm näher!« brüllte er. Er schlug mit den Klauen zu und verfehlte den Priester nur knapp.

»Befreie unseren Meistersinger von diesem Fluch, gnädiger Milil. Befreie ihn von der Macht des Mondes. Befreie ihn von seinem Verderben!« rief Gustav und hieb mit dem Medaillon nach Casimir. Es traf ihn genau auf die Schnauze.

Casimir erstarrte. In seinem wölfischen Gesicht zeigte sich ernüchternde Verwirrung, das blutrote Flackern in seinen Augen verlor an Stärke. Thoris keuchte und schlug die Hand vor den Mund. Gustav zog das Medaillon zurück und musterte den Wolfsmenschen mißtrauisch. Casimir schwankte kurz, dann taumelte er mit klirrenden Ketten zurück. Er stieß gegen den Altar und rutschte ungelenk zu Boden. Ein Zittern durchlief seinen Körper, dann verwandelten sich seine Muskeln und Knochen.

»Siehst du, wie es verschwindet?« flüsterte Gustav Thoris atemlos zu und ließ dabei das Geschöpf nicht aus den Augen.

Thoris kam mit hoffnungsvollem Gesicht aus seiner Ecke. »Ich sehe es.«

Gustav strahlte. »Wenn er geheilt ist, ist das der Beweis, daß Milil zurückgekehrt ist.«

Das genügte Thoris. Er wagte sich zu Casimir vor. Neben seinem Freund kniete er nieder und legte ihm die Hand auf die zuckende Schulter. Langsam lichtete sich das dichte Fell. Die vertrauten Gesichtszüge bilden sich zurück, die Brust wurde flacher, die Gliedmaßen normal. Wenige Augenblicke später lag Casimir in Menschengestalt auf dem Boden. Sein erschlaffter Körper wurde von den Fetzen bedeckt, die einmal seine Kleidung gewesen waren. Hand- und Fußgelenke bluteten, wo die Fesseln die Haut aufgescheuert hatten, und seine Brust war vom Speichel benetzt.

Du bist geheilt, Casimir!« sagte Thoris aufgeregt. »Tatsächlich geheilt!«

Casimirs Augen lagen tief in ihren Höhlen. »Ich bin geheilt?« fragte er mit kränklicher, unsicherer Stimme.

»Ja, das bist du«, versicherte Thoris seinem Freund und rieb sich die Hände. Der alte Priester kam heran, und Thoris zog sich zurück. Nun kniete sich Gustav hin und untersuchte Casimir mißtrauisch. Die runzelige Haut seiner Schläfen spannte sich vor Besorgnis.

»Bist du wirklich geheilt?« fragte er heiser.

Casimir blickte in das unerforschliche Gesicht. »Ich hoffe es.«

Gustav starrte Casimir kalt an. Dann hob er die knorrige Hand und ballte sie zur Faust.

Mit einer Grimasse des Widerwillens schlug er unvermutet zu. Dem schmerzhaften Schlag folgte sofort der nächste, und auf Casimirs Wange zeichneten sich faustgroße rote Flecken ab. Gustav schlug erneut zu, und dann noch ein viertes Mal. Er stand mit funkelnden Augen und erhobener Faust über Casimir. Als er noch einmal zuschlagen wollte, fiel ihm Thoris in den Arm.

»Laß los!« brüllte Gustav und stieß Thoris beiseite. »Siehst du es denn nicht?« rief er und richtete den gekrümmten Zeigefinger auf Casimir. »Er lügt! Er ist nicht geheilt! Sieh ihn doch an!« Gustav machte wieder eine Faust und schlug zu. Seine alten Knöchel landeten hart auf Casimirs Kiefer. Der Schlag warf Casimir zurück, und er stieß mit dem Kopf gegen den Altarstein. Gustav drehte ihn mit einer unglaublichen Behendigkeit auf den Bauch und kniete sich auf seinen Rükken. Er zog ein Messer aus dem Gürtel und drückte die scharfe Klinge gegen Casimirs Halsschlagader.

»Das ist deine letzte Chance zur Verwandlung, Werwolf. Dieser Dolch kann dir in deiner Wolfsgestalt nichts anhaben, doch in deiner jetzigen Form kann er dich töten. Verwandel dich, oder du wirst sterben!«

Casimir wand sich hilflos. Er konnte kaum atmen. Gustavs knochiges Knie stach in seinen geschundenen Rücken. Hilflos sah er zu Thoris hoch, der sich wieder in die Ecke verkrochen hatte.

»Ich kann... ich kann es nicht mehr«, keuchte er.

»Ich werde dir die Kehle durchschneiden, so wie du es bei deinem Vater getan hast, dann kann ich zusehen, wie schnell du heilst«, stieß der Priester hervor.

»Tut es!« keuchte Casimir durch die zusammengebissenen Zähne. »Tötet mich!«

Dem alten Mann tropfte der Schweiß vom Gesicht, als er Casimir musterte. Es gab kein Anzeichen für die Rückkehr der Bestie. Er wartete noch zwanzig Herzschläge ab, bevor er das Messer zurücknahm.

Dann erhob er sich. »Du *bist* geheilt«, flüsterte er voller Unglauben und streckte die Hand aus, um dem zerschundenen jungen Mann beim Aufstehen zu helfen. »Du hast jeden Test bestanden, Casimir.« Er schwieg und steckte das Messer zurück in die Scheide. »Milil *ist* zurückgekehrt, und du bist sein erstes Wunder!«

Casimir stand mit zittrigen Beinen auf. Thoris lief auf ihn zu und stützte ihn. »Bitte, Meister Gustav, entfernt die Fesseln.«

Der alte Priester nickte und holte die Schlüssel von einem Haken in der Wand. Casimir streckte ihm die wunden Handgelenke entgegen, damit er leichter an die Schlösser herankam. Der Priester schloß die Fesseln auf. Casimir musterte ihn kühl.

»Du mußt mir die Fausthiebe verzeihen, Casimir«, sagte Gustav, als er die Fußfesseln öffnete. »Doch ich mußte mich davon überzeugen, daß du geheilt bist.«

Die letzte Kette fiel klirrend zu Boden. Der alte Mann richtete sich auf und drückte das Kreuz durch. Sein müder Blick fiel gerade lange genug auf das Gesicht des Meistersingers, um die Bösartigkeit zu sehen, die dort aufblitzte.

Casimirs Faust schoß unvermittelt vor. Sie landete mitten in dem alten Gesicht. Der Priester krümmte sich wie von einem Krampf erfaßt zusammen und sank dann zu Boden, wo er zitternd liegen blieb. Nicht einmal ein Stöhnen drang durch die aufgeschlagenen Lippen. Casimir sah gleichgültig auf ihn hinunter. »Ich akzeptiere Eure Entschuldigung. Macht das noch einmal, und Euer Kopf wird von der Spitze einer Lanze herunterblicken.« Er nahm Gustav die Schlüssel aus der zuckenden Hand und schritt zur Tür.

Ein Schlüssel paßte, und die massive Tür öffnete sich. Wortlos überschritten die beiden jungen Männer die Schwelle. Thoris warf einen schnellen, mitleidsvollen Blick zurück auf den am Boden liegenden Priester. Dann verschwand auch er im Korridor.

Lange blieb Gustav in dem dämmrigen und stillen Raum liegen. Die Kälte des Steinbodens linderte den Schmerz seiner Wunden. Er konnte sich nicht mehr bewegen und fühlte weder Arme noch Beine. Jeder Atemzug war eine Anstrengung, denn sein Hals lag seltsam abgewinkelt. Seine Augen waren weit aufgerissen und glänzten hell.

Dann atmete Gustav ein letztes Mal und lag dann still.

»Ich habe gewußt, daß es nicht funktionieren wird«, murmelte Casimir, als er ein Wams über den Kopf zog. Mürrisch blickte er in den hohen Ankleidespiegel. Dann hielt er die Kerze hoch und tastete mit den Fingern vorsichtig über die kaum wahrzunehmenden Prellungen in seinem Gesicht.

»Thoris sagte, du hättest Gustav einen interessanten Besuch abgestattet«, sagte Julianna hinter ihm. Sie lehnte im Türrahmen.

Casimir erstarrte und nahm die Kerze vom Gesicht weg. »Ja... ich glaube schon.« Er drehte sich langsam zu ihr um.

Sie trug ein festliches Kleid aus buntem, von Zigeunern gewebtem Stoff, dazu ein über die Schultern drapiertes Tuch. »Es ist eine so schöne Nacht. Der Wind ist kalt, der Mond ist voll. Hast du Lust auf einen Spaziergang?«

Casimir stellte die Kerze ab und ging zu ihr. »Ich würde ja gern, aber...« Er biß sich auf die Lippe. »Ich kann nicht, Julianna. Nicht heute abend.«

Er wollte an ihr vorbeigehen, doch sie griff nach seinem Arm. »Was ist denn los, Casimir? Du scheinst... dich zu fürchten.« Casimir sah weg und verbarg die verfärbte Wange. Sie streckte die Hand aus, nahm sein Kinn und zwang ihn, sie anzusehen. »Ich wünschte, du würdest mir vertrauen.«

Casimir blickte in ihre dunkelgrünen Augen. Er biß die Zähne zusammen und hatte plötzlich das Gefühl, keine Luft mehr zu bekommen. Dann riß er Julianna an sich und umarmte sie leidenschaftlich. Sie fühlte sich klein und zerbrechlich an. Ihr weicher, warmer Körper schmiegte sich an ihn, und er atmete den Duft ihres Haares ein.

Plötzlich bemerkte er, daß sich seine Fingernägel zu Krallen schärften. Er ließ sie abrupt los, riß seinen Umhang von dem Haken an der Wand und ging wortlos hinaus.

»Deine andere Verabredung... sie hat sich erledigt?« fragte Harkon Lukas. Seine Zähen schimmerten weiß im Mondlicht.

Casimir sog die nach Kiefern duftende Luft tief ein und steckte die Hände in die warmen Taschen seines Umhangs. »Ja... es hat sich erledigt.« Er sah müde zu den Baumwipfeln des dichten Waldes hoch.

Der Barde schnupperte. »Du bist verletzt worden. Von wem?«

Casimir zog die Hände aus den Taschen und zeigte die verfärbten Handgelenke. »Woher hast du das gewußt?«

»Ich bin ein Mann mit vielen Talenten, Casimir«, sagte Harkon und lachte merkwürdig. »Hast du dir diese Schnittwunden... selbst zugefügt?«

»Nein«, erwiderte der junge Meistersinger. »Im Tempel hat es ein paar Schwierigkeiten gegeben.«

»Ah... ja, der Tempel.« Lukas seufzte wissend. »Dieser streitsüchtige alte Priester macht gern Ärger. Ich sage dir, es war ein Fehler, dieser Religion so viel Macht zu verleihen.«

»Heute abend habe ich ihn auf seinen Platz verwiesen«, sagte Casimir.

Der Barde nahm den breitkrempigen Hut ab, schüttelte den Kopf und schnalzte mit der Zunge. »Also wird er keinen Ärger mehr machen.«

Casimir seufzte schwer und schob die Hände wieder in die Taschen. »Ich bin nicht zum Plaudern hier, Lukas. Du hast mir eine weitere Lektion versprochen.«

Lukas lachte. »Noch vor zwei Wochen wolltest du von meinen Lektionen nichts wissen. Woher dieser Sinneswandel?«

»Überleben«, sagte Casimir.

Lukas nickte bloß. »Kommen wir also zur Lektion. Tiere laufen auf vier Beinen, der Mensch auf zwei. Also trägt der Mensch das Herz über dem Bauch und den Kopf über dem Herzen. Doch beim Tier befinden sich Kopf, Herz und Bauch auf einer Ebene.«

Casimir schüttelte den Kopf. »Ein Rätsel?«

»Ja, ein Rätsel«, erwiderte Lukas. »Aber die Antwort zu diesem Rätsel ist einfach. Du wärst ein besserer Herrscher, wenn du deinen Kopf nicht länger über Herz und Bauch ansiedeln würdest.«

»Wieso?« fragte Casimir. »Du hast gerade gesagt, daß das eben die Art des Menschen ist.«

»Ja... des Menschen«, erwiderte Lukas. »Doch du bist eine Werbestie.«

Casimir wich vor dem Barden zurück, suchte sich einen festen Stand und bereitete sich auf den Angriff vor. Er entfachte die Verwandlung. »Wie kommst du denn auf die Idee?«

»Ich glaube es nicht, ich weiß es«, sagte Lukas kalt. »Wir sind vom selben Volk, verstehst du?«

Casimir stieß ein Keuchen aus. Krause Haare traten aus Lukas' Wangen aus. Mit einem hohlen Lachen schüttelte er seinen Umhang ab. Er fiel von den Schultern und flatterte wie ein Schatten zu Boden. Das Licht des Vollmondes wogte über einen Körper, der der Verwandlung unterworfen war: lange muskulöse Arme und Beine, ein gewaltiger Brustkorb, einen hundeähnlichen Schädel und Augen, die wie Kerzen flackerten. Die Haut dampfte, und heißer Atem trieb in Wölkchen durch die Luft.

Casimir trat noch einen Schritt zurück und leitete seine eigene Verwandlung ein. Muskeln zuckten; rauhes Haar sproß; Knochen brachen und nahmen andere Formen an; Zähne vermehrten sich. Sein wild schlagendes Herz schürte die Metamorphose. Und die ganze Zeit wandte Casimir nicht den Blick von der riesigen Bestie, die eben noch Harkon Lukas gewesen war.

»Ich kannte deinen Fluch von dem Augenblick, an dem ich dich kennengelernt habe«, knurrte Lukas. »Ich konnte dein Wolfsblut riechen.« Noch während er sprach, kam eine schattenhafte Gestalt unter den Bäumen hervor und trottete auf Lukas zu. Dann gesellte sich ein weiterer Schatten zu ihnen und noch einer. Casimir erkannte den Geruch auf Anhieb.

Es waren Wölfe.

»Komm, Casimir«, lockte Harkon Lukas. »Nimm deinen Platz unter den Wölfen ein. Du gehörst zu uns, nicht zu den Menschen.«

»Was willst du von mir?« knurrte Casimir.

»Verstehst du es denn nicht?« zischte Lukas. »Ich lehre dich... zeige dir deine wahre Natur... verleihe dir mehr Macht.«

»Du willst mir was beibringen? Warum?«

»Weil du ein Gott sein könntest«, erwiderte Lukas mit bösartigem Grinsen.

Casimir starrte ihn ungläubig an.

»Komm, Schwächling«, knurrte Lukas, »der volle Mond läßt uns nur wenige Stunden für die Jagd.«

»Ich habe bereits genug Morde verübt. Ich werde euch nicht begleiten!«

»Wir sind Jäger, Casimir, keine Mörder! Wir jagen den Hirsch. Akzeptiere, was du bist. Komm mit uns!«

Einen Augenblick lang spiegelte sich das kalte Licht des Mondes in Casimirs Augen. Lukas winkte ihn mit den sichelscharfen Krallen heran. Casimir bewegte sich vorsichtig auf die Gruppe zu. Mit einem hämischen Grinsen ließ sich Lukas auf Hände und Knie sinken und verwandelte sich in einen Wolf. Casimir schloß sich ihm an.

Und witterte sofort den süßen Geruch der Beute, etwa einen Kilometer entfernt. Er sog den Duft tief ein, bis er jeden Muskel seines Körpers zum Erzittern brachte.

Er hatte Hunger.

In lautloser Übereinstimmung preschte das Wolfsrudel los. Die Jagd hatte begonnen.

12

Am nächsten Morgen betrachtete Casimir den Sonnenaufgang vom Balkon seines Schlafzimmers. Sein Kopf ruhte mitsamt den dahinter verschränkten Händen auf der hohen Lehne des Stuhles, in dem er saß, während seine Füße auf dem Balkongeländer lagen. Unter ihm funkelte das Sonnenlicht auf den noch mit Tau bedeckten Dächern Harmonias. Casimir betrachtete die noch nicht zum Leben erwachte Stadt und sah den Spatzen zu, die von Haus zu Haus flogen.

Dabei dachte er an die vergangene Nacht. Die mitternächtliche Luft war äußerst belebend gewesen, und seine daherjagenden Vorder- und Hinterläufe hatten den Wald scheinbar zum Erbeben gebracht. Niemand hätte ihn aufhalten können – nicht einmal Harkon Lukas. Und was für eine Beute war dieser Hirsch gewesen! Seinen Schädel zur Seite zu biegen, die Reißzähne in seinen Hals zu schlagen und ihn zu Boden zu reißen, ohne Gewissensbisse fressen zu können...

Und nun, in diesem Moment, wünschte sich Casimir nichts sehnlicher, als wieder auf die Jagd gehen zu können – aber nicht allein, so wie er es achtzehn lange Jahre getan hatte, sondern zusammen mit dem Rudel, zusammen mit seiner Art, den Wölfen. Die Einsamkeit hatte ein Ende.

Er hörte, wie hinter ihm die Tür zuschlug und wie sich Schritte vorsichtig näherten.

»Guten Morgen, Meister Casimir«, sagte der Page zaghaft.

Casimir seufzte laut und winkte den Jungen heran. »Was ist von so großer Wichtigkeit, daß du so hereinstürmen mußt?«

Der Page stellte sich mit weit aufgerissenen Augen neben den Meistersinger.

»Also sag schon.«

»Meister Casimir, der ehrenwerte Priester Gustav ist tot.«

Casimirs Gesicht verdüsterte sich. Gustav? Tot?

Ein Schauder lief ihm über den Rücken, und er holte tief Luft. Dann wandte er sich von dem Jungen ab und schaute auf das stille Harmonia. So verharrte er kurz.

»Geh und hole Thoris«, befahl er dann.

Der Junge lief sofort los. Casimir vergrub das Gesicht in den Händen.

»Der Wolf hat wieder zugeschlagen«, dachte er laut und verschränkte die Arme über der Brust. Plötzlich war ihm kalt. »Ich kann es nicht aufhalten, kann nicht davon befreit werden, kann es nicht ausmerzen.« Er erhob sich und ging langsam ins Zimmer. Es klopfte.

»Ja, Thoris. Komm bitte herein.«

Die Tür öffnete sich. »Was ist, Casimir?«

Casimir winkte seinen Freund müde heran. Thoris kam furchterfüllt näher. »Sag mir, Casimir... was ist geschehen?«

»Gustav ist tot, Thoris«, sagte Casimir kalt.

»Tot?« keuchte Thoris.

»Ich muß ihn getötet haben, als ich ihn gestern abend geschlagen habe.«

Thoris packte seinen Freund bei den Oberarmen. »Tu dir das nicht an, Casimir. Du wolltest ihn nicht töten.«

»Aber ich wollte ihm weh tun.«

Thoris unterdrückte die Angst in seiner Stimme. »Zumindest hat er dich vor seinem Tod noch heilen können.«

»Er hat mich geheilt, und ich habe ihn getötet«, sagte Casimir bedrückt.

Thoris setzte sich auf die Bettkante. »Es gibt nichts, was wir daran ändern könnten.«

»Nun, wir können wenigstens für ein würdiges Begräbnis sorgen«, erwiderte Casimir, trat auf den Balkon und starrte auf Harmonia. »Ich will einen Gottesdienst im Tempel, bei dem jeder freie Bürger Harmonias anwesend ist. Die Orgel muß vor der Messe instand gesetzt werden. Ich persönlich werde die Totenrede halten und den Erlaß verkünden, daß von diesem Tage an jeder Harmonianer in den Tempel zur Messe gehen muß.«

»Soll ich einen Advokaten holen, um die Einzelheiten festzulegen?« fragte Thoris.

»Nein«, sagte Casimir leise, ohne sich umzudrehen. »Ich möchte, daß du dich darum kümmerst. Plane alles für eine Trauerprozession vom Tempel zum Südhügel. Ich möchte, daß Gustav an der Stelle begraben wird, an der ich in die Tiefe gesprungen bin. Beauftrage einen Bildhauer, von Gustav eine Statue aus Granit anzufertigen. Sie soll auf Gustavs Grab stehen. Dann gehst du zur Sängerhalle und suchst einen Chormeister und einen Organisten für die Kirche.«

In Thoris' Kopf drehte sich alles. Er rieb sich die Stirn und fragte: »Einen Chormeister und einen Organisten? Wir brauchen doch zuerst einen neuen Priester!«

Casimir drehte sich langsam um. »Die Macht des Priesters ist genauso groß wie meine Macht, und ein korrupter Priester könnte mich stürzen. Ich kann niemandem außer dir vertrauen.«

»Was?« keuchte Thoris ungläubig.

»Der Chormeister wird für dich singen, und der Organist wird spielen. Ich werde für eine Predigt sorgen«, sagte Casimir. »Du brauchst bloß lernen, wie man predigt, und vielleicht noch das Lesen, damit du Milils Geschichten kennst.«

»Aber ich bin doch erst sechzehn Jahre alt!« protestierte Thoris.

»Ich war erst achtzehn, als ich Meistersinger wurde.«

»Niemand wird auf mich hören.«

»Sie werden auf *mich* hören«, erwiderte Casimir ruhig.

»Tu mir das nicht an, Casimir«, bettelte Thoris.

»Ich habe es bereits getan«, kam ohne Zögern die Antwort.

Thoris stand zitternd in dem steinernen Gang, der den Tempel mit dem Kapitelsaal verband. Orgelmusik schmetterte durch die geschlossene Tür in den Gang und verschmolz mit dem Heulen des winterlichen Windes. Thoris drückte das sackähnliche, mit Stickereien verzierte Seidengewand wärmesuchend enger an den Körper und schaute durch das Fenster neben ihm. Das vom Alter trüb gewordene Glas gab den Blick auf einen wütenden Schneesturm frei, der die Häuser mit einer dichten weißen Schicht versah. »Vier lange Monate«, murmelte Thoris niedergeschlagen. »Wann wird dieser verfluchte Winter enden?«

Dennoch zog er die Kälte und den heulenden Wind dem Jaulen der Orgel vor. Seit er die Reparatur des Instrumentes für Gustavs Beerdigung veranlaßt hatte, wünschte er sich, darauf verzichtet zu haben. Er bedauerte die Gemeinde, auf deren vollständiger Anwesenheit Casimir bei jeder der ohrenbetäubenden Messen bestand.

Die Orgel brüllte die letzten Töne heraus und verstummte dann. Thoris richtete den Blick in die Höhe und widmete Milil ein gesummtes, tonloses Dankeslied. Er war sich noch immer nicht darüber im klaren, ob er nun an den Gott des Liedes glaubte oder nicht, doch das Amt des Priesters brachte bestimmte Anforderungen mit sich.

Thoris hob den Saum seines langen Gewandes an, öffnete die Tür und trat in die warme, weihrauchgeschwängerte Luft des Chors. Er kehrte immer in den Chor zurück, wenn Casimirs Predigt begann. Der Meistersinger war in den sechs Monaten, die seit Gustavs Tod vergangen waren, zu einem leidenschaftlichen und wortgewandten Redner geworden. Seine Botschaften erwärmten gleichermaßen die Herzen der Armen wie auch der Reichen, und das sogar in der Kälte des Winters. Als Thoris den Rand des Mittelschiffs erreichte, erblickte er Casimir. In letzter Zeit sah er so blaß und angespannt wie ein Toter aus, doch die in ihm wohnende Leidenschaft strafte diese Blässe Lügen.

Casimir legte die Hände auf die Seiten des Chorpultes und holte tief Luft. Ein eiskalter Wind trieb über das Tempeldach und zerrte an den vom Alter gelockerten Schindeln.

»Diese Winter...« Er verstummte und schüttelte den Kopf. »Diese Winter mit ihrer gnadenlosen Kälte und ihrem scharfen Wind treiben uns von den Straßen, aus dem blassen Sonnenlicht zu den winzigen Herdfeuern, deren Wärme und Licht schwache Nachahmungen des Sommers sind. Und wenn wir am Herdfeuer dicht zusammenrücken und uns in unsere Decken hüllen, kommt uns die Frage in den Sinn, in was für einer grausamen Welt wir eigentlich leben. Hört Milil tatsächlich unsere Lieder? Sorgt Milil tatsächlich für uns? Wie weit reicht sein Lied an einem so kalten und herzlosen Ort?«

Casimir machte wieder eine Pause und lauschte dem Wind, der an den Spitzbogenfenstern rüttelte. »In Milils himmlischem Chor singt ein Bauer namens Olya. Während seines ganzen Lebens trugen Olyas Hände die Narben des Leibeigenen, und seine Schultern trugen die Lasten seines Herrn. Hart und bitter und traurig war sein Leben, doch er ertrug es und träumte vom Himmel. Und bald kam der gnadenbringende Fehlschlag der Axt, die ihn tötete und seine Seele vom Körper trennte. Und Olya wurde Mitglied von Milils Chor. Seine Stimme war reiner und lieblicher als die Stimmen aller Heiligen. Der schwerfällige Leibeigene war gestorben, doch eine Stimme, die ihresgleichen suchte, war geboren worden.

Und Milil kam oft, um Olya singen zu hören, und seine Stimme brach dem Gott das Herz. Unser Gott weinte, so bewegt war er von den Liedern seines Dieners, und er vernachlässigte die Welt. Der erste Winter kam. Eis und Hagel regneten aus dem Firmament und töteten viele Menschen. Frauen und Männer klagten Milil ihr Leid, doch er hörte nur Olyas Lied. Erst als der Riese und die Nachtigallen ihre Stimmen vereinten, schreckte Milil auf. Er schüttelte seine Trauer ab, wandte sich der Welt zu und erweckte die Sonne zu neuem Leben.

Dann fragte er Olya: ›Warum hat dein hartes und freudloses Dasein dir eine so makellose Stimme gegeben? Sie ist so rein, daß sie mich traurig macht!‹

›Ich betrauere mein vergessenes Leben, denn ich habe es in der Hoffnung auf deinen Himmel vergeudet, Milil‹, sagte Olya.

›Aber hat diese Hoffnung dein armseliges Leben nicht bereichert?‹ fragte der Gott.

›Oh, das Leben ist nicht armselig, denn mitten unter dem größten Gestrüpp wächst eine einzelne Rose, deren flüchtiger Duft mir wichtiger ist als dein ganzer Engelschor. Der Mann, der den Honig gekostet hat, findet ihn durch den schmerzenden Stich der Biene noch erstrebenswerter.‹

Als Milil das hörte, machte er Olya das Angebot, noch einmal auf Erden wandeln zu können, doch diesmal würde sein Tod endgültig sein, denn einmal muß alles sterben. Und Olya willigte überglücklich ein. Doch kaum auf Erden, starb er durch die Zähne eines Bären, der nach Milils Winter vom Hunger geplagt wurde.

Und so betrauert unser Herr bis zum heutigen Tag den Verlust der Stimme Olyas. Und in seiner Trauer läßt er den Winter jedes Jahr zurückkehren.«

Die Predigt war zu Ende, und der Wind heulte wieder bedrückend durch den Chor. Die Gemeinde verharrte in andächtigem Schweigen. Thoris zog sich langsam vom Rand des Chors zurück und setzte sich auf eine der Bänke an der Außenseite. Die Orgel spielte. Casimir setzte zu einem melodischen Gesang an.

O Milil, unser Herr, wir singen für dich.

Die Gemeinde erwiderte aus vollem Halse:

Wir singen dein Loblied.
Aus der winterlichen Gruft aus Eis und Schnee.
Wir singen dein Loblied.
Mit Seelen, die vom schwachen Fleisch bedrängt werden.
Wir singen dein Loblied.
O erlöse uns von unseren launischen Herzen.
Voller Hoffnung bitten wir dich.
O töte die Bestie, die in uns allen lauert.
Voller Hoffnung bitten wir dich.
Nun erhöre unser Lied.
Wir singen dir ein Lied der Hoffnung.

Nach der gemeinsamen Hymne hörte man jetzt eine Vielzahl von Liedern, denn jeder sang etwas anderes für sich. Auch Thoris sang seine Fürbitten: für die Gesundheit der Gemeinde, für die Herrschaft des Meistersingers Casimir, für Juliannas Glück...

Ein leiser, hoher Ton durchdrang das laute Stimmengewirr. Für Thoris hörte es sich wie das Spiel einer Flöte an – oder einen Musikstab, wie er in alten Texten Milils genannt wurde. Thoris hörte auf zu singen und lauschte. Der Ton war zu gleichmäßig und andauernd; es konnte unmöglich die Stimme eines Menschen sein. Dann wurde er lauter und dröhnte mit schmerzhafter Intensität in Thoris' Ohr.

Was ist das? fragte sich Thoris. Es stand geschrieben, daß Milil auf dem Musikstab spielte, aber anzunehmen, daß der Gott...

Thoris.

Das Wort formte sich aus dem Chor der gesungenen Gebete.

Thoris.

Es war deutlich zu verstehen. Thoris spürte, wie das Entsetzen ihn in seinen Bann schlug.

Thoris.

Ein Schauder lief ihm über den Rücken. »Was?« flüsterte er.

Laß dich nicht täuschen, Thoris.

Thoris schluckte hart. »Wer bist du«, murmelte er.

Die Bestie lebt noch.

»Welche Bestie?«

Casimir.

Thoris wurde blaß. Er stützte sich mit den schweißfeuchten, zitternden Händen auf der kalten Bank ab und sammelte seine Kräfte. Dann stieß er hervor: »Wer bist du?«

Töte die Bestie, Thoris.

Thoris stand trotz des Zitterns in seinen Beinen auf und schwankte bis zum Säulengang. Vielleicht konnte er ja der Stimme entkommen. Vielleicht war es nur der Wind und die Lieder und sein erschöpfter Geist. Er stolperte durch den Säulengang, aber der Befehl dröhnte noch immer in seinen Ohren: *Töte die Bestie, Thoris. Töte die Bestie.* Er sank auf die Knie und drückte die Hände auf die Ohren. Die Stimme wurde nur noch lauter. Keuchend verlor er das Bewußtsein.

Der letzte Schnee des Winters fiel in wirbelnden Flocken aus den grauen Wolken, als der alte Bauer über sein lehmiges Feld schritt. Er blieb stehen, legte den Kopf in den Nacken und musterte abschätzend den Himmel. Der Soldat der Wache und der junge Priester hinter ihm blieben stehen.

Der Soldat sah ungeduldig zu, die Hand auf dem Knauf seines Schwertes. »Wo also ist dieses Wasserloch, von dem du erzahlt hast?«

Der Bauer kratzte sich die Stirn. »Hab mir nur wegen dem Schnee Sorgen gemacht. Entschuldigt, daß ich Euch geholt hab, Priester Thoris, doch ich war der Meinung, daß Ihr das sehen solltet.«

Thoris nickte schweigend und zog sein Priestergewand zusammen, um sich vor dem beißenden Wind zu schützen.

Der Bauer blickte noch einmal in den Himmel, dann ging er weiter. Der Soldat schloß sich ihm zögernd an, und Thoris folgte den beiden. »Da oben is es – an der Stadtmauer.« Der Bauer verschränkte die Arme über der Brust und schritt zu der Stelle, an der sein Besitz an die Stadtmauer angrenzte. »Da sind mal 'n paar Steine für die Mauer aus'em Boden geholt worden. Das Loch is mit Wasser vollgelaufen, und wir alle hab'n es fürs Vieh und fürs Feld benutzt. Bis vor kurzem.«

Der Bauer verstummte, als sie die Hecke erreichten, die am Rand seines Feldes wuchs. Dahinter befand sich ein tiefes Reservoir, das aus einer hervortretenden Granitader herausgeschlagen worden war. Der Rand trug noch immer die Narben von den Hämmern und Meißeln der Steinbrucharbeiter. Das Wasser selbst wirkte seltsam rot in dem grauen Tageslicht.

»Rost im Wasser?« fragte der Soldat.

»Das is kein Rost.«

Thoris beugte sich über die Hecke und blickte in die Tiefe. Da entdeckte er sie. Sie füllten das breite Reservoir fast vollständig aus. Es waren Leichen.

Thoris saß nervös in der Bibliothek im Haus des Meistersingers. Ihm war kalt, obwohl er den Stuhl in das helle Sonnenlicht gestellt hatte, das durch die bunten Glasfenster fiel. Er betrachtete die dunklen Bücherregale und die dicken Gobelins, die an den Deckenbalken hingen.

Wo bleibt sie nur? fragte er sich besorgt.

Die Fenster verdunkelten sich, als die Sonne von einer Wolke verhüllt wurde. Der warme Fleck, in dem Thoris gesessen hatte, verschwand. Er fröstelte und sah zum Fenster. Erst jetzt – ohne die blendende Sonne – konnte er erkennen, was die bunten Glasplättchen darstellten – den Chor von Milils Engeln, die über einem Hügel schwebten und gewaltige Schatten auf das unter ihnen befindliche Gras warfen. Als Thoris genauer hinsah, erkannte er, daß die Schatten in Wirklichkeit einen anderen Chor darstellten, einen Chor aus Wölfen, die den Hügel belagerten und den Mond anheulten. War das Einbildung? Thoris stockte der Atem. Je länger er hinsah, desto überzeugter war er, daß die Engel in Wirklichkeit die Schatten der Wölfe waren.

»Du wolltest mich sprechen?« sagte Julianna.

Thoris zuckte zusammen, dann bedeutete er ihr, auf dem Stuhl ihm gegenüber Platz zu nehmen. »Ja... es ist eine dringende Angelegenheit des Tempels.«

Julianna machte ein ernstes Gesicht, als sie sich setzte. Sie zupfte an dem langen, schwarzen Wollrock und zog dann den kurzen Umhang enger um die Schultern. »Hier ist es ziemlich kalt, nicht wahr?«

Thoris nickte mit einem schwachen Lächeln. Dann wurde er wieder ernst. »Ich weiß, daß mich das eigentlich nichts angeht«, machte er mit unsicherer Stimme den Anfang, »aber ich muß diese Frage stellen, um Casimirs, Harmonias und des Tempels willen...«

Juliannas Blick wankte nicht. »Sprich weiter.«

Thoris rutschte auf dem Stuhl herum und rang die Hände. »Ah... das ist schwer in Worte zu kleiden. Wie stehen die Dinge zwischen dir... und Casimir?«

»Die Dinge?«

»Ja...«, erwiderte Thoris mit einem nervösen Lächeln. »Behandelt er dich... gut und anständig?«

Julianna runzelte die Stirn. »Natürlich. Sein Benehmen ist stets vorbildlich. Warum?«

»Äh... ist er jemals zu grob gewesen? Hat er dich je geschlagen?«

»Mit Sicherheit nicht«, sagte Julianna entrüstet.

Thoris nickte. Er kratzte sich am Kiefer, wo sich der erste Bartflaum zeigte. »Die nächste Frage dient ausschließlich dem Wohl des Tempels. Seid ihr... intim?«

Julianna stand auf und verschränkte die Hände vor dem Leib. »Wie kann die Beantwortung dieser Frage dem Wohl des Tempels dienen?«

Nervös bedeutete Thoris ihr, sich wieder hinzusetzen. »Bitte... bitte setz dich, Julianna. Ich kann dir jetzt nicht sagen, warum, doch du mußt mir vertrauen. Es ist von lebenswichtiger Bedeutung, daß ich das weiß.«

Sie setzte sich langsam wieder und ergriff die Armlehnen. Sie mied seinen Blick und holte tief Luft. »Ja, das sind wir«, sagte sie dann leise.

Thoris wurde blaß und sah ebenfalls zur Seite. Plötzlich strömte das Sonnenlicht wieder durch die Fenster und hüllte beide in seine Wärme ein. Trotzdem zitterte Thoris. »Das ist nicht gut«, sagte er ernst.

Julianna sah mit gerunzelter Stirn zu ihm hoch. »Was ist daran falsch? Wir haben nichts getan, das Milils Gesetze bricht.«

»Das ist es nicht«, sagte Thoris. »Casimir... ist nicht gesund.«

»Nicht gesund?«

»Du weißt doch, wie blaß er geworden ist. Richter, der Alchemist, weiß nicht, woran er leidet, und ich auch nicht. Doch wir befürchten, daß es eine Krankheit des Gemüts ist und du dich bei ihm anstecken könntest.«

Nun war Julianna ebenfalls leichenblaß. »Wenn er krank ist, werde ich ihn wieder gesund pflegen.«

Thoris lächelte unbehaglich. »Bevor du ihm helfen kannst, gesund zu werden, mußt du selbst völlig frei von der Krankheit sein.«

»Was meinst du damit?«

»Richter und ich glauben, daß du dich vielleicht schon angesteckt hast«, erwiderte Thoris und errötete bei der Lüge. »Aber mach dir keine Sorgen. Ich kenne einen Priester in Gundarak, unserem nördlichen Nachbarn. Wenn ich dich zu ihm bringe, kann er dich heilen und dir einen Balsam für Casimir mitgeben.«

»Warum soll Casimir nicht mitkommen?«

»Die Reise könnte ihn umbringen.«

Julianna biß sich auf die Lippe und sah zur Seite. »Wann brechen wir auf?«

»Noch heute abend.«

Die beiden Wolfsrüden eilten durch das dichte Baumlabyrinth, ihre breiten, kräftigen Pfoten trommelten über den lehmigen Pfad. Lukas war der Anführer. Casimir folgte ihm, und die kleinen Erdklumpen, die Harkon in seinem Lauf lostrat, spritzten hoch und blieben in seinem Fell hängen. Es war ihm egal. Das war Lukas' Jagd, nicht seine. Obwohl sie oft die süße Witterung der Hirsche aufnahmen, wandte sich Lukas nie in deren Richtung. Er schien völlig, wie vorher abgesprochen, darauf konzentriert zu sein, einen Bären zu jagen. Er wich niemals mehr als einen halben Kilometer von der Straße nach Gundarak ab, blieb nie stehen, um am schwarzen Lehm zu schnüffeln oder auf das nervös verharrende Wild des Waldes zu lauschen. Sein erbarmungsloser Lauf wurde nur einmal unterbrochen, als er auf der Straße einen Wanderer witterte. Und selbst da hielt er sich lediglich lange genug auf, um den Mann zu töten.

Sie hatten das nahe gelegene Skald fast fünfundzwanzig Kilometer hinter sich gelassen, als Casimir mehrere Männer auf Pferden roch. Obwohl er in dieser Nacht keine Lust verspürte, Menschen zu töten, zog er sie als Beute diesem ziel- und endlosen Lauf vor. Er verdoppelte den donnernden Rhythmus seiner Pfoten und überholte Lukas. Dann stürmte er durch die felsige Senke, die sie von der Straße trennte. Er hielt seine zuckende Nase in den Wind und witterte den unverkennbaren Geruch von Pferden und Menschen. Ohne langsamer zu werden, sprang er in den Wassergraben am tiefsten Punkt der Senke und lief den auf der anderen Seite befindlichen Abhang hinauf. Seine Krallen bohrten sich vom Hunger beflügelt in den feuchten Boden. Lukas befand sich direkt hinter ihm und hielt sein Tempo mühelos mit.

Casimir erreichte den kahlen Grat des Hügels. Unter ihnen lag die Straße nach Gundarak, die durch den Wald führte. Der lehmige Weg war mit tiefen Pfützen übersät. Zwei Reiter bemühten sich, die Pfützen zu umgehen, und die Hufe ihrer Pferde trommelten dumpf auf den nachgiebigen Untergrund. Lukas trat in dem Augenblick an Casimirs Seite, als der den Hügel herab auf die Reiter zustürmen wollte. Da nahm Casimir eine vertraute Witterung auf.

Es war Julianna.

Der liebliche Duft ihrer Haut drang als erstes an seine Nase und wurde von dem schweißigen Geruch von Thoris gefolgt. Casimir schnupperte erneut, in der Hoffnung, daß es ein Irrtum war. Die Gerüche waren nicht zu verwechseln.

»Dein Priesterfreund verdächtigt dich«, sagte Lukas. Casimir blickte den Barden überrascht an, der unbemerkt wieder menschliche Gestalt angenommen hatte. »Wie ich es schon immer gesagt habe, Casimir. Du hättest dieser Religion nicht soviel Macht geben dürfen, das war ein schlimmer Fehler. Er hat sich gegen dich verschworen, doch zuerst kommt seine Sorge um Julianna, weil er um ihr Leben fürchtet.«

Casimir sah wieder zur Straße herab.

»Noch hat er ihr nichts von deinem Fluch erzählt«, fuhr Lukas fort. »Er ist sich nicht sicher, ob er es selbst glaubt. Aber wie dem auch sei, Casimir, dein Priester bringt sie in Sicherheit, bevor er gegen dich das Messer hebt.«

Casimir zitterte, von einer wilden Wut erfüllt, die sein Herz zum Kochen brachte. Es kostete ihn nur einen kurzen Gedanken, um die Transformation vom Wolf zum Werwolf einzuleiten. Augenblicke später erhob er sich auf die Hinterbeine. »Ich bringe ihn um, bevor er sie mir wegnehmen kann!« knurrte er.

Lukas ergriff seine Hand. »Warte, Casimir. Wenn du deinen Priester angreifst, wird Julianna ihrer Stute die Sporen geben und Gundarak erreichen. Dann wird sie dir für alle Zeiten entkommen sein. Es gibt einen anderen Weg. Das ist deine nächste Lektion.« Lukas wandte sich mit feierlichem Ernst der Straße zu und hob die Hände wie ein Chormeister vor einem großen Chor. Dann brachte er die Hände zusammen und zeichnete mit ihnen eine gerade Linie in die Luft.

Im Wald nahm ein Lied seinen Anfang. Zuerst bestand es allein aus einem leisen, rhythmischen Geräusch, das an von den Blättern tropfendes Regenwasser erinnerte. Langsam gesellte sich ein tiefes Dröhnen dazu, das Casimir mehr spürte als hörte. Über diesen Tönen bildete sich eine zaghafte Melodie, die der Wind herantrug. Sie schien jedem Baum und jedem Grashalm zu entsteigen.

Julianna zügelte ihre Stute und blieb stehen, um dem urwüchsigen Lied des Waldes zu lauschen. Thoris galoppierte noch ein paar Meter weiter, bis auch er anhielt. Nun saßen beide ganz still auf ihren Pferden und lauschten angestrengt, während sie die Zügel durchhängen ließen.

Casimir wandte sich Harkon Lukas zu, der schmal lächelte. »Siehst du, Casimir, bevor du das mächtige Tier in deinem Inneren akzeptieren konntest, warst du unfähig zu handeln. Aber jetzt bist du stark. Du hast das volle Ausmaß deiner Macht noch nicht begriffen, doch hier hast du schon mal einen kleinen Vorgeschmack.«

Casimir fröstelte und blickte auf die Straße. Julianna und Thoris lagen zusammengesunken auf den Hälsen ihrer Pferde. Casimir warf Lukas einen besorgten Blick zu.

Der Barde winkte ab. »Ihnen ist nichts geschehen. Ich werde sie mit Hilfe von Magie in ihre Betten zaubern. Sie werden am Morgen aufwachen und alles für einen Traum halten, aber so schnell nicht wieder auf die Idee kommen, einen weiteren Fluchtversuch zu unternehmen.«

Die Stille, die darauf folgte, wurde gleich darauf von einem Lied durchbrochen. Casimir wurde ruhig und ließ zu, daß sich das Tier aus seinem Blut stahl. Langsam nahm sein Körper wieder die Gestalt eines Menschen an. Als die Verwandlung abgeschlossen war, kniete Casimir auf dem feuchten Gras. Lukas stand drei Meter von ihm entfernt und starrte auf die Straße. Casimir folgte seinem Blick und sah die reiterlosen Pferde, die langsam zum Waldrand trotteten.

»Welche Kräfte hast du noch, Lukas?« fragte Casimir mit zitternder Stimme.

»Die Lektion ist beendet«, sagte der Barde kalt. »Auch du hast das Lied gehört. Du wirst wie sie erwachen, Meistersinger. Doch dir wird das Wissen bleiben, daß es kein Traum war!«

13

Casimir betrachtete die schlafende Julianna durch die halbgeöffneten bleiernen Lider. Ihr schwarzes Haar umrahmte das elfenbeinfarbene Gesicht in anmutigen Windungen, und unter der Decke hob sich ihre Brust sanft und regelmäßig. Mit jedem stillen Atemzug durchlief ihren Körper ein leichtes Zittern. Ihr schien kalt zu sein. Casimir stand auf und breitete eine zweite Decke über ihr aus.

Er wandte den Blick ab und sah statt dessen aus dem Fenster, das sich direkt neben ihrem Bett befand. Hinter dem Glas erstreckte sich der helle Himmel in endlose Weiten, und Spatzen jagten einander durch die Luft. *Erst vergangene Nacht hat sie versucht, mir zu entkommen,* dachte Casimir. Er sah den Spatzen zu. Einer der kleinen Vögel landete auf der Fensterbank. Er hüpfte ungelenk auf dem Stein herum, als würde die davon ausgehende Kälte seinen Füßen weh tun. Casimir legte behutsam die Hand auf die Scheibe. *Vielleicht hätte ich sie entkommen lassen sollen, jetzt, wo ich... nicht mehr zu heilen bin.*

Er strich den Spatzen aus seinen Gedanken, und seine Miene verdunkelte sich. Es war ihm klar, daß er Julianna niemals würde gehen lassen. Sie allein stand zwischen seinen derzeitigen Qualen und der ewigen Verdammnis. *Solange sie bei mir ist,* dachte er und starrte sie an, *kann ich es ertragen, leben zu müssen.*

Er blieb eine lange Zeit neben dem Bett sitzen, die schlanken Finger um das angewinkelte Knie verschränkt. Er hätte sie zu gern aufgeweckt, sie berührt, sich davon vergewissert, daß sie ihm nicht erneut entglitt. Schließlich drehte Julianna den Kopf auf dem Kissen herum. Die langen Wimpern hoben sich, und die Sonne brachte das Smaragdgrün ihrer Augen zum Funkeln.

Als sie Casimir erblickte, blinzelte sie seltsam und erschrocken. Sie rutschte höher, zog dabei die Bettdecke bis zum Hals und schenkte Casimir ein flüchtiges Lächeln. Er ließ sie nicht aus den Augen.

»Meister Casimir, was verschafft mir die Ehre Eures Besuches?« fragte sie und tat mit ihrer Betonung sein Eindringen auf kokette Weise ab.

»Du hast geträumt«, erwiderte Casimir entschieden.

»Habe ich das?« fragte sie mit einem leichten Stirnrunzeln.

»Ja«, sagte Casimir.

Sie sah ihn merkwürdig an. »Kann schon sein.«

»Erzähl mir von deinem Traum, Julianna.«

Der Klang ihres Namens auf seinen Lippen erzeugte bei ihr eine Gänsehaut. Sie zog die Decken höher. »Warte mal... Es ist alles irgendwie... verschwommen«, sagte sie und wich seinem Blick nicht länger aus. »Ich glaube, ich habe von einer Reise geträumt.«

»Wo wolltest du hin?« fragte Casimir scharf.

»Ich weiß es nicht«, erwiderte sie mit einem Schmollmund und fügte dann hinzu: »Der Traum war zu verschwommen.«

»Wo nahm die Reise ihren Anfang?«

»Hier.«

»Und warum wolltest du verreisen?«

Sie schmiegte sich an ihr Kissen. »Es war doch nur ein Traum.«

Casimirs finsterer Blick wurde zärtlicher. Er löste den Griff um sein Knie und beugte sich vor. »Warum solltest du mich verlassen wollen, Julianna?«

Sie wich vor ihm zurück, und obwohl sie sich bemühte,

ausgeglichen zu erscheinen, sah sie ihn nun mit aufgerissenen Augen an. »Casimir, ich denke, du glaubst zu sehr an die Macht der Träume.«

Er packte sie bei den Schultern. »Sag es mir!«

Auf ihrem Gesicht zeigte sich ganz deutlich Furcht. Als Casimir das bemerkte, ließ er sie sofort los und setzte sich ärgerlich zurück. Sie starrte ihn an, und in ihren Augen war eine seltsame Mischung aus Erschütterung und Besorgnis zu erkennen. »Casimir, du bist krank! Du bist blaß, schwach, immer abwesend und ständig zornig. In Gundarak gibt es einen Priester...«

»Keine Priester mehr«, brüllte Casimir. Er beugte sich vor und vergrub das Gesicht in den Händen.

»Was ist nur mit dir?« fragte sie plötzlich ungehalten. »Willst du denn nicht, daß du dich wieder besser fühlst? Im vergangenen Herbst habe ich das erste Mal bemerkt, daß etwas nicht stimmt, aber damals wolltest du dich mir nicht anvertrauen. Und jetzt auch nicht.«

»Es tut mir leid«, sagte Casimir mutlos.

Nun wich die Verzweiflung in Juliannas Blick der Wut. »Thoris und Richter glauben, daß dein Gemüt krank ist, doch ich glaube, es liegt am Amt des Meistersingers oder vielleicht an Gustavs Tod – oder an mir!«

»Nein!« schrie Casimir. »Sag das niemals! Ja, es ist schwer, der Meistersinger zu sein, und das gleiche galt für Gustavs Tod und tausend andere Dinge – doch du könntest es niemals sein. Niemals. Wieder und wieder hast du meine Wunden und mein Herz geheilt, Julianna. Solltest du mich jemals verlassen, wirst du mich damit umbringen!«

»Genug von dieser Art Schmeichelei!« sagte Julianna wütend.

»Das ist keine Schmeichelei«, erwiderte Casimir. Er versuchte, den Gedanken zu Ende zu bringen, doch seine Lippen wollten die Worte nicht formen. In hilfloser Verzweiflung rutschte er vom Stuhl herunter und kniete sich neben das Bett. »Heirate mich, Julianna. Ich kann es nicht riskieren, dich noch einmal zu verlieren.«

Sie keuchte überrascht auf, ihr eben noch gerötetes Gesicht war blaß geworden. Sie starrte ihn lange an, dann reichte sie ihm ihre zitternden Hände. »Aber natürlich will ich«, sagte sie leise.

Casimir hob ihre Hände an die Lippen und küßte sie, dann beugte er sich vor und nahm sie in die Arme. Sie legte die Hände um seinen Hals und drückte sich fest an ihn. Casimir konnte ihr Blut riechen, das schnell und heiß durch ihren makellosen Hals pochte. Plötzlich entströmte der süße Wohlgeruch der Angst ihrem Atem und ihrer Haut und kitzelte verführerisch in seiner Nase. Auf einmal war er sich der Dünne der Decke bewußt, die sie voneinander trennte. Der exotische Schlag ihres Herzens dröhnte in seinen Ohren. Es verlangte ihn danach, die Zähne tief in ihren schönen Hals zu schlagen und...

Nein!

Casimir ließ sie unvermittelt los und stolperte auf die Füße. Sein leichenblasses Gesicht war schweißüberströmt. Julianna setzte sich auf und hielt sich die Decke vor den Körper. Das morgendliche Sonnenlicht zeichnete ihre zarte und sinnliche Silhouette auf das Laken.

In Casimirs schmerzenden Knochen nahm die Verwandlung ihren Anfang. Er taumelte mühsam rückwärts auf die Tür zu.

Julianna stieg aus dem Bett. »Casimir, geht es dir gut?«

Er verharrte an der Tür. »Julianna, ich liebe dich.« Dann riß er die Tür auf und eilte hinaus.

»Casimir, bitte, du mußt mir zuhören«, bettelte Thoris eine Woche später. Er hob das mit goldenen Stickereien verzierte Gewand an und eilte über den Marmorboden des Prunksaales. Der Meistersinger, der sich als dunkle Silhouette von der breiten Reihe der Gartenfenster abzeichnete, stand auf der anderen Seite des Saales. »Es ist dringend«, sagte Thoris.

Casimir machte keine Anstalten, Thoris' Anwesenheit wahrzunehmen, und beschränkte sich darauf, dem Gärtner bei der Arbeit zuzusehen. Erst als der junge Priester ihn erreichte und an seinem Ärmel zupfte, rührte er sich. »Nichts ist mehr wichtig, Thoris.«

Thoris ließ den Saum seines Gewandes sinken und legte ihm beruhigend die Hand auf die Schulter. »Du hast immer Zeit für mich gehabt, Casimir. Bitte ignoriere mich jetzt nicht.«

Der Meistersinger wandte sich ärgerlich von dem Fenster ab. Mit seinen schmalen Händen strich er sich übers Kinn. »Nun, worum handelt es sich bei dieser wichtigen Angelegenheit?«

Thoris zeigte auf die Stühle neben dem Fenster. »Setzen wir uns doch wenigstens.«

Casimir nickte, ging zum nächsten Stuhl und ließ sich darauf fallen. Thoris setzte sich bedächtig neben ihn. »Verstehst du, es läuft auf folgendes hinaus. Ich habe Stimmen im Tempel gehört.«

Casimirs Blick war unergründlich, und seine Stimme kam einem Knurren sehr nahe. »Und jetzt willst du nach Einbruch der Nacht die Türen abschließen?«

»Nein«, sagte Thoris mit einem flüchtigen Lächeln. »Ich habe Stimmen gehört, die zu mir gesprochen haben.«

Der Meistersinger dachte schweigend darüber nach. »Du hast also Stimmen gehört, die mit dir gesprochen haben.«

»Ja«, sagte Thoris schlicht. »Vielleicht klingt es verständlicher, wenn ich sage, daß eine ganz bestimmte Stimme zu mir gesprochen hat.«

»Und was hat diese ganz bestimmte Stimme gesagt?« fragte Casimir kurz angebunden.

»Sie hat gesagt... nun, richtiger wäre, *er* hat gesagt« – Thoris wandte den Blick ab –, »daß du mich angelogen hast.«

»Daß ich dich angelogen habe? Wer ist dieser jemand, der mich einen Lügner nennt, und womit habe ich dich angelogen?«

»Ich weiß nicht, wer es ist«, erwiderte Thoris, und Casimirs Sarkasmus bestärkte ihn nur noch in seiner Entschlossenheit. »Doch die Stimme hat behauptet, daß du noch immer ein Werwolf bist.«

Casimirs Mund verzog sich zu einem schmalen, ärgerlichen Lächeln, und er stieß ein rauhes Lachen aus. Es war ein humorloser Laut. Thoris wartete ab.

»Wie in aller Welt kommst du auf diese Idee, mein Freund?«

»Natürlich durch die Stimme«, erwiderte Thoris kühl.

Casimir beugte sich näher an Thoris heran und lächelte. »Hat dir das die Stimme eines Verrückten gesagt?«

Thoris stand auf, verschränkte die Arme hinter dem Rükken und entfernte sich nachdenklich einen Schritt von den Stühlen. »Ob dieser Fluch dein Blut noch immer verdirbt oder nicht, Casimir, er haftet dir noch an. Sogar in diesem Augenblick kann ich das Tier in deinen Augen und deinem Gesicht sehen. Es ist wie ein Gift, das deine Haut durchdrungen hat und sich einen Weg zu deinem Herzen bahnt.«

»Und was ist mit meinen Predigten im Tempel?« fragte Casimir mit Pathos in der Stimme und erhob sich von seinem Stuhl. »Zählen die denn gar nicht? Was ist mit meiner Arbeit für die Armen? Was ist mit meinen Festen, meinen Edikten? Ist das nichts?«

»Du versuchst, die guten Sachen als Entschuldigung für den Fluch zu benutzen«, sagte Thoris. Er blieb stehen und drehte sich zu Casimir um. »Aber warum den Fluch entschuldigen wollen, es sei denn, er hat dich noch immer in seiner Gewalt?«

»Das hat er nicht!« brüllte Casimir.

»Sogar Julianna sagt, daß etwas nicht stimmt.«

»Laß Julianna aus dem Spiel! Erzählt ihr *niemals* etwas von dem Fluch und versuch *niemals*, sie mir wegzunehmen. Ich werde jeden töten, der es wagt, sich zwischen uns zu stellen.«

»Genau das habe ich gemeint!« sagte Thoris. »Hör dir doch mal zu!«

Casimir ging herausfordernd auf seinen Freund zu. »Der Fluch wurde von mir genommen!« knurrte er. »Aber einmal angenommen, das wäre nicht der Fall, was würdest du dann machen, Priester Thoris?«

Thoris bemühte sich mit aller Kraft, ruhig zu bleiben. Er schluckte und sagte: »Als ein Priester Milils würde ich das Ritual der Läuterung erneut vollziehen.«

»Was für eine Zeitverschwendung!« schrie Casimir, wirbelte auf dem Absatz herum und begab sich wieder ans Fenster. »Falls das erste Ritual erfolglos geblieben wäre, würde das doch bedeuten, daß Milil entweder ein falscher oder ein toter Gott ist. Oder er existiert, will mir aber nicht seine Gnade erweisen. Was für eine Art von Gott wäre er dann? Was für ein gnadenloser und bösartiger Herr? Selbst du, Thoris – der du so kleinlich und sterblich bist wie wir alle –, selbst du hast Mitleid mit mir gehabt. Du würdest mir die Erlösung nicht verweigern! Ist Milil etwa geringer als du?«

Thoris summte eine Melodie als Buße für die Blasphemie. »Behauptest du, daß Milil tot ist?«

»Vielleicht.«

»Aus welchem Grund solltest du so etwas sagen, es sei denn, Milil hätte den Fluch nicht von dir genommen?«

»Und was für ein Fluch soll das sein?« fragte eine elegante, tiefe Stimme vom Saaleingang.

Harkon Lukas.

Der Barde grinste wie immer unverschämt. Er riß den breitkrempigen Hut vom Kopf und machte eine tiefe Verbeugung. Thoris stellte sich mit hochrotem Gesicht neben Casimir. Harkon Lukas richtete sich wieder auf und kam näher. »Muß ich diese Frage wiederholen? Von welchem Fluch sprecht ihr?«

Thoris öffnete den Mund, doch Casimir kam ihm zuvor. »Von dem Fluch, ständig von nichtswürdigen Leuten gestört zu werden.«

Lukas tat die Bemerkung mit einem Schulterzucken ab. »Das wäre *tatsächlich* äußerst lästig.«

»Darf ich fragen, welchem Ereignis ich diese Ehre verdanke?« fragte Casimir knapp.

»Es ist eine eher private Angelegenheit, Meistersinger.«

»Ich habe keine Geheimnisse vor meinem Priester«, erwiderte Casimir ruhig.

Lukas schürzte die Lippen und tat so, als wäre er die personifizierte Nachsicht. »Vielleicht sollte ich mit dieser Angelegenheit warten, bis sich ein ungestörter Augenblick ergibt.«

»Nein, Casimir«, sagte Thoris. »Ich habe meine Antwort von dir bekommen. Es wäre eine Schande, wenn Meister Lukas den ganzen Weg von Skald auf sich genommen hätte, nur um jetzt abgewiesen zu werden.« Thoris schritt zwischen den beiden Männern vorbei. Dabei wäre er fast über den Saum seines Gewandes gestolpert, also hob er es an. Casimir sah schweigend zu, wie Thoris die Tür hinter sich schloß.

Dann wandte er sich steif dem hochgewachsenen Barden zu und sagte: »Ich hoffe, es *ist* wichtig!«

Das Lächeln verschwand von Lukas' Gesichtszügen. »Meine Angelegenheiten sind immer wichtig.« Er griff in die Tasche und brachte ein geschwärztes Stück Holz zum Vorschein. »Als ich heute über den Markt spazierte, fiel mir ein schmutziger Mann auf, der schmutzige Dinge feilbot. Darunter war auch das hier.« Lukas warf den schwarzen Gegenstand achtlos auf einen niedrigen Lesetisch.

Es war Gebrochenes Herz' Maske – die Maske, die Casimir beim Wettstreit der Meistersinger getragen hatte.

»Der eben erwähnte schmutzige Mann hat behauptet, dieses Schmuckstück in einer Feuergrube in der Nähe des Amphitheaters gefunden zu haben. Er wollte es mir für sechs Kupferstücke verkaufen.« Casimir starrte die rußgeschwärzte Maske wie hypnotisiert an. Die Federn, die einst den oberen Rand geschmückt hatten, ragten nun als zusammengerollte schwarze Knäuel in ein verbranntes Antlitz. Eine Augenbraue war abgebrochen, deshalb hatte sich das Lächeln auf dieser Maskenseite in ein wildes und übertrieben gehässiges Grinsen verwandelt. Die ganze Oberfläche war von Rissen überzogen. Lukas' Stimme riß Casimir aus seinen Gedanken. »Ich habe den alten Kerl auf drei Kupferstücke heruntergehandelt; eine in Anbetracht deiner Vergangenheit passende Summe.«

Casimir schaute auf. »Was weißt du schon über meine Vergangenheit?« fragte er klanglos.

Lukas' Gesichtsausdruck wurde todernst. »Ich weiß folgendes: Der Wolf hat dich im Armenhaus überleben lassen, der Wolf hat dich vor Zhone Clieous gerettet, der Wolf hat dich auf den Thron gebracht und jene getötet, die dich stürzen wollten. Verstehst du denn nicht, Casimir? Das Tier in dir hat dich immer gerettet, und niemals der Mensch. Wenn du das Tier verleugnest, bist du nichts. Nur wenn du dich auf das Tier einläßt, wirst du leben!«

»Welchem Umstand habe ich diesen Vortrag zu verdanken?« fauchte Casimir.

»Ich habe gestern von dieser lächerlichen Verlobung mit Julianna gehört«, sagte Lukas grollend. »Was ist los mit dir? Willst du dich an deine menschliche Seite ketten? Willst du unbedingt sterben und Julianna mit in den Tod reißen?«

Casimir riß die Maske vom Tisch und betrachtete ihre angesengten Ränder. »Das hier ist nicht meine Vergangenheit. Du zeigst auf meinen Schatten und behauptest, er wäre ich.« Er hob die rußverschmierte Hand hoch und hielt sie dem Barden vor die Nase. »Sieh, wie der Schatten meine Hand beschmutzt hat. Ich kann es nicht abwaschen – ich habe es versucht. Aber vielleicht gelingt es Julianna. Sie ist rein und stark, sie ist unberührt vom ...«

Lukas packte Casimir bei den schwarzen Haaren. »Vergiß Julianna!« brüllte er ihm wütend ins Gesicht. »Du *bist* der Schatten, Casimir! Der Schatten ist deine Macht. Der Schatten verleiht dir Leben! Sag die Hochzeit ab! Diszipliniere deinen Priester! Entsage deiner Menschlichkeit. Du bist ein Tier, nichts weiter!«

Casimirs Faust traf den Barden hart am Kinn und schickte ihn zu Boden.

»Casimir, vergiß meine Macht nicht!« knurrte Lukas, als er sich wieder erhob.

»Zu den dunklen Göttern mit deiner Macht und mit dir auch!« brüllte Casimir wutentbrannt und hob die geschwärzte Maske hoch über den Kopf. *»Das bin nicht ich!«* Er warf die Maske auf den Boden. Das vom Feuer angegriffene Holz zersprang klirrend wie Glas in zahllose Teile, die in alle Richtungen davonstoben.

Als der letzte Splitter an der Wand zum Liegen kam, zeigte Casimir mit dem Finger zur Tür. »Raus, Lukas! Du bist hier nicht länger willkommen, und das gilt nicht nur für mein

Haus, sondern auch für meinen Rat, mein Amphitheater und alle anderen öffentlichen Gebäude Harmonias! Ich spucke auf dein Leben in der Dunkelheit, und ich entsage dem Wolf in mir!«

Der Barde sah ihn ausdruckslos an. Er wandte sich von ihm ab, setzte den breitkrempigen Hut auf und schlenderte ohne Eile zur Tür. In der Nähe der Schwelle setzte er den Absatz seines Stiefels auf eine der Scherben von Casimirs Maske und drehte sich langsam um. Das Splittern des Holzes zerriß die Stille.

»Die Götter können das Ungeheuer nicht aus deinem Inneren verbannen, Casimir. Du verkündest, du willst deinem Leben in der Dunkelheit entsagen, doch das ist eine Entscheidung, die nicht du triffst. Du kannst vorgeben, kein Ungeheuer mehr zu sein, doch du wirst mit einer Lüge leben müssen. Der Hunger wird wieder erwachen, Casimir. Du wirst wieder töten, und wenn das geschieht, wird deine Herrschaft über Harmonia enden.« Mit ruhiger Bedächtigkeit drehte sich Lukas um, öffnete die Tür und verließ den Saal.

»Guten Tag, Hundebändiger«, sagte Harkon Lukas und beschattete seine Augen vor der hellen, nachmittäglichen Sonne. Er lehnte sich auf der Gartenbank zurück und musterte den hageren Leibdiener, der sich abmühte, die Meute Jagdhunde unter Kontrolle zu halten. Trotz seiner Anstrengungen zerrten ihn die Hunde auf die Bank zu, auf der Lukas saß. Sie umringten den Barden aufgeregt und schnüffelten an seinen Hosenbeinen herum.

Der Mann betrachtete Lukas voller Mißtrauen. »Habt Ihr ›Hundebändiger‹ gesagt?«

Lukas deutete mit dem Kopf auf die aufgeregte Meute. »Das sind doch Hunde, oder?«

Das Mißtrauen auf den Gesichtszügen des Mannes wurde

noch offensichtlicher. »Ich ziehe meinen Namen – Valsarik – der Bezeichnung ›Hundebändiger‹ vor.«

»Oh«, erwiderte Lukas mit gespielter Überraschung und einem Grinsen, dem deutlich abzulesen war, daß es nicht als Entschuldigung gemeint war. »Wenn wir uns mit Namen ansprechen wollen, so heiße ich Harkon Lukas.«

»Ja, ich weiß«, erwiderte der Diener. Er zerrte an den Hundeleinen, doch die Meute ließ sich nicht davon abbringen, weiter an Lukas' Beinen zu schnüffeln.

»Schöne Hunde«, bemerkte Lukas beiläufig.

Valsarik zerrte mit mehr Nachdruck an den Leinen und riß die Hunde von Lukas' Bein los. »Ich muß mich entschuldigen. Normalerweise reagieren sie nicht so aufgeregt auf Menschen.«

»Nicht auf Menschen?« wiederholte Lukas. »Doch auf andere Geschöpfe schon, oder?«

»Natürlich«, erwiderte Valsarik steif. »Das sind abgerichtete Jagdhunde – für die Wolfsjagd!«

»Tatsächlich?« fragte Lukas gelangweilt. Er breitete die Arme aus und gähnte. Dabei fiel sein Blick auf einen kleinen Jungen, der am anderen Ende des Gartens im warmen Sonnenlicht spielte. »Eigentlich ist dieser Garten viel zu kultiviert, als daß solche wilden Hunde hier herumspazieren sollten.«

»Wir kommen gerade aus dem Wald im Osten.« Valsarik sah sich gedankenverloren in dem prächtig gestalteten Garten um. »Die Tiere brauchen ihren Auslauf.«

»Ich kenne das Gefühl«, erwiderte Lukas mit einem entwaffnenden Lächeln. Er beugte sich vor, streichelte das samtweiche Fell einer Hündin und murmelte ihr fröhlich etwas ins Ohr. Valsarik sah ihm mit gerunzelter Stirn zu. Seine Stimme nahm einen etwas schärferen Tonfall an.

»Der Hundezwinger grenzt an diesen Garten an.« Mit einer Kopfbewegung deutete er auf ein niedriges Gebäude, das zur Hälfte von der Gartenmauer verdeckt wurde. Doch dabei ließ er den Barden nicht aus den Augen. Seine Gesichtszüge verdüsterten sich zusehends, dann nickte er nachdenklich. »Der einzige Weg dahin führt durch den Garten.«

Lukas richtete sich wieder auf und musterte den abweisenden Gesichtsausdruck des alten Mannes. »Mein lieber Valsarik, es ist wirklich unnötig, sich so große Sorgen zu machen, weil ich hier im Garten deines Herrn sitze.«

»Nein?« fragte Valsarik geradeheraus.

»Dein Herr und ich sind seit vielen Jahren befreundet.«

»Ja, ich weiß«, sagte der alte Diener und riß heftig an den Leinen.

»Noch einen schönen Tag, guter Valsarik«, sagte Lukas trocken.

»Das wünsche ich Euch auch«, erwiderte Valsarik gefühllos, steuerte die Hunde dann auf den Pfad zurück und verschwand schließlich hinter dem Zwinger.

Lukas atmete die Frühlingsluft tief ein, vergaß die Hunde und richtete seine Aufmerksamkeit auf das wahre Objekt seines Interesses – den Jungen, der neben dem Haus spielte. Das unschuldige Kind konnte nicht viel älter als vier Jahre sein – das perfekte Alter und die richtige Herkunft für Lukas' Pläne. Als sein Blick von der Straße aus zufällig auf den Jungen gefallen war, hatte er sofort gewußt, daß es der Richtige war. Er war durch das Gartentor gegangen – ohne daß der Herr des Besitzes etwas dagegen gehabt hatte – und hatte sich im Sichtfeld des Kindes hingesetzt. Der Junge lief und sprang schon seit über einer Stunde auf der Flucht vor den nur in der Phantasie existierenden Feinden über den kurzgeschnittenen Rasen, wobei er vor Begeisterung kreischte. Die schrille Kinderstimme jagte angenehme Schauder durch Lukas' Körper.

Sein Blick löste sich von dem Kind, als dessen Mutter an das hohe Fenster trat und ihren Sohn mit liebevoller Besorgnis betrachtete.

Lukas verzog die Lippen zu einem freudlosen Grinsen. »Jede Falle braucht einen passenden Köder«, flüsterte er leise, »einen Köder, nach dem man instinktiv greift.« Sein Blick pendelte hungrig zwischen Mutter und Kind. Das Lächeln erstarb langsam. »Du bist genau der Richtige, mein Junge. Genau der Richtige.«

Lukas stand von der Bank auf und schlenderte in Richtung Gartentor.

Dreißig Meter entfernt entdeckte die Frau den Barden, der im Begriff stand, den Garten zu verlassen. Sie drückte das schwere Fenster nach außen auf und rief mit schriller Stimme: »Johannes, komm sofort rein!«

Das Licht das Halbmondes fiel auf den Zwinger der Jagdhunde. Die Hunde lagen auf dem harten, mit Stroh bedeckten Bretterboden und schliefen. Gelegentlich jaulte ein Hund in geträumtem Schmerz auf oder scharrte mit einer zuckenden Pfote über die Planken. Doch diese Träumer versanken gleich darauf wieder in tiefem Schlaf.

Es roch nach Urin, Kot, Fellen und Stroh. In den erstickenden Gestank kam nur dann Bewegung, wenn durch die oben in der Wand angebrachten Lüftungsschlitze der Frühlingswind den Weg in den Zwinger fand. Ein solcher Luftzug wehte in diesem Augenblick über eine schlummernde Hündin.

Er trug den Geruch eines Menschen mit sich.

Das Tier erwachte sofort und schnüffelte eifrig. Es erkannte den Geruch des Mannes. Es war nicht Valsarik, sondern jemand anderes. Die Hündin stand unbeholfen auf und witterte erneut. Ja. Ein unmißverständlicher Geruch. Der parfümierte Mann. Der Mann mit der waldgrünen Kleidung. Der Mann mit den funkelnden Augen.

Die Hündin streckte die müden Muskeln und schaute neugierig durch den schmalen Lüftungsschlitz über ihrem Kopf. Da war nur der dunkle Himmel mit seinen hell leuchtenden Sternen zu sehen, keine Silhouette des Mannes. Doch der Geruch war unmißverständlich. Der Mann stand direkt unter dem Schlitz, ganz in der Nähe – vielleicht lehnte er sich sogar gegen die Wand. Die Krallen der Hündin scharrten über den Zwingerboden, als sie zum Lüftungsschlitz trottete. Sie stellte sich auf die Hinterbeine und stemmte sich mit den Vorderpfoten direkt unterhalb der schmalen Öffnung ab. Der Geruch war jetzt so stark, daß sie den Fremden fast schmecken konnte. Ihre Ohren stellten sich auf.

Der Mann flüsterte.

Die Hündin vernahm die aus seltsamen Zischlauten bestehende Menschensprache, so wie schon zahllose Male zuvor. Doch diesmal vermittelte der Sprachfluß Befehle, die ihr unbekannt waren. Sie verstand kein einziges Wort.

Doch in ihren Knochen erwachte ein Feuer zum Leben.

Sie spannte die Muskeln an und warf sich mit aller Kraft gegen den Schlitz, den man aus einer der breiten Wandplanken herausgeschnitten hatte. Schnauze und Vorderpfoten prallten gegen das Holz, sie wurde zurückgeworfen. Ohne zu verharren warf sie sich wieder gegen die schmale Öffnung und wurde erneut zurückgeschleudert. Hunde, die an der Wand lagen, wachten auf und eilten mit eingeklemmten Schwänzen zur Seite. Die Hündin sprang ein drittes Mal; ihre Vorderpfoten und die Schnauze trafen genau den Rand des Luftschlitzes, doch das Holz hielt. Sie landete auf dem Boden und kämpfte sich wieder auf die Beine. Aus kleinen Verletzungen an der Schnauze sickerte Blut. Sie rannte wieder gegen den Luftschlitz an. An der rechten Seite brachen Holzspäne splitternd ab. Die Hündin nahm Anlauf, ihre Krallen scharrten über den Boden und sie sprang; diesmal löste sich ein ganzes Stück aus dem Brett. Wieder und wieder warf sich das von einem inneren, wilden Drang angetriebene Tier mit immer kraftloser und erschöpfter werdenden Sprüngen gegen die Wand, bis die Öffnung schließlich doppelt so groß wie vorher war. Beim letzten Sprung wurden Holzsplitter in die Nachtluft geschleudert; die Hündin glitt durch die Öffnung, traf mit dem vollen Gewicht ihres Leibes auf den weggebrochenen, zersplitterten Bretterrand und jaulte schmerzerfüllt auf. Dann landete sie auf dem kühlen Boden neben dem Hundezwinger.

Der Mann war fort.

Die Hündin hielt die Nase in den Wind und suchte nach dem Duft des Waldmannes, als würde sie die langen, tiefen Schnitte unter dem Bauch überhaupt nicht wahrnehmen.

Er war tatsächlich fort.

Das kehlige, fremdartige Geflüster hallte in ihren Ohren wider. Sie bemerkte plötzlich, daß sie trotz ihrer Verletzungen über das taufeuchte Gras des Gartens lief. Als sie zu den Büschen kam, die das Haus umgaben, folgte sie einem Pfad, der an der Mauer entlangführte. Sie hechelte, ihr Fell sträubte sich. Sie konnte ihre Beute nicht riechen und wußte auch nicht, was sie eigentlich jagte.

Dennoch war sie auf der Jagd.

Als die Hündin um die Ecke des Hauses bog, traf sie das Licht des Mondes. Sie wandte den Kopf der Häuserwand zu. Reihen großer Fenster warteten leer und dunkel. Ihr Blick wurde von einem ganz bestimmten Fenster angezogen. Es war verschlossen und ohne Vorhänge wie die anderen auch, doch die Hündin erkannte in der tiefen Dunkelheit des dahinterliegenden Zimmers eine vertraute Gestalt. Ihre Pfoten tappten durch das feuchte Gras.

Ihre Beine trugen sie dem Fenster entgegen; zuerst ganz langsam, verfiel sie in einen schnellen Trott, bis sie schließlich mit voller Kraft rannte. Die schwarze Fensterscheibe kam näher und näher. Kurz davor setzte die Hündin zum Sprung an und hob ab. Ihr Körper glitt lautlos durch die Nacht, direkt auf das glänzende dunkle Viereck zu. Einen kurzen Augenblick lang sah sie ihr eigenes Spiegelbild.

Dann traf ihre Schnauze gegen die Scheibe.

Ein explosionsartiges Klirren hallte durch die Nacht, als die Scheibe zersprang und messerspitze Scherben durch den dunklen Raum flogen. Die an zahllosen Stellen blutende Hündin glitt anmutig durch die glaserfüllte Luft. Sie landete mit den Vorderpfoten auf dem dicken Teppich, stieß sich mit den Hinterbeinen erneut vom Boden ab und sprang auf eine dunkle Ecke des Zimmers zu.

Ihr Ziel war das Bett – und das darin liegende, zitternde Kind.

Die Hündin sprang mit einem Satz darauf zu. Das Kind zog die Steppdecke in stummem Entsetzen bis zum Kinn empor. Mit blutbefleckten Zähnen stürzte das Tier auf den Jungen und biß zu. Er hatte nicht einmal mehr Zeit, einen Schrei auszustoßen. Die Hündin wirbelte herum und zerrte den schlaffen Körper mit sich. Dann sprang sie vom Bett und lief auf das Fenster zu. Mit jedem Schritt rammte sie sich Splitter in die Pfoten. Dennoch lief sie weiter und zerrte das leblose Kind mit. Als sie das Fenster erreichte, spannte sie die Muskeln und sprang durch die zersplitterte Scheibe in die Nacht.

Eine Frau erschien in der Tür. Blankes Entsetzen verzerrte ihr Gesicht. Sie kam gerade noch rechtzeitig, um zu hören, wie der Fuß ihres Kindes dumpf auf die Fensterbank schlug.

Harkon Lukas stellte sich auf das Trittbrett seiner unbeleuchteten Kutsche. Er hob die beiden leblosen Körper mit behandschuhten Händen vorsichtig in das Gefährt. Dann zog er die Tür hinter sich zu und gab dem in einen dunklen Umhang gehüllten Kutscher ein Zeichen. Ein Peitschenknall zerschnitt die Nachtluft, und die Kutsche fuhr mit einem Ruck an. Lukas lehnte sich behaglich in seinen Sitz zurück und schlug die Beine übereinander. Der Blutgeruch war durchdringend, und Lukas atmete ihn mit höchster Zufriedenheit ein. Lange Zeit saß er so da, lauschte dem Geklapper der Pferdehufe und ließ sich seinen finsteren Plan in Ruhe durch den Kopf gehen. Schließlich entzündete er die kleine Laterne, die an der Kutschendecke hing.

Die Leiche und der Kadaver boten einen schrecklichen Anblick; beide waren auf widerwärtige Weise mit Glassplittern übersät. Lukas starrte die derart Verstümmelten leicht angeekelt an, doch dann verzogen sich seine Lippen zu einem sardonischen Lächeln. Das Blut paßte durchaus zu dem roten Stoff, mit dem die Kutsche ausgeschlagen war.

Der Barde griff in eine Innentasche seines Satinmantels und holte ein kleines, in der Mitte ordentlich zusammengefaltetes Stück Papier hervor. Er legte es aufs Knie und schlug es mit einer Hand auf, während er mit der anderen Feder und Tintenfläschchen aus einem Fach holte. Er klappte ein silbernes Tischchen aus der Kutschenwand und breitete das Blatt darauf aus. Dann hielt er kurz inne. »Wie soll ich es formulieren?« murmelte er und hielt das Ende der Feder nachdenklich an die Lippen. »Ich muß die Frau wissen lassen, daß ich den Jungen habe, und die Sache noch irgendwie mit Casimir in Verbindung bringen.« Dann fielen ihm die passenden Worte ein. Er tauchte die Feder in die Tinte und schrieb:

Verehrte Dame,
Falls Ihr Euer Kind jemals wieder in den Armen halten wollt, müßt Ihr in den drei kommenden Vollmondnächten vor dem Haus des

Meistersingers auf mich warten. In einer der drei besagten Nächte werde ich aus dem Haus treten, groß und elegant und in einen dunklen Mantel gehüllt. Begleitet mich an den Ort, an den ich Euch führen werde. Seid demütig, und ich werde Euch Euer Kind zeigen.

Lukas zögerte, bevor er die letzten finsteren Worte niederschrieb.

Es grüßt Euch ehrerbietig
Dunkles Herz

14

»Das eine kann ich Euch versichern, Meister Lukas«, sagte die greise Vistani, »ich würde für keinen Ratsuchenden meinen Wagen verlassen, um ihm wahrzusagen. Doch Euer Ruf hat mein Mißtrauen beschwichtigt.«

Der Barde saß auf der Bank, die direkt am Fenster des Zimmers stand, das er im ersten Stock der Schenke gemietet hatte. Er hatte seine schmalen Finger elegant gefaltet auf dem Schoß liegen und ließ die Straße keinen Moment aus den Augen. Gelegentlich schweifte sein Blick zum Vollmond hinauf, der langsam an dem von Dächern gesäumten Horizont in die Höhe stieg. Doch er sah sofort wieder auf die menschenleere Straße, die am Besitz des Meistersingers vorbeiführte.

Die Zigeunerin betrachtete Lukas mißtrauisch. Dann leerte sie einen Seidenbeutel voller Knochen auf den kleinen Nachttisch. Die trockenen und polierten Knochen fielen mit einem klirrenden Geräusch auf die grüne Marmorplatte. Die Alte sortierte sie. »Sollte es da etwas geben, das Euch mehr interessiert als die Zukunft?« fragte sie beiläufig.

Lukas setzte sich aufrecht hin. Er reckte sich und starrte die Greisin gedankenverloren an. Dann begannen seine Augen durchtrieben zu funkeln. »Vergib mir, liebe Marosa. Ich fürchte, in letzter Zeit sind meine Gedanken in Unordnung geraten. Ich weiß dein Entgegenkommen zu schätzen, daß du mir hier wahrsagen willst. Schließlich sind es gerade die Ereignisse, die sich hier an diesem Ort abgespielt haben, die mir Sorgen bereiten. Jedes Wahrsagen an einem anderen Ort wäre nutzlos.«

Die Zigeunerin sah ihn mit ihren vom grauen Star getrübten Augen kalt an, doch ihre vom Alter gezeichnete Stimme klang freundlich. »Dieses Zimmer ist vielleicht älter als jeder von uns, Meister Lukas. Es hat viele Geschichten zu erzählen. Welche willst du hören, hm?«

Lukas warf einen letzten Blick aus dem Fenster, stand dann auf und trat vor. Er strich sich gedankenverloren den Kinnbart. »Ich würde gern wissen, wer hier übernachtet hat, was sie getan haben, warum sie gekommen sind, wo sie hingegangen sind... und zwar vor genau drei Nächten...«

Madame Marosa nahm die Knochen in ihre knotige Hand. »Soll ich nach einer bestimmten Person Ausschau halten?«

Lukas setzte sich auf den Stuhl neben dem Tisch. Er zeigte wieder sein unverschämtes Lächeln. »Du kennst mich gut genug, um zu wissen, daß ich kein Narr bin, Madame Marosa. Nein, ich werde dir nicht sagen, wen ich suche. Sag mir, wen du erkennst, und ich sage dir dann, ob du richtig liegst.«

Madame Marosa seufzte ärgerlich, nahm die Knochen und

ließ sie fallen. Sie starrte auf das Muster und zuckte zurück, als hätte ihr jemand einen Schlag versetzt. Schweiß perlte über ihre leichenblasse, runzlige Stirn. Ihre Hände griffen haltsuchend nach der Tischkante.

Lukas beugte sich begierig vor. »Was siehst du, Frau? Wer war vor drei Nächten hier?«

»Ein... ein Unhold«, stieß sie atemlos hervor.

»Ein Unhold?« wiederholte er.

»Ein Teufel in Menschengestalt«, flüsterte sie. Ihre Blicke kreisten und konzentrierten sich furchterfüllt auf einen Punkt jenseits der Zimmerwände.

Der Barde lächelte zufrieden. »Was soll das bedeuten... ein Teufel in Menschengestalt?«

Die Alte schüttelte ängstlich den Kopf. »Er war... eingehüllt in die Haut eines Mannes... doch in Wahrheit war er ein Ungeheuer. Groß und schlank... trug er etwas Schweres. Etwas Kaltes.«

»Was trug er, Madame Marosa?«

»Er trug... er trug«, stotterte sie, dann formten ihre Lippen Silben zwischen den Worten. Ihr Körper versteifte sich, sie keuchte. »Er hielt einen kleinen Jungen und einen Hund. Beide waren tot.«

»Was hat er mit ihnen gemacht?«

»Er hat sie... abgesetzt, dort, auf der Bank am Fenster«, erwiderte die Vistani. »Und er... er...«

»Und er hat sich verwandelt, nicht wahr?« drängte Lukas. »Hat sich von einem hochgewachsenen, schlanken Barden in einen Wolf verwandelt. Habe ich nicht recht?«

Die alte Zigeunerin starrte ihn verblüfft an. Lukas konnte auf ihren hervorquellenden Augen sein Spiegelbild erkennen, seinen wilden Gesichtsausdruck.

»Und diese Bestie, Madame Marosa... diese Bestie hat dann gefressen, nicht wahr?« ließ Lukas nicht locker und rückte bedrohlich näher. Die Frau erwiderte nichts. »Und sie sah aus wie ich, nicht wahr?«

Mit einer Geschwindigkeit, die man ihren alten Händen gar nicht zugetraut hatte, schnappte sich die Vistani die Knochen, schleuderte sie Lukas ins Gesicht und unternahm einen verzweifelten Versuch, von dem Tisch wegzukommen. Eine Hand schnellte vor und legte sich mit eisernem Griff um ihren Hals. Sie kämpfte wild dagegen an.

Ein furchtbares Bersten hallte durch das Zimmer.

Die Alte erschlaffte und sackte zusammen. Lukas ließ nicht los und atmete tief durch. Er begab sich zum Fenster und zerrte die Leiche der Zigeunerin hinter sich her. Dort zog er den Vorhang beiseite und sah nach draußen. Seine Lippen verzogen sich zu einem bösartigen Grinsen.

Vor dem Besitz des Meistersingers stand einsam eine Frau. Sie rang die Hände und beobachtete aufmerksam die Straße. Lukas beugte sich vor, legte einen kleinen Riegel um und öffnete das Fenster behutsam einen Spalt. Kühle Nachtluft drang herein. Lukas schnupperte.

Der Wind trug den Geruch von Angst heran.

Der Barde wandte sich vom Fenster ab, und eine seltsame Verwandlung nahm ihren Anfang. Sein Körper schrumpfte zusammen; die schwarzen Haare wuchsen bis auf den Rükken und machten erst kurz vor der Taille Halt; Schnurrbart und Bart verschwanden; das Monokel fiel auf die wartende Hand; die ebenmäßigen Züge seines Gesichts rundeten sich. Die Verwandlung erfaßte auch den Rest seines Körpers, bis dort schließlich eine verführerische, schwarzhaarige Frau stand. Die Kleidung des Barden hing wie ein Sack an ihren Formen, und sie blickte auf die tote Vistani herab.

»Ihr Kleid dürfte mir gut passen.«

Julianna stocherte gedankenverloren in ihrem Essen herum. Das zarte Wildbret war heiß und dampfte. Das Kratzen ihres Messers auf dem Porzellanteller war der einzige Laut in dem großen Zimmer. Sie setzte sich unbehaglich auf dem hochlehnigen Stuhl zurecht und blickte zu Casimir hinüber. Der Meistersinger saß ihr gegenüber am anderen Ende des Tisches und aß ohne Lust. Seit ihrer Verlobung war seine Gesichtsfarbe noch grauer geworden, und täglich wurde er stiller und zog sich mehr in sich zurück.

Julianna legte das Messer nieder. »Warum gehst du nicht zu dem Priester in Gundarak? Er kann dich heilen.«

Casimir sah mit leerem Blick auf. »Was soll er heilen?«

»Sieh dich doch an«, erwiderte sie aufgebracht. »Du siehst aus wie ein Toter.«

»Mir fehlt nichts«, sagte Casimir mürrisch.

»Nun, dann bin ich es wohl«, erwiderte Julianna, stand auf und warf die Serviette auf den Teller. Sie ging zur Tür und öffnete sie. »Vor einem Jahr warst du voller Leben. Jetzt bist du kalt wie der Tod. Und steckst mich mit dieser Kälte an.« Sie ging hinaus.

Casimir sah ihr nach. Er schob die Gabel unter das Stück Wild auf seinem Teller und drehte es langsam um. Dann ließ er die Gabel seufzend fallen und starrte in das Licht des Kandelabers, der in der Tischmitte stand. Zweimal kam ihm der Gedanke, daß es angebracht wäre, aufzustehen und Julianna nachzugehen, doch er konnte sich nicht dazu entschließen.

»Was geschieht mit mir?« fragte er laut. »Ich habe drei Wochen nicht gejagt – mich nicht einmal verwandelt. Doch statt mich besser zu fühlen, geht es mir schlechter.« Er schob den Teller zur Seite, legte die Arme auf den Tisch und bettete den Kopf darauf. »Ich bin so müde.« Er schloß die Augen, nur für einen ganz kurzen Augenblick.

Als der Diener vorsichtig den Teller entfernte, erwachte

Casimir. Er runzelte die bleiche Stirn und blinzelte. Der Diener zuckte zusammen. »Seid Ihr fertig, Herr?«

Casimir starrte den Mann benommen an. »Ja, nimm es weg.«

Der Diener nickte unterwürfig, nahm den Teller und schlich in Richtung Küche.

»Oh... äh, bevor du gehst«, sagte Casimir. »Könntest du bitte Julianna herholen?«

Der Mann wand sich. »Ich erbitte Eure Verzeihung, Herr, aber die Dame Julianna hat das Haus vor etwa einer halben Stunde verlassen.«

Casimirs Ausdruck verhärtete sich. »Was? Wo ist sie hingegangen?«

»Das hat sie nicht gesagt, Herr«, erwiderte der Diener. »Doch sie trug einen Reiseumhang und eine Tasche. Ich glaube, der Priester hat nach ihr geschickt.«

Casimir ballte die Hand zur Faust und schlug auf den Tisch. »Verdammt, nicht schon wieder! Ich habe ihn gewarnt!«

Der Diener verbeugte sich nervös und sagte: »Der Priester hat auch ein paar der Tempelältesten geschickt, die mit Euch sprechen wollen. Sie sind in der Bibliothek.« Er zog sich in die Küche zurück.

»Ich habe keine Zeit für Tempelmäuse.« Casimir stand auf und verließ das Speisezimmer. Sein Herz hämmerte wie wild, und er spürte, wie seine Wangen wieder Farbe annahmen. Ich muß Thoris daran hindern, sie mir wegzunehmen, dachte er. Lukas hatte recht. Er will sie zuerst in Sicherheit bringen, bevor er mich stürzen will. Casimir schlug sich mit der Faust in die Handfläche.

Als er die Tür zur Bibliothek passierte, lief ihm plötzlich ein Schauder über den Rücken. Er blieb abrupt stehen und ging zurück. Er öffnete die Tür vorsichtig einen Spaltbreit und schaute hinein. Fünf in Tempelgewänder gekleidete Älteste saßen dort; zwei lasen in Büchern, während die drei anderen nervös die Blicke umherschweifen ließen. Casimir stockte der Atem. Der Gewandsaum des einen Ältesten enthüllte eine Stiefelscheide mitsamt einem großen Dolch. Die Klinge glänzte wie Silber. Casimir brach der Schweiß aus. Zumindest drei der Männer trugen ähnliche Dolche.

Casimir schloß lautlos die Tür und lehnte sich keuchend an die Wand. »Er will mich heute abend töten«, stieß er flüsternd hervor. »Und nicht einmal eigenhändig, sondern von Meuchelmördern.«

Er stieß sich von der Wand ab und stolperte den Korridor entlang, eine Hand aufs Herz gedrückt. »Er will mich töten.« Als Casimir seine Zimmer betrat und die Tür hinter sich schloß, funkelten seine Augen wie brennende Holzscheite. Er wischte sich mit dem Handrücken den Schweiß von der Stirn und sah durch das Fenster zum Vollmond. Das kalte Licht schien das Zittern aus seinen Gliedmaßen zu verjagen und seinen Entschluß nur noch zu bestätigen. Er atmete tief und beruhigte seine Gedanken. Dann nahm er einen dunklen Umhang vom Haken und ging zur Tür. »Wir werden ja sehen, wer hier wen tötet. Heute abend wird Thoris sterben!«

»Wo ist Madame Marosa?« fragte Thoris die Kutscherin. Er zog die Kapuze tiefer ins Gesicht und blickte sich verstohlen auf der Straße des Armenviertels um.

Die junge, schwarzhaarige Zigeunerin band die Zügel fest und sprang vom Kutschbock des Wohnwagens. »Sie ist beschäftigt. Ich bin Donya, ihre Tochter. Ich werde euch nach Gundarak bringen.«

Thoris runzelte die Stirn. Ihm fiel auf, daß die junge Frau genau dasselbe Kleid wie Madame Marosa trug, der Vistani-Matriarchin, die er für die Fahrt bezahlt hatte. Er musterte den bunt bemalten Wohnwagen. »Die andere Reisende wird jeden Augenblick hier sein.«

Die Zigeunerin legte ihm die schlanke Hand auf die Schulter. »Ich habe es nicht eilig. Schließlich habe ich Euer Gold bereits.«

»Vergiß nicht, Geheimhaltung ist das wichtigste«, sagte Thoris. »Nachdem wir eingestiegen sind, darfst du nur noch für die Torwachen anhalten; dann mußt du ohne Halt nach Gundarak durchfahren.«

»Ja, ja, *Giorgio*«, sagte sie und tätschelte spöttisch seinen Kopf.

Thoris wich ihrer Hand aus. »Und jetzt hör zu. Als wir vor drei Wochen nach Gundarak reisen wollten, ertönte an der Grenze ein Lied...«

»Und es hat euch einschlafen lassen. Ich weiß, ich weiß«, sagte Donya. »Keine Sorge. Wir Zigeuner sind immun gegen Kartakass' Schlaflied.«

»Davon habe ich gehört. Darum habe ich euch ja auch bezahlt«, sagte Thoris. Schritte näherten sich. Thoris zuckte zusammen, drückte sich gegen den *Vardo* und hielt den Atem an. Hoffentlich ist das nicht Casimir, dachte er.

»Es tut mir leid, daß ich zu spät komme«, sagte Julianna, als sie um die Ecke des Wohnwagens kam.

Thoris winkte sie verstohlen heran. »Es ist alles arrangiert. Ich habe ein paar der Tempelältesten zu Casimir geschickt, sie sollen versuchen, ihn von seiner Krankheit zu überzeugen.«

Julianna stieg in den *Vardo*. »Er ist wütend geworden, als ich es erwähnt habe. Ich hoffe, die Ältesten wissen, was sie bei einem Streit zu tun haben.«

»Ich habe dafür gesorgt, daß sie sich verteidigen können.«

Casimir trat von der Terrasse des Speisesaales. Er zog den langen schwarzen Umhang enger um den Hals; für die Jahreszeit war es unangemessen kühl. Dann schob er die Kapuze hoch und sah in die blauschwarze Nacht. Wie ein riesiges Auge hing der Vollmond im Osten am Himmel.

Casimir tauchte in den dunklen Tortunnel ein. Das Klicken seiner Stiefel hallte durch den höhlenartigen Backsteintunnel. Er ging unter dem Fallgatter durch, an den Torwachen vorbei und hatte wieder den sternenübersäten Himmel über sich. Nachdem er die Auffahrt zum Anwesen hinter sich gelassen hatte, schlenderte er zur rechten Straßenseite hinüber. Dort befand sich die elegante Schenke *Zum Musikstab*. Casimir ging daran vorbei und ließ die Fingerspitzen über die rauhe Hauswand gleiten, während er sich der von Laternen erhellten Kreuzung näherte.

»Heute nacht werde ich Thoris töten.«

Mit eiligen Schritten bog er um die Ecke der Schenke. Eine Frau blockierte seinen Weg. Er sah es zu spät und stieß sie zu Boden. Sie landete auf dem steinernen Bürgersteig. Casimir kniete sofort neben ihr nieder und bot ihr die Hand. »Vergebt mir, Gnädigste, ich habe Euch nicht gesehen.«

Die Frau schaute zu ihm hoch und musterte seine im Schatten der Kapuze liegenden Gesichtszüge. Abgesehen von der Angst in ihren Augen war sie von erstaunlicher Schönheit. Das goldblonde Haar umrahmte ein feingeschnittenes Gesicht mit einer kleinen Nase und vollen roten Lippen. Casimir sah sie verblüfft an. Die Frau streckte ihm langsam eine zierliche, kleine Hand entgegen. Er ergriff sie und half ihr auf die Beine. Ihr aus Spitze gefertigtes Brusttuch schmiegte sich an ihren Oberkörper, und die Falten des sich um eine schmale Taille schmiegenden Rockes glätteten sich wieder.

»Es ist eine gefährliche Nacht, um ohne Begleitung unterwegs zu sein«, sagte Casimir galant.

»Ich werde Euch begleiten«, erwiderte sie, und ihre tiefe Stimme bot einen starken Gegensatz zu der kindgleichen Unschuld ihrer Gesichtszüge.

Ich werde Euch begleiten? Casimir schüttelte verwundert den Kopf. »Aber Ihr wißt doch gar nicht, wo ich hin will.«

»Richtig«, sagte sie mit bebender Stimme. »Ich weiß es nicht.«

Er schaute sie zweifelnd an. »Solltet Ihr nicht nach Hause gehen?«

»Bitte«, sagte die Frau plötzlich ganz aufgeregt. »Ich habe solche Angst. Spielt keine Spiele mit mir. Ich werde nicht ohne meinen Sohn zurückkehren.«

Sie ist betrunken oder verrückt, dachte Casimir. Trotzdem fühlte er sich von ihr angezogen. Sie hatte seinen Hunger geweckt. Casimir folgte dem anmutigen Schwung ihres Halses mit den Augen, und er atmete den verführerischen Duft ihres Körpers willig ein. »Ich werde Euch mit Freuden an den Ort begleiten, zu dem Ihr unterwegs seid.«

Sie schob ihre zitternde Hand unter seinen Arm und legte den Kopf an seine Schulter. »Bitte... sagt mir, wo gehen wir hin?«

Etwas schnürte Casimir den Hals zu, und sein Verlangen wuchs. »Zu Milils Tempel«, murmelte er.

»Bringt mich dorthin, Meistersinger«, sagte sie traurig.

Der Klang dieses Titels auf ihren Lippen jagte ihm eine Gänsehaut über den Rücken, und ihre melancholische Stimme steigerte das Prickeln, das bereits durch seine Knochen rieselte. Er konnte ihr Blut riechen, sah vor seinem geistigen Auge, wie er eine rasiermesserscharfe Kralle nach der anderen über ihre Haut zog und den Muskel darunter entblößte. Er schloß die Augen und verdrängte die schrecklichen Bilder. Das süße Gefühl, mit dem die Bestie ihr Kommen ankündigte, hatte sich bereits im größten Teil seines

Körpers ausgebreitet, doch er brachte es unter Kontrolle. Zumindest für eine Zeitlang.

»Bitte, Meister Casimir«, flehte die Frau. »Wenn das das Ziel ist, dann laßt uns aufbrechen.«

Er nickte und legte zögernd die Finger über ihre eiskalte Hand. Dann schlugen sie den Weg zum Tempel ein. Keiner von ihnen sagte ein Wort, doch Casimir war überzeugt, daß sie das Hämmern seines Herzens hören können müßte.

Drei schattenhafte Gestalten verfolgten aus einer dunklen Gasse heraus, wie Casimir die Frau zum Tempel Milils führte. Nachdem der Meistersinger eine volle Minute fort war, flüsterte eine der Gestalten den beiden anderen heiser etwas zu. Sie antworteten etwas darauf, dann schwiegen alle wieder. Die erste Gestalt verließ ihre Gefährten und spähte auf die von Laternen erhellte Straße hinaus. Casimir und die Frau waren nirgendwo zu sehen. Der Mann schlich vorsichtig um die Ecke, zog den Umhang enger und lief leise an der Schenke vorbei. Er überquerte die Pflastersteinstraße und öffnete die Eingangstür eines Hauses.

Die Tür fiel hinter ihm leise ins Schloß, und er betrat die Eingangshalle, einen ernsten Ausdruck auf dem schnurrbärtigen Gesicht. Am anderen Ende der Halle stand eine dünne, gutgekleidete Frau im Kerzenlicht. Sie winkte den Mann eilig auf die Küche zu. Er nickte wortlos, durchquerte die luxuriöse Halle, passierte den Speisesaal und kam zu der breiten Tür am anderen Ende.

Er stieß sie von nervöser Hast getrieben auf. Ein Dutzend Hunde, die auf der anderen Seite ruhig auf dem glatten Steinboden gelegen hatten, sprangen erschrocken auf die Beine. Einer nach dem anderen fing an zu bellen. Ein älterer Mann riß mit erstaunlicher Kraft an ihren Leinen, und die meisten der Hunde setzten sich wieder.

»Ruhe!« brüllte Valsarik, und der Befehl, der von den Steinwänden widerhallte, wurde augenblicklich befolgt.

Der schattenhafte Mann, der sich im Licht der Küchenlampen als Soldat entpuppte, bahnte sich an den Hunden vorbei einen Weg zu Valsarik. »Es ist Meistersinger Casimir und nicht Lukas, wie du gedacht hast«, sagte er verschwörerisch.

Das zurückhaltende Gesicht des Dieners verzog sich bestürzt. »Es ist Meister Casimir?«

»Ja«, erwiderte der Soldat der Wache gelassen. »Elyana hat ihn gefragt, wo er sie hinführen will, und er sagte, zu Milils Tempel.«

»Ich werde mich mit den Hunden beeilen und vor ihnen da sein«, sagte Valsarik.

»Gut«, erwiderte der Soldat. »Aber paß gut auf. Casimir soll ein verschlagener und skrupelloser Gegner sein.«

Der alte Diener sah den Soldaten durchdringend an. »Ja, das soll er.«

Casimir und die Frau gingen durch die Straßen des Armenviertels auf den Tempel zu, der sich unheilvoll in der Ferne erhob. Obwohl der Meistersinger viele Reformen in die Wege geleitet hatte, sahen die Hütten und Verschläge noch genauso aus wie vor einem Jahr. Das Mondlicht fiel hell auf die menschenleere Straße, und ein kalter Wind wehte. Casimir teilte seinen Umhang mit der Frau und führte sie zur ausgebrannten Ruine des Armenhauses *Zum Roten Portal*.

»Ihr bringt mich gar nicht zum Tempel, nicht wahr?« fragte sie und biß sich auf die Lippe.

Casimir drehte sich um, damit sie ihn ansehen konnte, und zeichnete mit zitterndem Finger den Schwung ihrer Wange nach. »Nein, das werde ich nicht.«

Ihre Augen füllten sich mit Tränen. »Ich werde alles tun, was Ihr verlangt, aber bitte, bitte sagt mir, wo mein...«

Casimir verschloß ihren Mund mit einem Kuß. Ihre Lippen fühlten sich so warm an. In seinem Inneren begann die Verwandlung. Er küßte sie erneut, biß sie diesmal spielerisch in die Unterlippe. Sie versuchte, sich von ihm zu lösen, stemmte sich mit aller Kraft gegen seine sich verformenden Knochen. Mit einem wütenden Aufbegehren stieß sie seine Hände beiseite und stolperte zurück, fand aber auf dem mit Asche übersäten Boden wieder festen Stand. Blut lief ihr am Kinn herunter. Die Angst in ihren Augen war durch ein wütendes Funkeln ersetzt worden. »Wo ist mein Sohn?«

Casimir nahm die Frage nicht einmal wahr; seine Verwandlung in einen Werwolf war fast vollständig. Der Vollmond hatte die Transformation beschleunigt, die Angst der Frau und der Geschmack des Blutes hatten das Ihre getan. Casimir warf den Umhang ab und sprang auf sie zu. Seine sehnigen Arme schlossen sich um ihren Körper, während tödliche Krallen aus seinen Fingerspitzen hervorschnellten. Sie kämpfte, befreite einen Arm, schlug nach der schwarzen Schnauze und versuchte die rot leuchtenden Augen auszukratzen, aber der Wolfsmann fing ihren Arm mit der blitzschnell zupackenden Schnauze ab.

Da hörte er die Hunde.

Er ließ sein Opfer los und lauschte angestrengt, ignorierte die Fäuste, die gegen seine Brust trommelten.

Es waren Hunde... Wolfsjäger, und sie kamen näher.

Casimir stieß die Frau von sich. Sie stürzte. Er wirbelte herum, und seine Ohren spitzten sich, um die Herkunft des Gebells zu orten. Die Frau hielt sich den in Mitleidenschaft gezogenen Arm, kämpfte sich auf die Füße und floh tiefer ins Armenviertel.

Dann sah er sie.

Eine Meute aus zwanzig aufgeregt bellenden Bestien, die die Straße entlangjagten, genau auf die Ruine des Armenhauses zu. Der Wind trug ihre starken Ausdünstungen heran. Casimir riß sich das Hemd vom Leib. In seinem Inneren erwachte die Verwandlung zu neuem Leben; er brauchte die Schnelligkeit seiner Wolfsgestalt. Krallenbewehrte Zehen verkürzten sich und wurden stumpf, gruben sich in die Asche. Er verließ die Ruinen, noch während sich seine Beine verwandelten. Muskeln verkrampften sich schmerzhaft unter seinem Fell, als er auf allen vieren ging. Seine Arme wurden dünner, und seine Finger verkürzten sich zu Pfoten. Casimir schüttelte seine Hosen ab und entfernte sich mit großen Sätzen von dem Armenhaus. Ein ungestümer Rhythmus ergriff von seinen Gliedmaßen Besitz, und die lehmige Straße raste mit schwindelerregender Geschwindigkeit unter ihm vorbei.

Er war zu einem Wolf geworden.

Das kehlige Bellen der ihn verfolgenden Hunde wurde lauter und übertönte das Donnern seiner Pfoten. Er bog in eine Straße ein, die aus dem Armenviertel herausführte. Die Hunde folgten.

Sie kamen immer näher und schnappten nach seinen Flanken. Mit jedem Schritt wurde der kleine Vorsprung geringer. Casimir verfluchte seine schwächlichen Lungen, die bereits verzweifelt nach Luft rangen. Er konnte die Meute nicht abhängen, und er konnte sie auch nicht niederkämpfen.

Aber er war *klüger* als sie.

Casimir trieb sich weiter an. Mit schmerzhafter Langsamkeit gewann er kostbare Zentimeter Vorsprung. Vor ihm lag ein zweistöckiges Haus mit verschlossenen Fensterläden. Die Läden wirkten alt und verfault.

Die Hundemeute holte auf, Casimir sammelte die letzten Kräfte. Das Fenster kam näher; noch zehn Sätze. Zupakkende Reißzähne bissen in seine Ferse. Noch fünf Sätze... Noch zwei... Er stieß sich vom Boden ab.

Vorderbeine und Schnauze trafen das verfaulende Holz. Es splitterte, und Casimir stieß kopfüber gegen die dahinterliegende Scheibe. Das Glas zerbrach und wurde in das Innere des warmen Zimmers geschleudert, während Casimir, der Wolf, durch das Fenster sprang. Die Scherben regneten auf den vor Schreck erstarrten Mann nieder, der am Kamin stand.

Casimir landete ungelenk auf dem Holzboden. Mit dem nächsten Sprung erreichte er die Treppe, die in den ersten Stock führte. Hunde sprangen durch das zerstörte Fenster. Casimir jagte die Stufen hinauf und leitete die Verwandlung wieder ein; er brauchte die Werwolfsgestalt. Das wilde Jaulen der Hunde vermischte sich mit den panikerfüllten Schreien des Mannes. Casimir ließ sich nicht davon beirren. Bei jedem, mehrere Stufen auslassenden Satz durchlief die Verwandlung ihr nächstes Stadium und verformte seine Gliedmaßen. Die Hunde waren direkt hinter ihm. Er erreichte den ersten Stock, und Pfoten wuchsen zu Fingern heran.

Casimir erhob sich auf die Hinterbeine, versenkte die frisch geformten Krallen in der aus Mörtel und Holzlatten gefertigten Wand und zog sich hoch. Mit jedem Schlag gruben seine Klauen tiefe Handgriffe in die Wand, an denen er in die Höhe kletterte. Die Hunde sprangen hoch und schnappten nach ihm. Er kletterte weiter. Einen Augenblick später war er außerhalb ihrer Reichweite und verharrte kurz unter der Decke. Er holte aus und trieb seinen muskulösen Unterarm durch den Stuck bis in den darüber befindlichen Dachboden. Dann riß er an den Rändern des gezackten Loches und brach ganze Stücke ab, bis die Luft voller Gipsstaub war. Als das Loch groß genug war, schlug er die Krallen in einen der freigelegten Stützbalken und zog sich auf den Dachboden.

Dort sprang er über die groben Tragebalken auf ein kleines, von Spinnweben verhangenes Fenster zu. Er trieb seine

Krallen in den Rahmen und riß das ganze Fenster aus dem Giebel. Draußen erwarteten ihn die Dächer Harmonias, und zu seiner Erleichterung sah er, daß das Nachbargebäude, ein einstöckiges Haus, nur etwa sechs Meter von seinem Standort entfernt war. Er trat zurück, nahm Anlauf und sprang hinaus in die Nacht.

Mit einem lauten Krachen landete er auf dem Schindeldach des Nachbarhauses. Seine Krallen kratzten über die Tonschindeln, als er sich zum Dachfirst hinaufhangelte und von dort zum nächsten Dach sprang. Hier gestaltete sich das Aufsetzen etwas müheloser.

Casimir bedachte den Weg, den er gekommen war, mit einem höhnischen Lächeln und lauschte nach dem entfernten Bellen der Hunde. Statt dessen vernahm er die Rufe.

»Tötet den Meistersinger!« – »Tötet den Wolfsmann!« – »Bringt Casimir um! Bringt den Wolfsmann um!« Die Rufe stammten von einer Menschenmenge, die sich auf den Straßen versammelt hatte und Fackeln und Dreschflegel schwang.

Harmonia war für ihn verloren.

Thoris saß auf den roten Seiden- und Samtkissen des Wohnwagens. Bis jetzt hatte die Flucht wie am Schnürchen geklappt. Die Zigeunerin mußte die Torwachen verzaubert haben, denn sie hatten den *Vardo* nicht einmal angehalten.

Thoris blickte zu Julianna herüber. Sie schlief auf einem kurzen Bett, das an der anderen Wand stand. »Zumindest ihr wird nichts passieren«, murmelte Thoris sich selbst zu. Er war sich noch immer nicht sicher, ob Casimir nun ein Werwolf war oder nicht, doch nun, da er Julianna aus der Gefahrenzone gebracht hatte, würde er es herausfinden können.

Die schaukelnden Bewegungen des alten Wagens übten ihren Zauber auch auf Thoris aus. Er wurde schläfrig.

Schließlich hörte er das Quietschen der Wagenfedern nicht mehr, und das gelbe Laternenlicht ließ ihn immer häufiger blinzeln. Bald darauf schlief er wie Julianna.

Plötzlich schreckte er hoch. Der Wagen hatte angehalten. Er sah gereizt aus dem Fenster und erkannte, daß es Nacht war und sie sich noch immer im Wald aufhielten. Also kämpfte er sich aus den Kissen hoch und lauschte angestrengt. Das laute Zirpen der Grillen wurde von sich gedämpft unterhaltenden Stimmen übertönt. Die eine Stimme gehörte der bezaubernden Zigeunerin. Die andere besaß keine besonderen Merkmale – es war ein knurrender Tonfall, anscheinend ein Mann. Thoris stand unbewegt da, ein Schauder lief ihm über den Rücken. Die Laute verstummten. Die Federn des *Vardo* quietschten protestierend, als die Zigeunerin wieder auf den Kutschbock stieg.

Vielleicht ist es ja nur ein Bettler oder Wanderer gewesen, dachte Thoris.

Die Türklinke wurde heruntergedrückt. Thoris sah entsetzt zu, wie sich der Riegel öffnete. Die Tür ging langsam auf. Kalte, schwarze Luft fuhr wie ein Hauch in den Wagen, dann trat ein Mann ein.

Es war Casimir; seinen dunkelblauen Umhang hatte er eng um den Körper geschlungen.

»Unterwegs nach Gundarak, junger Herr?« fragte der Meistersinger mit einem Lächeln, bei dem an Dolche erinnernde Zähne entblößt wurden.

15

»Bitte, Casimir, ich flehe dich an«, sagte Thoris, als sich der Wagen wieder in Bewegung setzte. »Es gibt einen Priester in Gundarak – kein Priester Milils, doch nichtsdestotrotz ein echter Priester.« Thoris schluckte schwer und summte eine Buße für diese Blasphemie. »Sollte der Schatten des Wolfes dich noch beschmutzen, könnten wir dich in Gundarak heilen.«

Casimir warf Thoris einen vernichtenden Blick zu und bedeutete ihm, weniger Lärm zu machen. Er wies mit dem Kopf auf die schlafende Julianna. »Wir beide können offen sprechen«, zischte er und lehnte sich in dem Stuhl zurück, auf dem er saß.

»Wirst du uns nach Gundarak begleiten?« fragte Thoris leise.

»Sei kein Narr«, erwiderte Casimir, »und erwarte nicht, daß ich mich wie einer verhalte. In Gundarak gibt es keinen Priester. Du hast versucht, mir Julianna wegzunehmen.« Er biß die Zähne zusammen, und seine Augen wurden schmal. »Ich kann einfach nicht begreifen, wie du mir auf diese Weise in den Rücken fallen konntest. Und was sollte das mit diesen Meuchelmördern, die du geschickt hast?«

»Meuchelmörder?« flüsterte Thoris ungläubig. »Das waren die Tempelältesten. Das hast du alles falsch verstanden.«

»Tatsächlich?« schnauzte der Meistersinger. »Du schickst mit Dolchen bewaffnete Älteste zu mir, während du Julianna verschleppst!«

»Die Dolche waren nur zu ihrem Schutz gedacht, für den

Fall, daß du die Beherrschung verlierst. Ich weiß nicht, ob du noch immer ein Ungeheuer bist«, sagte Thoris. »Casimir, du mußt verstehen, daß...«

»Du hältst mich für ein Ungeheuer, nicht wahr? Nun, ich habe dich noch nicht getötet, während du mich umbringen lassen wolltest.« Casimir stand von dem Sitz auf und packte den Halter der Laterne, die den schaukelnden *Vardo* erhellte. Dann beugte er sich drohend über Thoris, und sein Körper legte einen dunklen Schatten über den Priester. »Ich sollte dich auf der Stelle töten.«

Julianna drehte sich auf dem zu kurzen Bett herum. Casimir erstarrte und sah sie aus den Augenwinkeln an. Sie gähnte und schlug die Augen auf.

»Casimir!« keuchte sie und setzte sich auf. »Du begleitest uns nach Gundarak?«

Der Meistersinger ließ von Thoris ab und setzte sich wieder hin. Er lächelte mühsam. »Wir fahren nicht nach Gundarak«, sagte er dann.

»Er hat den Wagen wenden lassen«, sagte Thoris trocken. »Wir sind auf dem Rückweg nach Harmonia.«

»Nein, sind wir nicht«, sagte Casimir knapp. »Wir sind auf dem Weg nach Skald, um einige Zeit mit meinem Mentor Harkon Lukas zu verbringen.«

»Was?« stießen Thoris und Julianna wie aus einem Mund hervor.

Auf Casimirs Stirn bildeten sich Schweißperlen. »Ja... wir fahren nach Skald. Ihr habt euch beide Sorgen um meine Gesundheit gemacht. Ich glaube, Harkon Lukas hält den Schlüssel dazu in der Hand.«

Julianna senkte erschrocken den Blick, während Thoris leichenblaß wurde. »Aber es wird erzählt, daß Harkon Lukas kein Haus besitzt – er ist immer auf der Wanderschaft«, sagte Thoris. »Wie willst du ihn finden?«

»Wir werden uns am Fluß im Kartakan-Gasthaus erkundigen«, erwiderte Casimir brüsk. Er seufzte und verschränkte die Arme über der Brust. »Ihr solltet etwas schlafen.«

»Und was ist mit dir?« fragte Julianna, gähnte und rieb sich die Schläfen. »Du bist doch derjenige, der krank ist.«

Casimir winkte ab. »Ich kann in diesem wackligen Gefährt nicht schlafen.«

Julianna rückte ein Stück zur Wand. »Dann leg dich wenigstens neben mich. Die Nacht ist kalt.«

Die Morgendämmerung brach herein, bevor der Wagen Skald erreichte. Julianna und Casimir waren auf dem kurzen Bett eingeschlafen, aber Thoris blieb die ganze Nacht wach und ließ den Meistersinger nicht aus den Augen. Bei Einbruch der Morgendämmerung lehnte er sich vor, stieß das kleine Fenster in der Wagenseite auf und steckte den Kopf nach draußen. Am grauen, nördlichen Horizont waren die schroffen Mauern von Skald zu sehen. »Wir hätten schon lange vor Morgengrauen eintreffen müssen. Was für eine Vistani-Magie...« Thoris schloß das Fenster wieder. Casimir, der aufgewacht war, starrte seinen Freund kühl an.

»Wir werden nicht nach Harmonia zurückkehren... nie wieder«, sagte er tonlos.

»Warum der plötzliche Umzug?« fragte Thoris, vom Schlafmangel gereizt. »Hat man dein Geheimnis entdeckt?«

Casimir kniff seine Augen wutentbrannt halb zusammen, und er vergewisserte sich, daß Julianna noch schlief.

»Haben sie dich ins Exil getrieben, Wolfsjunge?« fauchte Thoris.

Casimir richtete den Zeigefinger auf seinen ehemaligen Freund und flüsterte: »Wenn du es ihr verrätst, Thoris, dann, schwöre ich, bringe ich dich um!«

Thoris schloß den Mund, wandte sich ab und sah aus dem

Fenster. Der *Vardo* fuhr in Skald ein. Ein dumpfes Tosen lag in der Luft, das trotz des lauten Ratterns der Wagenräder deutlich zu hören war. Das Geräusch war gedämpft, aber dennoch kräftig, so wie in der Ferne ertönender Donner. Thoris hielt den Atem an und lauschte angestrengt. Das Grollen wurde mit jedem zurückgelegten Meter lauter. Der Wagen ratterte tiefer nach Skald hinein und passierte Reihen ordentlicher Häuser, deren Fenster mit blauen oder grünen Läden versehen waren. Mit jeder Raddrehung gewann das Tosen an Stärke.

»Was ist das?« murmelte Julianna und drehte sich um. Sie schwang die Beine aus dem Bett, beugte ihren geschmeidigen Körper vor und blickte aus dem Fenster des *Vardo*. »Vielleicht bekommen wir ja einen Sturm.«

Casimir sog prüfend die Luft ein, die durch das Fenster einströmte. »Das ist kein Sturm«, meinte er und legte eine Hand auf ihren Rücken.

Das Tosen war mittlerweile laut geworden, und das goldene Sonnenlicht, das eben noch warm durch die Vorhänge gedrungen war, verblaßte zu einem silbrigen Funkeln. Thoris kniete sich neben das runde Fenster und schaute hinaus. Sie waren in eine dichte Nebelwand hineingefahren. Am Straßenrand erhoben sich weißgetünchte Häuser, die in dem wirbelnden Nebel nur schemenhaft zu erkennen waren. Ihre Dächer blieben im grauen Dunst unsichtbar, wodurch die Wände unglaublich hoch erschienen. Der Wohnwagen fuhr an dem letzten Gebäude vorbei, das lautlos hinter ihnen verschwand. Dann konnte Thoris nichts mehr erkennen. Das Brausen wurde lauter.

Der *Vardo* hielt an. Neben dem Wagen schwebten die nur undeutlich auszumachenden Umrisse finsterer Vierecke im Nebel. Vermutlich handelte es sich um Fenster, doch sicher war sich da Thoris nicht.

»Das Gasthaus«, murmelte er, doch die Worte wurden von dem donnernden Tosen verschluckt. Er wandte den Kopf. Julianna und Casimir verließen gerade den *Vardo*. Thoris stand auf und schloß sich ihnen an. Er betrat den wirbelnden Nebel. Hier war das Brausen ohrenbetäubend, nur einen Steinwurf entfernt. Thoris kniff die Augen zusammen und erkannte vage die Umrisse einer riesigen Felswand, an der eine gewaltige Wassermenge unablässig in die Tiefe stürzte. Am Fuß des Wasserfalls befand sich ein Teich in den Felsen, dem ein breiter Fluß entsprang. »Ein ganz schöner Wasserfall!« rief Thoris und wandte sich Casimir zu. Der Meistersinger stand neben dem Kutschbock und sah verwundert zu der leeren Sitzbank hoch. Die Zigeunerin war fort, als wäre sie in den Nebel eingetaucht und verschwunden.

»Gehen wir rein.«

Thoris sah zu dem gewaltigen Gebäude hoch, das vor ihm aus dem Nebel ragte... das *Kartakan-Gasthaus*. Es schien riesig groß zu sein. Er nickte Casimir zu, und sie gingen auf den Eingang zu. Vom Alter gezeichnete Türangeln protestierten quietschend, als die Türflügel aufgestoßen wurden und Casimir und Thoris eintraten. Sie kamen in eine düstere Vorhalle.

Julianna stand bereits auf der gegenüberliegenden Seite der Vorhalle neben einer weiteren Flügeltür; sie fröstelte und sah müde und erschöpft aus. Casimir trat an ihre Seite, nahm seinen gischtbesprühten Umhang ab und legte ihn ihr um die Schultern. Er flüsterte ihr ein paar tröstende Worte ins Ohr und führte sie durch die Türen in eine große Halle. Zur Linken gab es einen riesigen, offenen Speisesaal, der zur Zeit dunkel und still war; durch eine mit einem Vorhang verhüllte Tür zur Rechten kam das fröhliche Geplapper angeregter Unterhaltungen und der Duft frisch zubereiteter Speisen.

»Zuerst brauchen wir Zimmer«, sagte Casimir und ging voran.

Am anderen Ende der von Laternen erhellten Halle saß ein Schreiber hinter einem wuchtigen Schreibtisch. Er war jung und farblos und hob den Kopf, als Casimir herantrat. Seine Augen waren von den langen, arbeitsamen Stunden über den Büchern sichtlich angeschwollen. »Keine Zimmer vor Mittag«, sagte er und fuhr sich mit der bleichen Hand zerstreut über die Wange.

Casimir musterte den Schreiber, sein gezwungenes Grinsen tropfte förmlich vor Ärger. »Vielleicht können wir auf deinem Tisch hier sitzen, bis du bereit bist, uns die Zimmer zuzuweisen.«

»Kein Sitzen auf dem Tisch«, erwiderte der junge Mann tonlos, als hätte bereits mehr als ein Gast diese Drohung ausgestoßen. »Ihr könnt euch in die Schankstube setzen, vorausgesetzt, ihr bestellt ein Frühstück.«

»Und was ist mit dem Speisesaal?« fragte Casimir.

»Tut mir leid, Herr«, sagte der Schreiber und wandte sich wieder seinen Büchern zu. »Im Speisesaal gibt's nur Mittag- und Abendessen.«

Casimir ballte die Faust. »Vielleicht sollte ich...«

»Vielleicht sollten wir erst einmal frühstücken«, sagte Thoris und zog Casimir zurück.

Der Schreiber gönnte ihnen ein Nicken zum Abschied, während Thoris und Julianna den wutschäumenden Casimir mit sich zerrten. Casimir ließ den Schreiber nicht aus den Augen, bis sie den Durchgang zur Schankstube erreichten. Thoris zog den Vorhang beiseite und versetzte Casimir einen aufmunternden Stoß.

Die Schankstube war klein und überfüllt, hatte holzverkleidete Wände und beschlagene Fenster. Die Gäste, die sich um ein paar runde Tische drängten, sahen von ihrem dampfenden Rührei auf und starrten die Neuankömmlinge an. Casimir war nicht in der Stimmung, sich anstarren zu lassen.

Mit gerunzelter Stirn schritt er die paar Stufen hinab, die in die Schankstube führten. Zu seiner Linken befanden sich drei mit Vorhängen abgesperrte Nischen. Die erste war unbesetzt. Casimir ging darauf zu und zerrte Julianna mit. Thoris sah sich in der Zwischenzeit die wenig fein aussehende Kundschaft an. Er verbarg Mililis Symbol in den Falten seines Gewandes und eilte seinen Gefährten hinterher.

Sie hatten gerade an dem Tisch in der Nische Platz genommen, da kam auch schon der Wirt, ein dicker Mann mit einem Ausschlag an der Lippe, mit einem Stück Pergament in der Hand heran. Er beugte sich mit seinem dicken Bauch über die dunkle, hölzerne Tischplatte und wischte einmal mit einem schmutzstarrenden Lappen darüber.

»Was soll's sein?«

»Gebratenes Fleisch und Eier – aber pochiert«, sagte Casimir sofort.

»Für mich das gleiche«, sagte Thoris müde, wobei er den Blick nicht von dem entzündet aussehenden Muttermal lösen konnte, das auf der Stirn des Mannes wucherte.

»Ich möchte nur Tee«, sagte Julianna leise.

Casimir sah sie besorgt an. »Nur Tee? Geht es dir gut, Julianna? Hast du keinen Hunger?«

Sie zuckte andeutungsweise mit den Schultern und sagte: »Nein, eigentlich nicht.«

Der Wirt nickte, verließ die Nische und zog den Vorhang zu. Thoris wollte etwas sagen, doch Casimir warf ihm einen mahnenden Blick zu. Thoris schloß den Mund wieder und sah auf die Tischplatte. Bei zugezogenem Vorhang herrschte in der Nische eine bedrohliche Dunkelheit, die nur von der dicken Kerze in der Tischmitte aufgelockert wurde. Thoris blickte seine Gefährten kurz an. Sie sahen aus wie die Fragesteller am Tisch der Wahrsagerin, schweigend, die Augen auf die hypnotisch tanzende Kerzenflamme gerichtet.

Es gab nichts zu sagen.

»Hallo, Meister Lukas!« rief jemand in der Schankstube.

Casimir zog langsam den Vorhang zur Seite. In der Mitte des Raumes stand Harkon Lukas, dessen Gestalt sich dunkel von den beschlagenen Fenstern abhob. Der legendäre Barde trug einen schwarzen Seidenumhang, der bis zu den Schäften seiner Lederstiefel fiel. Er zog die Handschuhe aus, riß den Hut vom Kopf und verbeugte sich tief. Die Gäste hoben wie ein Mann grüßend ihre Becher oder winkten ihm zu.

Lukas nahm die Ehrenbezeugungen entgegen und trat dann auf die Nische zu. »Was haben wir denn hier?« rief er laut. »Der Meistersinger von Harmonia!«

Die Menge hinter Lukas musterte Casimir erneut; diesmal etwas eingehender.

»Sogar der Priester Milils ist gekommen ... und die liebreizende Julianna.« Lukas schnappte sich Juliannas Hand und drückte ihr einen Kuß auf.

Dann nahm er sich einen freien Stuhl vom Nebentisch und setzte sich anmutig, streckte den langen Arm aus und legte die Hand hinter Juliannas Rücken auf den Rand der Sitzbank.

»Was hat Euch in meine schöne Stadt geführt, Casimir? Geschäft... Vergnügen... politisches Asyl?« Lukas lachte wiehernd, und Thoris und Julianna fielen nervös mit ein.

In diesem Augenblick kam der Wirt mit der bestellten Mahlzeit. Casimir saß stumm da und kochte innerlich vor Wut, während der dicke Mann die Teller abstellte. Er zog das Stück Pergament hervor und sah Lukas fragend an. Der Barde winkte ab. Der Wirt nickte und ging.

Lukas wandte sich Julianna zu und betrachtete ihr müdes Gesicht. »Meine Liebe, Ihr seht wirklich erschöpft aus.«

Julianna brachte ein Lächeln zustande. »Wir sind die ganze Nacht durchgefahren, und man will uns vor Mittag kein Zimmer geben.«

»Mittag!« sagte Lukas. »Was denn, das sind noch drei ganze Stunden! Wollt ihr hier sitzen bleiben und bis Mittag in den Eiern herumstochern?«

»Wißt Ihr etwas Besseres?« fragte Casimir gereizt.

Der große Barde lehnte sich lässig auf seinem Stuhl zurück. »Ich werde euch ein Angebot machen«, sagte er und grinste unverschämt. »Ich werde mit dem Besitzer sprechen, einem persönlichen Freund, und sofort zwei Zimmer besorgen, falls ich einem von euch meine glückliche kleine Stadt zeigen darf.«

Lukas blickte die drei Gefährten nacheinander an. Julianna konnte nur mit Mühe die Augen offen halten, und auch Thoris sah alles andere als munter aus. Allein Casimirs Augen blickten wach, doch er schwieg genauso verbissen wie seine Freunde.

»Niemand?« fragte Lukas und runzelte die Stirn. »Wie schade. Ich hoffe, ihr findet diese Bänke hier bequem.« Er stand auf und rieb sich die Hände.

»Wartet«, sagte Julianna schläfrig. »Ich werde Euch begleiten.«

Lukas nickte gnädig. »Ich würde mich außerordentlich geehrt fühlen, liebste Ju…«

»Nein… ich werde mit Euch gehen«, sagte Casimir und häufte Ei auf seine Gabel. »Besorgt Ihr uns nebeneinanderliegende Zimmer, während ich zu Ende esse.«

»Einverstanden«, erwiderte Lukas. Er nickte Julianna zu. »Ich bin gleich wieder da.«

Die Sonne hatte fast ihren höchsten Stand erreicht, als Lukas und Casimir die östlichen Felsen erstiegen hatten, die Skald überragten.

»Ich weiß, warum du nach Skald gekommen bist, Casimir.«

»Du wirst es mir sicher verraten«, brummte Casimir.

Lukas sah über die Klippe hinaus und seufzte. Skald lag wie ein riesiges Juwel in dem breiten, bewaldeten Tal unter ihnen. Der Barde holte tief Luft. »Gerüchten zufolge ist Casimir von Harmonia ein Werwolf – und auf der Flucht.«

»Gerüchte«, murmelte Casimir abfällig.

Lukas trat näher heran und klopfte seinem Protegé auf die Schulter. »Mach dir keine Sorgen; hier werden die Kopfgeldjäger dich nicht finden. Dafür sorge ich.«

»Ein kleiner Trost.«

»Dennoch ist es einer«, erwiderte Harkon mit einem sarkastischen Lachen. »Ich habe dir vor einem Jahr prophezeit, daß deine Talente für das Amt des Meistersingers verschwendet wären. Jetzt erwarten dich größere Dinge.«

Casimir trat vom Rand des Abgrunds zurück und setzte sich auf einen Felsen. »Ja... so wie Landstreicherei.«

»Nein, wie Macht«, sagte Lukas mit funkelnden Augen. »Sieh mich an, ich bin nicht Skalds Meistersinger, doch ich beherrsche die Stadt.«

Casimir grinste verzerrt. »Die Straßen sind dein Zuhause, stimmt's?«

»Bevor du spottest«, sagte Lukas, »will ich dir die Herrlichkeit meiner Herrschaft vor Augen führen.« Er zeigte auf den gischtenden Wasserfall. »Siehst du die Wassermühle unterhalb des Wasserfalls? Sämtliche Profite gehören mir. Der Besitzer ist mein Geschöpf. Nun folge dem Flußverlauf bis zu den Zollbrücken. Auch von diesen Einkünften erhalte ich einen Anteil. Und an der Flußbiegung steht mein Sägewerk...«

»Noch eine Geldquelle?«

»Ja«, erwiderte Lukas, der noch immer auf die Stadt blickte. »Und dazu ein Ort, an dem man... Überreste verstecken kann. Die Holzsplitter und das Sägemehl bedecken eine Vielzahl von Sünden.« Lukas holte tief Luft. »Direkt hinter dem Sägewerk kommen die unteren Kais. Dort befinden sich meine besten Jagdgründe. Ich freunde mich gern mit Reisenden an, die flußaufwärts gefahren kommen. Ich nehme sie auf eine schöne Mahlzeit ins Gasthaus mit«, sagte er und ließ die Zähne laut zusammenschnappen.

Casimir musterte das Gesicht des Barden. Ihm entgingen nicht die tiefen Falten, die sich über seine Stirn zogen. »Und das Gasthaus gehört dir auch, oder?«

Lukas nickte. »Es ist voller Geheimgänge und Falltüren, und beherbergt viele meiner... Gefährten.«

Casimir sah wieder auf die Stadt herunter und entdeckte ein paar zusammengestürzte Ruinen, die an die Südmauer angrenzten. »Was hat es mit diesen sechseckigen Ruinen da auf sich?«

Lukas seufzte. »Es hieß Dargacht Feste. Man hat sie vor vielen Jahrhunderten erbaut, um die Furt des Flusses zu bewachen. Die Stadt ist um die Feste herum gewachsen. Kurz nach meiner Ankunft in Skald ist sie niedergebrannt. Mit diesem Unglück hatte ich aber eher wenig zu tun.«

Zum erstenmal seit über einem Tag mußte Casimir lachen. »Welch ein Unsinn! Diese Ruinen sind mindestens ein Jahrhundert alt. Du kannst bei dem Brand nicht in der Nähe gewesen sein.«

Lukas sah den jungen Meistersinger ernst an. »Doch, das konnte ich.«

Casimir fuhr sich mit den Fingern durchs Haar; plötzlich war ihm unbehaglich zumute. »Hör mal, ich habe genug von Skald gesehen. Ich glaube dir, daß du mächtig bist...«

»Und du kannst es ebenfalls sein, Casimir. Dein Jahr in Harmonia war nur das Vorspiel deiner wahren Macht.«

»Ja, ja«, sagte Casimir kopfschüttelnd. »Ist dir noch nie der Gedanke gekommen, Lukas, daß wir Ungeheuer sind? Ich habe es mein ganzes Leben abgeleugnet, doch jetzt, wo mein Geheimnis enthüllt wurde, kann ich das nicht länger. Ich bin ein Mörder. Ich bin ein Ungeheuer. Das Exil, keine Macht zu haben, ist das einzig Wahre für mich. Ich bin besser dran, wenn ich schwach oder tot bin.«

»Du bist ein Narr«, sagte Lukas und entfernte ein Stäubchen von seinem Umhang. »Wieso sind wir Ungeheuer?«

Ein ungläubiger Ausdruck breitete sich auf Casimirs Gesicht aus. »Weil wir uns in Wölfe verwandeln und Menschen töten. Reicht das als Antwort?«

Lukas schritt am Abgrund entlang und starrte in die Tiefe. »Ja, aber das tun wir, weil wir unseren Instinkten und unserer Natur folgen. Wenn unsere Natur böse und unsere Instinkte mörderisch sind, wie können wir dann dafür verantwortlich sein?«

»Das sind doch Wortklaubereien. Wir sind trotzdem viel stärker dem Bösen verhaftet, als es ein Mensch je sein könnte.«

»Nein«, erwiderte Lukas entschieden. »Wir stehen von Natur aus auf der Seite des Bösen; der Mensch steht auf der Seite des Bösen, weil er sich dafür *entschieden* hat. Uns treibt der Hunger an, den Menschen aber die Grausamkeit. Darum verüben sie ihre bösen Taten mit einer ganz eigentümlichen Finesse. Statt eine Frau sauber zu töten, heiratet ein Mann sie und schlägt sie Nacht für Nacht, bis sie dann Jahre später stirbt. Statt seinen armen Untertanen an Ort und Stelle zu töten, läßt ihn der Herrscher langsam verhungern, bis er nur noch ein wandelndes Skelett ist. Statt ein Kind direkt zu töten, verhöhnen die Spielgefährten es jahrelang, bis es Selbstmord begeht.«

»Es ist mir egal, was du sagst; du und ich sind viel schlimmer, als es ein Bewohner dieser Stadt je sein könnte«, sagte Casimir verbittert.

»Folge mir«, erwiderte Lukas, ohne irgendeinen Widerspruch zuzulassen.

»Hier wohnt ein Mann, der schlimmer als wir beide zusammen ist«, sagte Harkon Lukas und zeigte auf das kleine Haus mit den weißgetünchten Wänden und blitzsauberen Fenstern.

Casimir betrachtete es zweifelnd. »Das ist nicht das Haus eines Ungeheuers.«

Lukas ergriff Casimirs Kinn und drehte es so, daß er ihn ansehen mußte. »Das hier ist auch nicht das Gesicht eines Ungeheuers.« Der Barde ließ los und schritt die drei Stufen zu der schmalen Tür, die in den Keller führte, hinunter. »Komm, Casimir – er ist nicht daheim.« Lukas fummelte einen Augenblick lang an dem Schloß herum, stieß die Tür auf und verschwand in der Dunkelheit. Casimir sah kopfschüttelnd zu. Dann vergewisserte er sich, daß sie niemand beobachtete, und schloß sich Lukas an.

Der Keller war dunkel und feucht, die Wände bestanden aus Bruchsteinen und der Boden aus festgetretenem Lehm. Die Wände wurden von stabilen Holzregalen gesäumt, auf deren Brettern Hunderte durchsichtige, mit einem Deckel fest verschlossene Gläser standen. Der Inhalt dieser Behälter wurde von einer dicken Staubschicht verborgen. In dem Raum standen viele Tische aller möglichen Größen und Formen, auf denen ähnliche Gläser abgestellt waren. Auf den Tischen war kein Staubkorn zu entdecken, dennoch waren sie nicht sauber; eine dicke Masse bedeckte die zerfurchten, von Schnitten eingekerbten Oberflächen. Casimir roch es sofort: Es handelte sich um Blut, ohne jeden Zweifel.

»Was tut dein… Freund hier unten?« fragte Casimir gereizt.

»Oh, das kannst du dir doch sicher denken«, erwiderte Lukas und zeigte mit einer großartigen Geste auf die Tische. »Aber vielleicht sollten wir warten, bis er kommt. Dann kann er es uns erklären.«

»Auf den Tischen ist geschlachtet und ausgenommen worden«, sagte Casimir, als er die an den Stützbalken befestigten Flaschenzüge und breiten Fleischerhaken entdeckte. Er ging einen Schritt weiter und stieß mit dem Fuß gegen eine Abflußrinne. »Aber was ist so schrecklich daran, wenn man statt an der frischen Luft im Keller schlachtet?«

»Mit ›Schlachten‹ hast du genau das richtige Wort gewählt«, sagte Lukas trocken. »Aber ich glaube, du sperrst dich absichtlich gegen die offensichtlichen Schlußfolgerungen. Vielleicht wird dir das dabei helfen.« Der Barde zog eine aus braunem Leder gefertigte Schachtel aus einem Regal und kippte ein ganzes Sortiment aus Eisen geschmiedeter Gerätschaften auf den Tisch. Casimir beugte sich vor und betrachtete die seltsam gebogenen Messer, diversen Haken und Nadeln, mit Widerhaken ausgestatteten Klammern und blutverkrusteten Schwämme.

»Worauf willst du eigentlich hinaus?« fragte Casimir seufzend.

»Du verstehst noch immer nicht? Dieser Mann gehört zu einer neuen Klasse von Mensch. Er glaubt an die Heilung durch Messer und Nadel statt durch Salben und Ruhe. Die Gläser enthalten die Früchte seiner Forschungen.«

Casimir blickte sich um. »Warum soll das etwas Böses sein? Wenn er Tiere oder Leute aufschneidet, um sie zu heilen...«

»Nicht, um sie zu heilen... jedenfalls nicht mehr«, sagte Lukas ganz beiläufig und schob die funkelnden Werkzeuge zurück in die Schachtel. »Er hat mit dem Aufschneiden – er nennt es allerdings Sezieren – toter Hasen und Waschbären angefangen, in ihren kleinen Körpern nach Heilungsmöglichkeiten menschlicher Krankheiten gesucht. Aber die Gesundheit ist eine kapriziöse Geliebte: Sie verbirgt ihre Geheimnisse nicht in den Körpern von Toten. Mein Freund fand keine Antworten. Obwohl er danach hungerte, Leben zu retten, entzog sich ihm das Wissen darum.

Also habe ich ihm einen Trick beigebracht, den ich als Junge gelernt habe. Ich zeigte ihm, wie man mit dünnem Draht bestimmte Teile des Hirns eines Hasen zerstören kann, so daß man ihn bei lebendigem Leibe aufschneiden kann. Mein Freund lernte eine Menge von dem ersten Hasen, den er auf diese Weise sezierte. Er sah das nimmermüde Schlagen des Herzens; entdeckte, wie die Organe funktionieren; er erfuhr von dem Schmerz, der hinter den glasigen Augen der Kreatur tobte. In den acht Stunden, die er den Hasen am Leben erhielt, lernte er ungeheuer viel.

Aber am wichtigsten von allem war, daß er lernte, es zu genießen. Er genoß die Macht, die Herrschaft. Er konnte ein Wesen aufschneiden und seine lebenden Organe mit den Fingern berühren, und das Wesen konnte ihn nicht daran hindern. An jenem Tag hörte er auf zu heilen und fing an, Schmerzen zu bereiten. Er ist recht geschickt darin geworden, hat gelernt, die Gehirne weit entwickelter Geschöpfe entsprechend zu behandeln und sie Tage oder Wochen am Leben zu erhalten. Ich glaube, hinter dieser Tür liegt sogar sein letztes …«

Der Barde verstummte abrupt, als oben im Haus der Riegel der Kellertür zurückgeschoben wurde. Casimir warf Lukas einen furchtsamen Blick zu, doch der Barde blieb stehen und legte nur einen Finger an die Lippen. Plötzlich stach die Nachmittagssonne in den Keller, als die Tür aufgerissen wurde. Eine mit mausgrauen Hosen bekleidete Gestalt kam von im Sonnenlicht flirrenden Staubkörnchen umtanzt die Treppe herunter.

Der Mann war mittleren Alters, muskulös und hatte eine

ledrige Haut. Er spähte in den dunklen Keller, und die Blicke seiner zugekniffenen, kurzsichtigen Augen huschten über den Barden und dessen Schüler, ohne sie zu erkennen. Als er sprach, deuteten seine Lippen so etwas wie ein Lächeln an. »Ich freue mich, Gäste hier begrüßen zu dürfen, auch wenn ich noch nicht sehen kann, wer Ihr seid.«

»Von Daaknau, ich bin es, Harkon Lukas. Ich habe einen Freund mitgebracht...«

»Das muß Casimir sein, von dem Ihr mir erzählt habt«, unterbrach der Mann ihn, kam die letzten Stufen herunter und schlurfte langsam in den Keller. Er streckte die dicken Finger aus, um zu verhindern, gegen etwas zu stoßen. Augenblicke später hatte er Casimir erreicht und schüttelte erfreut seine Hand.

»Mit dieser Hand hat Eiren viele, viele Operationen durchgeführt... nicht wahr, von Daaknau?«

»Mit dieser Hand, speziellen Pulvern und einem Draht«, sagte der Mann humorlos und hielt Casimirs Hand weiter fest. »Nicht daß Ihr den falschen Eindruck bekommt, normalerweise bin ich bei Fremden weniger offen, aber Meister Lukas hat mir viel von Euch erzählt.« Seit von Daaknaus kleine, kurzsichtige Augen Casimir in der Dunkelheit des Kellers aufgespürt hatten, klebte ihr Blick gnadenlos an ihm. Casimir erschauderte und zog seine Hand zurück.

»Würdet Ihr gern oben mit mir einen Tee trinken?«

»Nein, danke, alter Freund«, sagte Lukas herzlich. »Wir haben noch eine Menge zu erledigen.«

Casimir rieb sich die Finger, die bei dem Handschlag mit dem Mann kalt geworden waren. »Benutzt Ihr diese Werkzeuge tatsächlich dazu, um...«

»Ja«, sagte von Daaknau seelenruhig.

»Ich habe von den Drähten gehört, aber was hat es mit dem Pulver auf sich?«

»Die meisten meiner... Gäste sind uneinsichtig«, sagte von Daaknau leichthin. »Das Pulver versetzt sie in Schlaf.«

»Warum macht Ihr das?« platzte Casimir heraus; er hatte seinen Mut wiedergefunden.

Von Daaknau zuckte mit den Schultern und wandte zum erstenmal den Blick ab. Auf seinem Gesicht erschien ein nachdenklicher Ausdruck – die erste deutlich sichtbare Gefühlsregung, die er bis jetzt gezeigt hatte. »Ich bin davon überzeugt, daß Ihr den Geruch der Angst kennt, Casimir. Schmerz ist der Wein, und die Furcht ist das Bouquet des Weines. Ich erfreue mich an beiden, doch ich glaube, noch mehr als am Schmerz und der Furcht erfreute ich mich an dem Geräusch.«

»Dem Geräusch?« wiederholte Casimir und trat unbehaglich von einem Bein aufs andere.

»Oh, es gibt da so viele Geräusche«, erwiderte Eiren und fuhr sich mit der Zunge über die Zähne. Seine Stimme klang vollkommen unbewegt, und sie konnte einen in den Wahnsinn treiben. »Ich wette, Ihr wißt nicht, daß Knochen verschiedene Geräusche von sich geben...«

»Genug«, sagte Casimir, dessen Eingeweide sich verknoteten. »Lukas hat Euch darauf gebracht, richtig?«

Von Daaknaus pausbäckiges Gesicht verzog sich zu einem strahlenden Lächeln, als er einen Tischlerhammer vom Regal nahm. »Ich will euch Anna vorstellen«, sagte er.

Casimir wandte sich ab und lief mit schweren Schritten die Stufen hinauf. »Ich gehe«, verkündete er. Als er den feuchten Keller verließ, hörte er, wie Lukas sich entschuldigte. »Seid bitte nicht beleidigt. Er muß noch viel lernen. Und macht Euch keine Sorgen... Euer Geheimnis ist so sicher, wie es war.«

»Aber Ihr seht doch zu, oder?« fragte Eiren von Daaknau, deutete mit dem Kopf auf eine Tür im hinteren Teil des Kellers und ließ den Hammerkopf klatschend in die Handfläche fallen.

»Vielleicht ein anderes Mal«, sagte Lukas und folgte Casimir.

16

Casimir verließ von Daaknaus Haus und trat auf die belebte Straße. Links und rechts wurde das Kopfsteinpflaster von hübschen Läden und Häusern gesäumt. »Wohin geht es zum Gasthaus?« fragte er laut. Er konnte sich nicht daran erinnern, an einer der bunten Ladenfassaden vorbeigegangen zu sein; er hatte nur von Daaknau und seinen Keller der Greuel vor Augen. »Ich muß hier weg«, murmelte er. Er schlug die linke Richtung ein und tauchte im Strom der Leute unter.

Nur wenige Augenblicke später hatte Lukas ihn eingeholt und hielt mit seinen weit ausholenden Schritten mit. »Glaubst du noch immer, daß kein Mensch uns im Bösen übertreffen kann?«

»Von Daaknau ist eine Mißgeburt«, stieß Casimir hervor, ohne den Blick von den Stiefelspitzen zu nehmen.

»Eine Mißgeburt, ja«, sagte Lukas, »doch er verkörpert das Böse, das in jedem Menschen lauert.«

Casimir wirbelte herum und blieb mitten auf der Straße stehen. »Sei kein Narr«, fauchte er leise und verlieh jedem Wort zusätzliche Bedeutung, indem er Lukas den Finger gegen die Brust stieß. »Welche geistig gesunde Person würde mich in einen Keller locken, mich vergiften und dann wie ein Schwein ausweiden? Nenn mir eine!«

»Thoris«, antwortete Lukas, ohne mit der Wimper zu zukken. »Doch der ist nicht nur geistig gesund, sondern auch noch ein Priester und dazu dein bester Freund. Aber wenn er die Möglichkeit hätte, würde er dich ohne zu zögern töten.«

Casimir starrte ihn wütend an. Vor seinem inneren Auge zogen böse Bilder vorbei, und er wollte nur noch ins Gasthaus zurückkehren und endlich schlafen. »Du hast unrecht.«

»Ich habe dir von Daaknau vorgestellt, weil das Böse in ihm unverkennbar ist«, sagte Lukas, ohne den Blick abzuwenden. »Doch alle Menschen sind Jäger, Casimir. Alle wollen dominieren und töten, und sie machen es mit jeder Waffe, die ihnen in die Hände fällt: Worte, Geld, Gesetze, Schwerter – manchmal sogar Zähne und Fingernägel. Sie belauern einander jeden Augenblick jedes vergehenden Tages.«

Casimir hob müde die Hand und strich sich über die Stirn, verscheuchte diese Vorstellung, als wäre sie eine lästige Fliege. »Laß uns zum Gasthaus zurückkehren.«

»Casimir, es gibt noch so viel, das du heute abend lernen mußt«, sagte Lukas drängend, »doch wo soll ich nur anfangen?«

»Wovon redest du?« stöhnte Casimir erschöpft.

»Sieh mal.« Lukas nahm seinen Schüler an der Schulter und deutete auf die nachmittägliche Sonne. »Du erkennst den Sonnenstand?«

»Natürlich.«

»Sie steht noch hoch am Himmel«, bemerkte Lukas, um dann beiläufig hinzuzufügen: »Aber ich will, daß es Abend wird.«

Das goldene Sonnenlicht verschwand. Die gepflasterte Straße war von einem auf den anderen Moment dunkel und leer. Die Leute waren verschwunden. Kalte Schatten hüllten das Pflaster ein, und an jedem Haus waren die Läden geschlossen. Am Himmel schmiegte sich eine träge Wolke um den vollen Mond.

»Was ist passiert?« keuchte Casimir. »Wo ist die Sonne?«

Lukas winkte die Frage ab. »Der Wald erwartet uns.«

Unter Casimirs Blicken verformten sich die aus Ziegel und Holz gebauten Häuser und wurden zu breitstämmigen Bäumen und dichten Büschen. Die Pflastersteine wurden von schwammigem Waldboden ersetzt, im Wind rauschende Blätter und Äste zeichneten sich gegen den sternenerfüllten Himmel ab. Geisterhaftes Mondlicht drang durch die Baumwipfel.

Casimir taumelte und griff nach einem Baumstamm, um nicht zu fallen. »Was hast du getan, Lukas?« keuchte er.

Harkon musterte Casimir mit einem entschlossenen Blick, und in seinen Augen funkelte ein düsteres Vergnügen. »Du hast noch nicht einmal angefangen, die Bedeutung dieser Nacht auch nur annähernd zu begreifen, oder?«

»Was hast du mit den Häusern gemacht, mit dem Tag?« rief Casimir mit vor Furcht weit aufgerissenen Augen.

»Für diese Nacht habe ich meine ganze Macht zusammengenommen, Casimir«, sagte Lukas, und in seiner tiefen Stimme schwang eine freudige Erregung mit. »Ich hoffe nur, daß sie ausreichen wird.«

»Wofür?« brüllte Casimir verstört und packte Lukas' Jacke so fest an der Brust, daß seine Knöchel weiß anliefen.

»Heute nacht ist die Nacht deiner Erlösung«, wisperte Lukas. »Die Erlösung von deinem Fluch.«

Casimir starrte den hochgewachsenen Mann ungläubig an und suchte nach irgendeinem Anzeichen, daß er die Unwahrheit sagte. »Wie willst du mich retten? Nicht einmal Milil konnte mich retten!«

»Und hast du jemals erlebt, daß Milil den Tag so beendete, wie ich es getan habe? Oder daß er dich von der Stadt in den Wald versetzt hat?« fragte der Barde und löste sich aus Casimirs Griff. »Folge mir, und ich werde dich erlösen.« Lukas ging in den Wald. Casimir schloß sich ihm an, verblüfft und wortlos.

Durchdringender Kieferngeruch hüllte sie ein, als sie durch den Wald gingen. Unter ihren Füßen knisterten bei jedem Schritt vertrocknete Kiefernadeln, und über ihren Köpfen raschelten Baumwipfel leise im Nachtwind. Einige Zeit gingen sie schweigend, und in Casimirs Bewußtsein rangen viele Fragen darum, zuerst ausgesprochen zu werden. Bevor er sie jedoch in Worte kleiden konnte, sprach Lukas.

»Seit zwanzig Jahren bist du weder Mensch noch Wolf.«

»Das stimmt«, murmelte Casimir.

»Und die ganze Zeit hast du versucht, den Wolf auszutreiben und nicht den Menschen – und es ist dir nicht gelungen. Das lag daran, daß dein wahres Herz das Herz des Wolfes ist.«

»Nein... das stimmt nicht«, sagte Casimir mit entrückter Stimme. »Der Wolf in mir ist wie eine Krankheit.«

»Nein – der *Mensch* ist die Krankheit«, sagte Lukas und schüttelte grimmig den Kopf. »Du hast dich die ganzen Jahre geirrt. Du bist kein Werwolf – ein Mensch, der dazu verflucht worden ist, sich in einen Wolf zu verwandeln; du bist ein Wolfwer – ein Wolf, der dazu verflucht wurde, sich in einen Menschen zu verwandeln.«

»Was?« keuchte Casimir leichenblaß.

»Deine menschliche Seite ist nur eine Maske«, erwiderte Lukas mit ausdrucksloser Stimme. »Deine wahre Gestalt ist der Wolf. Du bist als ein Wolf geboren worden, der die Fähigkeit des Gestaltwandelns hat und menschliche Gestalt annehmen kann, um andere zu täuschen. Das ist alles, was deine menschliche Seite ist – eine Täuschung.«

Casimir schüttelte den Kopf, die Worte schwirrten durch sein Bewußtsein und wollten keinen Sinn ergeben. »Das sind doch nur Wortklaubereien.«

Lukas blieb stehen und ließ den jüngeren Mann an sich vorbeigehen. »Nein, Casimir, das sind keine Wortklaubereien! Wie der Mensch verfügt auch der Werwolf über eine Seele, doch dem Wolfwer fehlt sie, genau wie dem Wolf auch. Du, Casimir, hast keine Seele.«

»Wie willst du das wissen?« rief Casimir erschüttert.

»Ich weiß es, Casimir, weil auch ich ein Wolfwer bin!«

Dem jungen Meistersinger lief ein Schauder über den Rükken. »Du magst ja vielleicht ein Wolfwer sein, Lukas, doch ich bin es nicht. Mein Vater, Zhone Clieous, war ein *Werwolf.*«

Lukas schüttelte den Kopf. »Ja, Clieous war ein Werwolf. Aber er war nicht dein Vater.«

»Was?« sagte Casimir am ganzen Leib zitternd. »Natürlich war er mein Vater! Er war mit meiner Mutter verheiratet. Er hat sie getötet, als er bei mir die ersten Anzeichen gefunden hat!«

»Hör mir zu«, sagte Lukas und fixierte Casimir mit seinem Blick. »Clieous wußte, daß du von Geburt an eine Werbestie warst. Er war froh, einen Sohn zu haben, der seine Fähigkeit teilte. Er hat deine Mutter nicht getötet, weil er deinen Fluch entdeckt hat. Er hat sie getötet, weil er entdeckt hat, daß du der Sohn eines anderen warst.«

Casimirs Beine wollten ihren Dienst verweigern. »Was? Wessen Sohn denn?«

»Meiner«, sagte der Barde leise.

»Das ist unmöglich«, flüsterte Casimir und erinnerte sich

voller Entsetzen, daß Lukas ein Freund seiner Mutter gewesen war.

»Nein, es stimmt«, versicherte ihm Lukas. »Als Clieous zum Meistersinger von Harmonia aufstieg, entschied ich, mehr Einfluß zu gewinnen, indem ich seine Frau verführte. Sie bekam ein Kind – dich, Casimir, meinen Sohn. Clieous war natürlich davon überzeugt, daß das Kind von ihm stammte, doch *ich* war es, der dir deinen Namen gegeben hat, und *ich* war es, der dich erzogen hat. Clieous hatte mich als deinen Beschützer und Lehrer in seine Dienste genommen. Ich habe dir beigebracht, dich auf den Wolf in deinem Inneren zu verlassen, in der Hoffnung, daß du Clieous eines Tages töten und seinen Platz einnehmen würdest.

Doch dann entdeckte Clieous gewisse Liebesbriefe an seine Frau, die alle mit ›Dunkles Herz‹ unterzeichnet waren. In den Briefen wurde ihr Sohn Casimir erwähnt. Außer sich vor Wut versuchte Clieous dich, der damals erst fünf Jahre alt war, mit einem Silberdolch zu töten, doch das Silber konnte dir nichts anhaben, weil du kein Werwolf, sondern ein Wolfwer bist. Verzweifelt befahl Clieous seinen Wachen, dich mitsamt deiner Mutter zu verbrennen.«

Die ganze Zeit über hatte Casimir die Gesichtszüge des Barden stumm betrachtet. Ganz langsam und voller Furcht wurden ihm nun die Gemeinsamkeiten bewußt, die sie teilten: ihre Größe, die Schlankheit, das schwarze Haar...

»Ihr Götter, du *bist* mein Vater«, stieß er hervor.

»Ja«, erwiderte Lukas leise.

»Wenn das alles stimmt«, sagte Casimir, und das rote Funkeln trat in seine Augen, »warum hast du mich dann im Stich gelassen? Warum hast du zugelassen, daß ich voller Angst allein und erbärmlich umherwandern mußte... daß ich zum Waisen wurde?«

»Ich habe dich nicht im Stich gelassen, mein Sohn«, erwiderte Lukas mit belegter Stimme. »Ich habe drei Jahre nach dir gesucht, bevor ich mich mit deinem Tod abfand. Neun Jahre später begegnete ich dir beim Maskenball des Meistersingers. Ich wußte sofort, daß du es bist.«

»Warum hast du nichts gesagt?«

»Ich wollte deinen Mut testen. Ich wollte sehen, was die zehn Jahre aus dir gemacht hatten, ob von meinen Unterweisungen noch etwas übriggeblieben war. Und das war der Fall«, erwiderte Lukas mit einem brutalen Lächeln. »Also unterstützte ich deine Anmeldung für den Wettstreit zum Amt des Meistersingers; ich behauptete, du wärst mein Schüler; ich schickte Männer aus, um das Armenhaus niederzubrennen und deinen Zorn gegen Clieous weiter anzufachen; ich tötete Gaston für dich; ich enthüllte dir den Fluchtversuch Juliannas und deines Priesters; ich flüsterte Thoris Verdächtigungen ins Ohr, um seinen Verrat zu zeigen; ich arrangierte es, daß du bei der Schenke von der Frau erwartet wurdest; ich habe deinen Sturz in Harmonia in die Wege geleitet, damit wir hier vereint werden; ich habe sogar den Wagen gefahren, der dich nach Skald gebracht hat – damit du erlöst werden kannst!«

»Du – du bist derjenige, der mich vernichtet hat?«

»Nein, ich habe dich gerettet. Das Amt des Meistersingers hat dich langsam umgebracht, und deine Freunde haben den Rest besorgt«, sagte Lukas mit mühsam unterdrückter Erregung. »Wie oft hast du den Versuch unternommen, dir das Leben zu nehmen? Wie oft hast du dich für Verbrechen gegeißelt, die du durch die Vorhersehung der Götter begehen mußtest? Ich habe dich nicht vernichtet. Ich habe dich gerettet!«

Der hochgewachsene Barde drehte sich um und ging weiter. »Wir haben die Lichtung des Rituals gleich erreicht, mein Sohn.«

Casimir blieb wie erstarrt stehen und sah dem Barden nach. Die Verwirrung stand ihm ins Gesicht geschrieben. Diese Enthüllungen hatten ihm jede Fähigkeit genommen, einen klaren Gedanken fassen zu können; er konnte nicht denken, er konnte kaum aufrecht stehen. Aber alles, was Lukas gesagt hatte, klang wahr. Plötzlich schienen alle dunklen Geheimnisse seines Lebens offen vor ihm zu liegen. Er krallte die Hand in sein Wams und stammelte: »Was hat es denn mit dieser... Erlösung auf sich?«

Lukas wirbelte herum. »Komm, Casimir. Nimm deine böse Natur an. Du kannst ihr nicht entkommen. Du *bist* der Wolf, der in deinem Inneren lebt!«

»Nein«, sagte Casimir dumpf. »Ich hasse den Wolf in meinem Inneren. Ich kann an meiner Menschlichkeit festhalten.«

»Deine Menschlichkeit ist Heuchelei, eine Rolle auf der Bühne! Halt an ihr fest und du wirst ganz langsam verkümmern. Genau das ist dir das ganze letzte Jahr widerfahren. Du weißt, daß du auf diese Weise nicht entrinnen kannst.«

Casimirs Herz pochte schmerzhaft. Seine Hände zitterten. »Wie soll ich in dem Glauben leben können, keine Seele zu haben?«

»Nur so kannst du zu einem Gott werden«, sagte Lukas schlicht, drehte sich um und ging tiefer in den Wald.

Casimir biß sich auf die Unterlippe und sah ihm nach. Er wollte weglaufen, tief in den Wald hinein. Er wollte Julianna nehmen, Skald fluchtartig verlassen und vor Thoris und Lukas entkommen. »Aber sie sind nicht der Feind«, murmelte er. »Ich selbst bin der Feind.« Plötzlich konnte er das heftige Schlagen seines Herzens nicht mehr wahrnehmen. Entschlossen machte er den ersten Schritt, dann den zweiten, schließlich den dritten. Er biß die Zähne zusammen und lief Harkon Lukas, dem dunklen Barden, nach.

Seinem Vater.

Als er ihn erreichte, ging er an seiner Seite weiter. Lukas nickte, um zu zeigen, daß er ihn bemerkt hatte, und marschierte mit hinter dem Rücken verschränkten Händen schweigend voran. Die Bäume um sie herum wurden immer mächtiger.

»Wir sind Kinder der Finsternis, mein Sohn.«

Casimir wagte es, seinen Vater anzusehen, dann gab er mit einem schweigsamen Nicken seine Zustimmung kund.

»Wir sind die Brüder der Engel. Sie entstammen dem absolut Guten, wir dem absolut Bösen. Aber beide erfüllen wir den Plan der Götter.«

»Bist du deshalb der Magie mächtig, Lukas... Vater? Kannst du deshalb die Wälder zum Singen bringen oder den Tag zur Nacht machen?«

»Auch du wirst dies können«, sagte Lukas überzeugt. »Doch du mußt deine böse Natur von ganzem Herzen annehmen und dich deiner menschlichen Seite vollständig entledigen.«

Casimir nickte, obwohl er nur wenig begriff. »Was wird geschehen, sobald wir die Lichtung des Rituals erreicht haben?«

»Viel, Casimir. Dein Herz wird für das Böse geläutert. Dein Hunger wird angefacht werden, deine Menschlichkeit dir genommen. Und du wirst zu einem Gott werden.«

»Aber zu einem Gott des Bösen«, meinte Casimir leise.

»Für die Götter hat das Gute und das Böse eine andere Bedeutung als für den Menschen. Sogar die Götter des Guten töten ihre Anhänger. Götter haben das Recht, ein Leben zu nehmen, das sie gewährt haben.«

Casimir sah in den blauschwarzen Himmel, der fast vollständig von den dichten Baumwipfeln verdeckt wurde. »Ich möchte kein Gott sein, Vater.«

»Willst du von deinem Fluch befreit werden?«

»Ja.«

»Das ist der erste Schritt.«

Lukas trat durch eine schmale Lücke zwischen zwei Bäumen auf eine Lichtung, die sich auf einem Hügel befand. Casimir stockte der Atem, als er den Ort sah. Der grasbewachsene Boden lag im vollen Schein des Mondlichtes, genau wie die säulenartigen Bäume, die den Rand der Lichtung bildeten. Der Himmel war voller Sterne. Eine kühle Brise strich über Casimir hinweg, als er sich an die Seite seines Vaters stellte.

»Das hier ist ein Tempel, nicht wahr?« sagte Casimir mit gedämpfter Stimme. »Ein Tempel für die Kinder der Nacht?«

»Ich freue mich, daß du das spürst, Casimir«, sagte Lukas aufrichtig. Er ging ehrfurchtsvoll weiter. In der Mitte der Lichtung blieb er stehen, senkte einen Augenblick den Kopf und kniff die Augen zu schmalen Schlitzen zusammen. Er holte dreimal tief Luft. »Casimir, seit deiner Geburt habe ich dich auf diesen Augenblick vorbereitet. Ich habe dich ausgebildet und dich geformt. Endlich bist du hier. Trete vor.«

Casimir sah ausdruckslos zur Mitte der Lichtung. In seinem Kopf, der eben noch voller lärmender Stimmen gewesen war, herrschte nun Stille. Der junge Meistersinger strich sich mit beiden Händen durch das schwarze Haar, sah in den Himmel und lächelte. Die Sterne waren Zeuge seiner Geburt, seines Aufstiegs zur Macht und seines Falls geworden, und nun würden sie sogar Zeuge seines Überwechselns auf die Seite der Finsternis werden. Sie werden auch meinen Tod sehen, dachte er, und trotzdem ohne Regung auf die Erde hinabstarren.

Er senkte den Blick und trat vor.

Lukas' perfekte Zähne funkelten prächtig im Mondlicht. Casimir erwiderte das Lächeln seines Vaters.

Dann entdeckte er die Augen.

Sie waren überall am Rande der Lichtung, und in ihnen spiegelte sich das silbrige Licht des Mondes wider. Die verstohlen blickenden Augen eines Hirsches leuchteten hinter Zweigen. In der Nähe funkelten die hungrigen Augen eines Wolfes. Dann waren da noch die Augen anderer Tiere: sie gehörten Eulen und Bären, Schlangen und Eichhörnchen, Falken und Maulwürfen und Ratten. Sie alle waren völlig lautlos an den Rand der Lichtung herangekommen; sie alle blickten zur Mitte herüber, Jäger und Gejagte, die Schulter an Schulter standen. Casimir sog prüfend die Luft ein und nahm ihre Witterung auf. Es waren keine Illusionen.

»Siehe, Casimir... das Reich der Tiere!« sagte Lukas voller Ehrfurcht. »Ihnen allen fehlt die Seele – so wie uns. Ich habe sie gerufen, damit sie Zeuge deiner Aufnahme in das Reich der Wildnis... und des Bösen werden!«

Casimir stand jetzt genau in der Mitte der Lichtung. »Nun mußt du dich von deiner menschlichen Seite befreien. Nimm deine Werwolfsgestalt an«, befahl Lukas.

Casimir entkleidete sich und löste die Verwandlung aus. Sein Körper begrüßte die Veränderung, als hoffte er, nie wieder die menschliche Gestalt annehmen zu müssen. Casimirs Gliedmaßen wurden dem schrecklichen Wandel unterworfen, und der Schmerz durchraste ihn in knochenzerbrechenden Krämpfen.

»Casimir, deine Aufnahme verlangt ein kostbares Opfer, so wie jede Aufnahme von Bedeutung. Aber dieses Opfer ist zu bedeutsam, als daß man es in Silber oder Gold zahlen könnte. Dieses Opfer muß in Blut gezahlt werden. Du mußt einen Wolf töten, das Symbol deines dunklen Fluches, und sein Blut trinken.« Lukas zeigte mit einer großartigen Geste auf den dunklen Wald. »Ich habe eine solche Opfergabe für dich besorgt, Casimir.«

Eine riesige Bestie schlich durch das schattenerfüllte Unterholz. Dann trat sie zwischen den Bäumen hervor, und ihre Schritte ließen den Boden erzittern. Es war eine Wölfin, fast so groß wie ein Pony und voller Anmut. Sie trottete auf die Lichtung, und das kalte Mondlicht verlieh ihrer muskulösen Gestalt einen grauen Schimmer. Sie schnaubte, als sie sich zu einer Stelle begab, die genau zwischen dem dunklen Barden und dem sich verwandelnden Casimir lag. Dort setzte sie sich, während Casimirs Körper von den letzten Krämpfen der Verwandlung geschüttelt wurde. Er stellte sich auf seine Wolfsmenschenbeine und starrte das Opfertier an.

Lukas strich der Wölfin durch das Nackenfell. »Sie ist wirklich eine Schönheit. Schnell, wild, unersättlich – Avatar der schwarzen Engel!« Der Barde streichelte der Wölfin noch einmal übers Fell.

»Töte sie.«

Casimir sprang vor wie eine zubeißende Schlange. Er vergrub die Zähne im Hals des Tieres, und schaumiges Blut spritzte über seine Schnauze. Die Wölfin versuchte mit aller Kraft, sich von ihm zu befreien. Mit jedem vergehenden Augenblick drangen Casimirs rasiermesserscharfe Reißzähne tiefer. Sie riß den Kopf hoch, und Casimir konnte das Entsetzen in ihren Augen erkennen, doch er ließ nicht los. Die riesige Wölfin trat hoffnungslos auf dem jetzt vom Blut rutschig gewordenen Gras um sich. Dann stemmte sie die Vorderpfoten gegen den Werwolf und warf sich mit aller ihr noch verbliebenen Kraft zurück, um freizukommen. Die Wunde riß noch weiter auf.

Abrupt wurden ihre Bewegungen langsamer. Sie sackte zusammen und riß Casimir mit sich, der über ihr zu liegen kam. Dann starb sie.

Casimir ließ sie los. Er sah zu Lukas hinüber.

»So nimmt es seinen Anfang«, sagte der Barde und ließ den

Blick auf dem blutüberströmten Tier ruhen. »Das Blut der Wölfin hat dich gesalbt und in den Kreis der Nacht aufgenommen. Die Illusion, eine Seele zu haben, ist verblaßt.«

Casimirs mit dolchartigen Zähnen ausgestattete Schnauze verzog sich zu einem bösartigen Grinsen. Zum ersten Mal in seinem Leben verspürte er echte Erlösung. Zum ersten Mal in zwanzig Jahren wußte er, was und wer er war. Der Chor der Schreie seiner Opfer, der ihn in seiner Erinnerung verfolgt hatte, war für immer zum Schweigen gebracht worden. Ein wildes Freudengeheul brach aus ihm heraus, ein Heulen, das die am Rand der Lichtung versammelten Tiere in die Flucht trieb. Wieder und wieder stieß er das Heulen aus und schleuderte es dem glühenden Mond entgegen.

»Durch das Blut des Wolfes hast du den Wolf in dir erweckt. Nun mußt du, um den Menschen in deinem Inneren zu töten, das Blut deines besten Freundes trinken.«

»Was?« stieß Casimir hervor.

Lukas trat energisch auf ihn zu. »Um die menschliche Seite zu vernichten, mußt du das Mitgefühl vernichten, das während deines Lebens unter den Menschen entstanden ist.«

Casimir taumelte zurück. Thoris' Gesicht tauchte vor seinem geistigen Auge auf. Ja... er hatte es erst gestern gesagt: *Thoris muß sterben.* Nun erhob sich keine Stimme des Gewissens mehr, um sich diesem Gedanken entgegenzustellen.

Thoris muß sterben.

Der Satz hallte wie eine Heimsuchung durch sein seelenloses Bewußtsein.

Thoris muß sterben.

Casimir senkte die rotglühenden Augen. Er sah auf den blutüberströmten Wolfskadaver zu seinen Füßen herab. Das Tier war Teil der hügeligen Lichtung geworden, seelenlos im Leben wie im Tod.

»Ich werde es tun«, knurrte Casimir.

Thoris konnte Julianna durch die dunkle Verbindungstür zum Nebenzimmer atmen hören. Sie schlief fest. Neben ihren Atemzügen gab es noch andere Geräusche; das leise Knarren des Holzfußbodens draußen auf dem Korridor, das gedämpfte Lachen aus irgendeinem Zimmer. Thoris wälzte sich zum hundertstenmal herum.

»Morgen werden wir fliehen«, versprach er sich.

Am Fenster ertönte ein kratzendes Geräusch. Thoris erstarrte. Da war es wieder: wie Krallen, die über eine Glasscheibe fuhren. Er drehte sich vorsichtig um und sah zum Fenster. Kein Baumwipfel zeichnete sich gegen den mondhellen Nachthimmel ab.

Das Kratzen ertönte wieder, diesmal ganz deutlich.

Jemand, oder etwas, versuchte das Fenster aufzubrechen.

Es war nicht verriegelt. Thoris hatte es vergessen. Er rutschte ungelenk unter der Decke hervor, eilte auf Zehenspitzen zum Fenster und warf sich förmlich auf den Riegel. Er klemmte.

Die Fensterflügel wurden aufgestoßen.

Klauen legten sich um Thoris' Hals, noch bevor er einen Schrei ausstoßen konnte. Ein breiter Daumen schnürte ihm die Luft ab. Er wurde nach vorn gerissen, auf das offene Fenster zu. Seine wild umhertastenden Hände krallten sich in die Fensterbank, und er tauchte mit dem Oberkörper in den wirbelnden Nebel ein. Der Schädel eines Wolfes wurde sichtbar.

»Casimir?« stieß Thoris würgend hervor, doch der Laut wurde vom Tosen des Wasserfalls verschluckt. Die Klauen packten noch fester zu.

Die blutroten Augen des Werwolfs konnten auf keinen Fall Casimir gehören. Sie zeigten keinen Verstand. In ihnen loderte nur der Hunger... ein brutaler Hunger.

Kein Mitleid, kein Mitgefühl, keine Scham.

Thoris' Lungen verlangten nach Luft. Er hatte das Gefühl, gleich würde es ihm die Augen aus dem Kopf drücken. Seine Arme zitterten, und sein panischer Griff um die Fensterbank lockerte sich. Dann erblickte er die waagerechte Narbe auf der Stirn der Bestie – eine Narbe wie die, die Casimir davon behalten hatte, als man ihm Gebrochenes Herz' Maske vom Gesicht gerissen hatte.

Es *war* Casimir.

Thoris lag im Sterben. Eine Träne rann seine Wange hinunter, und seine Lippen formten tonlos die Worte: »Leb wohl, Casimir.«

Der Blick der Bestie veränderte sich; einen kurzen Moment lang flackerte so etwas wie Mitleid in ihren Augen auf. Dann lockerte die Bestie den erstickenden Griff und schob Thoris durch das offene Fenster zurück ins Zimmer.

»Sei auf der Hut, Thoris«, knurrte sie so laut, daß es den Wasserfall übertönte. »Halte Julianna von Lukas fern. Ich komme morgen abend zurück.«

Plötzlich waren die Klauen von Thoris' Kehle verschwunden – genau wie die Bestie.

»Was ist passiert?« rief Julianna furchtsam von der Verbindungstür.

Thoris stolperte schwach zurück, während er mühsam in großen Zügen nach Luft rang. »Ein... ein Alptraum«, würgte er hervor, schlug das Fenster zu und verriegelte es. »Daran ist nur das Rauschen dieses verdammten Wasserfalls schuld.«

17

In dieser Nacht spiegelte sich Casimirs mitternächtlicher Besuch in Thoris' Träumen wider. Er träumte von Kindern mit Reißzähnen, von Frauen, die im Blut von Heiligen badeten, von Milil als taubem Bettler. Jedesmal, wenn er wieder einschlief, begannen neue Schrecken und ließen ihn hochfahren, noch müder und verzweifelter als zuvor. Schließlich gab er jede Hoffnung auf Schlaf auf und richtete seine Aufmerksamkeit sowohl auf das Fenster als auch auf Julianna. Er konzentrierte sich auf eine einfache Aufgabe: Schütze Julianna mit deinem Leben.

Am Morgen schmiegte sich ein unruhiger Nebel um das *Kartakan-Gasthaus* – er war noch finsterer und dichter als der Nebel vom Vortag. Thoris nahm das gedämpfte Tageslicht zur Kenntnis und erhob sich aus seinen verschwitzten Laken. Jetzt, wo der Tag gekommen ist, wird Julianna wohl sicher sein, dachte er. Und je eher ich unsere Flucht arrangiere, desto besser wird es für sie sein.

Er zog sich schnell an, wusch sich flüchtig und eilte in die Schenke hinunter. Als er den Vorhang zur Schankstube beiseite zog, fiel ihm wieder der Nebel auf. Bedrohlich drückte sich das Weiß gegen die Scheiben der Gasthausfenster. Zögernd schritt Thoris die paar Stufen hinunter, die in die Schankstube führte. Die Gäste widmeten ihm kaum einen Blick. Als sie sahen, daß er weder bekannt noch wichtig war, wandte einer nach dem anderen die Aufmerksamkeit wieder seinem Frühstück aus weichen Eiern und dickem Haferbrei zu.

Thoris hob den Saum seines Priestergewandes und schritt langsam zur Theke herüber.

»Entschuldigt, meine Dame.«

Die Schankmaid warf einen Blick über die Schulter, und ihre Lippen verzogen sich zu einem spöttischen Lächeln. »Was darf ich für Euch tun, junger Priester?«

Thoris beugte sich zu ihr vor und senkte die Stimme. »Habt Ihr heute morgen schon Harkon Lukas gesehen?«

Die Frau drehte sich nun um und sah Thoris zweifelnd an. Der amüsierte Ausdruck auf ihrem Gesicht verschwand. »Er ist heute morgen nicht in der richtigen Stimmung, um angesprochen zu werden. Erst recht nicht von einem Priester.«

Thoris' Tonfall wurde uncharakteristisch grob. »Das ist meine Angelegenheit, nicht deine. Sag mir, wo er ist, Mädchen.«

Sie kniff die Augen zusammen. »Da vorn, in der dritten Nische.«

Thoris nickte und lächelte. »Danke.«

»Ich werde ein Gebet für Euch sprechen, junger Priester«, erwiderte die Frau sarkastisch und mit einem warnenden Unterton in der Stimme, dann wandte sie sich wieder ihren Gläsern zu.

Thoris drehte sich kommentarlos um und bahnte sich einen Weg an den Tischen vorbei. Als er sich der dritten Nische näherte, fing sein Herz wie wild an zu pochen, als wollte es ihn warnen, den Vorhang zurückzuziehen. Er griff nach dem Stoff und zog langsam. Die Gestalt, die dahintersaß, hob den Kopf. Das Licht der auf dem Tisch brennenden Kerze spiegelte sich einen Augenblick lang in ihrem Monokel. Sie sah Thoris mit gerunzelter Stirn an.

»Guten Morgen, Priester«, sagte der Barde dann – nicht unbedingt abweisend, aber irgendwie verbittert. »Wie ich sehe, habt Ihr die Nacht überstanden.«

Thoris lächelte nervös. Die Bemerkung beunruhigte ihn.

»Wie geht es Casimir?«

»Oh«, erwiderte Thoris, und der Tonfall seiner Stimme verriet die Lüge, die er sich zurechtgelegt hatte. »Er hat durchgeschlafen, ist vor Morgengrauen aufgewacht und gegangen, um etwas zu erledigen.« Er fuhr sich nervös über die Lippen und musterte den Barden; Lukas glaubte ihm offensichtlich kein Wort. »Herr, ich möchte mich nicht aufdrängen, aber...«

»Aber Ihr werdet euch aufdrängen«, vollendete Lukas den Satz. »Dann kommt, Priester. Schließt den Vorhang und erzählt mir, was so schrecklich wichtig ist.«

Thoris zwängte sich in die Nische und ließ den Vorhang leise hinter sich zurückfallen, während er sich setzte. Jetzt fehlten ihm die Worte. Er hatte die halbe Nacht damit zugebracht, sich im Geiste genau zurechtzulegen, was er Lukas sagen wollte, hatte die verräterischen Sätze wieder und wieder geübt, bis er sie im Schlaf hätte rezitieren können. Aber nun, wo er Lukas' zugleich gnädigen und feindseligen Blick auf sich ruhen spürte, fragte er sich, ob dieser Verrat nichts anderes als die Ausgeburt einer schlaflosen Nacht war.

»Probleme im Tempel?« stichelte Lukas. »Mehr Sünder als Heilige?«

Thoris schüttelte gereizt den Kopf und mied den Blick aus Lukas' gnadenlosen Augen. »Was ich Euch zu sagen habe, Meister Lukas«, brachte er schließlich hervor, »wird Euch entsetzen, und es könnte sein, daß Ihr mir nicht sofort glaubt. Doch ich schwöre bei Milils Stimme, daß es die Wahrheit ist.«

»Worum geht es, Priester?« fragte Lukas, und diesmal ohne jeden Sarkasmus.

»Es ist Casimir. Ich weiß, daß er mit Hilfe seines Charmes Eure Freundschaft errungen hat, so wie er uns alle mit seinem Charme bezaubert hat. Jedoch ist Casimir der Träger eines tödlichen Fluches, der unser aller Leben bedroht«, fing Thoris an und brachte den Mut auf, um Lukas wieder in die Augen zu sehen. »Meister Lukas, Casimir ist ein Werwolf. Er kann nicht geheilt werden; er wurde mit dem Fluch geboren. Als ich sagte, daß er geschlafen hat, war das eine Lüge, um etwaige Lauscher in die Irre zu führen. Nein. Er kam letzte Nacht kurz vorbei und griff mich an; beinahe hätte er mir den Kopf von den Schultern gerissen. Aber er ließ mich los – allein die Götter wissen, aus welchem Grund – und verschwand wieder. Vorher trug er mir noch auf, Julianna zu beschützen, und zwar... vor Euch.«

Lukas' Gesichtsausdruck war unergründlich. Das in der Nische herrschende Dämmerlicht vertiefte die Falten seiner Stirn und tauchte seine Augen in eine finstere Dunkelheit. Seine Augenbrauen zogen sich langsam zusammen. »Eine Werbestie, die unter meinem Dach wohnt...«

»Vergebt mir, Meister, daß ich es Euch nicht schon früher gesagt habe«, sagte Thoris, und sein Tonfall klang flehender, als ihm lieb war. »Ich selbst war mir über seine wahre Natur im unklaren, bis...«

Lukas hob die schlanke Hand, um Thoris zum Schweigen zu bringen. In der einsetzenden Stille drang das Gemurmel der Gäste in die kleine Nische und brachte auch das allgegenwärtige Rauschen des Wasserfalls mit sich. Thoris hatte plötzlich das Gefühl, keine Luft mehr zu bekommen. Er rang mühsam nach Atem und richtete die Aufmerksamkeit auf die flackernde Kerze in der Mitte des Tisches. Als sich Lukas schließlich äußerte, waren es gnadenlos wenig Worte.

»Was sollen wir tun?«

Thoris schaute auf, seltsam überrascht. In den vielen Stunden, in denen er über die Worte seines Verrates nachgedacht hatte, war ihm nie in den Sinn gekommen, daß Lukas ihm diese Frage stellen würde. Und so hatte er nicht die geringste Idee.

»Offensichtlich kann er nicht in diesem Gasthaus bleiben in meiner Stadt«, sagte Lukas.

»Er wird nicht von selbst gehen«, erwiderte Thoris mit leichter Panik in der Stimme, »es sei denn, er kann Julianna mitnehmen. Aber wenn wir das zulassen, würde es bedeuten, daß wir sie zum Tode verurteilen.«

»Er liebt seine Julianna«, meinte der dunkle Barde und fuhr sich nachdenklich mit der Zungenspitze über die Lippen.

»Ja, mehr als alles andere... sogar mehr als sein eigenes Leben«, sagte Thoris drängend. »Doch ich werde nicht zulassen, daß sie als Köder für ihn dient.«

»Wenn man sie ihm nehmen würde, wäre das sein Ende... es würde ihn vernichten«, vermutete Lukas. »Vielleicht würde er sich sogar das Leben nehmen.«

»Ja, aber das ist nicht sicher genug«, sagte Thoris. »Er könnte den Verstand verlieren und Hunderte von Menschen ermorden.«

Lukas sah Thoris nun mit einem Blick an, aus dem tödlicher Ernst sprach. »Wenn er hier nicht verweilen darf, ohne Julianna nicht gehen würde und nicht in eine Falle gelockt werden kann, wie sollen wir ihn dann loswerden?«

Thoris' Herz hämmerte schmerzhaft, es rebellierte mit jedem Schlag gegen die Worte, die er nun aussprechen mußte.

»Ich werde ihn töten.«

Lukas ließ den zusammengesackt dasitzenden Priester nicht aus den Augen. »Wie?«

Thoris senkte den Blick. »Er hat gesagt, er wolle heute abend zurückkehren. Ich werde eine Mahlzeit vorbereiten und aufs Zimmer bringen lassen. Wenn er dann kommt, werde ich die Tür zu Juliannas Zimmer schließen und die Lichter nicht anzünden, damit sie nicht aufwacht. Dann werde ich ihn mit der Mahlzeit und einer ungezwungenen Unterhaltung ablenken, mich hinter ihn stellen und ihm einen Dolch ins Herz stoßen.« Thoris wurde leichenblaß, und Tränen schossen ihm in die Augen. »Aber damit mir das gelingt, müßt Ihr mir eine Klinge beschaffen, die sein Herz zerstört. Sie darf nicht aus Eisen sein – Werwölfe sind gegen Stahl immun. Es muß eine magische oder eine...«

»Ich werde dir vor Einbruch der Dunkelheit so eine Klinge zukommen lassen, edler Thoris«, unterbrach Lukas ihn. Er streckte seine eiskalte Hand aus und legte die mit langen Nägeln versehenen Finger um Thoris' Handgelenk. »Was wird aus Julianna und Euch?«

»Wir werden entkommen. Wir haben bereits zweimal den Versuch unternommen, nach Gundarak zu fliehen, und man hat es beide Male verhindert. Beim ersten Mal hat uns ein magischer Bann in den Schlaf versetzt, als wir uns der Grenze näherten. Ich studierte diesen Zauber und erfuhr, daß er bei Zigeunern nicht wirkt. Also suchte ich Hilfe bei den Vistani. Wir wären auch entkommen, wenn Casimir den Fluchtversuch nicht entdeckt und uns abgefangen hätte.«

»Ich habe von diesem Zauber gehört«, sagte Lukas und nickte. »Ihr könnt weder zu Fuß noch mit Pferd oder Kutsche fliehen, da Ihr dem Zauber erneut zum Opfer fallen werdet. Und die Vistani haben Euch ebenfalls im Stich gelassen.«

»Wir haben keine andere Wahl. Ob es mir nun gelingt, ihn heute zu töten oder nicht, wir werden so bald als möglich fliehen.«

Die grüne Tür von Eiren von Daaknaus Haus war mit peinlicher Genauigkeit auf Hochglanz poliert; es fehlten die Kratzer und der Schmutz, den häufige Besucher hinterließen. Casimir bemerkte es mit einem verzerrten Grinsen; von Daaknaus Besucher schritten immer nur einmal über diese

Schwelle. Er klopfte. Während er auf eine Reaktion wartete, zerrte er an dem Kragen des schlecht sitzenden Hemdes, das er zusammen mit anderen Kleidungsstücken einem Bauern gestohlen hatte.

Der Riegel wurde zurückgeschoben, dann schwang die grüne Tür langsam nach innen. Casimir schaute vorsichtig in den dunklen Schlund, der sich da vor ihm auftat. Von Daaknau blickte ihn neugierig und mit einem bohrenden Blick an.

»Hallo, Casimir. Was kann ich für Euch tun?« fragte die glatte, gelassene Stimme.

Einen Augenblick lang fehlten Casimir die Worte. Es war sogar noch schlimmer als am Vortag. Von Daaknaus Perversität drang wie ein Gestank aus jeder seiner Poren... es war der Geruch des Grabes. Casimir schüttelte seine Furcht ab und sprach die Worte aus, die er sich vorher zurechtgelegt hatte. »Da ich Eure... Interessen kenne«, sagte er und wies mit dem Kopf auf die Kellertür, »und weiß, daß Euch kürzlich das Material dafür ausgegangen ist, kam mir der Gedanke, Ihr könntet an etwas Neuem interessiert sein.«

Die Tür öffnete sich ein Stück weiter, um ein einschmeichelndes Lächeln zu enthüllen. »Wollt Ihr nicht hereinkommen und eine Tasse Tee mit mir trinken?«

»Vielen Dank, aber ich möchte keinen Tee«, erwiderte Casimir, und sein Lächeln verriet sein Unbehagen. »Doch ich komme gern herein.«

Von Daaknau nickte knapp, verbeugte sich und trat zurück, um Casimir Einlaß zu gewähren. Das kleine Wohnzimmer war hell und ließ die gleiche Reinlichkeit und Fürsorge erkennen wie das Äußere des Hauses. Hier standen elegante Stühle und schmale Lampenständer, der Boden wurde von übermäßig verzierten Teppichen bedeckt – Walnuß und Kristall, Leinen und Seide. In der Luft hing ein Hauch von *Meekulbern*-Tee.

Von Daaknau leitete Casimir mit einer Reihe unablässiger Verbeugungen zu einem reich verzierten Sofa. »Bitte setzt Euch doch. Bitte. Seid Ihr sicher, daß ich Euch nichts anbieten darf?«

Casimir nahm unbehaglich auf dem Sofa Platz, seine verschlissene Bauerntracht schien nicht zu dem edlen Stoff passen zu wollen. »Ja, da bin ich mir sicher«, sagte er mit wachsendem Selbstbewußtsein. »Ich habe nicht vor, als Euer nächstes Experiment zu dienen.«

Von Daaknaus flackernder Blick blieb einen Augenblick lang auf Casimir ruhen, dann senkte er sich zu Boden. Der Mann ging in die Küche. »Daraus schließe ich, daß Meister Lukas Euch davon erzählt hat, wie ich das Mittel verabreiche?«

»Ja«, log Casimir. »Aber das macht nichts. Das Objekt, das ich Euch anbiete, wird viel interessanter als ich sein.«

Von Daaknau eilte ins Zimmer, in der einen Hand eine dampfende Tasse Tee, in der anderen einen schweren Hammer. Er blieb an der Tür stehen und stellte den Hammer deutlich sichtbar an der Wand ab, als wollte er seinem lykanthropischen Besucher eine Warnung zukommen lassen. Dann schlurfte er zurück, machte es sich auf einem hochlehnigen Stuhl mitsamt Fußbänkchen bequem und stellte die Tasse auf dem nebenstehenden Tisch auf einem Untersatz ab.

»Ihr tut Euch da selbst ein Unrecht an, Casimir. Vergebt mir die offenen Worte, doch ich würde Eure Sezierung äußerst entzückend finden.«

Casimir lief ein Schauder über den Rücken, und er mußte erst sein Gleichgewicht wiederfinden, bevor er fortfuhr. »Wenn ich es richtig verstanden habe, so habt Ihr Euch zuerst auf das... Sezieren von Tieren konzentriert und seid danach zu... höheren Wesen übergegangen?«

Der Mann mit dem ausdruckslosen Gesicht nippte an seinem Tee, sah durch den aufsteigenden Dampf hindurch und nickte.

»Nun, verehrter Herr, ich bin bereit, Euch die nächst höhere Stufe zukommen zu lassen«, verkündete Casimir.

»Welche nächst höhere Stufe denn?« fragte von Daaknau und blinzelte kurzsichtig.

»Ich kann Euch einen Gott beschaffen«, flüsterte Casimir.

»Einen Gott?« fragte von Daaknau neugierig.

»Ja, einen Gott«, erwiderte Casimir entschieden. »Ich war Zeuge, wie er Leute mit einem Lied in den Schlaf schickte und sie an einem dreißig Kilometer entfernten Ort wieder aufwachen ließ; ich war Zeuge, wie er den Tag zur Nacht machte und die Stadt zum Wald; ich war Zeuge, wie er den Geschöpfen des Waldes seinen Willen aufzwang; ich war Zeuge, wie er durch einen reinen Willensakt die Gestalt eines Wolfes oder die einer Frau annahm!«

»Ihr sprecht von Harkon Lukas, nicht wahr?« fragte von Daaknau, beugte sich vor und stützte die Ellbogen auf die Knie. Casimir nickte. »Er ist ein Wolfwer, Casimir, kein Gott«, fuhr der Mann mit dem breiten Gesicht fort.

»Er ist ein fleischgewordener Gott... Fleisch, das Ihr sezieren könnt«, erwiderte Casimir schnell. »Mir ist noch nie ein mächtigeres Wesen begegnet... Euch vielleicht etwa?«

Von Daaknau schwieg einen Augenblick lang und starrte gedankenverloren in die Muster, die die sich am Boden der Tasse absetzenden Teeblätter bildeten. »Nein, ist mir noch nicht«, murmelte er schließlich.

»Und ob Harkon Lukas nun ein Gott ist oder nicht, er würde dennoch den Höhepunkt Eurer Arbeit mit Tieren und Menschen darstellen, da er natürlich sowohl Tier als auch Mensch ist.«

»Das ist sicher richtig«, gestand von Daaknau nach einem weiteren Schluck zu. »Aber glaubt Ihr denn, ich hätte noch niemals darüber nachgedacht, eine Werbestie zu sezieren? Natürlich habe ich das... doch bei dieser Aufgabe gibt es zahllose Schwierigkeiten – besonders, was Harkon Lukas betrifft.«

»Welche Art Schwierigkeiten«, fragte Casimir interessiert.

»Da wäre zuerst das Gift«, erklärte von Daaknau. »Er weiß, wie und wo mein Gift verabreicht wird.«

»Darum werde ich das Gift verabreichen, und zwar im Kartakan-Gasthaus.«

»Dann ist da noch das Problem mit der Stärke des Giftes. Es ist für Menschen portioniert, nicht für Werbestien. Es ist unmöglich in einer Stärke zu verabreichen, die einen Wolfwer zu Fall bringt. Harkon Lukas würde bei Bewußtsein bleiben, er wäre wie betrunken. Vermutlich würde seine Fähigkeit zur Verwandlung ausgeschaltet, doch er wäre nicht völlig hilflos.«

»Genau aus diesem Grund würde ich das Gift verabreichen und ihn dann zu Boden ringen. In diesem Zustand wäre er mir nicht gewachsen«, erwiderte Casimir, der nun sehr selbstsicher klang.

Von Daaknau betrachtete den Meistersinger mit Augen, die keinerlei Tiefe besaßen. Der aus der Tasse aufsteigende Dampf umkreiste auf hypnotische Weise sein Gesicht und liebkoste die ledrige Haut. Einen kurzen Augenblick lang herrschte in dem Haus absolute Stille, die nur von den mißtrauischen Atemzügen des Wahnsinnigen gestört wurde.

»Jede Handlung unterliegt einem Grund, Casimir«, sagte von Daaknau schließlich, »und jeder Grund will etwas in Bewegung setzen und ist ein aus sich heraus entstehender Fortschritt. Aus welchem Grund hegt Ihr den Plan, Euren Mentor tot sehen zu wollen?«

»Es ist ganz einfach, ich bin auf Rache aus«, sagte Casimir ohne zu zögern und erwiderte den brutalen Blick des Mannes. »Harkon Lukas hat, was nicht mehr zu ändern ist, für meine Existenz gesorgt und seitdem alles getan, um mich jeglicher Menschlichkeit zu berauben, die ich besitze. Er hat mich wieder und wieder in die Falle gelockt, und jetzt hat er vor, mich an seiner Seite in die Neun Höllen herabzuzerren. Doch ich werde nicht gehen.« Er schwieg und musterte das unergründliche Gesicht seines Gegenübers. »Damit wir uns richtig verstehen – ich *werde* in den Neun Höllen enden, von Daaknau, aber nicht an der Seite von Harkon Lukas! Nein, ich werde ihn vorausschicken.«

Von Daaknau war aufgestanden. Er blieb mit der Tasse in der einen und dem Untersetzer in der anderen Hand vor dem Stuhl stehen. »Ich schätze es, wenn ein Mann ehrlich ist, Casimir. Wie alle schäbigen Sünden steht auch die Lüge einem großen Mann schlecht zu Gesicht. Mord und Verrat sind da schon passender für unseresgleichen.«

Casimir ließ von Daaknau nicht aus den Augen, als der untersetzte Mann die Küche betrat und Tasse mitsamt Untersetzer auf dem Tisch abstellte. Er blieb am Fenster stehen und sah nach draußen. Dann wandte er sich ab und verschwand aus Casimirs Blickfeld.

»Ich werde ihn Euch sofort bringen, von Daaknau – sobald er wehrlos ist«, sagte der Meistersinger laut.

Stille kehrte in das Haus ein, dann ertönte das durch Mark und Bein gehende Knirschen von Mörser und Stampfer. »Laßt ihm aber die Fähigkeit, Schmerz zu empfinden«, rief von Daaknau mit seiner leblosen Stimme aus der Küche.

»Dann haben wir ein Abkommen?«

»Ich mahle gerade das Gift«, erwiderte von Daaknau nüchtern. »Wann könnt Ihr ihn mir bringen?«

»Morgen«, sagte Casimir zuversichtlich. »Heute abend muß ich mich mit meinen Freunden versöhnen und sie vor Lukas' Macht warnen.«

Wieder kehrte Stille ein, die nur von den knirschenden Geräuschen des Mörsers gebrochen wurde. Plötzlich ertönte ein leises, schwaches Klopfen, dem ein schluchzendes Stöhnen folgte.

Das Geräusch kam aus dem Keller.

»Laßt Euch nicht stören«, sagte von Daaknau, als würde er Casimirs Gedanken lesen. »Das ist nur Anna. Ich habe mich erweichen lassen und sie vergangene Nacht am Leben gelassen. Ich glaube, sie wird bis morgen durchhalten, wenn Ihr mir Lukas bringt.«

Casimir fuhr mit dem Daumen in kleinen Kreisen über die Fingerspitzen und verspürte den dringenden Wunsch, das Pulver bereits in seinem Besitz zu haben. Einen kurzen Moment kam ihm die Frage in den Sinn, wieso er dem furchtbarsten Mann, der je gelebt hatte, seinen eigenen Vater in die Hände spielen wollte. Doch als ihm im nächsten Augenblick ein kleiner Beutel in die begierige Hand gedrückt wurde, ließ er den Gedanken sofort fallen.

Julianna sah besorgt aus dem Fenster ihres Zimmers. Die grauen Nebelschwaden verdunkelten sich durch die hereinbrechende Nacht. Etwas stimmte nicht. Casimir war seit dem vorvorigen Morgen nicht zurückgekehrt, und Thoris war gegen Mittag verschwunden. Sie stand von ihrem Stuhl auf und ging auf die Tür zu. »Ich werde Harkon Lukas nach ihnen fragen«, beschloß sie laut. Dann blieb sie stehen.

»Nein. Thoris hat mir befohlen, mich nicht von der Stelle zu rühren«, sagte sie. Vielleicht hatte sich Casimir in Schwierigkeiten gebracht, und Thoris wollte ihm daraushelfen.

An der Tür des Nebenzimmers klopfte es.

Julianna schaute durch die offenstehende Verbindungstür. Unter der Tür zum Korridor drang Lampenlicht hervor und zeigte den Schatten der Füße davor. Das Klopfen ertönte erneut. Julianna schlich leise auf die Verbindungstür zu und hoffte, sie schließen zu können, bevor erneut geklopft wurde. Sie war halb bei der Tür, als sie ein neues Geräusch vernahm: das leise Klirren eines Schlüssels, der in sein Schloß geschoben wurde. Julianna erreichte die Verbindungstür auf Zehenspitzen.

Plötzlich wurde die Tür zum Korridor weit aufgestoßen.

Sie erstarrte.

Die dunkle Silhouette in der Tür war in einen Umhang gehüllt, der noch feucht vom Nebel war. Es war ein hochgewachsener Mann mit einem funkelnden Auge. Als er den dunklen Raum betrat, huschte ein Lichtreflex über den Dolch, den er in der Hand hielt.

Julianna schlug die Tür zu und suchte in ihren Taschen nach dem Schlüssel, doch der lag auf der anderen Seite des Zimmers auf dem Tisch und somit außer Reichweite. Sie stemmte sich mit dem Rücken gegen die Tür und hörte, wie sich schwere Schritte näherten.

Der Fremde erzwang sich mit einem Stoß Zugang. Julianna wurde zu Boden geschleudert, und der Mann blickte auf sie herab.

»Julianna, meine Liebe, bitte nehmt meine demütige Entschuldigung an«, sagte Harkon Lukas aus einer tiefen Verbeugung heraus. Julianna klammerte sich am Fuß des Bettes fest; sie rang nach Luft. »Ich bin nur gekommen, um Thoris diesen Dolch zu geben. Ich bin gar nicht auf die Idee gekommen, diese Verbindungstür könnte verschlossen sein.«

»Sie war zu, bis Ihr sie aufgestoßen habt«, stieß Julianna noch immer atemlos hervor.

Das Gesicht des Barden verzog sich zu einem entwaffnenden Lächeln. »Ich konnte Euch doch nicht in dem Irrtum zurücklassen, daß Thoris' Zimmer von einem Einbrecher heimgesucht worden ist, oder?«

»Wozu braucht ein Priester einen Dolch?« fragte Julianna; sie hatte die Hand auf die noch immer bebende Brust gelegt.

»Irgendein Ritual für Milil«, sagte Lukas desinteressiert. Sein Gesichtsausdruck veränderte sich und verriet nun Besorgnis. »Aber Ihr zittert ja«, bemerkte er und kam mit ausgebreiteten Armen auf sie zu.

Sie rappelte sich schnell auf, wich ihm aus und ging zum Fenster. »Wo ist Casimir?«

Lukas zuckte jungenhaft mit den Schultern. »Nach meiner gestrigen Stadtführung ging er noch in ein *Meekulbräu*-Haus. Mir sind da ein paar wüste Geschichten zu Ohren gekommen, von denen ich allerdings keine in Eurer Gegenwart wiederholen möchte.«

Als er auf sie zutrat, streckte sie den Arm aus, um ihn auf Distanz zu halten. »Ihr dürft gehen.«

»Ich muß Euch noch einmal um Verzeihung bitten, meine Dame«, sagte Lukas, kniete vor ihr nieder und küßte ihre Hand. »Sollte meine kleine Stadt Euch in irgendeiner Form beleidigt haben, so vergebt mir bitte. Wie kann ich das wieder gutmachen?«

Julianna hatte eine scharfe Erwiderung auf der Zunge liegen, doch sie schluckte sie herunter und musterte Harkon Lukas' Gesicht. Er hätte der um zwanzig Jahre gealterte Casimir sein können. Sie blickte einen Augenblick lang tief in seine unergründlichen Augen, bevor ihr bewußt wurde, daß er noch immer ihre Hand hielt. Sie errötete und wandte sich wieder dem Fenster zu.

»Wie Ihr das wieder gutmachen könnt?« wiederholte sie und sah in den Nebel hinaus. »Findet Casimir und bringt ihn mir. Und findet auch Thoris. Irgend etwas stimmt hier nicht, ich spüre es ganz deutlich.«

Lukas stand anmutig auf und ergriff zärtlich ihr Kinn. »Sorgt Euch nicht. Ich werde Casimir finden.«

Dann wandte er sich entschlossen von ihr ab, ging zu ihrem Bett und legte den barbarischen Dolch am Fußende hin. Ohne sich noch einmal umzudrehen, sagte er: »Werdet Ihr dafür sorgen, daß Thoris den Dolch in dem Moment bekommt, in dem er eintritt?«

»Ja«, versprach sie nervös.

Lukas ging zur Tür, öffnete sie und ließ sie hinter sich ins Schloß fallen.

18

Thoris stand wie ein Diener im Korridor des Gasthauses und kontrollierte das Tablett, das er gegen die Brust drückte. Die darauf befindlichen Gegenstände klapperten, als würden sie den Schlag seines Herzens aufnehmen. Er holte tief Luft und schob den Schlüssel ins Schloß seines Zimmers. Bevor er die Klinke herunterdrückte, sah er sich ein letztes Mal auf dem von Laternen erhellten Korridor um. Sich windende Rauch- und Dampfschwaden drangen aus der darunterliegenden Schankstube geistergleich durch die Holzplanken des Bodens. Ansonsten war nichts zu sehen.

Keine Gäste. Keine Diener. Kein Casimir.

Thoris richtete seine Aufmerksamkeit wieder auf die Messingklinke. Er wollte sie herunterdrücken, doch seine schweißnassen Finger rutschten von dem Metall ab.

»Thoris«, flüsterte eine krächzende Stimme vom Ende des Korridors.

Er sah mit den blutunterlaufenen Augen in die Richtung, aus der die Stimme erklungen war.

Casimir stand auf dem dunklen Treppenabsatz, blutverschmiert, unwirklich, in Rauch und Tod gehüllt.

Thoris wirbelte herum, und beinahe wäre ihm dabei das Tablett entglitten.

Der Geist war verschwunden.

Die bedrückende, unheilvolle Luft ungestört.

Thoris sank gegen die Tür. Er keuchte vor Angst. »Nur die Nerven«, murmelte er. Die silberne Warmhalteglocke war vom Teller gerutscht und entließ den aromatischen Dampf des heißen Hammelfleisches, der aufstieg und seinen Kopf in eine Dunstwolke einhüllte. Er dachte an den undurchdringlichen Nebel, der das Gasthaus einhüllte, und an die lange Nacht, die gerade begonnen hatte.

Casimir war irgendwo dort draußen.

Der Freund.

Der Todfeind.

»Heute abend werde ich meinen ältesten Freund töten«, sagte Thoris leise. Falls Lukas den Dolch gebracht hatte, würde er ihn auch benutzen. Und obwohl er um Casimirs Seele fürchtete; die Angst, die Klinge könnte ihr Ziel verfehlen, war noch viel größer.

Vielleicht ist der Dolch ja nicht gebracht worden, dachte er. Vielleicht können Julianna und ich morgen mit den Vistani fliehen, mit denen ich heute einen Handel abgeschlossen habe, und Casimir lebend zurücklassen.

Er trocknete sich die Handfläche am Gewand ab und drückte die Klinke herunter.

Die Tür schwang lautlos nach innen. Thoris trat über die Schwelle. Das Zimmer lag in völliger Finsternis, nur die rechteckigen Fensterscheiben waren als Schemen zu erkennen. Thoris ließ die Tür offen, um etwas sehen zu können, ging langsam zum Bett, stellte das Tablett dort ab und tastete auf dem Nachttisch nach Feuerstein und Zunder. Es liegt auf dem anderen Nachttisch, dachte er. Er blieb stehen. Wenn bei Casimirs Eintreffen die Lampe brennt, wird es mir schwerfallen, ihn mit dem Dolch zu überraschen. Am besten lasse ich es dunkel.

Er ging zur Tür zurück und schloß sie. Dann wartete er, bis sich seine Augen an die Dunkelheit gewöhnt hatten. Nach einiger Zeit nahm sie einen grauen Schimmer an, und er konnte wieder Umrisse erkennen. Sofort schob er den Nachttisch in die Mitte des Raumes und sorgte für einen Stuhl. Er hob das Tablett vom Bett, stellte es auf dem Tisch ab und richtete die Warmhalteglocke. Dann sah er zum Fenster. Ich frage mich, wo Casimir hereinkommen wird, dachte er.

Er ging zu der Verbindungstür. Mittlerweile hatten sich seine Augen so an die Dunkelheit gewöhnt, daß er Juliannas schlafende Gestalt deutlich sehen konnte. Er seufzte. Beim Anblick ihres zierlichen, unschuldigen Körpers, der so still dort lag, bekam seine Entschlossenheit neuen Auftrieb.

Das wird die letzte Nacht des Schreckens sein, dachte er. Er schloß die Tür langsam und achtete darauf, daß der Riegel lautlos einschnappte.

Jetzt hast du einen wirklich schönen Anblick ruiniert«, sagte eine kalte, tiefe Stimme, die aus der Dunkelheit kam.

Zum zweiten Mal an diesem Abend wirbelte Thoris herum. Das war nicht die Stimme eines Geistes. Er stammelte schuldbewußt los. »Casimir! Wann bist du eingetroffen?«

Ein Schatten, der sich aus den um ihn herumliegenden Schatten herausschälte, schwebte bedrohlich an der gegenüberliegenden Wand. »Warum hast du die Tür geschlossen, Thoris?«

»Ich ... äh«, stotterte Thoris und hielt sich am Türpfosten fest. »Ich hielt es für unschicklich, sie im Schlaf betrachten zu können.«

»Doch du hast schon ein Auge riskiert«, sagte die unheilverkündende Stimme. »Als ich dir letzte Nacht meinen Besuch abstattete, war die Tür geöffnet.«

»Du hast mich schon immer durchschaut«, schmeichelte sich Thoris ein und betete, daß Casimir diesmal dazu nicht imstande war. »Ja, ich habe sie im Schlaf beobachtet. Doch ich schloß die Tür, weil ich wußte, daß du kommen wolltest. Casimir, ich habe ihr nichts von dem Fluch erzählt, und ich wußte, daß wir nicht frei reden können, wenn sie dort liegt.«

Casimir lachte gedämpft und schroff zugleich. »Und warum kein Licht?«

»Sie würde aufwachen«, erwiderte Thoris schnell. »Selbst wenn die Tür geschlossen ist, dringt genug Licht unter der Tür durch, um sie aufzuwecken«, log er.

»Ich verstehe.« Der Laut von auf dem Boden auftreffender Stiefelsohlen verriet Thoris, daß sich Casimir in Bewegung gesetzt hatte – und zwar in seiner menschlichen Gestalt. Er blieb stehen, und das Tablett schepperte leise, als er die silberne Glocke hochhob. »Ein schönes Nachtmahl, wenn mich meine Nase nicht täuscht.«

»Ich habe es für dich geholt«, sagte Thoris, der Casimir im weiten Bogen umging, in der Hoffnung, wenigstens seine sich vor dem Fenster abzeichnende Silhouette sehen zu können. »Du hast deinen Besuch angekündigt, und ich wußte, du würdest hungrig sein.«

»Du wußtest also, ich würde hungrig sein«, sagte Casimir scharf. »Du hast gedacht, ein schönes Stück Hammelfleisch würde mich davon abhalten, dich zu fressen, was?« Wieder folgte das humorlose Lachen. Der Stuhl ächzte, als er sich setzte, und wieder schepperte das Tablett.

Thoris lachte unbehaglich, als er die Stelle erreichte, an der sich Casimirs Silhouette vor dem Fenster abzeichnete. Eigentlich hatte er erwartet, die vertrauten Umrisse würden ihm neue Zuversicht einhauchen, doch statt dessen war er entsetzt. Casimirs Haar stand büschelweise vom Kopf ab, und er trug das zerlumpte Gewand eines Bauern.

»Wie ist das Fleisch?« fragte Thoris mit zitternder Stimme.

»Ausgezeichnet.« Mit vollem Mund glich Casimirs Stimme einem Knurren. »Zwar schon etwas kalt, aber ich mußte schon kälteres Fleisch essen«, bemerkte er ernst und schluckte. »Das mit der Mahlzeit war sehr rücksichtsvoll von dir, Thoris. Ist der Dolch ebenfalls für mich bestimmt?«

»Dolch?« stieß Thoris hervor. Das Herz schlug ihm bis zum Hals.

»Ja«, erwiderte Casimir, und sein sarkastisches Grinsen war in der Dunkelheit fast spürbar. »Der Dolch, der auf dem Fußende deines Bettes liegt.«

Thoris schluckte. »Wenn ich vorhätte, ihn gegen dich zu benutzen, hätte ich ihn bestimmt nicht auf dem Bett liegen lassen.«

»Wofür ist er dann bestimmt?«

Thoris biß sich auf die Lippe. »Ich habe ihn heute auf dem Markt gekauft. Ich brauchte etwas, um Julianna und mich vor Lukas zu schützen.«

Casimirs Messer kratzte über den Teller. »Ein edler Gedanke, aber vermutlich umsonst. Man braucht eine besondere Klinge, um Harkon Lukas verletzen zu können.«

Die Anspannung in Thoris' Schultern ließ etwas nach. Er bewegte sich auf das Bett zu, ließ Casimir dabei aber keinen Augenblick lang aus den Augen. »Nun, dieser Dolch ist besser als nichts. Wo ist er?«

Casimir legte den Kopf schief. »Auf dem Bett, wo ich ihn gefunden habe.«

Thoris schritt weiter auf das Bett zu und versuchte, sich ganz natürlich zu bewegen. »Ich werde ihn in die Schublade des anderen Nachttisches legen, für den Fall, daß er uns hier überrascht«, sagte er mit zitternder Stimme. Er erreichte das Bett und hob den Dolch. Der Griff fühlte sich kalt an.

Dreh dich um und stich zu. Töte ihn jetzt, oder er wird dich töten.

Thoris drückte den Dolch an die Brust. Es fühlte sich nicht nach einer Silberklinge an; dafür schien sie zu schwer und zu grob geschmiedet zu sein. Wenn man mit dieser langen, schmalen Klinge töten wollte, mußte man genau die richtige Stelle treffen.

Töte ihn. Bring die Bestie zur Strecke.

Er wandte sich Casimir zu und ging los. Casimirs Blick wich keinen Augenblick lang von der scharfen Klinge.

Nur noch zwei Schritte.

Thoris schlug eine andere Richtung ein.

»Es tut mir leid. Ich wollte dich nicht erschrecken. Ich kann in dieser Dunkelheit so schlecht sehen.«

»Schon gut«, sagte Casimir wenig überzeugt. Sein Blick verfolgte Thoris den ganzen Weg um den Tisch herum zur anderen Bettseite. Dort kniete der Priester vor dem Nachttisch nieder und warf den Dolch laut scheppernd in die Schublade. Er holte tief Luft, nahm ihn behutsam wieder an sich und schob die Klinge unter die Strohmatratze. Der Dolchgriff ragte so weit hervor, daß man ihn bequem greifen konnte. Thoris lächelte nervös, stand wieder auf, klopfte sich den Staub von den Fingern, machte einen weiten Bogen um das Bett, nahm den zweiten Stuhl, mit dem das Zimmer ausgestattet war, und setzte sich Casimir gegenüber.

»Wieso hast du dich anders entschieden?«

»Anders entschieden?« fragte Casimir und setzte das Messer mißtrauisch wieder an das Fleisch an.

»Letzte Nacht hast du mich doch töten wollen.«

»Ja.« Er steckte sich ein Stück Fleisch in den Mund und kaute. »Es war eine elende Nacht.«

»Was ist passiert? Erzähl es mir«, sagte Thoris, erleichtert, die unausweichliche Aufgabe herausgezögert zu haben.

»Das würde zu weit führen, Thoris«, erwiderte Casimir, und in seiner Stimme lag ein Hauch der alten Vertrautheit. »Du würdest mich vermutlich für verrückt halten.«

»Das tue ich doch schon«, sagte Thoris und brachte mühsam ein Grinsen zustande. An seiner Lippe klebten Schweißperlen.

»Wo soll ich anfangen?« sagte Casimir und ignorierte die Bemerkung. Er holte tief Luft. »Thoris, ich weiß, daß ich im Verlauf des letzten Jahres mehr ein Feind als ein Freund war. Doch du mußt mir jetzt glauben, daß es einen viel schlimmeren Feind gibt, der uns beide bedroht. Unser wahrer Feind ist Harkon Lukas.«

»Harkon Lukas?«

»Ja«, erwiderte Casimir. »Er ist eine Werbestie... so wie ich.« Thoris bemerkte, daß Messer und Gabel jetzt am Tellerrand lagen und Casimir seine Hände im Schoß gefaltet hatte. »Aber er ist noch etwas Schlimmeres. Ihm fehlt jede Menschlichkeit – das, was wir sehen, ist nur eine Maske, eine Fassade.«

Thoris beugte sich vor und stützte die Ellbogen auf die Knie. »Woher weißt du das?«

»Oh, ich habe es schon lange Zeit gewußt«, sagte Casimir und schüttelte den Kopf. »Ich weiß es schon seit über einem Jahr. Doch erst vergangene Nacht habe ich das Schlimmste herausgefunden.« Seine Stimme wurde leiser, und er vergrub das Gesicht in den Händen. »Er ist wie ein Gott, Thoris. Er hat alles schon vor zwanzig Jahren in die Wege geleitet. Wir sind nichts als... Marionetten.«

Thoris rutschte nervös auf seinem Sitz herum. »Ein Gott? Wovon sprichst du da?«

Casimir richtete sich auf. »Denk an den Abend zurück, als Julianna und du zum ersten Mal nach Gundarak reiten wolltet«, sagte er. »Ja, ich weiß davon«, fügte er leise hinzu. »Er war daran schuld.«

»Du hast es gewußt?« flüsterte Thoris atemlos.

Als Casimir weitersprach, zitterte seine Stimme. »Ich stand mit Lukas auf dem Hügel und habe zugesehen, wie ihr auf die Grenze zugeritten seid. Er hatte mich dorthin gelockt. Er veranlaßte den Wald, euch in den Schlaf zu singen. Dann hat er euch fortgezaubert. Erinnerst du dich nicht?«

Thoris stand auf und ging unbehaglich auf und ab. »Das war... das war Harkon Lukas?«

»Ja«, erwiderte Casimir, und sein Tonfall wurde drängend. »Und erinnerst du dich, wie du im Tempel Mililis Stimme gehört hast? Auch das war Lukas.«

Thoris ging um den Tisch herum und stellte sich vor das Fenster. Er hielt sich an der Fensterbank fest und starrte in den undurchdringlichen Nebel. »Wie viele Werwölfe sind dort draußen, Casimir? Wie viele? Ich habe dich und Zhone Clieous immer für Mißgeburten gehalten. Doch jetzt kommt auch noch Harkon Lukas dazu... und wie viele andere noch?«

Casimir betrachtete Thoris' Silhouette. »Viele, Casimir.« Er stützte eine Hand auf das Knie. »Sie sind eine Legion.«

Thoris zitterte am ganzen Leib. Er legte die Hände auf die Fensterbank und stützte sich ab. »Sag mir, Casimir... hast du Julianna mit dem Fluch angesteckt?«

Casimir stand lautlos auf. Er trat langsam auf seinen Freund zu. »Nein. Bei meinem Leben, ich verspreche dir, daß das nicht geschehen ist. Ich habe immer Distanz bewahrt. Ich habe mich von ihr ferngehalten, obwohl es mich umbringt. Falls ich sie je angesteckt hätte, ich hätte mich umgebracht.«

Thoris sackte gegen den Fensterrahmen und seufzte. »Dann bin ich erleichtert.«

Casimir legte ihm die Hand auf die Schulter. »Wirst du mir helfen, Lukas zu töten?«

Thoris schüttelte Casimirs Hand ab und trat vom Fenster weg. »Da verlangst du einfach zu viel, Casimir.«

Er tastete nach dem Bett und setzte sich. Seine Hände fuhren nervös über den Rand der Strohmatratze. Dann verschränkte er die Arme fest vor dem Leib und schaukelte plötzlich auf und ab.

»Du verlangst von mir, jemanden zu töten, der fast ein Fremder für mich ist.«

Casimir starrte Thoris an; er runzelte die Stirn, es schien fast so etwas wie Verständnis und Mitleid auszudrücken. Dann ging er langsam mit ausgebreiteten Armen auf das Bett zu. »Nein, Thoris, ich werde das Töten besorgen. Doch ich brauche deine Hilfe.« Er setzte sich neben Thoris und legte dem Freund beruhigend die Hand aufs Knie. »Thoris, es wird wie früher sein. Du und ich, wir kämpfen gemeinsam... wie in den alten Tagen...«

Casimir lachte. Und zum ersten Mal seit vielen Monaten klang er wie der alte Casimir – wie der Junge, der Thoris das Holzschwert geschenkt hatte, um ihn aus dem Pesthaus herauszulocken.

Das Lachen erstarb, als eine salzige Flüssigkeit seine Kehle hinaufschoß. Er rang gurgelnd nach Luft. Es war Blut, sein eigenes Blut. Erst dann fühlte er den stechenden Schmerz unterhalb des linken Schulterblatts. Es war ein Dolch, der direkt unterhalb des Herzens eingedrungen war. Keine tödliche Wunde, aber eine schwere Verletzung. Die Klinge war schwer – schwer durch das Eisen, schwer durch Thoris' Griff. Die andere Hand des jungen Priesters lag auf Casimirs Brust, während er den Kopf gegen Casimirs Schulter lehnte.

Er weinte.

»Vergib mir, Casimir, vergib mir. So habe ich dich doch noch getötet – habe das getan, worum du mich vor so langer Zeit gebeten hattest.«

Die Worte klangen hohl in Casimirs Ohren. Ein Zittern ging von der kalten Klinge aus. Es durchfuhr ihn in prickelnden Wellen. Es wurde stärker, als es seine Hände erreichte... und kurz darauf die Füße. Die Verwandlung hatte eingesetzt. Wie seltsam es sich anfühlte, sich wieder bewegen zu können. Der Dolch hatte Casimir scheinbar von seinem Körper getrennt. Doch jetzt konnte er sich wieder bewegen. Er stieß den Ellbogen brutal nach hinten und traf Thoris' Arm. Der Knochen brach mit einem lauten Krachen, während Thoris' Hand nach hinten geschleudert wurde und dabei den Dolch aus der Wunde riß. Die Klinge prallte an die gegenüberliegende Wand und fiel klirrend zu Boden.

Thoris wimmerte. Er hielt sich den Arm. Casimir taumelte vom Bett hoch. Er drehte sich langsam auf dem Absatz herum, die Stiefelsohlen geschmiert vom eigenen Blut. Er schlug erneut zu.

Jetzt hingen beide Arme seines Freundes schlaff und verdreht herab. Casimir ballte die schweißfeuchte Hand. Wieder ein Hieb. Die Faust bohrte sich in Thoris' Brust. Das Aufstöhnen des Priesters wurde vom Brechen der Rippen übertönt. Casimir nahm sich die Zeit, bitter aufzulachen. Dann fiel die Faust hammergleich. Weitere Rippen brachen. Casimir grunzte zufrieden. Thoris fiel zurück auf das Bett und versuchte, sich zur Seite zu rollen. Ein brutaler Tritt ließ seine Hüfte zersplittern; der nächste zerbrach den Oberschenkel.

Thoris hörte auf, sich zu winden. Seine Brust hob und senkte sich mit panikerfüllten, keuchenden Atemzügen, und in seinen Augen leuchtete nacktes Entsetzen. Casimir beugte sich über ihn. Sein hämisches Grinsen wirkte seltsam betrunken. Er packte mit einer zur Klaue gewordenen Hand zu, riß Thoris das Gewand vom Oberkörper und verband damit seine Wunde.

»Vergib mir, Thoris«, sagte er. Dann drehte er sich schwerfällig um und ging langsam zur Tür. Er warf sich Thoris' Umhang um die Schultern, warf dem verkrüppelten Priester einen letzten Blick zu und verließ den Raum.

Harkon Lukas betrat das *Kartakan-Gasthaus* mit schweren Schritten, sein schwarzer Umhang hüllte ihn wie ein Paar ausgebreitete Schwingen ein. Ein Mann trat zufällig in seinen Weg und trat sofort hastig zur Seite. Lukas marschierte vorbei, ohne ihm einen Blick zu widmen. Heute morgen würde sich nichts und niemand in seinen Weg stellen.

Niemand – bis auf den Schreiber.

»Meister Lukas?« rief der ausgemergelte Mann, und seine Stimme übertönte die zielgerichteten Schritte beharrlich. »Meister Lukas?«

Der Barde blieb fünf Schritte vor dem Schreibtisch stehen. Er schnaubte gereizt.

»Meister Lukas?« wiederholte der Mann ungerührt.

Lukas drehte sich langsam auf der Stelle um. »Ich kann nur hoffen, es ist wichtig«, knurrte er.

Der Schreiber nahm die Bedrohlichkeit von Lukas' Tonfall anscheinend überhaupt nicht wahr, zog ein Stück Papier aus der obersten Schublade seines Schreibtischs und winkte damit. »Gegen Mitternacht ist ein seltsamer Mann vorbeigekommen. Er hat mir das hier diktiert und mir dann befohlen, es Euch zu geben.«

»Wedel nicht mit einem Schreiben vor meiner Nase herum«, schnauzte Lukas, trat einen großen Schritt vor und riß das Papier aus der knochigen Hand. Er faltete das zerknitterte Pergament auseinander. »Wieso war es ein seltsamer Mann?«

»Nun«, sagte der Schreiber und lehnte sich in einer dramatischen Pose in seinem Stuhl zurück, »der Bursche war ungekämmt und trug einen Umhang, der ihm viel zu klein war. Er hielt seine Hände unter dem Stoff versteckt, und eine seiner Schultern hing ziemlich nach unten.«

»Wenn man bedenkt, daß es Mitternacht war, hast du dir ja eine Menge gemerkt«, knurrte der Barde und las.

Meister Lukas,
das Opfer ist vollbracht worden. Stattet Thoris einen Besuch ab und seht selbst. Trefft mich gegen Abend in der Schankstube. Wir müssen feiern, bevor wir wieder auf die Jagd gehen.

Lukas sah mit nachdenklich gerunzelter Stirn auf. Dann schob er das Papier in die Tasche und ging weiter.

Thoris erwachte langsam aus den Tiefen des Schlafes. Er fühlte sich nur unwesentlich besser als ein Toter. Das erste Gefühl, das in sein benommenes Bewußtsein Einzug hielt, war ein dumpfes Pochen. Ihm wurde klar, daß das nur sein Herz sein konnte. Als nächstes kam der Schmerz seiner angeschwollenen Lungen. Mit jedem Atemzug krochen Spinnenbeine aus Schmerz über seine Rippen. Dann erkannte er, daß sich seine Augen nicht öffnen wollten, als würden sie von einer dicken Schicht Lehm verklebt. Als der Rest seines Körpers langsam erwachte, verschmolzen tausend kleine Schmerzen zu einem großen, allesumfassenden Schmerz.

Schmerz.

Das Gefühl in seinen Gliedmaßen bestand nur aus Schmerz. Plötzlich wünschte er sich, Casimir hätte ihn getötet. Vielleicht kann ich ja wieder einschlafen, dachte er.

Doch da waren die Stimmen. Der ganze Raum war voller Stimmen. Die geflüsterten Worte schienen sich schmerzhaft in seine Ohren zu bohren. Wer ist das nur? fragte er sich. Die hohe, sanfte Stimme gehörte Julianna, doch das samtige, leise Grollen konnte er niemand Bekanntem zuordnen. Die Stimme des Mannes war glatt und geschliffen, als würde er schon drei oder vier Lebensspannen mit der Sprache der Menschen umgehen. Ein Schauder durchlief Thoris.

Es war Casimir.

Die Ereignisse der vergangenen Nacht waren Thoris noch gegenwärtig. Er versuchte, einen Arm zu bewegen, sich aufzusetzen, doch seine Gliedmaßen waren wie Holz. Er mühte sich ab, und die Anstrengung ließ ihn die Zähne zusammenbeißen, doch er konnte sich trotzdem nicht bewegen. Aufsteigende Übelkeit überzeugte ihn, still liegen zu bleiben. Still liegen zu bleiben und zu lauschen.

»Ich habe keinen Zweifel« – das war Casimir – , »daß der heutige Abend Euch die Augen öffnen wird.«

»Ihr sprecht, als wäre ich blind«, erwiderte Julianna kühl.

»Nicht blind, doch von den Kulissen auf der Bühne in die Irre geführt«, kam die seidenweiche Erwiderung. »Ja, ich werde Euch heute abend zu Casimir bringen, doch Euch wird nicht gefallen, was Ihr da zu sehen bekommt.«

Der Schmerz ließ Thoris' Körper erzittern. Die samtweiche Stimme gehörte gar nicht Casimir, sondern Harkon Lukas.

»Wo ist er?« fragte Julianna hartnäckig.

»Ihr und ich, wir werden auf die Jagd gehen.«

Thoris kämpfte mit aller Kraft darum, sich aufsetzen zu können; seine unbeweglichen Arme zitterten nutzlos.

»Er wacht auf«, bemerkte Julianna. »Ihr geht jetzt besser.«

Thoris biß entschlossen die Zähne zusammen, doch seine Arme krümmten sich nicht.

»Ich werde gehen«, sagte Lukas. »Aber nur, wenn Ihr mir versprecht, Euch heute abend mit mir zu treffen.«

»Ja«, kam die ungeduldige Erwiderung.

Thoris strengte sich noch mehr an. Juliannas sanfte Hände legten sich auf seinen Körper. »Lieg still, lieber Thoris. Alles wird wieder gut.«

Thoris zwang die blutverkrusteten Augenlider auf. Julianna saß auf der Bettkante, und in ihren grünen Augen war deutliche Sorge zu erkennen. Sie beugte sich über ihn und überprüfte Verbände und Schienen, während sich die Tür hinter ihr schloß.

»Ist er weg?« krächzte Thoris.

Julianna lächelte traurig. Ihre Lippen waren so rot wie das Kleid, das sie trug. »Ja, er ist weg.«

»Du mußt fliehen.«

»Pst«, machte Julianna und rieb vorsichtig über seine Schultern.

Thoris zwang die angeschwollenen Augen weiter auf und sprach mit schmerzhafter Klarheit. »Hör mir zu, Julianna. Du mußt von diesem Ort... fliehen.«

»Nein«, erwiderte Julianna besorgt. »Ich habe dich nicht allein gelassen, seit der Dieb letzte Nacht verschwunden ist. Und ich werde dich jetzt bestimmt nicht im Stich lassen.«

»Julianna... du mußt gehen«, beschwor Thoris sie und versuchte erfolglos, ihr die geschienten Arme entgegenzustrecken. »Du bist in Gefahr.«

Julianna runzelte die Stirn. »Weißt du, was mit Casimir ist? Er ist jetzt seit drei Tagen verschwunden, und dann noch dieser Diebstahl...«

Thoris schloß die Augen, als der Schmerz seine Beine emporkroch.

»Mach dir keine Sorgen«, sagte sie. »Wir haben Schutz. Ich habe den Dolch des Diebes in die Nachttischschublade gelegt und Harkon Lukas gebeten, uns eine Wache zu besorgen.«

»Wie... wie schlimm ist es?« fragte Thoris.

Julianna erwiderte seinen benommenen Blick. Sie streichelte

sein schweißverklebtes Haar. »Thoris, du solltest etwas schlafen.«

»Wie schlimm ist es?« verlangt er zu wissen.

Sie seufzte. »Deine Arme und Beine sind gebrochen. Der hiesige Feldscher glaubt, daß auch die Rippen gebrochen sind. Dein Gesicht ist voller Prellungen und angeschwollen.«

Thoris sah zur Seite. Einen Augenblick lang wanderte sein durch Tränen unscharf gewordener Blick über die nackte Zimmerdecke. »Du mußt ohne mich gehen«, stieß er hervor.

Julianna sah ihn fragend an. »Wovon sprichst du?«

»Ich habe alles in die... Wege geleitet, Julianna«, sagte Thoris und kniff die Augen fest zusammen, als seine Brust von einer Schmerzwelle erfaßt wurde. »Nimm den Beutel mit den Goldstücken. Geh heute abend zu... den Zigeunern auf dem Marktplatz. Geh zu Madame Duccia... Zahl siebzehn Goldstücke. Sie... wird dich von hier fortbringen.«

»Aber ich muß Harkon Lukas treffen.«

»Nein...«, beharrte Thoris. »Julianna, Lukas ist ein Werwolf... und Casimir auch!«

»Was?« Sie runzelte die Stirn und rückte reflexartig von ihm fort.

»Mir fehlt die Kraft, es dir in allen Einzelheiten zu beweisen«, stammelte Thoris. »Ich bin der Beweis. Das war kein Dieb... der mir das angetan hat. Es war... Casimir. Er und Lukas sind Verbündete...«

Julianna wurde leichenblaß; sogar ihre Lippen verloren die Farbe.

»Wenn du auch nur etwas Mitleid mit mir hast... fliehst du heute abend.«

Julianna starrte ins Leere. »Ich kann es nicht glauben.«

»Die Liebe blendet dich«, sagte Thoris. »Die Liebe zu Casimir... sie hat auch mich geblendet.«

Sie stand auf und schüttelte ungläubig den Kopf. Trauer

breitete sich auf ihren blassen Gesichtszügen aus. »Wie kann das möglich sein?«

»Frage nicht«, stieß Thoris ungeduldig hervor, »flieh!«

»Aber Thoris, ich kann dich doch nicht hier zurücklassen, damit sie...«

»Ich bin schon tot, Julianna«, sagte er erschöpft. »Ich werde sterben... ob du mich nun mitnimmst oder nicht... Wenn du mich mitnimmst, wirst auch du sterben.«

Sie weinte jetzt. »Ich kann dich doch nicht zum Sterben zurücklassen!«

»Du mußt gehen!«

Ihr Kinn bebte, als sie die hervordrängenden Schluchzer unterdrückte. Sie beugte sich über ihn und umarmte ihn. Er spürte die warmen Konturen ihres Körpers; sie durchdrangen den Schmerzschleier, der ihn einhüllte. Eine Träne rann ihm über die Wange. Dann ließ Julianna ihn zögernd los.

»Leb wohl, edler Priester.«

In diesem Augenblick wußte Thoris, daß er nie wieder einen Blick auf ihr schwarzes Haar oder die smaragdgrünen Augen werfen würde.

»Wie spät ist es?« fragte er.

»Noch eine Stunde bis zum Sonnenuntergang«, sagte sie traurig.

»Triff die Vistani bei Anbruch der Dämmerung. Nimm mein Gold und schlüpfe durch die Hintertür. Achte darauf, daß dich niemand sieht. Frage nach Madame Duccia.«

Sie küßte ihn sanft auf die Lippen.

»Leb wohl, Thoris, Hoher Priester des Milil.«

»Leb wohl«, erwiderte Thoris. Julianna richtete sich auf und war einen Augenblick später verschwunden.

Thoris erwachte aus einem unsteten Schlaf; vielleicht Minuten später, vielleicht auch Stunden. Ein einziger Gedanke brannte wie ein Leuchtfeuer in seinem Bewußtsein: Sie hatte den Dolch vergessen.

Harkon Lukas saß in der mit einem Vorhang abgesperrten Nische im Dunkeln. Die flackernde Kerze auf der Tischmitte schien die Schatten eher zu verstärken, statt sie zu verbannen. Lukas hing mit versteinertem Gesicht düsteren Gedanken nach. Der stählerne Blick seiner Augen war auf einen unsichtbaren Gegenstand gerichtet, der weit jenseits des Vorhangs existierte. In der Hand hielt er eine rote Rose, die er aus der Vase in der Tischmitte gezogen hatte. An einer seiner Fingerspitzen klebte ein kleiner roter Blutstropfen.

»Julianna«, murmelte er gedankenverloren.

Eine Hand, die einen gefüllten Steinkrug hielt, schob sich am Vorhangsaum vorbei und drückte ihn beiseite. Die Hand gehörte einem jungen Mann, dessen rote Brokatjacke von auserlesenster Qualität war. In der anderen Hand hielt er noch einen Krug. Lukas blinzelte ungläubig, als er den schwarzhaarigen Eindringling erkannte.

»Schließ den Vorhang hinter dir, Casimir.«

Casimir schob seinem Vater den Steinkrug mit einem anmaßenden Grinsen zu und drehte sich um, um den Vorhang wieder zurechtzurücken. »Dir auch einen schönen Abend, Lukas.« Casimir ließ sich auf die Bank fallen. Er prostete dem Barden mit seinem Steinkrug zu. »Wie schmeckt das *Meekulbräu* hier, Meister Lukas?«

Lukas ignorierte die Frage. »Ich habe deinen Priester besucht.«

Casimir nahm einen tiefen Zug von dem *Meekulbräu*. »Wie gefiel dir mein Werk, Vater?«

»Er lebt noch immer, falls es das ist, was du meinst«, erwiderte Lukas und legte die Rose behutsam auf den Tisch. Er betrachtete den Blutstropfen auf seiner Fingerspitze.

»Noch immer unter den Lebenden, aber zerbrochen wie ein zu Boden gefallener Weinpokal«, sagte Casimir und sah auf Lukas' bis jetzt unberührten Krug. »Unter den Lebenden und dazu in der Lage, seine Folter wahrzunehmen. Ich habe viel von Meister von Daaknau gelernt.«

Lukas' Aufmerksamkeit blieb auf den Blutstropfen gerichtet, den er auf den Daumen abstreifte. »Du verstehst nicht, Casimir. Thoris' Folterung reicht nicht als Opfer.«

Casimir setzte den Krug energisch ab. »Ich hatte die Hoffnung, daß dir mein Einfallsreichtum zumindest eine kleine Freude bereiten würde«, sagte er in einem schärferen Tonfall. »Ich habe dich eingeladen, damit wir auf unsere Zukunft anstoßen können... und damit du dabei zusehen kannst, wie ich meinen Priester töte!« Casimir hob den Krug und verharrte abwartend.

Lukas verrieb das Blut und nahm zögernd seinen Krug. »Wir trinken, dann töten wir den Priester, und dann jagen wir?«

Casimir grinste brutal. »Auf unsere Zukunft als Ungeheuer, Vater und Sohn! So zügellos wir unsere Krüge leeren, so zügellos soll unser Leben als Bestien sein!«

Lukas mußte lächeln. Er hob den Krug und stieß mit Casimir an. Dann setzten beide Männer die Krüge an die Lippen, warfen die Köpfe zurück und stürzten das Gebräu herunter. Sie setzten die Krüge fast gleichzeitig hart auf dem Tisch ab, und Casimir rülpste. Lukas lachte schallend.

Casimir sprang fröhlich von seinem Sitz auf und riß den Vorhang beiseite. Das Licht der belebten Schankstube strömte in die Nische, und Lukas, der von der Handlung vollkommen überrascht worden war und der die Augen vor der Helligkeit schützend zusammenkniff, stand unwillkürlich auf. Casimir ergriff seinen Arm wie ein Junge, der seinem Großvater beim Aufstehen behilflich war.

»Komm, Vater«, flüsterte er so übertrieben laut, daß es alle Umstehenden hören mußten. »Warum sollen wir es noch länger hinausschieben? Gehen wir nach oben und töten den Priester!«

Eine dicke Frau mit grobporiger Haut sah die beiden an. Casimir musterte sie von oben bis unten und klopfte ihr dann auf den Rücken. Er wandte sich wieder seinem Vater zu und hielt einen Finger an die Lippen. »Hoppla, das habe ich wohl zu laut gesagt.« Er stützte sich schwer auf den Barden und hauchte ihm seinen alkoholisierten Atem ins Gesicht.

Lukas sah die Frau entschuldigend an. »Der Enthusiasmus der Jugend«, sagte er, legte einen Arm um Casimir und zog ihn von der Nische fort. »Ist dir das *Meekulbräu* direkt in den Kopf gestiegen?« zischte er.

Casimir lachte. »Soll ich mich in einen Wolf verwandeln oder ihn als Mensch töten?« flüsterte er lautstark.

Lukas verschloß Casimirs Mund mit der Hand und bahnte sich mit seiner Last einen Weg durch die Schankstube. Sein funkelnder Blick warnte jeden, der vielleicht zugehört hatte. Seltsamerweise fühlte er sich nun selbst etwas unsicher auf den Beinen. Vielleicht hatte er Casimir unrecht getan.

Die paar Treppenstufen, die von der Schankstube in die Halle führten, erwiesen sich als zu schwierig für Casimirs wacklige Beine. Seufzend hob Lukas ihn hoch und lud ihn sich auf die Schulter.

Erst nach zwanzig Schritten entlud er sich seiner Fracht. Er ließ Casimir einfach wie einen Sack Mehl auf den Boden der Halle fallen. Lukas sah selbstherrlich auf ihn herab und schüttelte den Kopf. Er wußte nicht, ob er wütend oder amüsiert sein sollte. Casimir erwiderte den Blick, und auf seinem Gesicht breitete sich ein blödes Grinsen aus.

»In deinem Zustand könntest du nicht einmal ein friedlich schlummerndes Kind töten«, flüsterte der Barde.

Casimir lachte keuchend.

»Hast du denn noch nie *Meekulbräu* getrunken?«

Casimir streckte träge den Arm aus. Sein Vater nahm die Hand und riß ihn auf die Füße. Casimir zuckte schmerzhaft zusammen und verbrachte einen Augenblick damit, sich die Schulter zu reiben. Dann, als er den ernsten Gesichtsausdruck seines Vaters bemerkte, richtete er sich gerade auf.

»Sei nicht ungerecht. Ich fühle mich durchaus dazu fähig, einen Mord zu begehen.«

Lukas musterte den schwankenden jungen Mann von Kopf bis Fuß. »Du könntest keine halbtote Ratte erlegen.«

»Doch, mir geht es gut«, erklärte Casimir beharrlich.

Plötzlich schwankte Lukas. Er trat einen Schritt zurück, um das Gleichgewicht wiederzufinden.

»Wie geht es *dir*, Vater?«

Der dunkle Barde hielt sich den Leib. »Mir ist auf einmal...«

Casimir trat auf ihn zu und packte seinen Arm. Alle Anzeichen der Trunkenheit waren verschwunden. »Was ist?«

Der Barde kniff die Augen zusammen. Er schwankte erneut und wäre gefallen, hätte sein Sohn ihn nicht gehalten. Er griff sich an die Stirn, die plötzlich schweißbedeckt war. »Ich... verstehe das nicht. Die Halle scheint zu schwanken... und ich höre Glockengeläut.«

»Vielleicht ist es das *Meekulbräu*«, meinte Casimir kühl.

Lukas rieb sich die Stirn. »Vielleicht. Wie geht es dir?«

»Gut«, kam die schnelle, völlig nüchterne Erwiderung.

Lukas öffnete die Augen und sah seinen Sohn an. Aus Casimirs hämisch grinsendem Gesicht sprossen die ersten langen Haare.

19

»Was machst du da?« zischte Lukas und taumelte rückwärts gegen die Wand.

In Casimirs Augen loderte ein hungriges, rotes Feuer. »Ich verwandle mich, lieber Vater«, erwiderte er, und seine Haut schlug Wellen.

»Du Narr«, schnauzte Lukas, sprang auf Casimir zu und packte ihn an der Brokatjacke. »Nicht hier! Was ist in dich gefahren?«

»Der Blutdurst«, rief Casimir, und seine Gesichtszüge fielen in sich zusammen und verformten sich.

Lukas ignorierte die Stiche und Krämpfe, die seinen Magen peinigten, verkrallte die Fäuste noch fester in Casimirs Jacke und riß ihn auf die Treppe zu. »Du mußt den Blutdurst bekämpfen, Casimir. Kämpfe dagegen an! Deine Beute ist nicht einmal in Sicht!«

Casimirs Augen brannten wie Holzscheite. »Meine Beute *ist* in Sicht.«

Lukas blieb stehen. Das *Meekulbräu* hatte seinen Beinen jegliches Gefühl geraubt. Er starrte seinen Sohn begriffsstutzig an.

Auf Casimirs Gesicht, das eine Mischung aus Mensch und Tier darstellte, zeigte sich ein merkwürdiges, hämisches Grinsen. »*Du* bist meine Beute, Vater.«

Die Worte jagten Lukas einen eiskalten Schauder über den Rücken. Er sah seinem Sohn forschend in die Augen.

Kein Mitleid, kein Mitgefühl, keine Menschlichkeit.

Er ließ Casimirs Jacke los und stolperte zurück. Das Blut

wich ihm aus dem Gesicht, als er die Verwandlung einleitete. »Es stimmt, oder?« stotterte er und wich weiter vor dem riesenhaften jungen Mann zurück. Er war schweißüberströmt. »Es stimmt! Du willst mich töten!«

»Ich bin der Sohn meines Vaters!« brüllte Casimir; seine Zähne wurden breiter und schärfer, sie zerbrachen den Kiefer mitsamt Gaumen. Eine tierhafte Schnauze schob sich ruckartig nach vorn.

Lukas taumelte noch immer an der Wand entlang zurück; er verstand nicht, warum seine eigene Verwandlung noch nicht eingesetzt hatte. »Du wagst es, mich an diesem Ort herauszufordern... in meiner Stadt?«

Krallen wuchsen aus Casimirs Fingerspitzen. Er setzte sich unbarmherzig in Bewegung und fetzte mit einem Schlag Jacke und Hemd vom Körper. Sein sich verformender Brustkorb wurde länger und breiter. Unter seiner Haut wölbten sich wirre Muster empor, als sich Knochen verformten und Muskeln vermehrten. Aus allen Poren sprossen dicke Haare.

»Hör auf damit, Casimir«, knurrte Lukas und versuchte, seine Wut zu kanalisieren. »Du weißt genau, daß ich der stärkere Wolfwer bin!«

Casimir stieß ein schrilles, kehliges Heulen aus. In der Schankstube ertönten aufgeregte Rufe, und ein Strom zwielichtiger Gestalten drängte in die Halle.

»Dann verwandle dich, Lukas, wenn du stärker bist als ich!«

Lukas blieb stehen und sammelte seine Willensstärke. Er rief die Transformation herbei, setzte jede Kraftreserve seines lethargischen Körpers ein. Nichts geschah. Kein Prickeln durchfuhr die Haut, kein Feuer flammte in den Knochen auf – nichts. Die Metamorphose wollte nicht einsetzen. Er versuchte es erneut, doch seine Knochen fühlten sich an wie nasses Holz.

»Du kannst dich nicht verwandeln, was«, knurrte Casimir.

»Was hast du mir angetan?« brüllte Lukas.

»Gift«, erwiderte Casimir mit einem verzerrten Grinsen.

»Gift?« wiederholte Lukas ungläubig. Er sah zu den Männern herüber, die aus der Schankstube gekommen waren. »Es spielt keine Rolle, ob ich mich verwandeln kann, Casimir, denn ich habe ein Heer von Wolfweren, das der Verwandlung mächtig ist.«

Casimir sah die Männer nicht einmal an. »Ich weiß. Ich kann dein Heer riechen – ihren Schweiß, ihre Furcht. Ich könnte es mit zehn von ihnen gleichzeitig aufnehmen.«

»Das werden wir ja sehen«, erwiderte Lukas und winkte die dunklen Gestalten heran.

Casimir warf sich nach vorn und legte die krallenbewehrte Hand um den Hals seines Vaters. »Halte sie auf! Noch einen Schritt, und sie können deinen Kopf haben!«

Lukas' Augen quollen hervor, die Halsschlagadern traten wie Schlangen aus der Haut. Trotzdem schickte er seine Diener nicht zurück. Die Krallenhand packte fester zu. Lukas' Luftröhre gab unter dem Druck nach und wurde zugedrückt. Sein Gesicht wurde knallrot, dann violett. Die finsteren Gestalten traten einen Schritt näher.

Lukas scheuchte seine Henkersknechte mit einer steifen und gelblich verfärbten Hand zurück.

»Noch weiter!« befahl Casimir und fuhr mit den Krallen der freien Hand brutal über Lukas' Leib. Die Männer gehorchten.

Casimir lockerte den Griff. Lukas rang gierig nach Luft, und sein Gesicht nahm wieder seine normale Farbe an. Erst jetzt spürte er die vier Schnitte auf seinem Leib. Sie brannten, als wären sie voller Säure. Wams und Hemd hingen in blutgetränkten Fetzen herab. Lukas ließ seinen schmerzenden Hals los, um die Wunden zu halten.

Casimir stieß einen Schrei aus und warf seinen Vater wie eine Stoffpuppe nach hinten. Der dunkle Barde landete am Fuß der Treppe und blieb verkrümmt liegen. Sein Sohn beugte sich über ihn, die sensengleichen Krallen zum tödlichen Schlag erhoben. Lukas drückte sich die Hand auf den Leib, holte tief Luft und stieß resigniert hervor: »Mein Schwert kann dich nicht verletzen. Meine Diener sind außer Reichweite... wie meine wölfische Macht... Du hast gewonnen, mein Sohn. Töte mich.«

Die hochmütige Wut in Casimirs Gesicht verhärtete sich zu Haß. »Sieh dich doch an, Lukas! Du gibst schon auf? Ich habe Kinder getötet, die sich stärker gewehrt haben als du. Du bist erbärmlich... ein Taugenichts. Ein Papierwolf.«

»Ein schönes Selbstgespräch«, sagte der Barde höhnisch. »Du hast deinen Vater stolz gemacht. Du bist eine viel schlimmere Bestie, als ich es je war, und wirst mich wunderbar ersetzen.« Er sah an Casimir vorbei. »Nun mach endlich ein Ende!«

»Halt mir keine Vorträge«, brüllte Casimir, dessen Klaue vor Wut zitterte. »Ich weiß, was ich bin. Ich weiß, was aus mir geworden ist... etwas von Grund auf Widerwärtiges und Verabscheuungswürdiges; etwas, dem man nur Haß entgegenbringen kann, das man jagen und töten muß! Ich bin genau das geworden, was ich vernichten wollte. Doch wenn ich dich töte, Vater, bekommt meine Verdammnis wenigstens einen Sinn. Nichts kann dich jetzt noch retten!«

Die hervortretenden Muskeln auf Casimirs Schulter spannten sich, und die mit den sichelähnlichen Krallen versehenen Finger hoben sich wie der Schwanz eines Skorpions.

Auf der Treppe ertönten Geräusche: Jemand kam herunter.

»Bleibt da stehen!« schrie Casimir.

Die Schritte näherten sich.

»Bleib stehen oder stirb!«

Die dürren Schienbeine des unerschrockenen Schreibers kamen in Sicht. Er ging ungerührt weiter.

Casimir gab einen Wutschrei von sich. Er hieb mit den Klauen nach dem freiliegenden Hals seines Vaters. Lukas riß den Kopf zurück und packte aus der gleichen Bewegung heraus die Waden des Schreibers, der gerade die letzte Stufe erreicht hatte. Der hagere Mann fiel über ihn. Die herabsausenden Krallen drangen tief in den Rücken des Mannes ein. Der Schreiber stieß einen Schrei aus; vielleicht zum ersten Mal in seinem Leben. Lukas schoß unter dem Mann in die Höhe und stieß ihn gegen Casimir. Der Schreiber schrie erneut auf. Er prallte gegen den Wolfwer, der ihn zu Boden schleuderte und mit einem gezielten Hieb endgültig tötete.

Casimir riß den Kopf herum. Lukas war verschwunden. Er spannte die Muskeln seiner Beine an, doch da fiel eine aus Klauen und Reißzähnen bestehende Meute über ihn her.

Lukas' Diener.

Die Schreie vom Fuß der Treppe schienen unmöglich von dieser Welt stammen zu können; sie erfüllten noch den langen Korridor im ersten Stock. Lukas drückte die eine Hand fest auf die langen Wunden auf seinem Leib, während er weiterstolperte. Mit der freien Hand suchte er in einer Tasche des Wamses nach einem Schlüsselring. Vom Blut glitschige Finger fanden den richtigen Schlüssel in genau dem Moment, als er die Tür erreichte. Er schob den Schlüssel ins Schloß und taumelte in das dunkle Zimmer.

»Guten Abend, junger Priester«, sagte er. Die in Verbände gehüllte Gestalt auf dem Bett gab ein leises Wimmern von sich. Lukas lächelte, stolperte auf unsicheren Beinen durch den Raum und nahm die Lampe. »Wie geht es dir, mein lieber Freund? Danke, mir geht es gut – zumindest verglichen mit dir.« Er schlug mit Feuerstein und Zunder ein paar Funken und brachte den Docht in der Lampe zum Brennen. »Du brauchst keine Angst zu haben. Die Angelegenheit, die mich heute abend beschäftigt, betrifft dich nur indirekt.«

Eine neue Serie von Schreien hallte durch die offenstehende Tür. Lukas kicherte humorlos, stellte die Lampe auf dem Nachttisch ab und ging mühsam zur Tür zurück. »Hätte ich doch fast vergessen, die Tür zu schließen. Es wäre wenig hilfreich, wenn Casimir plötzlich hereinplatzen würde.« Lukas drückte die Tür langsam zu und schloß sorgfältig ab; er brauchte dazu seine gesamte Konzentration.

»Nun zu uns«, sagte er, drehte sich zu Thoris um und rieb sich die blutverschmierten Hände. »Wo ist der Dolch, den ich dir gebracht habe?«

Thoris rührte sich nicht, seine zur Hälfte geschlossenen Augen starrten zur Decke.

Der Barde hielt sich wieder den blutigen Leib, als er auf das Bett zuging. Sein Tonfall wurde drängender. »Du erinnerst dich doch an den Dolch – den, den du nicht benutzt hast.«

Der Priester schwieg.

Lukas seufzte. »Laß es mich auf die folgende Weise ausdrücken. Genau in diesem Augenblick ist Casimir auf dem Weg hierher. Versteck die Klinge, und er wird uns beide töten.«

»Ich habe... sie nicht«, murmelte Thoris schießlich mit schmerzverzerrtem Gesicht; jedes Wort war eine Anstrengung.

»Wo ist sie?«

»Ich habe sie nicht«, beharrte Thoris atemlos.

Lukas trat von dem Bett zurück und strich sich über den Kinnbart. »Einmal angenommen, ich hätte einen Eisendolch, die einzige Waffe gegen einen Wolfwer, und mein bester Freund wäre ein Wolfwer, der mich töten will. Und einmal angenommen – ich hoffe, ich dehne die Regeln der Vernunft nicht allzusehr –, ich wäre ein hilfloser Krüppel, der von den Verletzungen, die ihm der besagte Wolfwer bei dem letzten Zusammentreffen zugefügt hat, ans Bett gefesselt ist. Zugegeben, ich wäre ein ziemlicher Narr, wenn ich zulassen würde, in solch eine Lage zu geraten. Aber lassen wir das; wo würde ich meinen Dolch aufbewahren?«

Lukas ging langsam zum Nachttisch und zog die einzige Schublade auf. »Aha! Genau da, wo ich ihn aufbewahrt hätte. Vielen Dank für deine großzügige Hilfe, junger Priester.«

Thoris beschränkte sich darauf, ihm schweigend einen wütenden Blick zuzuwerfen.

Lukas wandte die Aufmerksamkeit auf die Verbindungstür zu Juliannas Zimmer. Sie war verschlossen. »Nun, das war es auch schon. Danke für deine Zeit, mein kleiner, verkrüppelter Freund.« Er stolperte auf die Tür zu, zog den Schlüsselring hervor und suchte den richtigen Schlüssel. Dann schloß er auf und versetzte der Tür einen Stoß. Das Zimmer lag in völliger Finsternis – und es war leer.

»Wo ist Julianna?« fragte Lukas.

»Weg«, erwiderte Thoris schlicht.

»Ich verstehe«, meinte Lukas. Er drehte sich um, das Gift verursachte noch immer Gleichgewichtsstörungen. Langsam und bedächtig setzte er einen Fuß vor den anderen und schritt auf und ab. In der einsetzenden Stille war wieder der Kampflärm zu hören.

»Also stellt sich folgendes Problem«, sagte Lukas schließlich. »Soll ich in den Kampf eingreifen und Casimir diesen Dolch in den Leib stoßen, oder soll ich hier auf ihn warten? Er wird meine Wolfwer vernichten. Schließlich ist er ja mein Sohn.« Lukas nickte Thoris bedeutsam zu und gestattete sich ein sardonisches Lächeln. Er sah zum Nebenraum, und seine

Gedanken kehrten zu Julianna zurück. Unschuldige und verletzliche Julianna.

Die Casimir von ganzem Herzen liebte.

Lukas' Augen begannen kalt, grau und intensiv zu funkeln. Er hob den Dolch und musterte ihn. »Der Tod durch diese Klinge wäre zu gnädig für meinen abtrünnigen Sohn. Nein. Es gibt einen besseren Weg.« Er wandte sich wieder Thoris zu. »Sie flieht nach Gundarak, stimmt's?«

Thoris' Lippen verzogen sich zu einem dünnen Strich, und er schloß die Augen.

»Das reicht mir als Antwort, junger Priester«, lachte der Barde. »Du wolltest mit ihr gehen, was?« Thoris hielt die Augen geschlossen. »Sei nicht so traurig, Priester. Sie wird Gundarak niemals erreichen.« Mit einem bellenden Lachen stolperte Lukas zum Fenster, öffnete es und kletterte vorsichtig dem feuchten Boden entgegen...

Die Halle hatte sich in ein Schlachthaus verwandelt.

Alles war in Blut getaucht, von der niedrigen Decke bis zu dem aus groben Bohlen gezimmerten Boden. Es tropfte selbst von Casimirs Händen. Er bewegte sich mit vorsichtigen Schritten zwischen den Kadavern vorwärts. Egal in welcher Gestalt sie gestorben waren, im Tod hatten sie sich alle wieder in Wölfe verwandelt. Ihre schlanken Flanken waren zerfetzt. Einige lagen schlaff am Boden, andere über Stühlen, wieder andere hingen von Garderobenhaken.

Casimir wandte den Blick ab. Diese Schlacht war ohne Ehre gewesen, hatte keinen Jubel über die Niederlage des Feindes verdient. Er erreichte die Treppe und stieg nach oben, seine Füße hinterließen blutige Krallenabdrücke. Da entdeckte er am oberen Treppenabsatz eine aus kleinen Tropfen bestehende Blutspur. Langsam zog er die schwarzen Lefzen zurück, als er eine vertraute Witterung aufnahm.

»Harkon Lukas«, grollte er, und in seinen Augen erwachte das fiebrige Licht zu neuem Leben.

Er stürmte den Korridor entlang, witterte dabei unaufhörlich in der stickigen Luft und trennte die Myriaden banaler Gerüche von dem exotischen Parfüm, das Lukas' Blut darstellte. Es roch nach Angst – das tat Blut immer –, und es war berauschend. Die deutlich sichtbare Spur führte an den Türen vorbei. Casimirs Magen grollte. Schließlich hörte die Spur auf.

Es war Thoris' Tür.

Sie machen gemeinsame Sache, erkannte Casimir mit plötzlich aufsteigender Wut.

»*Lukas!*« rief er, und seine Krallen rissen tiefe Löcher in die Hartholztür. Splitter regneten zu Boden oder bohrten sich tief in sein Nagelbett. Doch er ließ nicht locker. Ein Teil der Tür brach heraus und enthüllte den von einer Lampe erhellten Raum dahinter. Casimir stieß brutal die Klaue in das Loch und riß kräftig. Die dicke Tür zerbrach wie eine dünne Latte.

Casimir stürzte in das Zimmer, direkt auf das Bett zu, in dem Thoris lag. Mit einem Sprung hatte er es erreicht, packte den Verletzten bei den Schultern und riß ihn von der Matratze hoch. Thoris' Augen waren weit aufgerissen. Casimir starrte ihn an, eine schreckliche Freude ließ ihn verzerrt lächeln. Er warf den Kopf in den Nacken und stieß ein gewaltiges Brüllen aus. Der junge Priester zuckte zusammen, als ihn ein Schwall des heißen, fauligen Atems einhüllte.

»Im Bund mit meinem Feind, was, Thoris?« knurrte Casimir. Heruntertropfender Geifer tränkte die Verbände. »Wo ist Lukas?«

Thoris starrte weiterhin geradeaus. Er sagte kein Wort.

Casimir schüttelte ihn wild. »*Wo ist er?*«

Da erst bemerkte der Wolfwer, daß die Tür zu Juliannas Zimmer weit offen stand. Das Zimmer selbst lag im Dunkeln.

Casimir ließ den schweigenden Priester los und ging langsam nach drüben. Seine Nase verriet ihm sofort, daß sie nicht mehr da war.

Er betrat wieder Thoris' Zimmer und packte ihn am Hals. »Was hat Lukas mit ihr gemacht?«

Langsam senkten sich die geschwollenen Lider. Die Worte quetschten sich durch die aufgesprungenen Lippen.

»Was... hat er dir angetan?«

»Antworte mir!« verlangte Casimir.

»Antworte du mir«, stieß Thoris atemlos hervor.

Casimir hob die schreckliche Klaue. »Antworte mir, oder bei den Göttern, ich bringe dich um!«

»Das hast du schon«, erwiderte Thoris. »Ein ganzes Jahrzehnt... hast du mich mit deinem Gift verseucht. Selbst... im *Roten Portal*... die glücklichsten Erinnerungen... nichts als dreckige Lügen.«

Casimir richtete sich angewidert auf und schritt ruhelos auf und ab.

»Was ist mit dir passiert...?« sagte Thoris mit schwacher Stimme.

Casimir verschwand mit einem Sprung wieder in Juliannas Zimmer. Er schnüffelte ausgiebig am Bett, am Sofa, am Stuhl. »Der Geruch ist alt«, murmelte er abgelenkt, als er die Schubladen aus dem Ankleidetisch und dem Kleiderschrank riß. »Der Geruch ist alt«, wiederholte er und ging zurück in Thoris' Zimmer.

»Du suchst nach... Julianna. Aber wo ist Casimir geblieben?« fragte Thoris mühsam.

Casimir wirbelte herum, seine blutigen Klauen umklammerten die Bettpfosten und rüttelten an ihnen. »Er ist tot, Thoris! Casimir ist tot! Du hast ihn in der vergangenen Nacht getötet. Er hatte den Glauben an dich noch nicht verloren, war noch immer davon überzeugt gewesen, daß er wenigstens dich retten konnte, wenn ihm schon die eigene Rettung versagt blieb. Aber du hast trotzdem zugestochen. Du hast ihn getötet. Und *ich* bin alles, was übriggeblieben ist!

Thoris zuckte zusammen; eine Träne rann ihm über die Wange. Casimir schlug ihm mit der Rückseite der krallenbewehrten Hand ins Gesicht. »Weine nicht um mich, Priester! Spar dir deine Tränen für dich selber auf!« Er trat zurück und sah zu, wie sich das Blut auf Thoris' Gesicht mit den Tränen vermischte.

»Der Geruch ist alt«, sagte er und ging zum Fenster. »Sie ist nicht mit Lukas weg. Sie ist ganz allein geflohen. Aber wohin?«

Ihm fiel die Nacht auf der Straße nach Gundarak ein.

Noch in derselben Sekunde setzte die Verwandlung seiner Gliedmaßen ein. Augenblicke später hockte dort ein großer Wolf. Der eilte auf das Fenster zu und tauchte mit einem geschmeidigen Sprung in die Nacht hinein.

Julianna saß auf der Kante von Madame Duccias Bett, während der *Vardo* die Straße nach Gundarak entlangfuhr. Die Vistani war nicht nur die Anführerin der Sippe, sondern auch eine überraschend junge und schöne Frau, deren Blick bis auf den Grund der Seele zu dringen schien. Außerdem hatte sie sich als unglaublich geschäftstüchtig erwiesen. Sie hatte Julianna mit offenen Armen empfangen – oder zumindest ihr Gold.

Julianna hatte seit Beginn der Fahrt noch kein Wort gesagt, obwohl eine Reisegefährtin da war. Ein kleines Zigeunermädchen namens Delanya saß ihr auf dem Schemel gegenüber. Doch auch das schwarzhaarige Kind hatte an einer Unterhaltung kein Interesse; seine Aufgabe war es, dafür zu sorgen, daß nichts gestohlen wurde. Der *Vardo* war mit allen möglichen kostbaren Gegenständen beladen – Juwelen,

Goldketten, Bücherstapel. Delanyas braune Augen waren feurig und wachsam.

»Ein Reiter«, flüsterte sie plötzlich. Im nächsten Augenblick stand sie am Fenster des *Vardos* und steckte den Kopf hinaus.

Julianna war entsetzt. »Vielleicht ist es ja nur ein Bote, der nach Norden eilt.«

»Er reitet zum Anfang der Karawane.«

»Hält er an?« fragte Julianna, rutschte vom Bett und kniete sich neben das Kind. Juliannas Hände suchten an der Fensterbank Halt. Ihre Finger zitterten. Sie konnte draußen nichts erkennen, nichts außer dem nächtlichen Wald.

»Was könnte er wollen?« sagte sie laut zu sich selbst. Erst da bemerkte sie, daß Delanya nicht länger neben ihr kniete. Sie drehte sich um. Das Zigeunermädchen saß auf seinem Schemel, eine Armbrust auf den Knien.

»Was willst du denn damit?« fragte Julianna entsetzt.

»Sie laden«, erwiderte Delanya, und in ihrer Stimme schwang der übliche Vistani-Stolz mit. Sie stemmte die Füße gegen den Bogen und drückte den kleinen Haltemechanismus in die Höhe. Einen Augenblick später hatte sie die Sehne gespannt und einen Bolzen eingelegt. Sie schaute zu Julianna hoch, und auf ihrem dunkelhäutigen Gesicht lag ein nachdenklicher Ausdruck.

»Habt Ihr keine Waffen?«

»Nein«, erwiderte Julianna.

Delanya schnalzte mit der Zunge und schüttelte den Kopf. »Eine *Giorgio* ohne Waffen.« Dann stand sie auf, schlich zum Fenster und zerrte die Armbrust hinter sich her. Vorsichtig zog sie den Vorhang beiseite und stemmte die Waffe auf die Fensterbank.

»Er kommt mit Madame Duccia hierher.«

Juliannas Herz pochte schmerzhaft, und sie ballte die Fäuste. Schritte näherten sich. Delanyas Finger legte sich auf den Abzug der Armbrust. Die Türklinke wurde heruntergedrückt. Die Vistani krümmte den Finger.

»Weg mit meiner Armbrust, Delanya«, ertönte Madame Duccias wütende Stimme.

Delanyas Schultern sackten nach vorn, und sie legte die unhandliche Waffe auf dem Boden ab. Die Tür öffnete sich. Eine hochgewachsene Gestalt trat ein, so dunkel wie ein Schatten.

Aber Schatten bluten nicht.

»Harkon Lukas«, keuchte Julianna.

Das Gesicht des Barden war leichenblaß und erschöpft. Das lange schwarze Haar war voller Knoten und fettig, die Kleidung in einem unordentlichen Zustand. Er hielt sich mit einer blutverschmierten Hand den Leib, als wollte er die dunkel verfärbten Fetzen seines Hemdes verstecken. Er verbeugte sich schwach. »Julianna... wie schön, Euch hier zu finden.«

Julianna stand vom Bett auf; es widerstrebte ihr, daß er sie überragte. »Bitte, Meister Lukas, ich habe es eilig.«

Er lächelte höflich. »Ich weiß, meine Liebe – auf der Flucht vor einem Ungeheuer, das Ihr noch nie gesehen habt. Solche Reisen sind nichts Besonderes.«

Julianna trat auf ihn zu und bedeutete ihm mit der Hand, den *Vardo* zu verlassen. »Bitte. Ein Feldscher oder ein Priester sollte sich um Eure Wunden kümmern. Ich muß meine Reise fortsetzen.«

In Lukas' Augen blitzte es warnend. »Kommt, stellt Euch dem Ungeheuer. Göttliche Manifestationen sind zu selten, als daß man sie sich entgehen lassen sollte.«

Julianna streckte mit klopfendem Herzen die Hand aus und drängte ihn zur Tür. »Madame Duccia, ich verlange sicheres Geleit!«

Lukas hielt sich an ihr fest und zerrte sie aus dem *Vardo*. Die kalte Nachtluft traf sie wie ein Schlag. Lukas wirbelte sie herum und zog sie dann an sich heran, so daß sich ihre Gesichter fast berührten. »Madame Duccia wird Euch sicheres Geleit gewähren ... aber zuerst will ich, daß Ihr seht, was Casimir in Wirklichkeit ist. Ich will, daß Ihr seine Bösartigkeit seht. Ich will, daß Ihr ihn zu hassen lernt!«

»Laßt mich los!« verlangte sie und stemmte sich gegen ihn.

»Nein!« rief er wütend. »Es ist zu spät, um wegzulaufen, meine Liebe. Da kommt Casimir schon!«

Julianna sah die Straße entlang. Die abgetragenen Pflastersteine wurden von den Strahlen des Mondlichts erhellt, das sich einen Weg durch das dichte Blätterdach bahnte. Zu beiden Seiten der Straße erhoben sich säulengleich stattliche Bäume, und die dazwischen befindliche Finsternis schien von dem hypnotischen Gesang der Grillen noch verstärkt zu werden.

Eine dunkle Gestalt kam eine Steigung in der Straße herab.

Sie bewegte sich mit einer erschreckenden Geschwindigkeit.

Ihre Krallen scharrten über die Pflastersteine. Das Licht des Mondes wogte immer wieder über das daherjagende Tier, dessen Fell im Wind flatterte. Selbst auf diese Entfernung schienen sich sein silberfarbener Blick in Juliannas Augen zu bohren.

Julianna stieß einen leisen, klagenden Laut aus und wollte in den Wohnwagen flüchten, doch Lukas legte ihr seinen starken Arm um die Taille. Er hielt sie wie einen Schild vor sich. Sie kämpfte gegen ihn an, bis sie plötzlich einen Dolch an der Kehle spürte.

»Vergebt mir diese grobe Behandlung, meine Liebe, aber es ist nur in Eurem Interesse«, zischte Lukas. »Seht! Euer Liebhaber ist da!«

Der Wolf war auf hundert Meter herangekommen. Er tauchte im Schatten unter. Dann war er plötzlich wieder da und stürzte Julianna und Lukas entgegen. Der Barde wich ein paar Schritte zurück und zerrte Julianna mit sich. Er fuchtelte mit dem scharfen Eisendolch herum.

»Bleib stehen, oder sie stirbt!«

Der graue Wolf kam rutschend keine zehn Meter entfernt zum Halt.

»Gut, Casimir, gut!« rief Lukas, während ihm der Schweiß förmlich vom Gesicht troff. »Also hat ein Dolch am Hals deiner Dame noch immer einen gewissen Einfluß auf dich! Ich bin erstaunt!«

Casimir knurrte zur Erwiderung, die tiefsitzenden Wolfsaugen glühten blutrot. Er fing an, Lukas und seine Geisel in einem weiten Bogen zu umkreisen.

Der Barde machte die Bewegung mit und achtete immer darauf, Julianna vor sich zu halten. »Seht Ihr, Julianna? Seht Ihr, was er ist? Ein Ungeheuer! Seht Ihr, wie seine Schnauze blutverschmiert ist? Seht Ihr seine geröteten Krallen?«

Julianna ließ den sie umkreisenden Wolf nicht aus den Augen. »Thoris hat mich über Euch aufgeklärt, Lukas. Auch Ihr seid ein Werwolf.«

»Nein, meine Liebe«, sagte der Barde beschwichtigend. »Ihr täuscht Euch. Wenn ich ein Wolfwer wäre, würde ich dann nicht seine Gestalt annehmen und kämpfen, statt mich auf diese Weise hinter einem Rock zu verstecken?«

»Ich habe den Eindruck, daß Ihr den ersten Kampf bereits verloren habt«, sagte Julianna spöttisch.

»Ich kann meine Unschuld nicht beweisen«, erwiderte Lukas. Er bemerkte, daß Casimirs Kreise enger geworden waren. »Zurück, oder sie stirbt!« rief er. Casimirs Fell sträubte sich, aber er gehorchte.

»Natürlich könnt Ihr das. Laßt mich gehen.«

Wieder kam Casimir näher heran, seine glühenden Augen suchten nach einer Angriffsmöglichkeit.

»Wenn ich Euch nicht auf andere Weise überzeugen kann«, sagte Lukas, »dann sei es.«

Er ließ den Dolch fallen, der scheppernd auf dem Pflaster landete. Dann stieß er Julianna von sich. Der Wolf blieb stehen, seine Muskeln spannten sich.

»Ich bin ein Mensch, sonst nichts«, rief Lukas Julianna zu. »Töte mich, Casimir!«

Der Wolf sprang bereits durch die Luft. Die Entfernung schrumpfte zusammen. Lukas zuckte nicht einmal mit der Wimper. Schreckliche, aufblitzende Reißzähne...

Der Zusammenprall.

Der Barde wurde von den Füßen gerissen und landete mit knochenzerschmetternder Wucht auf der Straße. Casimir landete auf ihm. Lukas packte den Hals der Bestie, doch die riesige, gnadenlose Schnauze war nicht abzuwehren. Zähne wie Säbel rissen Furchen in die Muskeln seines Leibes. Er schrie vor Schmerzen, stieß den Wolf zurück und legte die Unterarme in Abwehrstellung übereinander. Brutale Krallen bohrten sich in die Wunde am Bauch und rissen sie noch weiter auf. Lukas trat nach seinem Angreifer. Er versuchte auf dem Rücken liegend auf den *Vardo* zuzukriechen, aber die Zähne bissen wieder zu. Blut tropfte von ihnen, als der Wolf den Schädel hob; er stieß ein Heulen aus, und roter Schaum spritzte aus seiner Nase. Lukas schrie erneut, seine Fäuste trommelten wild gegen den gewaltigen Schädel des Tieres. Der dampfende Rachen öffnete sich. Reißzähne schlossen sich heiß um den Hals des Barden, bissen diesmal absichtlich langsam zu, zerrissen die Haut und gruben sich in Muskeln und Sehnen. Ein Aufschrei entrang sich Lukas' Mund, heißes Blut befleckte seine Lippen. Er versuchte, den Kiefer der Bestie aufzuzwingen. Die Baumwipfel verblaßten.

Plötzlich ließen die Reißzähne los.

Casimirs riesige Schnauze hob sich. Er jaulte voller Schmerz auf. Der Laut hallte düster durch den Wald. Dann brach er mit einem seltsam gurgelnden Geräusch ab. Casimirs Wolfsbeine gaben nach. Das rote Feuer in seinen Augen flackerte noch einmal auf und erstarb. Der gewaltige Wolfsrüde fiel auf die Seite, sein Schädel prallte hart auf das Pflaster.

Lukas wich, eine Hand auf den blutenden Hals gedrückt, vor der von Krämpfen geschüttelten Bestie zurück. Erst da sah er den Eisendolch, der bis zum Heft zwischen den Rippen des Wolfes steckte.

Julianna stand mit blutverschmierter Faust da, und ein Beben durchlief ihren Körper. Lukas rutschte bis zum Rad des *Vardo* und setzte sich aufrecht dagegen. Seine Hände zitterten und sein Atem ging schnell. Dennoch huschte kurz das Lächeln des Siegers über sein Gesicht. Sein Plan hatte funktioniert.

Madame Duccia trat langsam und voller Ehrfurcht auf Julianna zu und legte ihr eine Wolldecke über die bebende Schulter. Tränen liefen über Juliannas Wangen. Sie sah kurz auf das Blut an ihren Händen, dann wischte sie es an ihrem roten Gewand ab. Die Vistani nahm sie in die Arme, und einen Augenblick lang blieben beide Frauen so stehen.

Schließlich löste sich Julianna aus der Umarmung. Sie zog die Decke von den Schultern und legte sie über den Unterleib des reglos daliegenden Wolfes. Dann trat sie zurück. Casimirs Körper wurde von einer langsamen Verwandlung erfaßt. Die Schnauze bildete sich zurück; die Haare verloren an Dichte und verschwanden von Wangen und Stirn; Muskeln und Knochen streckten sich. Die gewaltige Gestalt unter der Decke wurde zu dem hageren, zusammengekrümmten Körper eines jungen Mannes.

Lukas sah erstaunt zu. »Er dürfte sich nicht in einen Menschen verwandeln!« flüsterte er atemlos. »Er ist ein Wolfwer. Seine menschliche Seite war nur eine Fassade.«

Julianna ging mit langsamen und leisen Schritten auf Casimir zu. »Vielleicht habt Ihr das angenommen, Meister Lukas.« Sie kniete traurig neben der Leiche nieder. »Manch einer, der als Mensch geboren wird, verwandelt sich in ein Tier; vielleicht können ein paar derjenigen, die als Tier geboren werden, sich zum Menschen wandeln.« Sie strich sanft über Casimirs Wange. Ihre Lippen zitterten. Dann wandte sie den Blick von dem leblosen Gesicht und legte den Kopf in den Nacken. Tränen flossen unaufhaltsam aus ihren smaragdgrünen Augen, und sie fing leise an zu schluchzen. Sie nahm Casimirs zerschundene Hand und weinte hemmungslos.

Als ihre Tränen schließlich versiegt waren, beugte sie sich über ihn und küßte ihn. »Deine Lippen sind noch immer warm«, sagte sie traurig. »Leb wohl, Casimir, mein Geliebter. Wenn es auf dieser Welt tatsächlich Götter gibt, so sollen sie dich mit meinen Augen richten.«

Julianna stand wieder auf. Sie blieb eine lange Zeit neben dem Toten stehen und starrte mit leerem Blick in die Ferne. Schließlich klopfte sie sich den Staub vom Kleid und näherte sich Harkon Lukas mit unsicheren Schritten.

»Madame Duccia«, sagte sie, »darf ich Euch... darf ich dir ein paar Leinentücher abkaufen?«

Die Zigeunerin sah Julianna fragend an. »Wofür brauchst du sie?«

»Für Verbände«, erwiderte Julianna und kniete neben Lukas nieder.

»Verbände? Für den da?« spottete Duccia. »Wir sollten ihm lieber ein Messer ins Herz stoßen und ihn am Straßenrand liegenlassen.«

»Ich möchte Verbände haben«, sagte Julianna, und trotz ihrer Müdigkeit klang sie äußerst entschieden.

»Ich werde ein Laken holen. Dich kostet es nur vier Goldstücke«, sagte Duccia und ging auf ihren *Vardo* zu.

»Gut«, erwiderte Julianna und fuhr sich mit der zitternden Hand durchs Haar.

Der Barde musterte sie, seine Lippen verzogen sich zu einem boshaften Lächeln. »*Ihr* wollt *mich* verbinden?«

»Ja«, erwiderte sie mit einem Hauch von Gereiztheit.

»Und wenn ich Euch angelogen habe? Wenn ich *doch* das Ungeheuer bin?«

»Wenn ich das genau wüßte, würde ich Euch mit derselben Klinge töten, die Casimir umgebracht hat. Doch soweit ich weiß, seid Ihr ein Mann – ein verwundeter Mann. Und ob gut oder böse, einem Verwundeten sollte geholfen werden.«

»Und wenn ich Euch gestehen würde, daß ich ein Ungeheuer bin?«

»Laßt es«, sagte Julianna leise.

Madame Duccia kam mit dem Laken. Es war zerknittert und unordentlich zusammengeknüllt, als hätte sie es von ihrem eigenen Bett gerissen. Sie lächelte, als sie es Julianna gab. »Ich hielt es für Verschwendung, für den da ein sauberes zu nehmen.«

»Es wird reichen«, erwiderte Julianna ruhig. Sie nahm das Laken und riß es in lange Streifen. »Madame Duccia, ich möchte den Leichnam meines Liebsten nach Gundarak bringen, wo er sein Grab finden soll. Wieviel wird es kosten?«

Die Zigeunerin legte Julianna die dunkle Hand auf die Schulter. »Ich verlange nichts. Du wirst das Geld für die Grabstelle und den Stein brauchen.« Dann verdüsterte sich ihr Gesicht. »Aber kein Geld der Welt kann mich dazu überreden, diesen Schurken da zu befördern... tot oder lebendig.«

»Was?« protestierte Lukas. »Im einen Moment verbindet Ihr meine Wunden, und im nächsten laßt Ihr mich hier zum Sterben zurück?«

Julianna verband Lukas' Hals. »Wir lassen Euch Euer Pferd da. Bald wird es Tag. Wenn Ihr, wie Ihr behauptet habt, ein Mensch seid, werden die Götter Euch vielleicht leben lassen.«

»Am Leben zu bleiben ist ein Teil seiner Strafe«, meinte Madame Duccia mit einem rauhen Lachen. »Komm, ich mache den Verband fertig. Du solltest dich um ... Casimir kümmern.«

Bei der Erwähnung von Casimirs Namen versteifte sich Julianna. Das Leinen fiel ihr aus der Hand. Madame Duccia kniete vor Lukas nieder und blockierte seine Sicht auf Julianna.

Julianna setzte sich auf die Fersen. Sie nahm ihren Mut zusammen und sah bedächtig zu Casimir hinüber. Beinahe schien es so, als würde er unter der Decke schlafen, sein schwarzes Haar versah sein Gesicht mit einem dunklen Heiligenschein.

Nie wieder würde der Wolf von ihm Besitz ergreifen.

Nie würde er unter dem bleichen Mond jagen.

Nie wieder würde Gebrochenes Herz von seiner Liebe singen.

»Ja, ich muß mich um ihn kümmern.«

Epilog

Warmes Sonnenlicht strömte durch die kleinen Fensterscheiben und sickerte in die vielen Decken, unter denen Thoris lag.

Trotzdem zitterte er.

Er war so kalt wie das Grab. So kalt wie der Tod.

Die Schienen waren bereits vor langer Zeit abgenommen worden, und er konnte wieder auf seinen Beinen stehen, auch wenn sie nun etwas krumm waren. Doch mit seiner Seele war das eine andere Sache. Er hatte genug Mut besessen, um im *Kartakan-Gasthaus* sein Totenbett zu verlassen, zur Tür zu kriechen und nach einem Boten zu rufen. Er hatte genug Mut besessen, um Valsarik kommen zu lassen und darum zu bitten, nach Harmonia gebracht zu werden. Doch als er schließlich vor Valsariks Schwelle gestanden hatte, war die Panik, die er für Hoffnung gehalten hatte, in seinem Inneren erstorben.

Seit jenem Tag hatte sich Valsarik rührend um ihn gekümmert, mit heißen Mahlzeiten und Geschichten am Herdfeuer. Doch nichts konnte Thoris' zu Eis erstarrte Seele wärmen. Mit jedem Tag heilte sein Körper, doch sein Geist versank in immer tiefere Melancholie.

Der heutige Tag war wie jeder andere auch; Thoris verbrachte ihn zitternd unter den Decken. Er hob sie etwas an, und diese Bewegung wirbelte ein paar Staubkörnchen auf, die im Sonnenlicht tanzten. Sie funkelten wie Sterne.

Es war eine Ewigkeit her, daß Thoris an Sterne gedacht hatte.

Man erzählte sich, daß die Sterne Milils Diener waren, der Chor seiner himmlischen Stimmen. Aber vielleicht stellten sie ja doch nichts anderes als wirbelnde Staubflocken dar, durch Zufall entstanden und ohne Leben, die in einem bedeutungslosen Lufthauch gefangen waren. Thoris pustete kräftig und sah zu, wie die Staubflocken umherwirbelten und zusammenstießen, bevor sie dann langsam wieder nach unten sanken.

Er schlug die Decken zurück und schwang die entstellten Beine über die Bettkante. Dann verlagerte er das Gewicht langsam auf die unsicheren Füße und schlüpfte in ein Gewand. Einen kurzen Augenblick lang stützte er sich auf den Bettpfosten, dann ging er mit schlurfenden Schritten auf die Tür zu. Ihm kam der Gedanke, daß er eigentlich gar nicht wußte, warum er nun aufgestanden war und wohin er wollte. Trotzdem ging er weiter. Er öffnete die Tür, betrat den warmen Garten und blickte in den strahlendblauen Himmel.

Thoris hatte oft zugesehen, wie Valsarik von der Tür zum Gartenzaun gegangen war. Es war eine Sache von wenigen Augenblicken, doch ihm mit seinen kraftlosen Beinen kam es wie eine Ewigkeit vor.

Als er den Pfad entlangschlurfte, wurde ihm plötzlich klar, warum er aufgestanden war. Er kannte sein Ziel.

Gustavs Grab befand sich am Rand des Steilhangs, genau an der Stelle, von der Casimir vor fast zwei Jahren in die Tiefe gesprungen war. Gustavs Statue bot den perfekten Absprungpunkt. Thoris kletterte unter Gustavs geduldigem Blick mühsam auf das breite Geländer. In der einen Hand hielt die Statue eine Flöte, in der anderen ein Gesangbuch. Und obwohl es vielleicht eine Blasphemie darstellte, hielt sich Thoris an der Flöte fest, um sich die letzten paar Zentimeter hochzuziehen.

Dort blieb er stehen, klammerte sich an Gustavs Steinhand und betrachtete das weite Tal unter ihm. Am Fuß der steil abfallenden Wand befand sich ein mit großen Felsbrocken durchzogenes Dickicht. Daran schloß sich ein breiter Streifen Heideland an, der bis zu dem am Horizont befindlichen grünbraunen Waldrand reichte. An einigen Stellen hatten die Bauern der Heide den Kampf angesagt und dornige Hekken gepflanzt. Thoris sah zu dem weiten Himmel hinauf, der sich unbekümmert über ihm erstreckte.

»Gustav, wo in diesem weiten Land ist unser Milil zu finden?« fragte er die Statue leise. »Du bist viel wirklicher als er.« Er seufzte und hielt sich an der Hand fest. »Das hier ist kein Ort für Priester – und kein Ort für Kinder. Milil, wenn du da bist, hilf mir, in die Tiefe zu springen.«

Es kam keine Antwort. Thoris hatte auch keine erwartet. Allein die milde Sommerbrise drang an sein Ohr. Thoris beugte sich vor und ließ die unbeweglichen Finger der Statue los. Er schloß die Augen und spürte den warmen Wind. Vielleicht würde er sich ja so anfühlen, der lange Sturz bis zu dem steinigen Boden in der Tiefe. Vielleicht würde er, wenn er die Augen schloß, ja nur den warmen Wind spüren, der durch sein Gewand strich und es so aufblähte, daß es sich anfühlte, als würde er auf einmal Flügel besitzen. Vielleicht würde er in diesen letzten Sekunden des Lebens die Angst aus seinem Herzen verbannen können.

Eine warme Hand schloß sich um sein Fußgelenk.

»Bitte, Valsarik«, sagte Thoris und schluchzte auf, »bitte halte mich nicht auf. Dies könnte die einzige mutige Tat meines Lebens sein.«

»Glaubst du denn, daß diese kraftlose alte Hand dich aufhalten könnte?« fragte der alte Leibdiener ernst.

»Es tut mir leid. Es hat nichts mit Undankbarkeit zu tun. Du hast so viel getan, um mich zu retten.«

»Aber natürlich ist das Undankbarkeit«, stieß Valsarik hervor. »Es hat mich viel Mühe gekostet, dir das Leben zu retten, doch das ist dir egal.«

»Mich kann man nicht mehr retten«, sagte Thoris.

»Unsinn«, erwiderte Valsarik erzürnt. »Niemand – nicht einmal dein Freund Casimir – ist hoffnungslos verloren, wenn er sich ans Leben klammert.«

»Ich habe zu große Angst, um leben zu können«, sagte Thoris, und seine Stimme hörte sich an wie aus weiter Ferne.

»Ich habe hier etwas für dich«, sagte Valsarik. »Ich habe es auf dem Markt gefunden, und ich erinnerte mich, daß es dir gehört.« Thoris sah über die Schulter. Der alte Leibdiener hielt ein Holzschwert in der Hand, das Schwert, das Casimir Thoris an dem Tag geschenkt hatte, an dem sie einander kennenlernten. Die verwitterte Schneide war noch immer scharf. »Komm jetzt, Thoris«, sagte der alte Mann barsch. »Du solltest keine Angst haben. Milil braucht seine Priester.«

»Milil ist tot, oder so gut wie tot.«

»Ein Grund mehr, daß er seine Priester braucht«, bemerkte Valsarik. »Du hast offensichtlich Angst, den Schritt in die Tiefe zu machen, fürchtest dich aber auch, von ihr zurückzutreten.« Er ließ Thoris' Fußgelenk los. »Sonst wärst du schon gesprungen. Nimm das Schwert, Thoris. Du mußt dich fragen, wovor du mehr Angst hast, mein Freund, vor dem Leben oder vor dem Tod...«

Thoris nahm keines der Worte bewußt wahr. Er betrachtete die Wolken am Horizont. Unter den weißen Schleiern und Säulen tanzten Engel. Sie waren noch viel weißer als die Wolken, so strahlend hell wie ein Blitz. Er konnte ihren Gesang hören, den der Wind leise herantrug. Doch es war nicht Milils Lied. Die Melodie war wild und auf seltsame Weise traurig. Das Lied wurde lauter. Plötzlich flogen die Engel auf ihn zu. Ein ganzes Heer. Die von ihnen ausgehende Helligkeit verbrannte seine Haut und seine Augen. Sie füllten den Himmel, streckten die Arme aus und winkten ihn zu sich. Ihr tosendes Lied schmetterte über die Heide.

Es war ohrenbetäubend.

Ohrenbetäubend und wunderschön und schrecklich zugleich.

Sie hatten ihn jetzt fast erreicht, und in ihren Mündern funkelten Reißzähne. Einer flog direkt auf Thoris zu, seine Zähne hatten die Größe des Halbmondes.

»... wovor du mehr Angst hast, vor dem Leben oder vor dem Tod.«

»Die Engel haben Reißzähne«, sagte Thoris.

Und trat in den schneeweißen Rachen.